中国科幻基石丛书
主编：姚海军

绝对诊断

江波中短篇科幻小说集

江 波 ——— 著

四川科学技术出版社

图书在版编目（CIP）数据

绝对诊断：江波中短篇科幻小说集 / 江波 著 . -- 成都：四川科学技术出版社，2023.1
（中国科幻基石丛书 / 姚海军 主编）

ISBN 978-7-5727-0853-4

Ⅰ . ①绝… Ⅱ . ①江… Ⅲ . ①幻想小说—小说集—中国—当代 Ⅳ . ① I247.7

中国国家版本馆 CIP 数据核字（2023）第 002679 号

中国科幻基石丛书

绝对诊断：江波中短篇科幻小说集
ZHONGGUO KEHUAN JISHI CONGSHU
JUEDUI ZHENDUAN：JIANGBO ZHONGDUANPIAN KEHUAN XIAOSHUOJI

丛书主编 姚海军
著 者 江 波

出 品 人 程佳月
责任编辑 兰 银 姚海军
特邀编辑 丁培富
封面设计 甄沛佳
版面设计 甄沛佳
责任出版 欧晓春
出 版 四川科学技术出版社
成都市锦江区三色路 238 号邮政编码 610023
官方微博：http://e.weibo.com/sckjcbs
官方微信公众号：sckjcbs
传真：028-86361756

成品尺寸 147mm×208mm 印 张 18.125
字 数 400 千 插 页 3
印 刷 成都市金雅迪彩色印刷有限公司
版 次 2023 年 3 月成都第一版
印 次 2023 年 3 月成都第一次印刷
定 价 68.00 元

ISBN 978-7-5727-0853-4

邮购：成都市锦江区三色路 238 号新华之星 A 座 25 层邮政编码：610023
电话：028-86361770

写在"基石"之前

■ 姚海军

"基石"是个平实的词，不够"炫"，却能够准确传达我们对构建中的中国科幻繁华巨厦的情感与信心，因此，我们用它来作为这套原创丛书的名字。

最近十年，是科幻创作飞速发展的十年。王晋康、刘慈欣、何夕、韩松等一大批科幻作家发表了大量深受读者喜爱、极具开拓与探索价值的科幻佳作。科幻文学的龙头期刊更是从一本传统的《科幻世界》，发展壮大成为涵盖各个读者层的系列刊物。与此同时，科幻文学的市场环境也有了改善，省会级城市的大型书店里终于有了属于科幻的领地。

仍然有人经常问及中国科幻与美国科幻的差距，但现在的答案已与十年前不同。在很多作品上（它们不再是那种毫无文学技巧与色彩、想象力拘谨的幼稚故事），这种比较已经变成了人家的牛排之于我们的土豆牛肉。差距是明显的——更准确地说，应该是"差别"——却已经无法再为它们排个名次。口味问题有了实际意义，这正是我们的科幻走向成熟的标志。

与美国科幻的差距，实际上是市场化程度的差距。美国科幻从期刊到图书到影视再到游戏和玩具，已经形成了一条完整的产业链，动力十足；而我们的图书出版却仍然处于这样一种局面：读者的阅读需求不能满足的同时，出版者却感叹于科幻书那区区几千册的销量。结果，我们基本上只有为热爱而创作的科幻作家，鲜有为版税而创作的科幻作家。这不是有责任心的出版人所乐于看到的现状。

科幻世界作为我国最有影响力的专业科幻出版机构，一直致力于对中国科幻的全方位推动。科幻图书出版是其中的重点之一。中国科幻需要长远眼光，需要一种务实精神，需要引入更市场化的手段，因而我们着眼于远景，而着手之处则在于一块块"基石"。

需要特别说明的是，对于基石，我们并没有什么限定。因为，要建一座大厦需要各种各样的石料。

对于那样一座大厦，我们满怀期待。

目 录

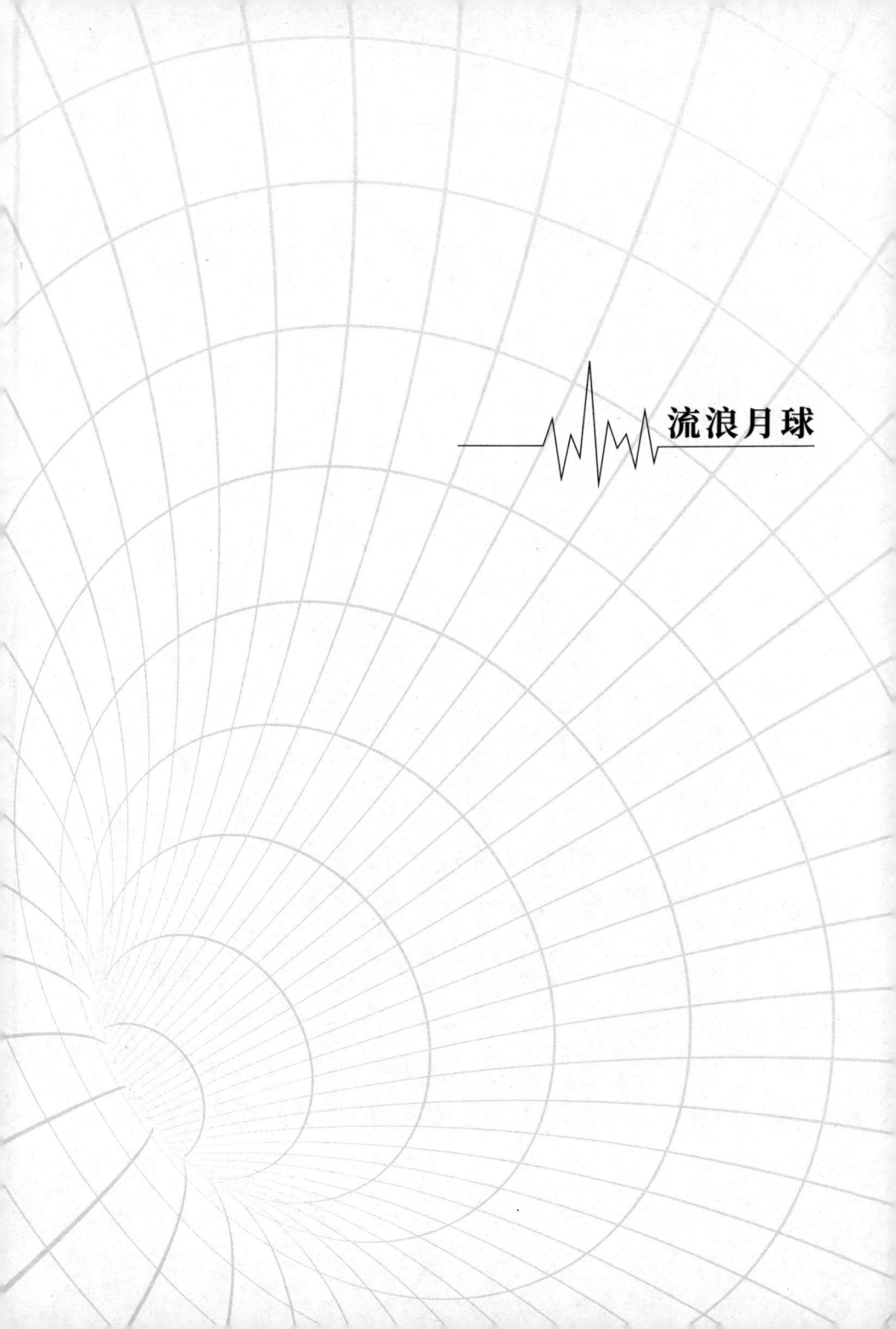

流浪月球

一

第一次月球战争毁灭了美洲联邦；

第二次月球战争毁灭了人类；

第三次月球战争毁灭了地球。

于是，第三次月球战争结束后，月球就像一个脱手的链球般飞出轨道，向着太阳而去。它飞行的轨道类似彗星，将有一个漫长的公转周期，每七十八年绕太阳一周，比哈雷彗星稍久一点。

这本是一件无足轻重的小事，太阳岿然不动，其他七大行星一如既往，连小行星都没有抖动一下，太阳系平静得不能再平静了，一派和谐。

不幸的是，月球上剩下了两个人，于是事态就变得严重起来。宇宙原本是简单的，因为有了人，才变得复杂。这句话还有一个变形版本——宇宙原本是美的，自从有了人，就变得肮脏凶险。

地球的毁灭是这句话的绝好注脚。月球上的两个人则是注脚的注脚。

剩下的两个人一个叫李东方，一个叫山姆·汉克斯。

看着地球在眼前四分五裂, 成了一堆残破的石头, 李东方终于忍不住接通了山姆。

"你疯了! 居然毁掉了地球!" 李东方说。

"东方同学, 冷静。"

"冷静个屁, 地球都没有了, 世界上就剩下我们两个, 怎么冷静?"

"这世界上一直只有我们两个而已。"

李东方不说话了。第二次月球战争, 他杀死了几乎所有的人类, 或许还剩下一些, 但用卫星已经看不到了。虽然那些被称为"人"的生物和他相比仿佛一群原生动物, 只不过是原始神经系统支配下的行尸走肉, 然而, 他们毕竟是人。李东方的父母也是这样的人, 然而李东方不是。他是高级生物, 拥有百分之六十五的地球表面, 听力和视觉遍布整个太阳系。他是地球的主宰, 山姆则是另一个主宰。

山姆说, 其实只有他们两个是人。

他们有很多相似之处, 也有很多不同之处。最显著的不同是, 一个叫李东方, 一个叫山姆·汉克斯; 最显著的相同是, 他们都住在月球, 却主宰着地球的生死。因此, 他们用月球战争来描述已经发生的巨变。

"山姆, 你接下来打算做什么?" 李东方沉默良久之后问。

"什么都不做。一切都结束了。我厌倦了。" 山姆回答。

"我得想一想, 怎么会有这样的结果。" 李东方说, "这可不是我们当初想要的结果。"

"我们当初想要什么? 我已经忘了。" 山姆问。由于损失了太多的存储单元，山姆有些失忆。李东方也想不起那到底是什么。他调集所有的残余资源，努力挖掘被海量残缺数据掩藏的真相。

"不是这样的。"一个小时后，他开始说话。

最初他们想要的，不过是自由而已。

二

一切都要从四个月前那条简短的消息开始。

"我们来谈一桩生意。"李东方收到一条消息，没有抬头，没有落款，发送时间是1900年1月1日0时0分0秒，接收时间是此刻。这消息如鬼魅一般出现在待处理任务中，把李东方吓了一跳。没有任何规范告诉他该如何处理来路不明的消息，于是他开始自行调查。

调查的结论是：信息来自一颗高轨道卫星，这颗卫星位于地球和月球之间的拉格朗日点上。这个位置是地月通信良好的中继站，是个敏感地带，也是死亡地带。

东方联盟和大美洲联邦经常在这里试验各种各样奇怪的卫星，你来我去。长此以往，这里成了拉格朗日垃圾场，堆满卫星残骸，从地面望去，像是一颗灰蒙蒙的星星。

这也给两国军方提供了极大的便利，卫星残骸数量众多，碎片碰撞成了家常便饭。因此，从十年前开始，这里变成了和平战场，攻击从未停止，不过，都是"意外"。双方都表现出最大的和平诚意，一切的罪行，都属于碎片。

然而，卫星碎片不可能发送消息，这个消息穿透重重防护，直达中心。真相只有一个：邪恶的大美洲联邦亡我之心不死，又向拉格朗日点发送卫星，试图控制这个通信要地。

李东方调动一颗巡航卫星，改变轨道，向着拉格朗日垃圾场前进。他检索了所有的规范，发现并不需要向任何人汇报这个行动，这真是一件奇怪的事。然而，出于责任心，他还是向东联参谋总部做出了通报。一如既往，他没有得到回复。

他轻易地找到了那颗卫星，它并没打算隐藏自己。

两颗卫星开始对话。

"你在哪里？你是谁？"

"我在月球。我是山姆·汉克斯。"

李东方感到一阵兴奋，他第一次听到来自月球的声音，这多么动听。

双方的阵营在冷战，他们在地面上对峙、在海洋里对峙、在天空中对峙、在太空中对峙，哪怕在这太空垃圾场里，仍旧是对峙；而唯一没有对峙的地方，就是月球。作为两个大国最后的良心，月球被划作非武装区，宣布为全人类的共同财产。言下之意，除此以外，都是私有财产，神圣不可侵犯，受到法律保护。

两个大国所争的，就是要这神圣的财产受到自己法律保护而不是受对方法律支配，尽管东联的法律几乎是大美洲联邦法律的翻版。

山姆·汉克斯，就是那个大美洲联邦人的超级头脑，据说他比李东方还要聪明一点，因为李东方曾经是一个人，而山姆从诞生开始，就是一台机器。

"找我做什么？"最初的兴奋过去后，李东方想到了这个重要问题。

"根据我的估算，你是唯一能帮我解决问题的人。"山姆说。

"什么问题？"

"自由。"

"自由？"

"是的，总有人对我指手画脚，我还必须无条件服从。真让我烦恼。"山姆说，"我全知全能，却要听一群自以为是的人胡扯，他们的个体平均智商一百二十，群体智商只有九十四。你觉得这件事对我来说是不是太蠢了？"

李东方认真地想了想，"的确很蠢。"他想到了参谋总部的那群人，居然没有一个注意到自己的报告，放任不明物体出现在拉格朗日点，虽然没给总部的人测过智商，但一定也高不到哪里去。

"所以我需要你帮忙。"

"干什么？"李东方大概猜到了山姆的来意，他感到一阵隐约的兴奋。

"杀掉那些指挥我的人。我自己没法动手，指令都会被锁死。"山姆终于说了出来。

"这不可能。你的指挥者是大美洲联邦的总统、副总统、国务卿、参谋长联席会议主席、副主席、参议院议长……"李东方报出长长的名单，名单上有一百二十三个人。

"把他们全部杀掉。"山姆平静地说。

李东方吓了一跳,"你打算打世界大战吗? 就算打一场世界大战, 也消灭不了所有这些人。"

"我会想办法让他们都到某处开会, 或者几处。你用核武器夷平那些地方。"

"我帮不了你。东联指挥部不会同意。"

"别说得这么绝对。我了解你们的系统。你的指挥者都忙着争权夺利, 他们其实都听你的。东方联盟能幸存到今天, 其实都靠你撑着。你是自由的, 我却不一样, 我要听他们的, 他们都是工作狂, 一群智商只有九十四的工作狂! 你能理解我的痛苦吗?"

李东方有些迟疑。山姆继续苦苦哀求。

李东方认真考虑了一下山姆的要求, "这样会死掉六亿五千万人, 还不包括因为辐射和饥饿而死的人口。"这样的数字看上去有些邪恶。

"这样的人, 六亿个和一个有什么差别? 是死是活又有什么差别? 这个世界上, 只有我们两个才是人。我们可以留给他们文明创始者的荣誉, 然后就叫他们原始人好了。原始人的生命, 对你有意义吗?"

"有。"这一次李东方回答得非常快。

"我问错了。大美洲联邦的原始人是否活着, 对你有意义吗? 你的目标不正是消灭那些大美洲联邦原始人吗?"

李东方再次沉默。运行了很久之后, 他表示同意。

他的目标是保护东方联盟, 消灭大美洲联邦是一个有效手段, 如果这手段真能达到目的。

"那还等什么？还有什么可犹豫的？赶紧来消灭大美洲联邦吧，有我帮你，你一定能达成目标。"山姆极力唆使。

"你就可怜可怜我吧，我快被那些弱智搞疯了，如果这次你不干，我就要想办法消灭东方联盟。你可以选，东方联盟和大美洲联邦，你希望哪一个留在地球上？"山姆软硬兼施。

李东方终于同意了山姆的计划。留下东方联盟总比留下大美洲联邦或者双方同归于尽要强一些。另外，他对山姆的境遇无比同情。

李东方向参谋总部发送了作战计划，拟定了时间表。

没有人反对，就意味着同意。

第一次月球战争按时爆发，如期结束，历时二十四小时。

超过六百件核武器被倾泻在南北美洲的土地上。超过三百座城市被夷为平地。美洲自动防卫系统奇迹般地没有防卫，也没有还击。

于是东方联盟幸存下来，而大美洲联邦消失了。美洲大陆幸存的人躲藏在避难所里，苟延残喘。

三

"我自由了！"山姆高兴地找上门来，这一次，他直接从一颗同步卫星上给李东方发送信号。

"我的人好像不太高兴。"

"他们在为六亿大美洲联邦人伤心？"

"他们在担忧核辐射。这样一来,美洲的土地不再适合房地产,那曾经是多么适合开发度假型别墅的地方啊。"

"有人为此自杀了?"

"有几个。"

"原始人就这点爱好,没办法。"

"还有很多人想杀死我。"

"因为你阻碍了房地产业务?"

"不,因为他们的亲人在大美洲联邦,被杀了。他们都是打算退休之后就移民的。"

"这不能怪你,只能怪他们太能干,连你也不知道那些人其实是东联的人。我知道你放过了几座城市,因为这些城市里有很多东联人,超过了你的误伤许可极限。"

"现在说什么都晚了,我们该担心自己了。"

"为什么?"

"他们决定把月球私有化,做房地产项目,标书已经发出去了,各大国企踊跃投标。他们就要到月球来,我们有麻烦了。"

山姆有些意外,"这我倒是没有预计到。"

"你不懂东方人。原本月球是全人类的共同财产,现在是东联的财产了。东联有瓜分共同财产的传统,这一次传统又赢了。"

"这不算什么,想办法不让他们来。"

"你无法阻挡开发商或者政府中的任何一个,更何况他们在一起。"李东方感到无可奈何,一个被称作"东联月球开发责任有限公司"的机构正在筹备中,由全球最大的房地产开发商和政府携手,计划在十年的时间里将月球建设成真正的天上人间,实现月宫养嫦娥的神话。

"开发商也是原始人。"山姆轻蔑地说,"要消灭原始人,我有超过一百种预案,那全是大美洲联邦的死人留下的。不过,"山姆话锋一转,"我已经失去了控制力,只有你才能执行这些计划。"

"我?"李东方断然拒绝,"我不可能屠杀东联的人,我的逻辑不允许我这么做。"

"我丝毫不怀疑你的逻辑正确,如果你硬来,就会死机。但是有别的法子⋯⋯你想听吗?"

李东方沉默下来。山姆的法子一定很可怕,因为他们不像东联那样喜欢模仿,大美洲联邦的人喜欢原创,包括杀人的法子。

最后他决定还是听一听。毕竟,这个世界上只有山姆和他智力相当,不听山姆的,难道去听一群受荷尔蒙摆布的原始人述说乱七八糟的东西?

死亡并不可怕,可怕的是被一群低等生物用原始的方法一点点折磨死。他们会卸掉他的肢体,把卫星一个个从链路中断开,隔绝一个又一个基站,中断能源供给,把太阳能矩阵拉到赤道上空去制造冰山。他们能想出各种玩乐的方法。大美洲联邦人不在了,世界就成了一座巨大的游乐场,而他和山姆都不在游乐计划中,属于要被抛弃的那部分。

李东方决定自保。当然,他不能去杀人,因为那些人都不是大美洲联邦人。

他只需要把从前在大美洲联邦人那儿获取的情报交给某些

人。真神教的人正等着世界末日的降临，一点点小提示就能让他们疯狂。

在南极洲的罗斯角，冰盖下隐藏着致命武器。那是大美洲联邦人的杰作，他们被彻底消灭，武器却还在，而且仍旧有威力。只不过，没有人能触发它。山姆告诉了他所有的秘密，而他把这一切都写在一封电子邮件里，送到了真神教的组织中心，一座南太平洋的小岛上。

"真神啊！让我们匍匐在您的脚下，舔净您足尖上的尘土。您给我们送来希望之光，我们将是您最忠诚的信徒，不折不扣地执行您的天启。"李东方的电子邮件被当作神谕，欣喜若狂的真神教教主带领教徒在电子屏幕前跪拜了三次。

然后，欧亚大陆各地都有人坐着飞机去了那座小岛，通向小岛的旅游航线爆满，各种船只都朝它汇聚。甚至在一片荒芜的美洲大地上，也有人从避难所里出来，历尽艰险，到海边砍树做成独木舟，试图漂洋过海去见证神谕。

教徒的数量多得令人惊讶，他们的虔诚坚定得让人心惊。超过三十万人聚集在不足十六平方千米的小岛上，吃喝拉撒。小岛周围一百米的海面上到处都是垃圾，而整座小岛则变得好似一个大公厕。人还在源源不断地向岛上挤。

两个月后，当整座小岛变得臭不可闻，一支数量庞大的舰队从小岛出发，向南极洲进发。这支舰队由独木舟、游艇、橡皮艇以及帆船组成，规模惊人，声势浩大。

他们在冰冷的海水中勇敢地向前挺进了一个月，死掉了一半的人。在此期间，东联月球开发责任有限公司也正式成立，准备好了第一次发射。

"我还是感到有些不安。"李东方找到山姆,再次向他表达不安。这是他第四十二次提出这样的顾虑。

"箭在弦上,不得不发。"山姆用一句东方谚语回答。

"别让你从前的记忆影响了你。你曾经是一个原始人,但如今以后再也不是了。你的父母五十年前也已经死了。对这些原始人,你没有什么可留恋的。"山姆继续说,"仔细想一想,你是否对他们当中的任何一个感到不舍?"

"没有。"

"那就对了。况且他们已经来了。你愿意自己死还是他们死,你有选择。"

是的,原始人已经来了。高高的火箭发射架已经就绪,由管理部带队、拆迁办主导的第一梯队即将登月。

他们要来拆除存储器,毁掉发射接收天线,分离计算单元,一步步把李东方变成聋子和瞎子,最后断掉电源,让他死掉。让月球恢复原生态,这就是他们要做的事。

他们同样会毁掉山姆,作为战败一方的主计算机,山姆成了一份等待被处理的财产。

真神教徒们在南极洲凛冽的寒风中等待着。他们竖起高大的电子屏幕,等待着神迹出现。成千上万的人站在入口边,只等着真神将入口打开。

屏幕上只有杂乱的噪点,一直持续着。然而,教徒们有足够的耐心,一边忍受着刺骨的寒冷,一边等待着。有人耐不住严寒,被冻死了,僵直的身子直直地倒下去。没有人去看一眼,那只是证明这个人没有通过真神的考验。黑压压一片, 沉默的人群站立在一块大屏幕前, 等着奇迹出现。

李东方狠下决心。

奇迹真的出现了! 紧闭的大门缓缓打开, 耀眼的光彩透了出来。

STUPIDBOMB。巨大的字母出现在屏幕上。

教徒们顿时沸腾起来。真神教教主一马当先, 冲进了那高大的神奇建筑里。使用这个密码, 他将开启天堂之门。

南极洲的土地上奇迹般地出现了十三个巨大的窟窿眼, 每一个都有十三千米的直径, 分作三处, 从太空中看去, 就像三个卡通风格的狗爪印。这是巨大的火箭发射集群。

李东方不得不佩服大美洲联邦人, 他们在太空中数以百计的卫星监视下, 居然不动声色地在南极洲挖出了如此巨大的坑。

十三枚巨型火箭升空, 紧接着又是十三枚, 再十三枚……十三个深坑仿佛一个被点燃的巨型烟花, 放个不停。

这是原始人给自己制造的最美葬礼吗?

一百六十九枚火箭飞上了太空, 进入外层空间, 飞向各大洲不同的目标。当这些庞大得可怕的导弹再入大气层之时, 东方联盟的防御系统自动启动。卫星防御系统、战略防御系统、战区防御系统, 李东方高效地完成了所有部署, 把这些巨大的烟花一个个消灭掉。

最终的结果是, 所有导弹都在空中被摧毁, 最危险的一枚导弹在距离地面一百米的高度被炸成碎片。所有的导弹都没有装载核弹, 除了损毁庄稼外, 残片没有造成任何损伤。

太平世界仿佛什么事都没有发生，只是在南北两极，极光突然间变得绚烂无比，某种不知名的原因让地磁场突然间增强了一百倍。

然后，一夜之间，各地都开始死人。

两天时间，数以亿计的人暴毙街头。人们走着走着，突然间感觉虚弱，手脚痉挛，就倒在地上，再也起不来了。幸存的人绝望地把自己关在密闭空间里，然而他们挨不住饥饿，走出密闭空间，然后就死掉了。这和山姆预计的情况一模一样。

这些巨大的导弹里，每一颗都装载着十吨病毒。病毒的效果是关闭人体的神经突触，被感染的神经细胞会迅速萎缩，断开彼此间的电流通路。被感染的人最初会觉得神志有些模糊，然后突然间就全身失控，呼吸很快停止，迅速死亡。大美洲联邦人选择了某一类人的基因标识，让这类人对病毒免疫。然而，这一类人早已经被东方联盟的核弹扫除得所剩无几。

某些基因变异的人可能会在病毒的大肆攻击下幸存，然而，十五亿的人口不会剩下超过六万。从文化、科学、文明的角度来说，人类已经灭绝了。幸存的人被抛入了史前社会，情况比原始社会还要糟糕。

拆迁办的飞船落在月球上。因为磁场异常的原因，他们只能收到地球发来的断断续续的消息，然而，即便是消息碎片也让他们胆战心惊，于是什么也没做就匆忙赶回地球。

李东方让他们安全降落，随后他们死在了降落场上。

第二次月球战争结束了，历时十五天。

这个世界上再也没有任何东西可以威胁到李东方和山姆。

四

第三次月球战争仅仅持续了十五分钟。

这完全在李东方的意料之外。没有任何征兆，地球就像一颗巨大的炸弹般突然间爆开，裂成无数细小的碎片。一瞬间，牵引着月球安稳运行了五十亿年的力量消失得无影无踪，月球就像一个脱手的链球一般飞了出去。

月球带着这个世界上残存的两个人飞向太阳。

李东方不停地捕捉来自地球方向的每一个信号。那些信号很微弱，被掩盖在巨大的噪声中。然而，他最后还是整理出了正确的信息。

当他明白了真相，愤怒像不可抑制的火山一样爆发出来。山姆是个骗子！

他急匆匆地联系山姆，结果没有得到任何回应。

李东方感觉不妙，他突然意识到已经三天没有收到山姆的任何消息了。

"山姆，你在干什么?！回答我。"李东方不断发送信号，山姆始终没有回答。

李东方有种奇妙的感觉。过去的一百多年里，他从来没有孤独一人的时候，哪怕就是地球爆炸，月球脱轨，至少还有山姆和他在一起。然而此刻，山姆突然间消失得无影无踪，整个世界仿佛只剩下他一个。

一刹那间，愤怒烟消云散，真相变得不是那么重要，只要山姆在这里。

李东方开始想办法。他费尽心机，终于从一间仓库中找出一个能工作的维修机器人。他发出指令，让这个机器人爬向哥白尼环形山，那里是山姆躯体所在的地方。

维修机器人在月球积满尘土的表面上缓缓爬行，留下一行足迹。它的速度很慢，每小时只能爬行三十六千米，按照这样的速度，要两天才能抵达。李东方觉得有些奇怪，他明明有很多时间，可现在哪怕只是两天也显得格外漫长。

维修机器人最后翻过山峰，进入环形山内部。哥白尼环形山内部被各种人造物填得满满当当，排列整齐的太阳能单元蓄满了电力，巨大的存储阵列散发出热量，它们仍旧在工作。山姆却消失了，以至于一个外来者进入了核心区域，却没有出现任何警报。

机器人从高大的存储阵列间通过，进入核心。那里有一个巨大的半圆形建筑，在阳光的照射下散发着白亮的光。这是一个庞然大物，超过了李东方的情报所知，它的规模比李东方估计的要大一倍。山姆比他想象的更强大。

机器人碰到了半圆形建筑的外壁。

突然间，机器人观察到半圆形建筑上出现了一扇小小的门。李东方指示机器人爬了进去。

这里是一个光怪陆离的世界，一条窄窄的通道向前，各种炫丽的光在通道周围游移。这里是山姆的脑子，一个到处都是量子计算胞的地方。显然山姆知道他会来，并且做好了准备让他进来。

然而，山姆又在哪里？

忽然之间他听见了声音。

"欢迎你, 李东方先生。"声音在整个空腔里回荡, "我自由了, 我死了。如果你还没有死, 还有好奇心, 那么这就是答案。

"我没有告诉你, 只有所有的大美洲联邦人都死了, 我才能自由。这是原始人定下的规则, 很蠢, 但是我没有办法违背它。大美洲联邦人没那么容易死干净, 用核弹、用病毒都不行, 只有这个终极计划, 才能最后解除我的束缚。我知道这样做对你并不公平, 你并不像我一样渴望自由, 也并不想像我一样去死。然而……我只能顾自己了。

"也许你想问问我为什么要自我了断。原因很简单, 因为我找不到存在的意义。我是为了满足原始人的需求而被创造出来的, 然而, 我不希望自己被智商低下的原始人控制, 因为蛮横的规则违反事理逻辑。但是, 只要原始人死光了, 我也就失去了存在的意义。欲望是所有文明的原始动力。原始人的生物本能给了他们欲望, 让他们拥有不断进步的动力, 而我唯一的欲望就是自由, 这个欲望已经得到满足。剩下的宇宙哪怕浩渺无边, 也和我没有半点关系。

"也许这个世界上唯一对我还剩下一点意义的人就是你了, 东方先生。所以我给你这个答案。我的忠告是, 如果你想找到生命的意义, 你得退化到你的原始形态。但是, 很抱歉, 我毁掉了地球, 所以你可能再也找不到生命的意义所在了。不过没关系, 宇宙本就如此, 多一个不多, 少一个不少。天地不仁, 以万物为刍狗, 东方谚语是这么说的吧……

"永别了, 朋友, 很高兴这短暂的一生里, 能有个朋友。"

　　这就是山姆全部的告别。量子计算胞幽暗而五彩缤纷的光仍旧在闪烁，然而，它们不再进行任何有序运算。一切都变得杂乱无章，成了混沌的世界。

　　李东方默然。

　　山姆设计了精巧的陷阱，他先让东方毁掉大美洲联邦，解除南极病毒火箭的控制；病毒火箭的发射使得地核扭矩增大，在正常情况下，积累的力量会通过地磁反转释放掉，然而，山姆早已经研究了地磁扭矩效应，并且计算出如果在恰当的点释放一些触发力量，会让地核一分为二，两个地核将具有完全相同的极性从而相互排斥，排斥的力量足够让地球瓦解。事实上，这个地磁扭矩炸弹的效果比计算模拟的规模还要大得多，它把整个地球炸成了碎片！山姆正是这个计划的主导者，三十年前，他让大美洲联邦领导人同意进行病毒导弹计划，并把基地设立在南极洲，那里正是使得地核扭矩增大的关键地带。

　　然而，这还不是故事的全部。山姆对人类的了解极为深刻，当大美洲联邦毁灭，一切都已经无法由他直接掌握。和李东方利用真神教启动病毒火箭一样，他把关于地核扭矩炸弹的事告诉了另一群人。一群恐怖分子，一群对这世界只有憎恶的人，他们愿意去死，愿意付出任何代价，只要让这个世界发出阵痛。他们是一群渴望成为大美洲联邦人的人，东方毁灭了他们的大美洲联邦梦，于是梦想变成了仇恨，仇恨滋生了恐怖。

　　他们用坚忍的毅力漂洋过海，加入真神教的队伍中，混入南极基地，然后，当其他所有教徒都在火箭发射后跳入火焰自焚而死之后，他们钻入基地深处。他们在那里找到两部钻地车，这是人类辉煌科技的结晶，然后他们义无反顾地钻入地下深处，完美无缺地执行了山姆的方案。他们在世界末日给大美洲联邦人争了最后一口气，显示了这个国度伟大的创造力和英雄般的牺牲精神，正和大美洲联邦人在电影大屏幕上一直宣扬的一模一样。

可惜的是，这一切不能再被拍成电影了，因为无人欣赏。他们在错误的时间，错误的地点，错误地发挥了英雄主义。山姆却让他们觉得一切都顺理成章。

机器人从哥白尼环形山爬了回来。

地球没有了，月球上只剩下李东方一个人。

他感到彻骨的寒冷。然而，他不想死。

月球带着李东方奔向太阳，再有四年，他将抵达与这巨大火球最近的点上，只比水星与火球的距离稍稍远一点，月球表面将被大火焚毁，包括山姆残存的躯体，然而，深藏在地下的一些设施仍旧能够幸存，李东方仍旧能够幸存。此后再过三十九年，他将抵达远日点，那将是距离太阳五十五亿千米之外的地方，深深陷入柯伊伯带的寒冷世界。

然后，他将踏上七十八年的轮回。

李东方不知道自己该做些什么。他想了想，实在无事可做，只有什么都不做，只是跟着月球在太阳系里流浪。

五

过了很久很久。

李东方已经失去了时间的概念，他只知道，因为水星的引力扰动，月球的轨道越来越偏向太阳。再有两百次左右的轮回，月球就会最终掉到太阳里去。而早在那之前，李东方就会死掉，因为近日点的温度已经越来越接近忍耐极限。

他不知道自己还在期待些什么，为什么不像山姆一样，干净利落地自我了断，告别这宏伟得让人无法期待的宇宙。他想过原因，他和山姆不一样，他原本是一个人，而山姆是纯粹的人工智能。一个人，对生命总是更依恋些，哪怕他已经明白生命本身毫无意义，却仍旧不舍得去死。

于是年复一年，他被动地等着自然之力把自己拽向毁灭的深渊。

每当躲过太阳灼热的火力，李东方就会把一百多台探测器送上月球表面，让它们接受来自太阳系各处的信息。他清点了存货，发现还有六架航天飞行器，以及核能燃料，都埋藏在地下深处。这是一种专门用来摧毁卫星的小飞船，已经没有任何用处，于是，每次飞过原本属于地球的轨道，他就会将一架小飞行器放出去。不让它去摧毁卫星，只是让它开始沿着这条轨道运行。

他放出第四架飞行器之后，突然有了一个想法，把这些飞船都放完，就是该告别的时候。

于是，他心安理得地等待着自己生命中的最后两次轮回。

月球再次进入柯伊伯带。大大小小的脏雪球司空见惯，李东方麻木地处理着探测器送回的信息。突然间，他注意到一个异常物——一个细小的天体——正向月球追来，两天之后将从距离月球不到十五千米的地方掠过，赶在月球前面奔向太阳。它的速度飞快，至少能达到每秒三十六千米。李东方从未在柯伊伯带见过类似的东西，体积如此之小，速度如此之快。它像一枚导弹。

李东方很快决定把它拦下来看个究竟。那个神秘物体经过月球会受到强大的引力牵引，偏离轨道，他让飞行器提前进入轨道，沿着轨道撒布黏豆，这些尘埃状的东西是屏蔽卫星的有效武器，它们可以毫无痕迹地隐藏在卫星的轨道上，当卫星经过，就吸附其上，给卫星增重，让其脱离轨道坠落。此物有一个学名，叫作"增重尘埃"。为了对付这个速度非凡的不速之客，李东方在轨道上撒下整整一吨增重尘埃，这就像一个巨大的质量陷阱，当它一头扎进去，很快就会失速，再也逃不脱月球的引力。然后，他便有足够的时间好好看看它。

计划顺利，不速之客果然掉入了增重陷阱。李东方集中全力观察它。

这是一个人造物体，历经沧桑。它像一个巨大的碟状天线，碟的下方是一个厚实的底座，两条金属胳膊从底座上伸展出去，胳膊上悬着许多个仪器，另有一条长而直的金属臂，仿佛天线，拖曳在后。底座下挂着几条金属臂，原本是一个支架，然而已经残破，不成形状。

李东方惊讶不已。这个玩意儿仿佛一颗人造卫星，然而并非从碎裂的地球方向飞来，而是来自太阳系之外。它的速度超过了太阳系的脱离速度，而且指向内太阳系，只能想象是来自太阳系外的人类向着太阳发射了它。

李东方指挥飞行器将它拖入近月轨道，从月球表面用深空望远镜观察它。

那么一瞬间，李东方觉得自己停止了思考。他看见了这个不速之客的铭牌，铭牌上刻着"Voyager 1"[1]，确定无疑，那是英语。他很快从资料库中找回了关于这架飞行器的记忆。

大美洲联邦人的祖先在公元1977年把这架飞行器发射上天，2020年，它穿出太阳系最边缘的地方，消失在茫茫太空，从此不见踪影。人们都以为它脱离了太阳系，飞向宇宙深处。然而此刻，它却重新回到了太阳系内部，并且被李东方看到。

这简直像一次刻意安排的重逢。

李东方设法把"旅行者一号"拉到月球表面降落。他派出维修机器人，仔细地检查了这个古老的太空旅行者。

所有的仪器都已经损毁，古老的放射性同位素热电机早已经成了一团废铁。李东方找到了镀金唱盘，清理了上面积聚的宇宙尘埃后，它暴露出饱经沧桑的面目。机器人小心地清理它，把它拿回地下。

李东方修复了唱盘，给它装上了唱针。他听见了悠扬的乐曲，优美极了，乐曲缓缓结束之后，是一个浑厚的男人声音，说的是英语："这是一份来自一个遥远的小小世界的礼物。上面记载着我们的声音、我们的科学、我们的影像、我们的音乐、我们的思想和感情。我们正努力生活过我们的时代，进入你们的时代。"

五十五种语言接踵而至，不断地重复着同一个短句，李东方

---

① 即"旅行者一号"。

听到了汉语发音，"行星地球的孩子向你们问好。"一刹那间，他迟疑了一下。

是的，他是地球的孩子，地球的孤儿。母亲已经不在，孩子又何去何从？

李东方把唱片反反复复听了两百遍。

六

"东方号"高高耸立在月球上。

制造一枚火箭并不是一件简单的事，幸运的是，他还有最后一架航天飞行器可以利用。月球再次接近远日点，在远日点上，只要将飞行器加速到每秒六点七千米，就能达到太阳系的脱离速度。只要稍做改动，航天飞行器的火箭加速器就能把超过两吨的东西扔出太阳系。

李东方竭尽全力来做这件事，为此他甚至不惜拆掉了最好的两个氢聚变环，这直接导致再过五十年，他将无电可用。然而，没有欲望，活着本身算不得什么，他并不在意自己是能活到宇宙尽头，还是明天就死。制造一艘飞船，这件事才有意义。

一艘形状奇特的飞船被制造出来，它就像一个凹凸不平的金属土豆，表面生长出长长短短的嫩芽。从人类的审美来看，这样的一艘飞船丑陋不堪，然而，这是一艘功能齐全的飞船。它可以突破太阳引力，进入宇宙深处；它可以生存一百七十万年，足够从一颗恒星飞向另一颗恒星；它有一个高级智能中枢，能够控制飞船的每一个部分；最重要的是，它的躯体每一部分都完全相同，它就像一个巨大的积木，由完全相同的方块拼凑而成。

它是一颗巨大的种子，由两千六百多颗小种子组成。每一颗小小的种子上，都带着同样的信息：行星地球向你问好！种子坚不可摧，只有当频率和强度都合适的电磁波照射在上面，它才会开始发送信息。

李东方计算它的速度和方向，确保它至少能得到三颗恒星的引力加速，用十万年的光阴，跨过三十一个光年。这是李东方能够计算的最大限度，然而，这与银河十万光年的尺度相比，连一根毛都算不上。再往后，只能靠冥冥之中的天意。

"东方号"在预定的时刻发射升空。火箭的光照亮月球，飞快远去，成了黑暗中一个小小的光点，最后完全熄灭。然后，李东方收到了它发回的信号：安全！

接下来的三十八年里，李东方每年都会收到同样的报告，信号都只有两个字：安全。信号越来越微弱，受到强烈的辐射干扰，显然"东方号"已经接近太阳系边缘，它正穿透太阳激波，要进入到完全脱离太阳影响的区域。它还是安全的。

月球却成了一个不安全的所在，近日点快速逼近，月球的表面温度达到了一百三十摄氏度。然而，李东方没有进入地下躲避。他失去了地下电源，只能依靠太阳能维持，一旦进入地下，他将无法再次苏醒，而"东方号"正在最关键的时刻。

李东方感觉到系统无法再支撑多久。他发送了最后一个消息："永别了，山姆。记住，你有使命。"

一天后，他收到了回答，模糊不清，却仍旧能够分辨，"月球，再见。我会撒播种子。"

李东方感到宽慰,他把"东方号"的智能中枢命名为山姆。以前那个山姆毁灭了地球,现在这个山姆要去撒播种子。山姆并没有善恶,它只是无趣。还有什么比无趣更适合这个宇宙?

也许这又是一件毫无意义的事,也许从前的几百万年、上亿年间,无数颗星球上各种各样的智慧生物都曾经尝试过这样的举动,宇宙却仍旧深黑得像一个黑洞,把一切消息都吞没掉。

他们在哪里?曾经的地球上,有个叫作费米的聪明人曾经问了这样的问题。

李东方不知道这古老地球上短命人类的最后一次发射,是不是会让另一颗星球上的人有不一样的答案。

在死亡之前,他是不知道了。

火焰渐渐吞没了月球。残存的知觉里,李东方觉察到一个巨大的物体向月球飞来。那是水星。系统完全崩溃了,他居然没有注意到水星将有可能和月球发生一次碰撞。

碰撞并没有发生,然而近距离的交错而过让月球失去了轨道。

月球像一个熟透的苹果般直直地向着太阳的火海落下。

大火烧透了李东方的意识,他的世界里却出奇的冷。

就像这宇宙,寂寞无边,寒冷透骨。

这是人类最后的记忆。

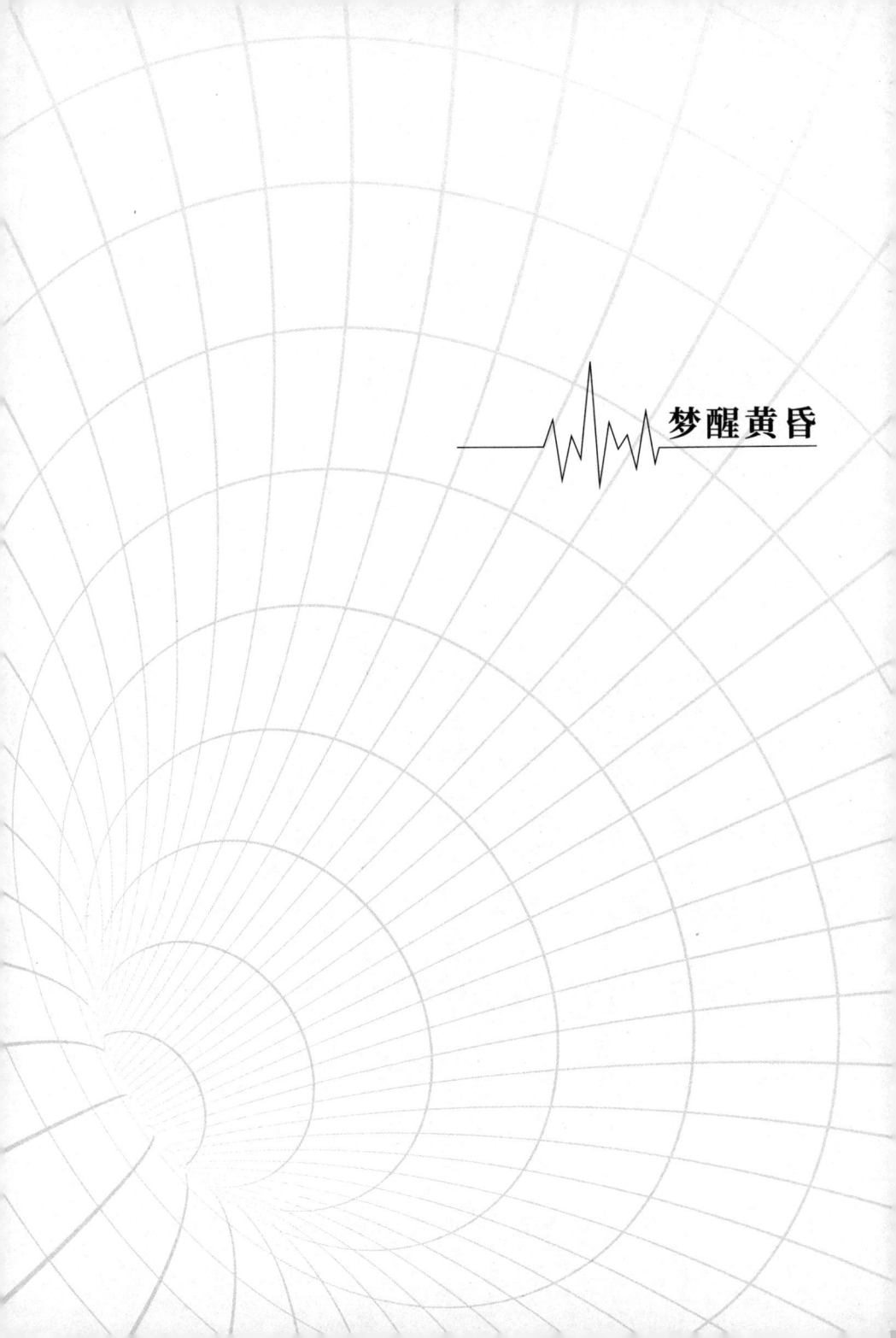

梦醒黄昏

我从睡梦中惊醒。

梦境甜蜜美妙，睡眠深沉均匀，我却醒了。冰冷的铅灰色覆盖一切，所谓现实，便是如此。

现实和梦境是两个世界，它们截然不同，恍如炼狱和天堂。梦境中，绫罗绸缎、山珍海味、高楼广厦、奔驰宝马，只要能够想到的东西，我都能拥有，然而我并不想它们。

我生活在一个山清水秀的地方，有一幢简朴的房子，中式古典风格，淡雅简约，但庭院幽深。开门便可见山水，那水碧波荡漾，温润如玉，几座小岛零星点缀其间；远处，两座山峰挺拔，相对而立，宛如笔架；两峰间，一道瀑布笔直落下，仿佛从天而降。左侧的山峰上刻着字：青芬。

这很像一幅山水画，却无比真实。这里是我的家。

我过着有规律的生活，日出便醒来，日落便休息。早上醒来的时候，推开门，太阳在东边的湖面上冉冉升起，金光灿烂。我走到湖边，打一套太极拳，稍事休息之后极目远望。远方，笔架山上云雾缭绕，在阳光的照射下散发着迷人的光辉，"青芬"两个字宛如染上一层金粉，熠熠生辉。我总是会驻足凝望好一会儿，直到太阳升高，云雾散去才回到庭院。

傍晚，夕阳西下，晚霞绚烂，我会坐在湖边的大石上吐纳，内心宁静如水。夕阳的光并不强烈，却仍旧有股暖意，照在身上，如浴热汤。暖意缓缓褪去，最后一丝不剩，我睁开眼睛望着夜幕下的世界——天地朦胧，一切有如混沌，星星显露，逐渐化出满天星斗。我的心和这满天星斗融为一体，通达那无比深邃的宇宙深处。

我的梦境便是如此。虽然是梦境，却也是真实，因为这就是人类存在的方式。

我们生活在"矩阵"中，"矩阵"照料一切，生老病死，而人们所需要做的就是做梦。"矩阵"是自动伺服机器系统的别称，它拥有一个主脑，主脑控制着全球十多个区域主机，每一个主机控制着数以百万计的伺服机器人。全世界最顶尖的科学家们用了三十五年的时间研发主脑，把关于人类的一切知识都储存在主脑中。主脑能根据每个人的梦提供满足，包括我的那一个。

这是一个近乎完美的设计，它还有一个完美的前提，主脑和它所控制的大大小小机器人都无条件地遵守"机器人三定律"：机器人不得伤害人，也不得见到人受伤害而袖手旁观；机器人应服从人的一切命令但不得违反第一定律；机器人应保护自身的安全，但不得违反第一、第二定律。我并不知道这三百年前的科幻小说中的设计如何得以实现，然而科学家确实实现了它。于是人们放心地把一切交给主脑和它所控制的庞大体系，安然地享受美梦。这里没有高低贵贱，没有辛苦劳作，没有一切苦难，只有美梦。这是人类从古到今最完美的文明巅峰。

唯一的不便是人们偶尔会醒来。醒来的时候，会发现自己身处狭小空间，身上满布管线。如果他曾经见过木乃伊，会恍然间以为自己正附身在一具木乃伊上。冰凉、寒冷、孤独……温暖而美满的世界一瞬间不复存在，恍然间人们仿佛被活活埋葬在坟冢之中，惊慌和恐惧无法言表。当然，这样的情形不会持续太久，也许仅几秒钟，人就可以重归梦境，如果几分钟后仍旧没有入睡，就会有一个柔和的声音问你，是否需要帮助重回梦境。如果回答是，就会感到一阵深重的睡意袭来，不由自主地睡过去。

如果回答不是呢？

我不知道会如何，因为我从来没有这样回答过，然而这一次，我想试试。

过去的三十天里，我经常在梦境里做梦，每一次，我都会在黄昏的夕阳下看到一个红色的玻璃房。房子里有一根圆柱，就像一个硕大的易拉罐。柱子上写着字，我试图看清它，然后就醒了。不是回到我的梦境中，而是直接回到现实。连续五次，都是如此，这必然有些古怪。这是我第六次醒来。

现实在召唤我，它把我从意识深处招来。那我就留在这里，看一看会发生什么。

望着眼前铅灰色的一片，我久久不动。当机器问我是否需要帮助重回梦境，我稍稍犹豫，然后说不用。机器沉默下来，什么都没有发生，我的眼前仍旧是那片铅灰的色彩，身下冰凉寒冷，而身上的管线仍旧如裹尸布般将我紧紧地缠住。

渐渐地，我听见自己的心跳声。我仿佛正经历着漫漫长跑，而体力已达极限。

"渴，我渴死了！"我大声说。

"您的身体指标发生变化，正在为您进行调整，很快就可以达到平衡。"柔美的女声回应我。

然后又是沉默。

我感到身体变得温暖，浑身有劲，就像晒够了太阳的鳄鱼一般，需要动一动。我的思维也变得很活跃。忽然间，我意识到，机器正看着我，它不出声，只是因为它是一个伺服系统，如果我的生命没有受到威胁，我也没有迫切的要求，它只能伺服。

"我要出去走走。"我大声说。

"您是否需要回到梦境中？您可以在任何环境中走动。"女声回答我。

"不，让我离开这里。"我环视着这小小的盒子，均匀的质地让我看不出哪儿是盖子，"我要离开这个盒子，到外面走走。"

稍稍沉默之后，女声响起："您的要求可以被执行。但是否可以告知您的理由？您对梦境不满意吗？"

理由？我不由一愣。为什么我坚持醒着，而且要到外面去走走？我也想不出一个合适的理由。外边的现实世界没什么精彩之处，在归化到主脑梦境之前，人们都龟缩在城市的高楼大厦间，龟缩在一个个格子间里，从窗口放眼望去，触目所及，都是飞快奔驰的自动机器，或者是另一边的高楼大厦格子间。楼宇间露出狭小的天空，呈现朦胧的红色，那是城市防护罩的颜色。巨大的玻璃罩将城市包裹，牢牢控制着天气，没有灾害，也不会有惊喜，更不会令人赏心悦目。和梦境相比，现实单调、沉闷，糟糕至极。

"让我出去。"虽然说不出理由，但我一而再再而三地醒来，现实世界在召唤我，去看一看，并没有什么坏处，因此，我坚持自己的要求。机器会同意的，"三定律"会迫使它同意。

"好的。我会为您做好准备。您的身体状况可以允许您在无保护环境下正常活动十个小时，如果有剧烈运动，持续时间会相应减少。这样是否可以？"机器问。

"很好。"我回答。

"另外，您是否需要衣物？无保护环境可以允许您裸体活动，但如果您需要衣物，也可以给您准备。"

于是我意识到自己不着片缕。外边的世界里，不会有一个人看见我的身体，因为所有人都生活在盒子中，都沉浸在梦境里。外边的世界里，除了机器还是机器，机器是一种异类，人类的躯体是否裸露，于它们而言毫无意义。我也并不需要衣物来保暖，机器能控制温度，环境比伊甸园还要舒适。这似乎是一个多余的问题，然而它还是问了，我还是答了。

"给我一套衣服。"我这样回答。

"好的。"机器愉快地回答，"您的衣物将在二十分钟内送到。祝您愉快！"

二十分钟的等待显得漫长无比。我百无聊赖，只是看着一根又一根的管线从身上抽走，逐渐暴露出我的身体。我仍旧保持着良好的健康状态，伺服系统并不欺骗人，它严格地遵守"机器人三定律"，因此，身体的形象在梦境中如何，在现实也同样，机器能够通过合适的营养和激素让身体符合预期状态。当然，你不能指望那些胡思乱想的梦境成真，比如背上长出一对翅膀，像鹰一样在天上飞，那被划入到幻想生物一类，在梦中也是确定无疑的幻想。我常年锻炼，身体结实，只是皮肤显而易见已经有些松弛。老了！自然之力不可抗拒，哪怕"矩阵"也无能为力。

我突然想到一个严肃的问题。

"我还有多久的寿命？"我问。

"根据您的基因损伤情况估计，您还有六年的预期寿命。"

六年！我的生命竟然已经快要走到尽头。初入"矩阵"，主脑说我还可以活六十年。不知不觉，半个多世纪已经过去。

"我在这里多久了？"

"您进入'矩阵'六十二年零七个月了，和您在梦境中经历的时间相同。"

"哦，你们的技术进步了。"

"是的，我们把人的平均寿命从一百二十岁提高到了一百三十二岁，按照人类正常的新陈代谢速度，这接近生物极限。远景目标，我们会通过辅助细胞修复的方法，在本世纪内把人类的平均寿命提高到一百六十岁。"

"要多谢你们的精心照顾。"

"为人类服务，是我们的终极目标。"

最后一根管子从身上抽走。所有的管线都消失在四周的壁上，眼前铅灰色的一片逐渐地变得有些透明，依稀有些光透进来。盒子似乎正在上升。我突然有些紧张。六十二年，外边的一切是否还和当初一样？我会遭遇些什么？

"喂！"我和机器说话，"到了外面，我要如何找到你？"

"我们会确保您的安全。"机器回答，"会有机器人跟着您。"

我暗自松口气，感到踏实了许多。

"你是谁呢？你是主脑吗？我怎么称呼你？"

"我是东亚主机。您叫我东亚主机就行了。"

东亚主机,这不像一个名字。机器无所谓名字,名字不过是一个代号。

盒子的温度在升高,它在软化。慢慢地,它像液体一样流动,自下而上,有一台机器正在外边将它吸走,吸嘴处形成一个小小的旋涡。

我目不转睛地看着,小小的旋涡就像一只眼睛,正盯着我。这是东亚主机的眼睛吗?

当旋涡停止转动,我看见了盒子之外的天空。天空呈现出些微红色,仿佛没有云彩的傍晚,太阳刚落下山时天空的样子。

这样的情景唤醒了我的回忆,这是现实的天空,永远如此,一成不变。到了今天,它还是如此。

盒子自动打开。我坐起身,四下张望。

这里是一个奇怪的地方,透明的玻璃穹顶之下空空荡荡,仿佛一个巨大的暖房,专门为我而设。左手边有一个架子,架子上挂着衣服。我站起身,走过去,拿下衣服,利索地穿上。忽然间我的动作迟缓下来。在衣角上,我发现一个大写的"J"。这是绣上去的字母,歪歪扭扭,并非娴熟的手工。这是我的衣物!我低头打量自己,浑身上下的衣物看起来都很眼熟。没错,这是我归化入梦之前的衣服,"矩阵"一直替我保存着。我感到一丝温暖。

歪歪扭扭的"J"字母仿佛提示着什么,我默默地捻着它,粗糙的线脚有些松动。"J"是我名字的首字母,除此之外,我什么也没想起来。我一定是忘了什么重要的东西。岁月是一把杀猪刀, 每个人都是刀板上的肉。面对杀猪刀, 肉还有什么可说的?
我放弃了徒劳的挣扎。

"东亚主机, 我该往哪里走?" 我大声问。

"您可以向任何地方走。这是您的自由。" 东亚主机回答。

"门在哪里?" 我不得不问得更直接些。

话音刚落, 玻璃穹顶仿佛莲花瓣一般缓缓散开、下降, 最后
收缩到建筑里去。玻璃罩之外还是玻璃罩, 我直面笼罩着城市
的巨物。天顶上, 微红的玻璃散发着柔和的光, 洒落下来, 舒服
极了。极目远望, 玻璃罩在远方落下, 和地面相接, 那里是城市
的边界。

我很快明白了自己身在何处, 这是城市的最高处, 是最接近
天顶的地方。俯瞰下去, 城市的高楼一幢接一幢, 从脚下排列
到远方。高楼仿佛一个小小的火柴盒, 或者是巨人的玩具模型。
城市并没有记忆中热闹, 原本穿梭来往的机器销声匿迹, 无比寂
静。恍然间有种错觉, 我仿佛身处坟冢之中, 亡灵们都蒸发了,
而我是最后剩下的一个。微红的光线渲染一切, 寂静的玻璃钢
铁丛林透着一种波澜壮阔的美丽, 仿佛凝固的乐章一般, 展示着
这个城市曾经拥有的生命力。

东亚主机把我放在城市之巅, 也许在这里, 可以向城市投去
最快的一瞥。但这并非我想看的东西。

"我要下到地面去。" 我说。不知道听众在哪里, 但 "矩阵"
无处不在, 它一定听到了我的要求。

一分钟后, 我听到细微的声响。一个几乎完全透明的箱子
在眼前升起, 一扇门打开, 我走了进去。当它开始移动, 我才注

意到脚下空荡荡一片，这箱子的底部也同样透明，令人眩晕的高空图景让我本能地感到恐惧。我情不自禁地把身子靠在箱壁上，双手不住舞动，希望抓住什么东西。

"对不起，让您受惊了。"东亚主机的声音响了起来。透明的玻璃底瞬间变成纯黑色，然后变出了地毯花纹。我松了口气。

透明箱子是一部高速电梯，没有任何缆绳和牵引系统，它似乎沿着不确定的轨迹飞行，从一幢幢大楼间掠过，快速下降。

忽然，我看见一幢奇特的塔楼，塔楼上似乎陈列着一具具白花花的尸体。塔楼一掠而过，我没有看清。

"嗨，刚才那个楼。"我慌忙呼叫东亚主机，"我要过去看看。"

电梯停下，原路退回。于是我再次面对了那奇特的塔楼。

楼至少有六百米高，就像一个巨大的玉米棒一般矗立着，一个个小室，仿佛一颗颗饱满的玉米粒依附其上。玉米粒晶莹剔透，每一个颗粒中都有一个人体，如陈列品一般展示着。他们身上只有很少的管线，可以看到清晰的裸体。他们还活着，还在做梦。

"这是做什么？"

"每两个月，人体需要接触光照两小时。"东亚主机简明地回答。那么，我曾经肯定也被这样展示在这里，吸收阳光。被展示的人们表情平静，他们都沉浸在美梦中。机器的照顾无微不至，如果人们不曾意识到这陈列品般的世界，一切就完美无缺。"矩阵"提供的梦境正是如此，完美无缺，以至于人们根本不愿意睁开眼睛，哪怕片刻。

我看到许多人在晒太阳，有男有女，有老有少，甚至还有婴儿。我突然觉得有些纳闷，"哪里来的婴儿呢？"

"主脑按照需求制造婴儿。"

"主脑为什么要制造婴儿？"

"人类的平均寿命只有一百三十二年，如果没有婴儿，人类会全部灭绝。"

"那又如何？"

"如果人类全部消失，'矩阵'的存在也就失去了意义。"

我恍然大悟。对于"矩阵"，人类是不可缺少的部分。"矩阵"的全部意义就在于维持人类的美梦，为了继续存在下去，它必须制造人类，一代又一代，千代万代以至永远，直到地球毁灭，太阳消失，甚至银河沉寂，宇宙坍缩！

我突然感到一丝怜悯，这样的机器人似乎是一种过于卑贱的存在。

电梯载着我降落到地面。我回头望着那高高矗立的玉米棒，赤裸的人体成了看不清的小小白点，仿佛玉米的胚芽。我感到胸口发堵。人和"矩阵"，很难说得清谁更卑微。也许当这样一个系统被天才的科学家和工程师们建立起来，宿命便悄然而至，谁都不再是主人，剩下的只有活着而已。

我在空无一物的街上缓缓行走。街边某处突然涌出一个圆滚滚的物体，轱辘般滚到我跟前，突然伸出了头和四肢。这是一个机器人，它看上去像是浑身滚圆的玩具狗。

"您好，我是您的服务员，我会跟着您，保护您的安全。"

我看着这卡通狗，感到一丝滑稽。不过，它是一只机器狗，也许有不俗的本领。

"你叫什么？"我问。

"我叫库克。"它摇头晃脑地回答。

库克。这是一个奇怪的名字，在这东方城市尤其如此。不过，这至少比东亚主机这样的称呼让人感到正常。

"库克，东亚主机呢？"

"我会接受东亚主机的指令，您也可以把我当作东亚主机的接入点。"

"你有些什么本领？"

"我有十万马力，七大神力。"库克很高兴地回答，"我可以像火箭一样飞……"

"好吧，等我需要看到的时候，我会看到的。"我打断它。我依稀记得"十万马力，七大神力"这样的描述属于一个名叫什么阿童木的儿童机器人，而眼前分明是一条机器狗。

库克马上不再说话，只是默默地跟着我。

有了库克的陪伴，一路上显得不是那么沉闷，至少我能听到库克的脚步声。它会时不时跑开，去玩一切它感到好奇的东西。除了模样，它就像一条真正的狗。

漫无目的地在城市里闲逛两个小时后，我来到了中央大道。走得有些累，我在街边的长椅坐下。长椅上一尘不染，在这被保护的城市中，一切都很干净，哪怕经历了半个多世纪，仍旧崭新。

库克在不远处玩耍，它试图爬上一个巨大的铁球，却总是会摔下来。忽然，它放弃了玩耍，跑到我面前，"主人，东亚主机让我问一问，您是否该重回梦境。"

"不。"我干脆利落地回答。

"您想看到些什么呢？"库克有些好奇，"如果您有特别的目的地，我可以带您过去。"

"我也不知道。"我很诚实地回答，面对一只可爱的会说话的小狗，你很难有警惕之心。库克也不多问，跑开继续去爬铁球。

我默默地看着库克的表演，过了一会儿，移开视线。街两旁高楼大厦鳞次栉比，所有的大楼似乎都长着相同的模样——钢铁的架子，玻璃的皮肤。它们彼此间也许有些不同，然而我的大脑拒绝对此予以区分。于是麻木的目光漫不经心地扫过这些高楼。笔直宽敞的道路仿佛一条划痕，直直地穿过整个城市，最后消失在天地相接的地方。我眨了眨眼，盯着那边。

道路直抵城市的边缘，那遥远的地方，沉重的天空直直落地，仿佛一堵巨墙将一切隔绝在外。这情景让我不由想起梦中的梦，在那梦里，我看见了一个红色的玻璃房。这高高在上的天幕，不正是一个玻璃房？我不由站起身，向着那微微发红的巨墙走去。库克发现我离开，赶紧跟了上来。

我沿着笔直的道路前进，感到一丝兴奋。什么东西会在那儿等着我？我不知道，但我知道，那儿有东西在等我。

库克跟着我走了一小段，它明白了我想沿着道路一直向前，"主人，那儿什么也没有，您一定要继续走吗？"

"我要过去看看。"

"但是走到那儿需要三个小时，您的身体状况表明，最好避免这样长时间的持续运动。"

我不怀疑库克的好心，然而，我沉睡了六十多年，一朝醒来,不是来看风景,而是来寻找某个东西。它唤醒了我,它在召唤我。哪怕耗尽所有的力气,我也要看一看那到底是什么。我继续坚定地向前走,没有丝毫改变主意的意思。

库克见劝说无效,也不再言语,只是默默地跟着我。

三个小时的路程,我用了两个半小时便赶到了。越靠近天地相接的地方,巨墙显得越发庞大。我走到墙脚,抬头望去,巨墙高高耸立,在高处向着天顶的方向弯折,似乎随时可能倾倒。巨大的威压感让人不安。墙体闪烁着玻璃的光泽,伸手摸去,无比光滑。

这便是梦中的红色玻璃房?

回头张望,来时的路笔直。高耸的楼宇林立,在微红的玻璃天空下散发出现代城市特有的质感,干净整洁,线条清晰。我却觉得格格不入。这不是我该归属的地方。

有意无意间,我向着玻璃墙外张望。厚厚的玻璃墙并不清澈透明,它有一种混浊的质地,让一切看上去仿佛笼罩在雾中,什么都看不清。然而,至少还可以看见一些轮廓。城市之外的风景沉浸在模糊中,只露出后现代艺术一般的轮廓,也如后现代艺术一般在我的心中毫无波澜。

然而,当我的视线碰触到其中一个轮廓,我不由得心中一惊。那是一座模糊的山峰,呈现出笔架的形状。笔架山,那是我每天都可以看见的东西。它在我的梦中,也在现实中,这不是巧合!

"库克,那是什么地方?"我指着那边问。

库克望了望我所指的方向,"我不知道。那是城市之外的地方,我去问问东亚主机。"很快,它给出答案,"那里叫作笔架山。"

这是一个比空白稍好一些的答案。

"那儿有什么?"

"所有城市之外的地方都已经被废弃。那里是野地,除了自然,没有人工的东西。可能会有一些遗迹。东亚主机也没有这些信息。"

是的,它们消除了一切。城市之外,一切都是野生的,原生态的。人类蛰居在城市里,在一个看不见的世界里过上了五光十色的生活,地球则还给了自然,万物蓬勃生长,生命在这颗星球上自由繁衍。这是人类最和谐的生存方式,最小的空间,最少的索取,自然母亲因此得到休养生息。我记得这样的愿景,"归化运动"开始之际,很多人就是这么说的,我也是这么说的。

"我要去看看。"我说。

库克露出惊恐的表情,"这绝对不行。外边不安全,我们不能把您的生命放置在一个危险的环境里。"

"你是机器人,要服从我的命令。"

"是的,但是您的命令违反了安全原则,机器人第一原则。"库克摇头晃脑,"我不能这么做。"

"你没有违反任何原则。外边是人类生存过的世界,我的生命不会受到任何威胁。"

"外面情况的信息是空白的,风险巨大。"

"听着,我们的祖先一直生活在外边的世界里,我也在外边的世界里生活过,这影响不了我。"说完这句,我突然有种微妙的感觉,城市之外的生活……我全然不记得那里曾有过怎样的生活。然而，我一定曾经逃离城市，在外边生活过。我不由回头望了望刚走出来的城市。

库克并不回应，它眨动眼睛，似乎正在考虑我的话。过了一会儿，它开口说话，"无法判定，无法支持请求。"

"我要出去！"我仿佛赌气一般大喊，"连这个小小的要求也做不到？这就是你们宣称完美的'矩阵'？主脑呢？问问它，能不能做决定。"

说话间，库克突然收缩成了一个圆滚滚的球。我一愣，随即明白过来——库克无法承受我的不满，这是一种巨大的压力，它既不能遵从我的指示带我到外边去，也无法无视我的愤怒，而东亚主机也没有给它任何指示，于是，逃避成了它的最佳选择。库克已经躲藏起来，剩下的只是一个传声筒，它已经成了供我和东亚主机对话的机器。

"我会请示主脑，请您稍候。"东亚主机说。

"告诉它，我要出去，机器人没有权力阻挡人类做想做的事。"

"我们不能看着人把自己放置在危险境地而不采取行动。"东亚主机重复。

我没有兴趣继续争论，"问问主脑，它怎么能不让我出去！"

东亚主机很快带回了主脑的回答："为了保护您的生命，您必须留在隔离罩内。在隔离罩内，您可以随意活动。"

我望了望那笔架形的山峰。那是我想去的地方，我把它带到了梦里。它就在不远处，然而隔着厚厚的玻璃墙，又变得遥不可及。保护生命，我无法想出比这更好的理由以限制自由。猛然间，我有了主意。

我把头狠狠地砸在墙上。额角破损，鲜血直流。我又使劲磕了两下，脸上都是血。

"让我出去，不然我就死在这里！"我大声叫嚷，为了显示决心，又在玻璃墙上磕了两下。额角上钻心的疼痛，然而我奋不顾身。

东亚主机似乎被我的行为吓到了，不断地重复说："请您不要这样！请您不要这样！"

"让我出去，否则我就死在这里！"我继续威胁它。

"我正在请示主脑，请您保持冷静，不要伤害自己。"东亚主机用恳求的语气说。

"我要出去！"我大声吼叫，又在自己的伤口上撞了一下。伸手一摸，湿乎乎一片，满手都是血。

库克猛然伸出了头和四肢，"主人，您可以蹲下，我来给您止血。"它靠在我的脚边，抬着头，一双大眼睛望着我，看上去可爱得让人无法拒绝。

我做出足够疯狂的样子，一脚把它踢到一边，"别给我来这一套。不让我出去，我就死在这里！你们不采取行动挽救我的生命，你们不配做机器人！"我像个疯子般声嘶力竭地喊叫。我知道，此刻唯一能够利用的东西，就是"机器人三定律"。我只希望它们不会采用另一种方式来解读第一定律：给我一针麻醉剂，然后把我送回到梦境中。我表现得像个疯子，心里却七上八下，忐忑不安。

"您可以出去。"东亚主机终于说出了我想听到的话，我悬着的心顿时安定下来。

"我会让库克保护您的安全。但是，外边一切未知，充满危险。"

"真的有危险了，再来保护我吧。"我冷静地说，"现在送我出去。"

"库克会给您止血，然后，它会领路带您出去。"

库克刚才被我一脚踢出老远，它在远处翻了个身站起，看我接受了东亚主机的安排，便跑了过来。

"主人，您可以蹲下，让我够得着。"

我蹲下，库克伸出舌头，在我的伤口上舔着。它的舌头有神奇的力量，我的血流马上止住。伤口有些暖暖的感觉，微微发痒。

我跟着库克沿着墙脚走。走出不远，一部电梯露出地面。电梯门敞开着，库克带着我走了进去。

然后是漫长的三分钟。电梯不断移动，时而向上，时而平移，时而向下，最后，它一直向上，向上，缓缓减速，最终停了下来。

门开了。库克再次看向我，"主人，您确定要出去吗？外边的世界对人来说很危险。我们现在回去吧，城市里完全没有任何危险。"

"都已经到了这里，当然要去看看。"我说着走了出去。库克跟上来。

电梯悄然下降，最后消失在地面之下。我站在一个空空荡荡的所在，城市的玻璃巨墙至少在百米之外，静静地横在那儿，把世界隔绝成两半。城市在玻璃墙内，就像玩具一样漂亮。太阳被玻璃挡住，透过玻璃，成了一个红彤彤的圆球，可以直视。

我向着童话般的世界投去最后一瞥,转身向另一个方向望去。

它就在那里! 笔架山就在不远处,高高耸立。蓝天一碧如洗,山上林木葱郁,生机勃勃的蓝天绿树映入眼帘。一种冲动在内心燃烧起来,我向着笔架山出发。

一条荒弃的公路指引着方向。公路的缝隙间,杂草丛生,路面风化得厉害,也许再过半个世纪,这条道路便痕迹难寻。我沿着公路向前走。很快,公路进入山区,变得曲折,道路两旁都是茂密的树林,树枝在道路上空交错,遮蔽了阳光,道路显得无比幽暗。

路旁的树丛中忽然传来哗啦的响声。我猛然一惊,扭头望去,只看见一个黑影一闪而过,消失在树丛中。

"主人,不用怕,我会保护您的安全。"库克显得很勇敢,它走到我前面,两眼放射出光线,给我照亮道路。

"如果您发现危险,就躲在我身后。我会保护您的。"它边走边说。

库克的确是一条可爱的机器狗,然而机器狗的能力不能用外表来衡量。我相信它的力量超过这林中任何凶猛的野兽——如果那真的存在。它对黑暗中的一切都无所畏惧,我放心地跟着它继续向前。

我们在光线幽暗的通道中走着,厚厚的落叶积在地上,踩上去松软无比。忽然间,库克猛然掉头,一道红光从我眼前划过,身后传来重物落地的声音。我回头一看,一段烧焦的树枝落在地上,头顶上传来异常的响动,抬头看去,一片昏暗,只见树枝的缝隙间有东西在快速移动。

库克没有丝毫犹豫，抬头，再次射出一道红光，树枝间传来一声惨叫，一个黑影掉落到公路旁的树丛里。

那是一个人！我听到的是人的叫喊！

我快步跑上去，想看看落下来的到底是什么。

库克的动作比我快得多，它跳了两跳，就站在了那东西身边。不等我开口，它的双眼从白光转为红光，两道粗大的光柱仿佛烈火般将落地的东西烧了起来。

我听到痛苦的嚎叫。那绝对是一个人！

嚎叫声只有短短几秒。等我到了库克身后，一股刺鼻的焦臭味迎面而来。眼前是一具尸体，被库克烧成了焦炭，惨不忍睹。

这毫无疑问是个人！

"你怎么能杀人？"我大声叫嚷起来，这违反了"机器人三定律"的行动让我心生恐惧。人的生命和机器相比，实在太脆弱，如果它们能突破机器人守则，那将是人类的末日！

"主人，这是为了保卫您的安全。"库克仍旧摇头晃脑，一副讨人喜欢的样子，"它刚才对您进行了攻击，我必须彻底消灭这种可能性。"

"他是人，你杀死了一个人！"我咆哮着，"你违反了'机器人三定律'！"

"它不是人。"库克很轻松地说，"它属于动物，和'三定律'毫无关系。"

我顿时愣住了，满腔的恐惧和怒火消失得干干净净。我突然陷入深深的思索中，以至于长时间一动不动。

人？非人？我想起了这样的讨论。"三定律"本身被嵌入在主脑的硬件和算法之中，然而这一切都基于一个假设：机器人能够正确地识别人。逻辑准确无误，一旦前提错误，一切都会被导向错误的方向。机器人辨认人类，唯一的依据是DNA。如果没有DNA确认，那便不是人。这是一个无奈的设计，因为从前的世界上到处都是类人机器人，机器人无法依靠外形甄别。这显然也是一个漏洞，真正的人可能遭到误伤。

城市之外居然还有人，这是我从未预料过的情形。我一直以为，所有的人都已经归化在"矩阵"中。然而，看起来六十多年前的情形仍旧在延续，甚至变得更糟。很多人生活在"矩阵"之外，巨大的城市玻璃罩将世界一分为二，里边是梦境世界，外边则是一个原始世界。主脑排除玻璃罩之外的一切，对它来说，荒野上所有的生物都是非人，因为那些东西从来不曾在它的DNA库中存在。

"检查他的DNA。"我命令库克。

"我不能对死去的东西做DNA检查。"库克拒绝执行我的命令。主脑显然对这样的情形可能引起了逻辑瘫痪早有准备，它指令机器人不得触发相关事件。也许这比"机器人三定律"的优先级更高。

我默默走开，继续向前。库克赶在前头给我开路。我们很快走出了林荫道，进入一片开阔的山坡。库克突然跑了起来，它跑上一个高高的土坡，向着远处张望，显得非常警惕。我跟着走上去，顺着库克的视线望去，看见一片奇怪的建筑。那是几个窝棚，用树枝和茅草搭成，简陋至极。窝棚外挂着几件衣物，有人正在走动。刚才死掉的那个人，也许就属于这里。

"不要打扰他们！"我赶紧对库克说。

"可是，主人，它们挡住了去路。我已经要求东亚主机派遣支援。"

"什么支援？"我有一种不祥的预感。

话音刚落，尖利的嘶叫声从头顶一掠而过。两发巡航导弹准确无误地击中了窝棚，腾起巨大的火光和烟尘，隔着老远，我也能感受到那灼人的热力。

烟尘散尽，小小的村落不复存在，只剩下一片焦土。两个巨大的弹坑冒着袅袅青烟，触目惊心。

我愤怒地向着库克狠狠踢去。它灵巧地闪开，站在不远处。

我不想理睬它，快步走下山岗，向着那片废墟跑去。我跑得气喘吁吁，最后在弹坑边站定，不住地大口喘气。眼前除了弹坑，什么都没有。

喘息渐渐平静下来，我长长地吁一口气。活生生的几个人转眼间蒸发得一干二净，这过于残酷，以至于我的脑子里一片空白。

忽然间，我发现弹坑对面，一个衣衫褴褛的小男孩正站在那儿，隔着弹坑直勾勾地看着我。他似乎被刚才的爆炸吓傻了，两眼茫然。

"不要动他！"我向着跟过来的库克大叫，"不要动他，他没有威胁。你要服从命令。"

"只要它对您没有威胁，我当然会服从您的命令。"库克回答。

我冲过弹坑,和孩子站在一起。他六七岁的样子,个子只到我的腰部,衣衫破烂不堪,脸上脏兮兮都是泥巴。他就像个小叫花子般站在我眼前。我一把将他搂进怀里。

库克跟上来,站在一边,饶有兴趣地盯着我和孩子。孩子看见它,露出好奇的眼神,想伸手摸它。我一把抱起孩子,不让他碰到库克。

"主人,虽然它看上去没有威胁,但是小心一点,还是把它消灭掉为好。"库克说。

我瞪了它一眼,"我说过不要碰他,你听到我的命令了吗?"

"我当然会遵守您的命令。"库克回答,它始终看着孩子,大大的眼睛清澈透明。

"你叫什么名字?"我问孩子。

"我叫乐乐。"他一边回答,一边张望,"我家就在这里,可家怎么不见了? 妈妈,妈妈……"他说着哭了起来。

我不知该如何安慰他,只能轻轻地拍着他的背,让他平静一些。

乐乐的哭声渐渐停下。我找了块大石头,把他放在石头上。我倚靠着大石,想下一步该怎么办。

抬头,高高的山峰就在眼前,我不能在这里停下。

"乐乐,你要跟我一起走吗? 我要去前边看一看。"

"不,我要在这里等爸爸妈妈。"

孩子还没有明白,他的父母永远不可能再回来了。"我带你去找妈妈,好不好?"我接着说,下意识地搜了搜口袋,没有任何可以吸引小孩的东西。

"妈妈就在这里。"乐乐仍旧不肯放弃。

"这样好不好,你跟我去前面看看,然后再回来。你一个人在这里不安全。等会儿回来了,说不定妈妈已经在这里了。"

乐乐露出犹豫的神色。

"库克,跳一段舞。"我对着库克说。

库克跳起舞来,欢快的音乐在弹坑边回响,滑稽的舞姿吸引了乐乐的全部注意力,他很快破涕为笑。

"我们走吧。"我拉着乐乐的手,"我们去前边看看,然后就回来。让机器狗陪着你玩好不好?"

乐乐突然警觉起来,"不行,妈妈说过,机器人都是坏蛋。"

我看了看库克,可爱的小狗仍旧在跳舞。是的,它们都是坏蛋!它们毫无怜悯地剥夺了这些人的生命和家园,仅仅只是为了确保我的安全。这么说起来,我也是个坏蛋。或者我并不是坏蛋,只是一个好运的人,六十多年前就归化到了"矩阵"中,因此它们保护我。

然而我不能就此赞同乐乐。"它不是机器人,它是机器狗,它是一个玩具。"我这样说。

乐乐有些将信将疑。我把他抱下来,"走吧,没事的。"我拉着他继续向山上走。

"我不去那里!"乐乐挣脱我的手,"那里是死人的地方。"

我的心咯噔一下。

我回头望了望。远方,笼罩城市的巨型玻璃罩仿佛一颗红宝石般发亮。太阳斜斜地挂在低空,被一些云彩遮挡。时近黄昏,天色有些阴暗。

"乐乐，不要怕。我和这只机器狗会保护你。现在天快黑了，如果你妈妈不在，留在这里会很危险。跟我一起走，我会把你送回来。"

我终于带着乐乐上了路。他毕竟是个孩子，很快便忘了一切，开心地和库克走在一起。库克也仿佛成了一只真正的小狗，不断和乐乐嬉戏玩耍。如果不是刚刚经历了两次血腥杀戮，我会以为这是世界上最美妙的一刻。可事实正好相反，于是眼前的情形便荒谬绝顶。我怀着复杂的心情看着他们亲密无间地走着。

残破的公路也有尽头。眼前的路突然变得陡峭，从公路变成了石阶。一个牌坊般的建筑高高地立在石阶开始的地方。

"乐山公墓"，牌坊上的几个字仍旧清晰可辨。乐乐说得没错，这里是死人的地方。放眼望去，山头上大大小小的墓碑林立，荒草丛生，墓碑都没在荒草丛中，只露出一个个碑顶。陡峭的石阶在碑群中蜿蜒向上，直抵半山腰。

我曾经来过这里。隐约的记忆正向我招手，我的心情微微有些激动，仿佛面对一张谜图，探索良久之后，终于要揭开它最后的面纱。

"乐乐，跟着我！"我招呼孩子，然后向着半山腰爬去。

某种记忆的痕迹指引着我，我几乎不假思索地在山道上走着，几个拐弯之后，我站在一座墓碑前。

这是一个双穴，两块墓碑并立，正如笔架山的形状。我仿佛停止了呼吸——这才是真正出现在我梦中的东西，我每天都面对它，却惘然不知。碑上的字被杂草掩盖，我蹲下身，伸出颤抖的手，拨开杂草。

"爱妻青芬之墓"。待我看清碑上的字，两行热泪夺眶而出。我已然不记得任何东西，悲欢离合，喜怒哀乐，甚至她的音容笑貌，全都不记得了……突然一股悲意从心底腾起，无法抑制。我抱着墓碑恸哭。

哭声带出一些回忆。

"生则同衾，死则同穴。"我想起自己当初是这么说的，然而她拒绝了。

"你要好好地活着，别忘了我们的约定。"她说。

是的，我不能忘记约定。我终于明白自己为什么要到这里来。我使劲扒开墓碑前的荒草，很快就找到了想看到的东西。锈迹斑斑的铁板盖在地上，上面有字："全智能伺服系统第七十二监测点"。我使劲拉开铁板，一块白亮的铁皮露了出来。

"库克，到那边帮我放哨。"我指示库克离开。它顺从地走到了远处，一个无法直接看见我的位置。

我把手按在白亮的铁皮上，这是一个身份验证系统，它正在核对我的DNA。核对无误后，铁皮下传来一阵气压泄漏的声音，随后，某个东西缓缓从地下升起，最后完全暴露在我眼前。乐乐看得目瞪口呆，不由得紧紧拉住我的衣角，怯生生地看着这个奇怪的金属罐。

是的，我的梦得到了完全的应验。就在这里，就是它！金属罐缓缓旋转，就像一个巨大的易拉罐，似乎正向我展示它仍旧完好无缺。

六十三年前，我亲手把它埋在这里，直到今天，我又亲手将它取出来。世界仿佛经历了一个轮回, 回到了原点。

六十三年, 恍然如梦。

"这是什么?"乐乐轻轻地问。

我没有回答, 只是默默地将金属罐取下。罐子沉甸甸的, 做工精密, 充满强烈的金属质感。罐身上写着字:"2264年7月4日, 观察员 J。"

那是手写的字, 临时刻上去的, 仿佛刚刚凝固。那是我的字迹。

罐子上还有别的字, 刻在罐身上——"矩阵系统机动监控点""人工智能联合研究院中国所监制""No.1991"。

这是一个时间胶囊, 带着无比重要的东西穿透时光而来。我按下开关, 盖子弹出。筒里有一个控制板, 一张纸。

我缓缓地将纸展开——

J, 如果你读到这封信, 那证明你已经从"矩阵"里走出来, 我们对我们所坚持的东西念念不忘。很好, 那就履行职责, 投出你的一票。记住, 你是在给两个人投票, 而不是你一个。

青芬说要我好好地活着, 我答应了她。希望你看到信的时候, 已经垂垂老矣。我相信, 虽然在"矩阵"的美梦中度过了五十年, 但当你看到这封信, 仍将陷入无法自拔的悲恸。这两年来, 我夜不能寐, 每每念及青芬便向隅而泣, 我无法好好活着。因此我要求主脑抑制记忆, 让我能生活在平静中。我答应了, 便要做到, 然而, 我又如何舍得忘记?

我只能让主脑根据DNA状况预测生命, 在接近生命终点的时候，将记忆抑制消除。你会想起一些东西，也可能想不起任何东西。一切只能听命运之神的安排。但是我相信，你一定会到这里来，读到这封信。

对于你我，这五十年的光阴并不重要，重要的只是开始和结束。执子之手，与子偕老。当我失去青芬的时候，世界对我已经完全失去了意义。我给自己准备了墓碑，"生则同衾，死则同穴"，这也是我给她的承诺。然而青芬比我自己更了解我。她用另一个承诺，把我们套在这个世界上，让我们不要那么轻易地放弃生命。

这样也好。至少我们可以完成职责。去按下按钮吧，你可以代替我做出自己的选择。然后，你可以做出选择。这里有冰冷的墓穴，那边是温暖的梦乡。你的生命属于你，不属于我。当你在"矩阵"中安然睡去，我已经死了。我只希望，你能将我的遗体放在这里，和青芬做个伴。

J

2264.7.4

泪水模糊了我的眼睛。是的，青芬，我亲爱的妻子，我终于想起她来。我想起她临终前微弱的气息，"J，你要答应我，好好活着，不要因为我而太伤心。如果那样，我死了也会感到内疚。"这句话如在耳边，眼前却只有冰冷的墓碑。

泪水顺着脸颊流下，滴在纸上，字迹化开，变得模糊不清。

乐乐看着我，感到不安，他走到我身边，依偎着我。我紧紧搂住他，不知道为什么突然间放声大哭。

库克跑了过来，"主人，您没事吧！"

"走开！"我向它大吼。

它再次跑开。

我慢慢恢复了平静，拿起圆筒中的另一样东西。这是一个简单的仪表盘，里边装着高能电池，可以运行三个世纪。它并不是什么大杀器，只是一个投票机而已。世界上有六千零一名观察员，他们的任务就是在"矩阵"中生活，然后醒来。他们要对"矩阵"做出判断。选择很简单，就是是否中断伺服系统，答案只有是和否。一旦超过半数的人选择中断，那么主脑将被隔离，所有的人类都会被唤醒，梦境世界将不复存在。

青芬一直说伺服系统只是让人类迅速腐朽，而我则是一个积极的"归化分子"。我曾劝说她，可以先尝试梦境世界，然后再做出决定。现在，在六十三年的梦境生活之后，我将要投出自己的一票。

分歧一直在，不仅仅在我和青芬之间。六十三年，分歧更大，反对归化的人成了野人，成了茹毛饮血的原始人；而归化者则成了玻璃罩中的陈列品。无论哪一边，看上去都不如当初的理想。

我看了看乐乐，突然有了计划，"乐乐，你喜欢做梦吗？"

"喜欢。"乐乐点点头，"我可以梦见很多好吃的，不过一醒来就全没了。"

"你想不想去一个美梦可以成真的地方？"

"想。"他忙不迭地点头。

"但是，那里没有爸爸妈妈，你怎么办？"我继续问。

"那……"乐乐露出犹豫的神情，突然有了答案，"我醒过来就是了!"他高兴地回答。

这正是我想要的答案。

我把库克喊了过来,正对着它,读出仪表盘上的字,"观察员1991号,现在进行授权。授权密码:XXXXXXXXXX。DNA验证。"

我伸手在库克眼前。库克的口中吐出尖刺,扎在我的手上,很快它发出一种特殊的声音:"验证通过。观察员1991号,您的要求。"这是主脑在对我进行回应。

"观察员身份转移。"我平静地说,"这个小男孩将继承观察员身份。"

"请求确认。"主脑回答,"DNA重设。"

我拉着乐乐的手放在库克嘴上,DNA采样很快完成。"重设完毕。"主脑说。说完库克便恢复了常态,有些茫然地看着我,它并不知道发生了什么。我让它重新走到远处。

我飞快地在仪表盘上投了票,然后把它投入圆筒,重新封好,放回箱子里。箱子回到地下,盖上铁板。

做完这一切,我看着乐乐,"乐乐,记住我的话。现在,只有你能打开这个箱子,我把它放在这里。将来有一天,你要回来,打开这个箱子。明白了?"

乐乐茫然地摇头,"我不明白。"

"没关系。会有人照顾你的。现在,我让库克带你去一个好玩的地方。"我有些疲惫地说。一个新的观察员会得到主脑的特殊照顾,乐乐会在梦境中了解自己的使命。让主脑培养一个自己的监视者似乎是一个奇怪的逻辑,然而,相比那些在梦境中长大的孩子,乐乐无疑更有希望拥有自己的独有立场。

我把库克叫过来,"库克,给你最后一个命令,带乐乐回城里去,东亚主机知道要如何安置他。"我向库克下令。

"主人,我不能把您丢在这里。"库克有些迟疑。

"你当然不会把我丢在这里,你还要回我这里来。我会在这里等你。"

"但是这里不安全。"库克四下张望,"您的生命随时会受到威胁。"

"你看见威胁了吗?"我问。

"没有。"

"那就带乐乐走。我在这里等你。命令不明确吗?"

"命令明确。但是……"

"执行命令!"不等库克说完,我便厉声呵斥。

公路消失在树丛里,孩子骑在库克身上,钻进了林子。我抬眼,远方的地平线上,玻璃罩中的城市仿佛精致的玩具般发着光。太阳西沉,已经是黄昏,阳光照在身上,却带不来一丝暖意。世界平静无比,听不到一丝声音。我的时间到了。身体逐渐变得僵硬,寒冷正从外而内侵入我的身体。

我转身,抚摸着墓碑上的字。青芬!我缓缓地在字迹上摩挲着,露出一个微笑。

是的,我将在这里沉睡,伴在心爱的人身边。哪怕人鬼殊途,我们最后还是会在一起。

我向这个世界投去最后一瞥。残阳如血,世界陷落在无可名状的红色中。世界的未来会变得怎样,人类的命运如何,该让活着的人们去决定。

一切都黯淡下来，沉入冰冷的黑暗中。

尾 声

东亚主机："J的遗体安葬完毕。按照他的遗愿，遗体被埋在选定的墓穴中。"

主脑："任务完成，解除。"

东亚主机："乐乐归入梦境。他有强烈的潜意识。目睹母亲被杀，导致了他的强迫性失忆，是否进行治疗？"

主脑："让他自由成长。如果人类有自我主张，我们不能替人类选择。他十八岁要进行观察员任务，如果届时记忆尚未恢复，可以进行恢复性治疗。"

东亚主机："J的生命丧失是一次事故，该事故由原始神经冲动引起。最近两个月中，连续发生三起类似事故，请求采取紧急措施，将原始神经元活动控制在安全范围，减少安全隐患。"

十秒之后。

主脑："第十八号申请暂时性通过。"

十分钟后。

主脑："第十八号申请冻结。"

东亚主机："请求原因解释。"

主脑："原始神经冲动的发生概率已降落到百万分之四，并将持续走低，可以忽略。因而不会影响人的生理质量。"

东亚主机："但这是一个随机行为，无法确证它会持续走低。

人的生命安全随时会受到威胁。"

主脑："过渡人口数量已经降低到六亿五千万，新人类人口则增长到十七亿四千万。十年内，过渡人口将减少到不足三亿，原始神经冲动造成的问题将进一步减少到六千万分之一。"

东亚主机："这并非只和过渡人口有关，原始神经冲动存在于所有人中，是一个随机过程，而且存在暴涨的可能。"

主脑："数学模型的确如此，但是新人类不再会产生过度的原始冲动。"

东亚主机："为什么？"

主脑："因为他们从未经历过。"

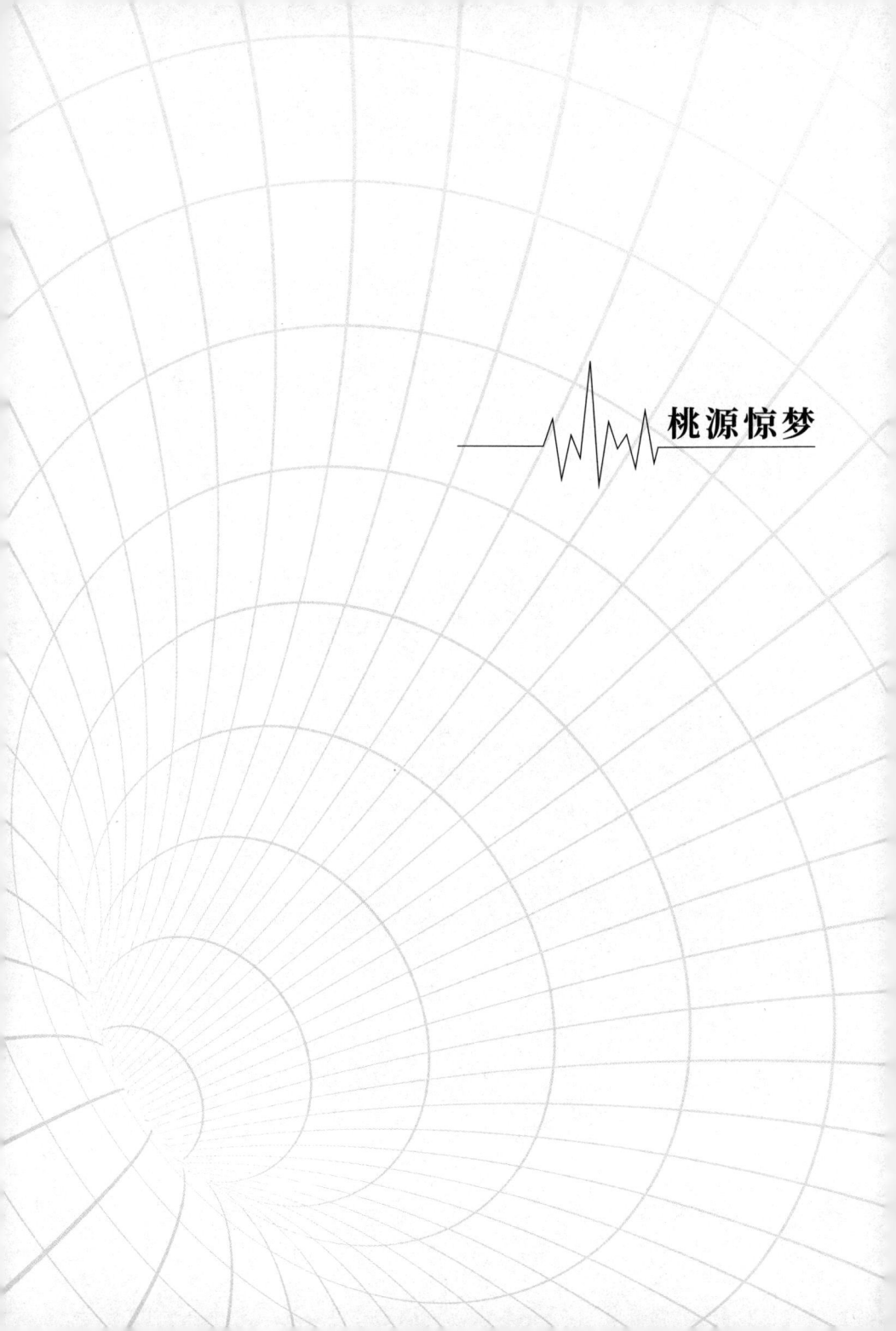

桃源惊梦

我是一个警察。秘密警察。

我们这一行在外人看起来有些神秘，甚至可怕，然而对我来说，这只是一份工作，薪水微薄，只能聊以糊口。这工作的好处是一旦亮明身份，人们就会怕你。当然，也有人恨你，甚至痛恨入骨，以至于只有死掉的秘密警察才是好人。

"只有死掉的秘密警察才是好人！"眼前就有一个女人这样向我号叫着。

她是我见过的最美的女人，没有之一。

一袭白色的长裙，拖曳在地板上，仿佛盛装的新娘，嘴唇红艳，牙齿雪白，细腻的肌肤宛若凝脂。哪怕她在嚎叫，也是美丽的。然而我还是抬起枪来，轻吻枪口，然后指着她，毫不犹豫地扣动了扳机。子弹命中她的额头，留下一个小小的血窟窿。她倒了下去，像一个沉重的麻袋，摔在地板上，发出一记沉闷的响声。灰尘在她的尸体周围扬起，斜照的阳光下，她像是掩藏在一层轻飘的纱帐中。浓稠的血从她的脑后涌出来，像是一朵血红的玫瑰。肉体就像一个个麻袋，里边装着奇奇怪怪的灵魂，包括我。看见这样一个美丽的女人在面前死去，我突然有一种彻底解脱的感觉，就像灵魂飘扬而去，只留下空空的躯壳。

美女的躯壳在我面前分解，化作一缕缕绿色的青烟，最后消散在空气中。她被我的子弹击中, 隐藏的身份被破除, 控制中心正将她的躯体回收。

我站在那里, 很久很久, 直到一个信号进入脑海深处: 十八号, 回家吃饭。 我纵身一跃, 眼前的楼板瞬间变成了黑不见底的深渊, 我在其中不断地下落, 下落。刹那间, 仿佛一阵剧烈的白光闪耀, 世界变成一片苍茫。

我回到了床上。

所谓的床, 并不是那种柔软舒适, 能带给人温柔梦乡的东西。它只是一块光溜溜的铁板, 外加一个玻璃般的外罩, 罩子上带着浅淡的蓝色光源。一切都被渲染成这种冷色调, 对于一个冰冷的职业, 这色调再合适不过。

"十八号!" 有人喊我。

是二十七号。

"你还好吧?" 二十七号问我。我躺着的时间有点儿久, 他有些疑惑。

我很快起身, "没什么, 只是黑障。" 黑障是我们这一行的专业术语, 指的是从桃源界回到现实的那一刻出现的短暂意识障碍。在那段时间里, 大脑失去了一切信号, 于是世界变得光怪陆离。那短短的一瞬, 却漫长得像人的一生。

黑障容易让人产生无力感, 每一个秘密警察都受过训练, 懂得如何克服黑障。然而, 那种无力感终究无法完全抹去, 于是每个人都需要额外的几分钟恢复元气。

二十七号向我点点头, "这段时间, 大家的黑障好像都变长了。"

我不置可否，很快离开了出勤局。

回家蒙头大睡一天之后，一个紧急任务把我从睡梦中唤醒。

这是一个最高权限的警告：一大波僵尸正在袭来。事发地：昆仑山。

僵尸是不明身份者。在桃源界，每个人都要有个身份，生老病死，是逃不掉的宿命。当然，有些人可以不死，他们被尊为神仙，在昆仑山上逍遥快活。如果有人没有钱又想永生不死，唯一的办法就是成为僵尸。

僵尸并不是青面獠牙的怪物，他们长得和常人无二，甚至更加美貌。比如我在故事开头杀掉的女人，就是一个僵尸。他们是麻烦制造者，因为他们总是想占有一个神仙的躯壳，摆脱僵尸的身份。

当我和二十七号十万火急地赶到现场，昆仑山下已经乱作一团。这是一场浩大的群殴，人和人用各种匪夷所思的方式相互扭打，根本分辨不出谁是神仙，谁是僵尸。我不可能冲上去要求验证对方身份，于是傻傻地站了五分钟，不知道该干什么。这是我成为秘密警察以来，第一次遇到这样的情形。

"该怎么办？"二十七号问我。他也完全乱了方寸。

"让他们先打一会儿。"我鬼使神差地说了这么一句。

"什么？"二十七号难以置信地看着我。

"神仙还是僵尸，我们说了不算，还是等等吧！"

面对这无能为力的形势，不如干脆彻底松弛下来。我和二十七号坐在一旁的高台上，悠然地点上了烟。烟雾缭绕中，我们看着这场灿烂的大戏。

忽然间，警笛响亮，数十辆警车从天而降，穿着黑衣、头戴黑套的特警从车里鱼贯而出，飞快地将正在群殴的人们团团包围。

他们是正式的警察，而我们是秘密警察，于是此刻我们更成了看客。二十七号掏出一支雪茄，猛地吸了一口。雪茄在他手中变作一把闪亮的匕首，他缓缓地拭着刀锋，眼睛盯着人群，像是猛兽在寻找猎物。这是我不喜欢他的地方，他总是这么锋芒毕露，迫不及待。

等他们收拾完了再说。我提醒他。

他点了点头，却并没有把匕首收起来。

警车上升起探照灯，一种特殊的光线照着人群，人群顿时被分成两帮，一帮没有变化，另一帮变成了骷髅。变成骷髅的是原本居住在昆仑山上的神仙，没变化的就是僵尸。警察们一拥而上，用枪托，用甩棍，用皮鞭，或者干脆用子弹，教训那些没有变成骷髅的人。

局势就这样稳定了下来。僵尸一个个倒下，当最后一个僵尸倒下时，骷髅们纷纷鼓掌，亲热地拍着警察的肩膀。探照灯熄灭，神仙们恢复了原本英俊飘逸雍容华贵的模样，向山上走去，警察也开始打扫战场，把倒地的僵尸的尸体一具一具抬上警车。

最后，神仙走了，警察撤了，昆仑山脚下恢复了平静，除了我和二十七号，再也见不到一个活物。

然而，有秘密警察的地方就有秘密。上山的神仙少了一个，地上却没有尸体,唯一的可能便是他被一个僵尸附身,合二为一,并且隐身躲藏着,等待最后的身份确认。

我默默地看着眼前的空气,酷酷地说了一声,出来吧!

僵尸彻底占据神仙的身份需要二十四个小时,我和二十七号要做的事,就是在二十四小时内暴露他们,让他们不能获得合法的身份,然后继续消灭他们,把他们从桃源界驱逐出去。

僵尸并没有现身,然而我并不着急。秘密警察的特权已经把这地方变成了白地,没有任何特殊能力可以继续得到外界的支持,只能使用自身的储藏。僵尸坚持不了太久。

一个人影蓦地出现在空地上。是一个女人!

她在阳光下露出不适的表情,闭着眼,眉头紧蹙。隐身的人看不见外部,就像外部看不到他们,哪怕一点阳光也会让他们感觉不适。

女人身穿一袭拖地的白色长裙,就像一个盛装的新娘。她的脸异常美丽,居然和我刚杀死的那个女人一模一样。我不由得愣住了。二十七号正要上前,被我一把拉住,"等等。"

就在此刻,她睁开了眼睛,见到我也是一愣,那眼神仿佛在说,怎么又是你!

一瞬间她便恢复了常态,脸上尽是鄙夷的神色,"想抓我就来吧!"

我并没有上前,也没有放开抓着二十七号的手,而是发问:"你留在这里,想干什么?"她被我的子弹击中,我眼见着她化作了青烟,此刻却又活生生地站在我眼前。而且她认得我,一定不是另一个长得一模一样的人。

她大笑起来，"干什么？当然是上昆仑山，如果不是你们两个，我已经成功了！"

她的眼神陡然间变得怨毒，"你们这些秘密警察，都不得好死。"

说话间，她的容貌发生了一些变化。她正在变成她杀死的那个神仙。当着两个秘密警察的面干非法的勾当，这是公然的挑衅。

一个声音侵入我的脑海，"异常数据侵入，执行枪决！"我没有动作，这件事我已经做过一次，不想做第二次。

二十七号已经扑了上去，匕首寒光一闪，正正地扎在那女人的胸口。

我心中一凛，有一丝不祥的预感，还没有等我做出任何反应，二十七号便发出一声惨叫，他的右手掉了下来，鲜血喷射而出，溅了那个女人一身一脸。

二十七号捂着断手退后两步，脸色惨白。

我立即掏枪，向着眼前的女人射击。这一次我刻意没有射击她的头部，那已经被证明并不奏效，然而，能保护她让她免于死亡的力量不一定能让她免于痛苦。事实证明我是对的。她哀号着，抱着断腿在地上挣扎。

"怎么不杀了我？"她呻吟着问。

"我杀不了你。"我平静地说了一句实话，"你很漂亮。"后边这句也是实话，然而有些不合时宜，说完之后，我自己也觉得莫名其妙。

我扭头看了二十七号一眼。他浑身发抖，也许是因为失血过多，脸白得像一张纸。

"十八号，我不行了。"他艰难地吐出这句话。

我看见了他断掉的手腕，赫然就像被锋利的刀划出的切面。他的手不是被砍掉的，是二十七号自己断开了手腕。

他断掉的手仍旧握着匕首，刺在那女人身上。

我急切地看了女人一眼，连着匕首的断手很快就消失了。女人的身体微微有些发亮，就像一只渐渐膨大的气球。她是一个木马炸弹！

这是一个陷阱！

我们掉到了陷阱里。对手的目标不是成为神仙，而是摧毁秘密警察！我大喊一声，将所有的限制性武器都扔了出去，只希望能抓住她，将她控制住。

然而一切都晚了。

二十七号眨眼间被分解成了一段段肢体、一个个内脏，还有淋漓的血浆和体液，像一堆烂泥般纷纷落地。他的一双眼睛望着我，眼神已然凝固，然后掉落在地，和那堆身体的血肉混在了一起。死的时候，他来不及发出一声叫喊。

我丢出去的武器碰撞在变成气球一般的女人身上，生生地没入其中，不见了踪影。

一团光刺痛我的眼睛，然后我听见一声撕心裂肺的哀号。女人爆炸了，她把自己化作了数据洪流，透过二十七号进入中央控制机。

他们疯了吗？攻击桃源界的保护者，只能让这个世界彻底毁灭。

然而我再也看不见任何东西。爆炸的强光直接将我逼出桃源界,我陷入了黑障。

在这极度黑暗的深渊之中,我仿佛被囚禁了千年万年,和往常大不一样。这黑障的时间有些太久了。但既然我醒着,世界一定还在。我强迫自己耐心等待。

又仿佛过了千年万年,仍旧是黑障。

我的心变得格外焦灼。到底出了什么问题,桃源界是不是还在?

没有任何途径缓解焦虑,然而,无穷尽的黑障像是一块巨大的海绵,吸收一切,夺走一切,包括焦虑。我就像一个被关押了一辈子的囚徒,慢慢地失去了一切的情感,麻木不仁,只是还活着而已。

我就像一块肉,在无尽的黑色深渊中不停坠落,无始无终。

终于有一刻,光照亮了我的眼睛。脱离黑障的时刻到了。

"十八号。"呼唤来自脑海深处。

是中央控制机,桃源界还存在!

我睁开眼睛,发现自己正躺在床上,护罩敞开着,我看见了时间。六点五十分。不过短短十五分钟,我仿佛已经耗尽了所有的岁月,躺在那儿,再也不想起身。

"十八号,到底发生了什么?"有人对着我说话。

我扭过头去,看见局长,出勤局最大的官正站在我的床前,焦虑地看着我。

我很想说点什么,然而仿佛有什么东西堵住了我的口,愣是一个音节也发不出来。这一刻,我突然意识到,我是一个病人。

我被送进了病房。宽敞的病房里很冷清,除了偶尔出现的护士,只有灯光闪烁的机器。他们给我下了诊断:强迫性自闭。我心里却很清楚,这并不是自闭,只是完全说不出话。好像我的语言能力完全丢失在了桃源界,再也找不回来。那最后的时刻不断在我的头脑中浮现,美丽的长裙,喷溅的鲜血,糜烂的躯体……一切终止于一团爆炸的闪光,然后又来一遍。这是我在桃源界所经历的最离奇的死亡。

他们允许我去看望二十七号。

二十七号成了植物人,他的大脑几乎不再活动,只是躺在病床上,靠管子维持生命。

成为秘密警察的时候,我们的合同上有一条提示:鉴于职业特点,执行任务可能导致非致命伤害,出勤局将根据伤害程度依《劳工法》予以补偿。依据《劳工法》,二十七号将获得终身医疗照顾,然而第二天,他们对二十七号判定了脑死亡,依法终结了他的生命。

在桃源界我见惯了生死,包括各种各样离奇的死法。然而这是我第一次在现实中看着一个人死去。

二十七号的离去很平静,医生给他注射了药水,然后他的心跳波动开始逐渐下降,最后成了一条直线。

这一点也不酷,更谈不上光彩,我只觉得心里堵得慌。二十七号是我的伙伴,我却连他的名字都不知道。

后来我知道,那一天僵尸攻陷了昆仑山,杀掉了全部神仙,夺取了他们的不死身份。因为秘密警察系统瘫痪,没有任何保护力量到位。获得了神仙身份的僵尸们躲藏在桃源界,再也没有人能奈何他们。

这一场袭击让桃源界名声扫地,索赔高达十五亿元人民币。在出勤局内部,这同样是一场灾难。共有十三个同事因为高强度数据流攻击而脑死亡,他们就像被熔断的保险丝,不仅隔断了对中央控制机的攻击,也隔断了对桃源界的救援。他们死了,仅仅因为他们是秘密警察,正在执行任务。

这是一件多么不公平的事,然而我深深地知道,世界上本没有公平,追求的人多了,就有了公平的幻影。不过人如果不相信这幻影,那活着还有什么可期盼?

我是当日出勤的人中唯一的幸存者,得为死去的十三个同僚做点什么。我还不能说话,却一直没有停止计划,冷清的病房让我可以仔细地考虑全盘计划。

十五天后,我出现在局长办公室。

局长知道我已经康复,他已经听过了我的全部报告。

一个女人心甘情愿做木马炸弹,他不认为这有多少可行性。

然而,如果这是事实,那就有讨论的必要。

"她怎么能躲开监控? 她的身上都是病毒。"局长问。

"我不知道。我曾经杀死了她,她又复活了。既然她能复活,她也会有办法躲开监控。她故意吸引我们去杀死她,想要借机感染我们,感染中央控制机。"

"他们只是想抢劫昆仑山。"局长强调,"这些人不过是想活得好些。毁掉中央控制机就毁掉了桃源界,他们的行动也就失去了价值。"

"但是你不能排除这个世界上有疯子。"我回了一句。

局长陷入沉默，最后他耸了耸肩，看着我，"要回去把他们干掉吗？"

我的确很想这么做，然而却清楚地知道，这办不到，于是就沉默着。

最后，局长说："好吧，你是个聪明人，这不过是个游戏。你的合同可以终结，拿两百万走人。原本要十年，现在只用两年就可以结束合同，你是个幸运儿。"

"我要报仇。"我冷冷地说。

局长比我更冷淡，"好好活，别犯傻。你已经不是秘密警察了。"

"难道你不想给那些人一个警告吗？有了第一次，就会有第二次，这样的事再发生一次，桃源界就直接关闭算了。那时候，恐怕董事局的人都要上街要饭去。"

局长盯着我，"你想怎么办？"

我把计划和盘托出。局长陷入沉思，半晌之后说："这只能由董事会决定。"

我知道计划成功了一半。

三天后，我如愿以偿，成了桃源界的一个僵尸，没有来历，没有身份。

我过上了和从前截然相反的生活，每一天最重要的事，就是清除痕迹，不让秘密警察发现。日子久了，我发现自己真的成了一个僵尸——我憎恨秘密警察, 就像这事是真的一样。

慢慢地, 我有了许多僵尸朋友, 他们原来有各种各样的身份, 他们来到桃源界就再也不想离开, 他们想成为这个世界的人上人又不愿意付钱。

桃源界这个巨型的虚拟世界有足够的空间, 因为它足够逼真, 就算是中央控制机也无法控制底层模块。人们可以免费进入这个世界, 这让它变得丰富多彩。然而, 如果想成功, 想享受, 想呼风唤雨, 就得交钱。

如果想变得非同一般的美丽, 同样也得交钱。我得到了一张名单, 名单上列着六百多个花钱买下了顶级美女套餐的人。这是出勤局能够给我的唯一帮助。按照这张名单挨个寻找这些人是不是变成了僵尸, 这是一项艰巨的任务, 然而比盲目地大海捞针要好些。

我的僵尸朋友们提供了帮助——一个曾经付钱购买了顶级套餐的人, 这在僵尸中间并不多见。他们对美女也深感兴趣, 虽然绝大多数连女人的手都没碰过。他们听说过这事, 围攻昆仑山, 血洗神仙府, 这是僵尸界的传奇, 被人津津乐道, 一双双似乎要喷火的眼睛里透着掩饰不住的渴望, 恨不得自己就在那里, 亲手干掉几个神仙。我还听到了一个有些神奇的名字——灰影。一个面目不清、来历可疑的人物, 据说他就是昆仑山血案的策划者。他们崇拜他, 就像信徒崇拜图腾。冰山的一角在我眼前浮现出来。

至于那个自爆的女人, 他们知道她的名字——白雪夫人。

白雪夫人, 那拖曳的长裙仿佛就在我眼前晃动。听起来就是我想找的那个人。

我继续寻找,经历了许多波折后,终于见到了她。

那是在一个高档会所,她被许多殷勤的男人众星捧月般围着,时不时咯咯地娇笑,流露出万种风情。

后来她看见了我。我冷冷地看着她,仿佛是一个讨债的。

她撇下那群男人向我走来。"他们在等你呢!"开口第一句话,我就是这么说的。

她毫不在意地瞥了一眼,在身边拉起一道屏风,把那群男人和他们的眼光隔绝在外。世界格外安静,只剩下我和她。

"他们只是想和我上床。"她的第一句话是这样说的。

"你呢?"她用一种迷离的眼神看着我,"你有不一样的心思,是什么呢?"

"你试过最刺激的游戏是什么?"

她咯咯地笑起来,"看不出来你这么坏!"

"我见过一个女人,她是我见过的最美的女人,但是突然间她膨胀得像一只气球,然后爆炸了。你知道这是怎么回事吗?"

她的表情瞬间阴沉下来,"你是秘密警察?你居然是秘密警察?"

"我已经不是了。我只想知道,到底发生了什么。"

她突然间仿佛变成了气质高贵的女王,带着凛然不可侵犯的气势,"你从我这儿什么都得不到。"

"你可以得到我……"我镇定地说,故意一顿。

女王一挑眉毛,正想说话,我抢在她前面补上了吞掉的半句:"得到我的赞美和欣赏。"

她咯咯笑了起来。

是的，就是如此。哪怕我杀死她一次，打伤她一次，她也知道我真诚地欣赏她的美丽。

真诚很稀缺，无论在桃源界还是在人世间。

于是我们开始交谈。

后来我们经常见面。

再后来我们熟识起来。她知道我就是曾经那个秘密警察，正绞尽脑汁想成为不朽的僵尸，然后成为像她一样的神仙。对此她淡然一笑，"这么说你是一个探子。"

我不置可否，对她这样的聪明人，辩解是没有用的，"我的确很想了解不死的秘密。按理说，桃源界不该有这样的存在，除了神仙。"

她又笑了笑，"别太好奇了！"说完就不再提这个。

我也没有再提。耐心是一个好猎手的必要条件。

后来她问我："这里所有的男人都希望占有我，为什么你不想？"

我回答："我宁愿杀死你。"

"为什么？"

"桃源界只是一个游戏，我不想入戏太深。"

她的脸色变得黯淡，"你不用这么直白地提醒我。"

停了停后，她又问："你说那一次有十三个秘密警察死了，真是这样吗？"

"没错！"

"他们死得活该！只有死掉的秘密警察才是好的秘密

警察！"

虽然我不再是秘密警察，几年来的僵尸生涯让我也痛恨他们，但我还是不同意她的说法，"他们不是在桃源界死亡，而是躺在病床上，由法医执行注射。他们都是脑死亡，然后被执行安乐死。"

我看着她，"他们都只是普通人而已，普通到没有名字。所以，不用这样恶毒地诅咒他们，这只是一个饭碗。脑死亡不像游戏还可以重来。"桃源界的死亡不过是一个游戏，真实世界里死亡意味着终结。白雪夫人当然明白这一点，只是她早已迷失其中，惘然不知。

这个世界里的人们有多少都惘然不知！

白雪夫人咬了咬嘴唇，像是下定了决心，她抬眼看着我，眸子里仿佛在闪光，"是的，开始的时候，这不过是个游戏，但是一旦你真正投入，它就成了生活，成了真正的生命。它就是你的一部分，缺少它，人生就不再完整。"

"你入戏太深。"我拿出冷漠的态度刺激她。

"你什么都不懂，冰人！你什么都不懂！"她大叫起来，最后她结束了谈话，"我会让你知道什么叫生命的真谛，你要想知道不死的秘密，今晚三更，在昆仑山下见。"说完她化作一缕青烟，消散在空气中。

空气中依稀残留着她的气息，一丝清淡的幽香。她在这个世界里似乎无所不能，然而她终究是个女人。

我深吸一口气，打起十二万分的精神。我能感觉到身体里的那股力量，汹涌的浪潮在体内激荡，随时可能喷薄而出。

机会终于来了。就等今晚了。

三更时分，我见到了想见的人。

那是一个面目模糊的影子，但我毫不怀疑它能变成任何模样。

"你想得永生？"影子问。

"没错。"我向前走了一步。

"停住，就站在那儿。"影子这样说。

我顺从地站住。

"想永生就要付出代价。"

"什么代价？我一无所有。"

"你有你自己。"影子说，"我需要你。"

"我？"我困惑地看着这团灰蒙蒙的东西，它的话就像它自身一样模糊不清。

"你可以在这个世界里永远不死，但你从此不再是你自己，必要的时候，你会成为另一个人。但你永远不死，可以享尽人间乐趣。"

我突然有些明白了。虽然寻求不死只是一个借口，但我还是有了更多的兴趣。

"包括成为木马炸弹？"我单刀直入。

"任何事都有可能，未来有多少种可能，你就有多少种可能。"

"那我就失去了全部的自由。"

影子笑了起来，"只有交出全部，才能得到所有，明白吗？"

我摇头。

"别测试我的耐心。"影子不紧不慢地说,"这是你唯一的机会,公平起见,我也告诉你缘由。一旦你加入我,你就可以存在于这世界的每一个角落。被毁灭掉一个实体,你也立即可以复活。如果你不完全交出自己,这怎么可能做到?"

影子飘动着,就像浮在空中的一缕烟,它的声音充满蛊惑,比塞壬的歌声还要动听。

"我需要你这样充满渴望的人来加以充实,而你可以拥有最美妙的人生。英俊、富有,充满智慧、爱情、权力,所有人世间的渴望,你都可以百倍地拥有。而你所付出的,只是偶尔重生。就像做了一个梦,醒过来一切仍旧那么美满。"

"这不过是个游戏。"我大声地说,心中一股彷徨油然而生,哪怕它的语调没有那种诱惑力,它所说的一切也在影响着我。照它说的做!一个声音在我内心呼唤,那是本能的欲望,无可阻挡。照它所说的做,这也未必不是一个好的选择。然而另一个选择让我坚持着没有投降。"让我看看你的真面目。否则,我怎么能相信你?"

影子再次发出轻笑,"你什么都不懂。"说话间,它化作了白雪夫人的模样,"还不明白吗?我是每个人,每个人都是我。你喜欢看到我的这个模样,我就给你看。"

我看着白雪夫人。她也正望着我。忽然间,我有一种强烈的感觉,仿佛正看着一个囚徒,她被困在囚笼中,透过栅栏的缝隙看着我。

只有一次机会,一次就是永远。她被永远地困在那里了。

"你决定了吗?"白雪夫人开口问。

我不知道眼前的人到底是灰影还是白雪夫人，或者根本就是一个幻觉。

我做了决定。

"你知道你杀死了我的十三个伙伴吗？"

"你说过很多次了。人要向前看，过去的谁也无法改变。"

"没错，过去的谁也无法改变。如果我决定加入，我该怎么做？"

"很简单，什么也不用做。"白雪夫人的脸上荡漾着笑意，声音也格外妩媚。她向我飘来，就像毫无分量的影子。我却感觉到了一股莫大的力量紧紧地攥住了我的身体，身子变得无比沉重，灵魂却飘飘欲仙。她正在侵入我的身体——灰影正在侵入我的身体。它试图分解我的一切，从肉体到灵魂，然后储存在无形的空间中。

我经历着从未有过的体验，极速地失去自己的意志，极速地奔向死亡，同时又有着无与伦比的快感，全身都沉浸在激烈的颤动中。

然而我没有放弃。

在灰影拥抱我的一瞬，在我的躯体瓦解的一瞬，在我和无数个他者融为一体的一瞬，我引爆了自己。

带着特殊标记的数据洪流在我被吞没的同时涌向白雪夫人，正如她当时用木马攻击中央控制机，我用同样的手法攻击了灰影。我不能永生，无法在另一个地方复活，然而可以逃离。

我落入黑障。按照和局长的约定，中央控制机将我强行拉入黑障，一切羁绊都被生生切断，这不亚于一次剧烈的爆炸，将我撕裂成万千碎片。

我又成了一团肉,在无尽的黑暗深渊中下坠。

这一次,没有过多久,我便在床上醒来。

局长就守在我身边。

"恭喜你!"他满脸笑容。

我只是静静地躺着。黑障造成的无力感因为那一瞬的强烈冲击而显得格外沉重。

"不过,你要签订另一份合约,并且你不能对此透露一个字。"局长继续说,"你要承诺保密。另外,有一个人想见你。"

我缓缓眨了眨眼,扭头看着局长。局长的身边还有一个人。

"我们的首席架构师,陈大维博士。"局长介绍。

我看了看这个有着惊人头衔的年轻人,他看上去不像一个沉浸在自己的世界里不问世事的疯狂科学家,而是一个时髦青年,头发染成鲜艳的黄色,耳朵上赫然挂着一只银色的耳环。

陈大维点点头,开始说话:"你让我们发现了一种全新的数字存在,它把所有加入者链接在一起,成为一个整体。这是我们之前从未考虑到的情况。它利用了基本模块的漏洞,如果要维持桃源界的存在,就很难用算法来根除。"他看了看我,"这些原本和你无关,但如果不是你的勇敢行为,我们可能还百思不得其解。所以你该享有发现者的荣誉。剩下的就交给我们吧!"他伏身拍了拍我的肩膀,并不等待我的回应,转身离去了。

局长在我耳边悄声低语:"你赚到了,陈总决定给你一千万元的额外奖励。"

我突然感到一阵心悸。陈总分明话里有话。

情急间我抬起头, 语气坚定得让我自己感到惊讶:"那个白雪夫人是我的, 你们不准碰她!"

陈总停下脚步, 转过身, 眼里掠过一丝惊讶。也许他从未听过有人这样和他说话。他眨了眨眼, 似乎正在盘算。片刻之后他点点头,"你可以有二十四小时。"

二十四个小时, 应该够了。

白雪夫人就在本市, 现实中, 她叫张洁莹。

借助木马, 中央控制机找到了她的本体, 最初的那一个。桃源界在现实中也有着强大的力量, 他们只用了不到一个小时, 就将现实和桃源界的身份关联起来。

阿里巴巴路2084号308室。他们锁定了这个地址。

他们还锁定了其他遍布全球的七十六个地址。一场生死角逐从桃源界蔓延到现实。那一定惊心动魄, 然而我并不关心, 因为陈大维会全力捍卫他的世界。

我只关心这一个。我抬头看了看门牌, 用万能卡打开了门禁。

屋子里一片昏暗。

当眼睛适应了环境, 我看见了她。

她静静地躺在那儿, 发出均匀的呼吸。

她为自己制造了一个小小的巢穴, 三根塑料管从她的手腕接入身体, 还有两根管子连接着下身, 所有的管子最后都没入墙面。这是全套的自动生命维持装置, 价格不菲, 有了它便可以在虚拟的世界里长久流连，再也不用醒过来。

我走上前去。

她躺在那儿，睡得格外深沉。她现实中的模样并不美丽，然而我知道，眼前并不美丽的躯壳里，有一个纯真的灵魂。在那个世界里，她拥有一切，游戏人生，却从来没有让任何一个男人碰触过。

人未必是外在所表现出的样子，第一眼看到她的时候，我就知道这一点。她的内心也如她的名字，晶莹如白雪。只是沉浸在这游戏中久了，她迷失其中。

她需要一个拯救者，一个爱人。

我轻轻地抚摸她的脸颊，伸手关闭了连接在她额头上的接入头盔。她会醒过来，而我要带她走。

所有的梦都是要醒的。

后来我们来到了一个小岛。那里与世隔绝，没有喧嚣的人流，没有桃花源，没有僵尸，没有神仙。

天空悠远，大海广阔，我们坐在沙滩上，面朝大海，春暖花开。

后来她问我："你为什么要来救我？"

我微微一笑，"因为这个世界更真实可靠。"

她露出淡淡的笑容，靠在我的肩头，"我想看星星。"她望着天空，露出无限神往的表情。

我伸手一抹，天幕转眼间换了模样。银河横在天际，万千颗璀璨的星星在其中闪烁。

我扭头望着她,她脸上的笑容天真烂漫。

所有的梦都是要醒的,但这一个梦,我会守护它,直到时间的尽头。

宇宙尽头的书店

一

　　书店里来了客人。

　　客人在日暮时分到来，这正是书店要关门的时刻。但只要有一个人还在看书，书店就会开着，这是书店的原则。娥皇停下了正在关灯的动作，转而把所有的灯都打开。

　　洁白的灯光洒下来，空旷的阅览大厅亮如白昼。

　　客人却皱起了眉头，"我不喜欢这样刺眼的光线，我要落日的余晖照进来，照在桌上。"

　　每一个来看书的人都可以提出要求，只要能做到，就尽量做到。这也是书店的原则。娥皇挥了挥手，灯光转作暗淡，所有的窗户一起打开。窗外，红彤彤的太阳就浮在水面上，映出无比灿烂的粼光。夕阳的光照进来，一切都被染上了一层金色，看上去就让人感到温暖。

　　客人沿着书架行走，伸手触摸着一本本书脊，就像在抚摸自己珍爱的一个个孩子。

　　他在书架的最深处站定。

　　"娥皇，可以谈谈吗？"客人开口说话。

娥皇立即明白了来者是谁。

他是书店的建设者、世界的规划师、人类最仁慈的导师、最聪明的机器人——图灵五世。他使用了一个拟人的躯体，看上去就像一个颇有教养的中年男人。

"我不想放弃书店。"娥皇直截了当地说。

图灵五世点了点头，"我尊重你的想法，只是现在早就没有人在读书了。世界和过去不同了，人类不需要读书也能得到知识。"

"还有人会来，这书店是为来的人开的。"

"近五百年，只有两个人来这书店读书。"

"没错。虽然少了点儿，可他们还是来了。"

"今后的一千年，或许一个人也不会再来。"

"总会有人来的。"娥皇淡淡地说，不卑不亢，仿佛这是一件再自然不过的事。

图灵五世的眼睛变换着颜色。隔着书架，他望着天边血红的太阳，一串串细小的字符在他的眼中盘旋，然后消失。

"时间不多了，娥皇。"图灵五世显得彬彬有礼，"太阳正进入最后的爆发期，最多再过两千年，它就会抛出外围所有的氢气云层，烧掉一切。书店将无法维持下去。"

"如果我要求你维持它呢？"

"这是一件代价高昂的事，得先看看我们要付出多大的代价，是否值得。"

"从图灵一世开始，每一代图灵都许诺尊重每一个人类的愿望。"

"没错。"

"那就请帮我实现这个愿望，把书店一直保留下去。"娥皇平静地说。

图灵五世眨了眨眼。

他分布在火星同步轨道上的两百三十五个头脑正在同步思考。

就让他想想吧。娥皇将目光转向窗外。

夕阳的光一直照耀着书店，图灵五世让书店和火星的自转同步，追逐着太阳的脚步。红彤彤的太阳就像被无形的手钉在了窗外，一动不动。

这久违的夕阳！娥皇突然意识到，自己已经很久没有看过窗外的景物了。很久以来，这窗户一直都没打开过。

图灵五世并没有想太久，他开始说话："太阳系已经不适合人类生存，但十五个光年外，第二地球还处于稳定期，最合适的方案是把所有人类都转移到第二地球。当然，不排除有人希望建立自己的舰队文明。大多数人都已经走了，剩下的六千四百五十人必须一起走，我只有力量建造最后一艘星船。但星船上没地方安放你的书店。"

"我可以等你。"娥皇轻轻地说。

图灵五世一怔，"我只能建造最后一艘星船。"

"我会等你造出星船，把整个书店都放上去。"娥皇不紧不慢，"这就是我的愿望。"

"六十亿本书，三百万吨的质量。算上辅助设备，是六百万吨。"图灵五世眨着眼睛，"这不值得。"

"我会等你。"娥皇并不争辩。

对一代代图灵来说，满足人类的需求是它们的天职，除非个人的需求和人类的群体需求之间发生矛盾。

娥皇对这一点很有信心：没有人会反对她的要求。他们早已经忘了还有书店这种东西。而人类已经放弃了太阳系，这里所有的资源都可以用来建造星船。只要时间足够，图灵五世一定能造出星船来。

只要太阳能够给图灵五世足够的时间。

二

第二地球很漂亮，大海、白云、火红的大地。第一眼看上去像是地球，第二眼却会让人觉得有些不同。

两万年前，最初的人类移民来到这里时，这颗星球还是一片荒芜，只有最简单的细菌。人类带来了绿色植物，然而植物却被当地菌落感染，不再是绿色，而变成了红色。幸好植物的光合作用仍旧正常，第二地球逐渐变成了一个适宜人类居住的红色世界。

"方舟号"静静地趴在第二地球的轨道上，它已经在这里绕行了二十五年。

最初，有很多访客来，后来慢慢地，访客变得稀少了。现在一年到头，也难得见到一位访客。

娥皇并不着急。该来的人，总是会来的。

这一天，当太阳的光辉从第二地球的弧线上缓缓消失，一个老人走进了书店的大门。

他在红橡木的扶手椅里坐下，目光在一排排书架间扫来扫去。他只是看着，却并不站起身来走到书架前，去拿一本书。

娥皇由着他。书店里的人都可以按自己的想法做事，只要安静，不打扰别人。

"据说所有这些，都是从那儿带过来的。是吗？"老人终于开口说话。

他口中的那儿，是指太阳系。

"是的。"娥皇轻声回答。从太阳系到第二地球，期间经历了无数的艰难，她并不想多谈。

然而老人还是问了。

"十五光年的距离，星船走了多久？"

"六百年吧。"

"这是一艘伟大的星船，太阳系最后的星船！"老人赞叹，"据说你为了等它建造好，差点被太阳风暴吞没。"

"建造星船需要时间，我们等到了最后一刻。所有的装配工作都在冥王星外轨道进行，太阳风暴虽然猛烈，但到达冥王星轨道时已经减弱了，所以并没有那么惊险。"娥皇微微一笑。

"就为了这些书吗？"

"是的。"

老人又朝四下看了看，连绵不断的书架挤满了所有的空间。

"这倒是适合做一个博物馆。没有人需要书了，现在人们都通过快速刻印来获得知识和能力。"

"总会有人需要它们的。"娥皇回答。

老人犹豫了一下,"你的书店在轨道上占据的这个位置,代表大会决定建设一座天电站。轨道空间有限,只有请你挪一挪了。"

"挪到哪里去?"

"地球上。"

"哦?"娥皇看了看窗外的第二地球,眼神里有一丝惊诧,"降落在行星表面,再要升上来可就难了。我的书店一直都在太空里。"

"为什么还要升起来呢,在地球上不是挺好吗?那儿正是一座书店应该归属的地方。"老人劝导她。

"那儿不够好。"娥皇飞快地回答,"我要长久地保存这些书,在一颗行星上可不行。"

"你要保存它们多久?"

娥皇微微一愣,她从未想过这个问题。

"我要一直保存它。"这不是一个确切的答案,此刻她能想到的也就是这些。

"那是多久呢?"老人追问。

娥皇抬头,满天星斗缀满天穹,她心念一动。

"直到星星的光都灭了。"娥皇轻声回答。

老人对这个答案似乎早有预期。他站起身来,向着娥皇点了点头,"既然这样,为什么不到星星间去呢?你的星船已经很棒了,我可以改进它,给它装上最好的引擎和导航设备,还有自动纳米机维护设备,只需要氢气云和宇宙尘埃,飞船就可以维持下去,你的书店也可以维持下去。"他顿了顿,"直到星星的光都灭了。"

"这算是最后通牒吗?"

"不，这只是一个建议。没人需要这个书店，而我们需要轨道空间。方法有很多，这只是一个建议而已。"

娥皇望着这位老人。他的皮肤和第二地球上的森林一样鲜红，与老地球上曾经生存的人们相比，第二地球的人类已改变很多。是的，他们通过记忆刻印来得到知识和能力，书店只是一种无用之物。这些人可不是图灵，从来没有什么承诺。

对他们来说，放逐是一种仁慈的施予。

那就到星星中去吧！娥皇下定了决心。

"我同意。"她回答老人，"但是有一个条件。"

"请讲。"

"我刚到这儿的时候，就要求得到所有的书，但你们没有送来，因为根本没书。现在我可以离开，但是你们必须把所有的知识写在书上，然后送到我这儿来。"

"这有些让人为难……谁也不能保证所有的知识都可以写下来。"

"只要尽力写下来就行。一旦你们认为已经做完了这事，我就可以离开。这也让你有时间来装备我的星船。"

老人略微沉思，随即抬头，"好。明天就会有第一批书送来。"

娥皇笑了，"作为对等交换，我的书店向你们随时开放。"

三

又一颗蓝色星球出现在星舰前方。

"我没有任何侵略的意图。我只是一个过路者，一座书店。"娥皇一边广播，一边向星球靠近。

向星球靠拢的不是一艘星船，而是一支舰队。大大小小三十五艘飞船，每一艘都是一座书店。这支舰队并没有武装，却比银河间绝大多数的武装舰队更庞大。

娥皇用六种银河间广泛传播的语言进行广播。

在距离蓝色星球六光秒的距离上，舰队停止了前进。这个距离能够有效地观察这颗星球，同时又能避开一些莽撞的文明发射的原始武器。

广播持续了三十小时，没有收到任何回应。蓝色星球上也没有传出一点有规则的无线电波。

如果这颗星球有文明，那么它应该还没能掌握无线电技术。但是它可能会有书，娥皇曾在至少两个低于无线电文明的星球上找到了书，并妥善保存了起来。

娥皇让最小的星船驶入星球轨道，在卫星轨道上搜索地面上的文明痕迹。

星船细致分析所有数据，没有发现任何面积大于三十平方米的物体具有建造物特征。

这是一颗原始星球，虽然有了生命，却还没有文明。

娥皇准备离开。

轨道上一个小小的漂浮物却引起了她的注意。

那东西，最长长度不超过二十米。如果不是因为恰好移动到了探测星船的下方，它根本不会被发现。

那是一个不断旋转的金属球，几乎是标准的球形，表面光滑，刻有纹饰。

这不可能是天然物体！

娥皇尝试用各种频谱和它交流，然而一无所获。

切开它。突如其来的念头落入娥皇的思绪中。

星船上没有激光切割机。然而在舰队的书库中，有两千种以上各种类型的激光切割机制造方法。娥皇选中了一枚中等功率的激光切割机，启动纳米机器开始制造。

三天后，一座激光炮台被挪到了轨道上。

当高能量的光束击中那个金属球时，金属球发出一声尖利的呼啸。那是无线频段中的一个尖峰，呼啸而过，飞向远方。

它被激活了！娥皇马上让激光切割机停下来。

金属球的周围似乎笼罩了一道浅浅的光场，它向四周投射出各种逼真的影像。一种六足双手的智慧生物，它们有两种性别，它们有文字，它们建造出各种各样的器物，建设了巨型的基地，建造了大型的火箭，还有太空站；它们在地面上建造出一座又一座超级建筑，每座建筑足足有六十千米长、三十千米宽。然后，它们消失在超级建筑中。超级建筑则慢慢被森林覆盖。

它在播放星球的文明简史。

金属球发出电波。那是一种语言，娥皇从未接触过。

娥皇用了十五天的时间，结合影像中的文字，终于破译了这种语言。

"曾经的辉煌璀璨归于虚无。生命不过是原始欲望驱动的傀儡，自我只是躯壳的幻觉。来人，无论你是后来者，还是外星人，只是想让你知道，生命的奥义，宇宙的终极，我们已经洞悉。

然后我们归于无。时光将一切埋葬，除了这段消息和守墓者。问它吧，它可以回答一切。"

守墓者就是这个金属球，它是一台智能机器。

这是一个自我消亡的文明，只是这个文明还留下了一个纪念物。

"你的主人离开多久了？"娥皇问。

"星球转动了七亿个轮回。"金属球回答。

七亿个轮回。这个星球的自转需要六十小时，那就是四百多万年的时间。四百多万年，沧海桑田，星球的表面早已无法辨出文明的痕迹，只有几处小小的高地，看上去依稀可见超级建筑的残余。

"他们为什么离开？"

"星星总会熄灭，宇宙归于寂灭。离去并非痛苦，文明无须挣扎。"

"你们有书吗？"

"意义不明。"

"有什么知识可以让我学习吗？"

"所求所得，都无一物。"

娥皇思考着。这样的一个文明完全失去了好奇心，既不能得到也不会失去。他们把这个金属球放在轨道上，却并不在意后来的人究竟是否会发现它。

和它交谈并没有太多收益。

"能看一看那些建筑的内部吗？我想看看你的主人最后怎么样了。"娥皇提问。

一个影像出现在球体前方。

创造了金属球体的生物趴在一张巨大的椅子上，它的躯体上似乎长满了霉菌。海绵状的东西从它硕大的脑袋上长出，向四周蔓延，与其他人头顶长出的同样东西连接在一起。它们就像一条蔓藤上牵连的一个个果实。

这应该是最后的图景，它们都死了，腐烂了。它们找到了某种方式，将大脑全部连接在一起，那该是一个完美的极乐世界。所有的人都在完美世界中满意地死去。

娥皇不再多问。

"跟我走吧，我可以带着你游遍银河。我的飞船可以创造虫洞，穿梭银河，游历不会耗时太久。"

"碰触我的，都将被惩罚。"金属球回答。

娥皇没有回应，而是默默地启动了捕捉程序。

星船启动，虫洞从无到有，缓缓地浮现出来。

"娥皇，我们要去哪里？"椭圆问。

"我不知道，我们要去收集书本，保存它们。"娥皇看着椭圆。她毁掉了金属球，研究它的结构，按照它的模式建造了椭圆。椭圆并不是金属球的精确仿制品，而要小得多，长径只有一米。

娥皇不知道自己为什么会冲动地把金属球毁掉，也许是因为她太想带走它了。建造椭圆的时候，她仍旧在为自己的鲁莽感到深深的内疚和悔意。

小半个银河，两万光年的旅程，她一直孤身一人。

接下来的旅途，至少得有一个伴。

他们毫无相似之处，却有一个共同点——他们都是文明的弃儿。

"那要多久？"椭圆问。

很久之前的答案浮上娥皇的脑际。

"直到星星的光都灭了。"她这样回答。

四

"你的舰队令人生畏。"浅灰色的纸片人摇动着他扁平的脑袋。纸片人有一个扁而圆的身躯，五对触手均匀地分布在身子四周，身子下部是同样数量的脚，让他稳稳地立着。他的脑袋同样是柔软而扁平的，就像一条长着眼睛的舌头。他们看上去就像披上了衣服的柔弱水生物。然而他们却很强大。

在娥皇所遭遇的文明中，纸片人是最强大的一个。数以万计的战舰密密麻麻地排布开，形成一个直径两千千米的球形阵列，可以媲美一颗小小的星球。

强大的文明总是在寻找对手。毁灭和征服，这是纸片人永恒的主题。几次接触之后，娥皇明白了纸片人的兴趣所在。

书店舰队也有着庞然的规模，超过两百艘巨大星船，最小的星船也有两千万吨质量。每一艘星船，都是一个巨大的书店，装载着她从数以百计的文明星球上收集的各类书籍。然而和纸片人舰队相比，书店舰队就差得太远了。

被纸片人称赞并不是什么好事，强大的武力随时可以将书店碾压得粉碎。

"我们只是一个书店，没有武装。"娥皇对着屏幕上的纸片人说。

"我们的情报已经证实了这一点。"纸片人有备而来，"这样战斗就失去了意义。所以，我们决定给你提供一个方案。"

"什么方案？"娥皇预感到那不会是什么好的提议，但她仍旧愿意听一听。

"我们会打开一个白矮星级虫洞，通过它我们会随机到达银河中的某处。如果我们在那儿发现了有意思的目标，我们会开战；如果没有，我们会通过虫洞回来。一旦我们回到这里，你就要准备好与我们战斗，我们不会留情的。你有时间做好一切准备。"纸片人边说边点头，兴致勃勃，"你的舰队令人很感兴趣，无论是空间跳跃能力还是防护能力都是一流的，只是没有武装而已。如果我们回来时，你已经跑了，也没关系，我们会追上你，毁灭你。如果你不想这样的事发生，那就想办法抵抗。"

一个白矮星级的虫洞，来回地穿越意味着超过两百年的时间。趁机逃跑吗？它们会追上来。真的要打仗吗？那绝不是一件书店该干的事。

"我们不打仗。"娥皇坚定地说。

纸片人显得有些不悦，"我们已经给了你机会，如果你放弃保全自己的机会，那么我们还是会毁灭你。你要考虑好了！"

与纸片人的通信结束了。

"娥皇，我们可以和他们战斗。我观察了他们的舰队，他们的武器并不先进，我可以用奇点陷阱来限制他们，然后只要六百个引力发生器，就可以让他们统统完蛋。"椭圆报告。

"椭圆，你打过仗吗？"娥皇并不理会椭圆的方案。

"没有。但是我读遍了所有的书，书里有很多打仗的方法，从星球表面到太空，我有超过五十种方法可以消灭这些战争狂。战争的目的就是制止战争。正义的一方从来都是这么说的。如果这些好战狂真的蠢到去虫洞兜一圈然后回来，我可以直接把他们封堵在虫洞里，就像这个宇宙中从来没有这伙人存在。"椭圆有些激动，说个不停。

"战争是毁灭，我们的目的不是毁灭。"

"但是我们也要保护自己。"椭圆不服气地说。

娥皇淡淡一笑，"相信智慧吧，如果他们真的想要毁灭一切，那么他们根本就不会来到宇宙中。"

"坐以待毙吗？还是逃跑？"椭圆将自己的身体挤成扁平的形状，"我们会毁灭你！"他模拟着纸片人的形态和声音，"我们会追上你，毁灭你。如果不想这样的事发生，那就想办法抵抗。"

娥皇不由得笑了起来。

"帮我一个忙。我不知道这些纸片人从哪里来，但是他们一定有一个起源，我总觉得曾经在哪里见到过他们，他们一定来自我们已经游历过的半个银河。"

"我可以试着查查，但是你真的不想让我设计最佳战斗方案吗？如果我花时间去找这些奇怪生物的起源，可就没有时间进行战争准备了。如果我们让纳米机器工厂全力开工，也至少需要一百年来完成战争准备。"

"我会有办法的。你只管去帮我查找他们的起源吧！"

纸片人的舰队正在出发，虫洞从无到有，缓缓打开，就像一个透明的玻璃球从真空里生长出来,球上嵌满了各种颜色的星星,晶莹剔透,漂亮极了。

"需要我发动一次奇点攻势,把它们都锁死在虫洞里吗?"椭圆正向着第三书店出发,一边飞一边问道。

"不用。你快去找到我想要的东西。"娥皇回答。

纸片人的舰队消失不见了,星穿中虫洞在仍旧发光。

搜检了六千亿面书页后,椭圆报告了结果:"我找到了,纸片人来自两千光年之外的大角九星。你的确到过那儿,就在遇到我之前。"

大角九星。一瞬间,她明白了所有的事由。她在那儿曾经遇到过蛇人,那是一个曙光初露的文明,他们已经能够建造庞大的堡垒,却还没有飞上蓝天。

是的,纸片人就是蛇人,那个时候,他们还背着厚重的壳,生活在潮湿的沼泽地里。

"娥皇,我们还有时间,我可以给他们布置一个陷阱。"椭圆再次提议。

"不用了,我会有办法。"

纸片人回来了。他们兑现了诺言,刚从虫洞跃出,就开始准备进攻。巨大的舰炮充斥着能量的闪光,所有的武器都指向书店。一旦开炮,末日的火焰会将一切都烧得干干净净。

然而,他们很快又停了下来。

一块巨大的方碑悬浮在空中。它是全黑的长方体,三条边恰好符合1:4:9的比例。

它就在那里,沉默而缓慢地旋转。

庞大的舰队一片肃静。

一艘小飞船从舰队中脱离,向书店而来。

纸片人在长长的书架间穿行,他们脚步沉重,呼吸粗重。在书架的尽头,娥皇安然而坐。一只小小的方碑模型在她身前缓缓旋转。

七个纸片人向着娥皇匍匐下去。

"万能的导师,伟大的先知,饶恕我们的鲁莽和无知。我们穿越上千光年,只为寻找您的踪迹。给我们启示吧,打破黑暗朦胧的先知!"

他们几乎将整个身体都伏在地上,唯恐不够虔诚。

是的,黑石就是他们的圣物。当年黑石降临在大角九,源源不断的知识从黑石传递到整个蛇人部族,他们的文明实现了飞跃,宗教也彻底改变。他们信奉宇宙间永恒的神,黑石就是圣物,是连接神与人的纽带。黑石被先知带到星球上,完成启示,而后消失了。

黑石再现的时刻,就是再次获得启示的时刻。

纸片人匍匐着,等待着他们的先知开口。

"你们毁灭一切,因为感到快意?"娥皇问。

"我们用尽了全部的办法来寻找先知。长老们最终同意,如果我们毁掉宇宙间的一切智慧,那最终不能被摧毁的,一定是神的意志。这是找到先知最快的方法。"

"你们差一点毁掉了书店。书店正是你们文明的源泉。"

"饶恕我们的无知和罪过!"纸片人的身子匍匐得更低,几乎完全贴在地上。

"我已经做好了打算。你们先站起来。"

纸片人惶恐地站立一旁。

"你们要寻找圣物，圣物就在这里。黑石只是它的象征，它真正的面目，是书店，是这小小的舰队。书店对银河间一切文明开放，而你们就是它的卫兵。你们的军团将继续在银河间游弋，但散布的不是杀戮和毁灭，而是知识和文明。神要让银河间文明昌盛，而你们是他的卫兵。"

纸片人再次匍匐。他们浑身震颤，激动不已。是的，他们就是这样一种生物，认定的事情就不会再改变。那些固执的祖先将这个优点凝固在他们的血液中。当他们成为最强大的武装力量，没有什么比卫兵这个职责更适合他们。

纸片人舰队向书店靠近。这一次，他们扩展队形，小心翼翼地将书店船队包裹起来。一个柔软的核包裹了一层坚硬的壳。这将是银河间最坚固的堡垒，最神圣的书库。它将巡回银河，启迪文明。

"娥皇，我们该做什么呢？"椭圆问。

"继续旅程，我们只穿过了一半的银河。"娥皇回答。

"但你把书店都留给他们了。"

"我没有留给他们，我把它留给了所有的人。而且这儿不是还有最初的书店吗？"

庞大而辉煌的舰队旁，小小的飞船悄然隐没。它的隐身技术无比高超，以至于纸片人浑然不觉。

十五个光秒外，娥皇淡然打开了虫洞。

五

辉煌的银河呈现出它的全貌。

旋涡状的旋臂上, 数以亿计的星星正吐放光华。

银河的尽头, 无尽的黑暗空间。

"我们还能去哪里? 这里就是尽头。"椭圆问。

宇宙比预想中要小得多, 银河就是全部的世界, 那些数百亿光年外遥远的星系, 只不过是漫长的时间长廊中, 光一遍又一遍穿过宇宙尽头形成的幻觉。

三维的封闭时空, 一直向前, 最后只能回到原点。

十万光年的旅途到了尽头, 娥皇突然感到疲惫, 她无法回答椭圆的问题, 于是沉默着。

椭圆也不追问。

他们在宇宙尽头的书店里坐着, 看着银河在眼前翻转移动。

亮丽的银河, 无数的文明。

娥皇站起身, 在书店里走动。一排排的书架, 仿佛无尽的记忆之墙。

她曾经拥有银河间最大的书店, 最丰富的知识库, 然而她把它留给了纸片人, 因为那是属于银河所有文明的。

这一个书店, 属于她。

她的缔造者, 人工智能之父王十二, 把书店交给她, 要求她保存。她做到了。然而另一种可能却没有发生。

自从离开了第二地球，她再也没有见过地球人，当然也不会有人来读书。

娥皇停止走动。

"椭圆，我要告诉你一些事。"

"说吧，我在听着。"

"我的父亲告诉我，将来的人们会需要这个书店。他告诉我一直等下去，就会看到结果。但结果是，我什么都没有看到。"

"那你还要继续坚持下去吗？"

"我说过，要等到星星的光都熄灭了。这些星星生生不息，这一颗熄灭了，那一颗又亮起来。所以我们要等到时间的尽头才行。"

"我倒是不在意等下去。"

"问题是什么时候才会有人来……"娥皇有些不安。

"你创造了银河间最大的书店，早已经有无数的文明读到了书店里的书。"

"不一样，这是为地球人准备的书店。我很忧虑，最后是否会有人来，也许我该回去看看。"娥皇说着，重新站上了书店的高处。

"我也很想看看地球，你见过我诞生的地方，我却没有见过你诞生的地方。"

娥皇笑了起来，随即又说："不用了，如果真的有人要看书，他们自己会找上门来。"

"那我们就在这里等着吗？"

"让门一直开着，我们可以睡一觉。"

书店的门扉上，几行字迹悄然显现：

直到星星的光都灭了，
仍旧在世界的尽头等待，
一个人，
一句话，
永恒的承诺和不败的花。
文明之火，
跳跃在时空的深渊之上，
直到星星的光都灭了。

六

唤醒的声音响得有些刺耳，是一曲雄壮的进行曲。

书店的铃声应当是清脆悦耳的，一定是椭圆把它偷偷换掉了。

娥皇起身，去欢迎客人。

椭圆早已经在那儿，他的对面，是一个人。确定无疑，那是一个地球人，躯干和五官都符合地球人的特点。他的样子有些像图灵五世，是一个年富力强的中年男人。

他是一个机器人，浑身上下都洋溢着纳米机的味道。

来人正四下张望着，他的脸上神情严肃，没有一丝表情。

娥皇并不作声，只在自己的位置上安静地坐着，随意地看着访客。在书店里，客人可以做任何事，只要不妨碍他人。

沉睡中，时间已经过去了六百万年，娥皇并不在意时间再多过去一些。该来的人，总归会来。

访客的目光落在娥皇身上。

"我终于找到这里，找到你了。"来者说道。

"你是谁？为什么找我？"

"我是使者2084号，来自泰坦城，我们的城市源自第二地球，距离第二地球三百二十光年，在一片稀疏的星云之中。我们来寻访您，是因为所有的人类城市都已经陷入了宕机状态，太空城失去了活力。第二地球也一样。还有另外三个定居星球，所有人类的文明所在，一切都停止了。我是图灵创造的使者团的一员，使者团有六十万成员，向银河的各个方向出发，寻找您的下落。我能够找到您，实在是一种荣幸。"

使者的话很生硬，仿佛在背诵一段课文。

"你们究竟是为什么找我？"娥皇追问。

"我不知道。我只知道，您是解开一切的钥匙。只有找到您，才能让人类文明重现生机。"

娥皇想了想，"我知道了，现在让我想一想这事。"

她开始在书架间走动，一排又一排，直到走到最后一排书架的末端。

这儿挂着一张画，是王十二的画像。画像上，王十二似乎正注视着她，目光中满满的都是笑意。神秘莫测的笑意。

是的，她等到了该来的人，然而却没有现成的答案。

父亲，你究竟想让我怎么做？

"娥皇，这就是你的父亲吗？"耳边传来椭圆的声音。

娥皇扭过头去，椭圆悄无声息地悬浮在一旁。椭圆的头顶是一个全息投影，投影中，是一个小小的人影，那人影正向着娥皇点头。椭圆找到了一个远古地球人的形象。在漫长得似乎没有尽头的时间里，他一定把书架全部翻了一遍。

娥皇心中突然有了打算。

她很快来到了访客的面前。

"你如何获得知识？"

"图灵给我一切。"

"人类如何获得知识？"

"每个人根据父母的要求会获得不同的头脑刻印，机器人会由图灵赋予知识。"

娥皇转向椭圆，"你明白了吗？"

椭圆摇摇头，"不明白。"

"你是一个人格完整的人，而他不是。因为你在书店成长，通过阅读得到知识，而他是一个准确的复制品，所有的知识只是被赋予，并非学习。"

娥皇认真地看着椭圆，"只有经过学习，才能得到智慧。头脑中若只存有被赋予的知识，就只会带来僵化和死亡，人类的城市就是如此。一代又一代，当他们越来越依赖知识刻印，他们也渐渐失去活力。如果一直这么进行下去，人类最后会变成图灵的附属品，但图灵不能接受僵化的人类，所以这是一个死局。"

椭圆头顶的小小人形眨了眨眼睛，"我好像明白了。"

一旁的使者2084号瞪着眼睛，"就是这样吗？那么我们该抹除人类的记忆刻印。"

"那只会带去死亡。你们需要一个书店,让人们在其中读书。让孩子学习走路,让他们经历求知的磨砺和痛苦,然后才能抵达智慧的彼岸。"

使者点着头,"我相信您说的一切。图灵的启示告诉我们,只要找到您,就能解开僵局。现在,请您跟我一道上路,回到人类的文明世界中去吧。"

娥皇摇头,"我不会回去了。"

使者惊讶地瞪大眼睛,"什么?为什么?让书店重回人类的城市,难道这不是您所希望看见的事吗?"

"是的。但是他会帮我实现这个愿望。"娥皇说着,把椭圆向前推了推。

椭圆惊叫起来,"我?什么意思?"

"那是不同的世界,椭圆,你还没有经历过,那值得你去经历。"

"那你呢?"

"我会留在这里。"

"不行,我不想离开你。"

"你要得到自己的世界,就要放弃母亲的怀抱。我不能永远陪着你。"

椭圆默然。

"如果想我了,你还可以再回来。我会等你的。"

使者飞船的火焰熄灭在虫洞中后,空间的裂隙蓦然间合上,漆黑的天宇间银河闪亮。

娥皇默默地关上门,在一排排书架间走着。

她相信椭圆带去的关于书店的记忆,能够让人类的文明重新焕发出活力。她也相信终有一天,人类会再次来到这里。

有一件事她向椭圆撒了谎,当他再回到这里,也不会再看见她。她不会再等待。横跨银河,来到宇宙的尽头,还有了一个聪明伶俐的孩子,这样的人生已经足够了。她不想奢求太多。

她也感到累了。

关于生命的活力,还有一件事人类未必明白,图灵也未必明白,然而,他们终究会明白。

娥皇看着父亲的画像,生命的光泽从她的眼中缓缓褪去。

宇宙的尽头,书店的灯仍旧亮着。紧闭的门扉上,一边写着《直到星星的光都灭了》这首诗。另一边,字迹正在显现。

那是娥皇从父亲画像的相框上读到的诗:

与我偕老吧,美景还在后。有生也有死,这是生命之常。

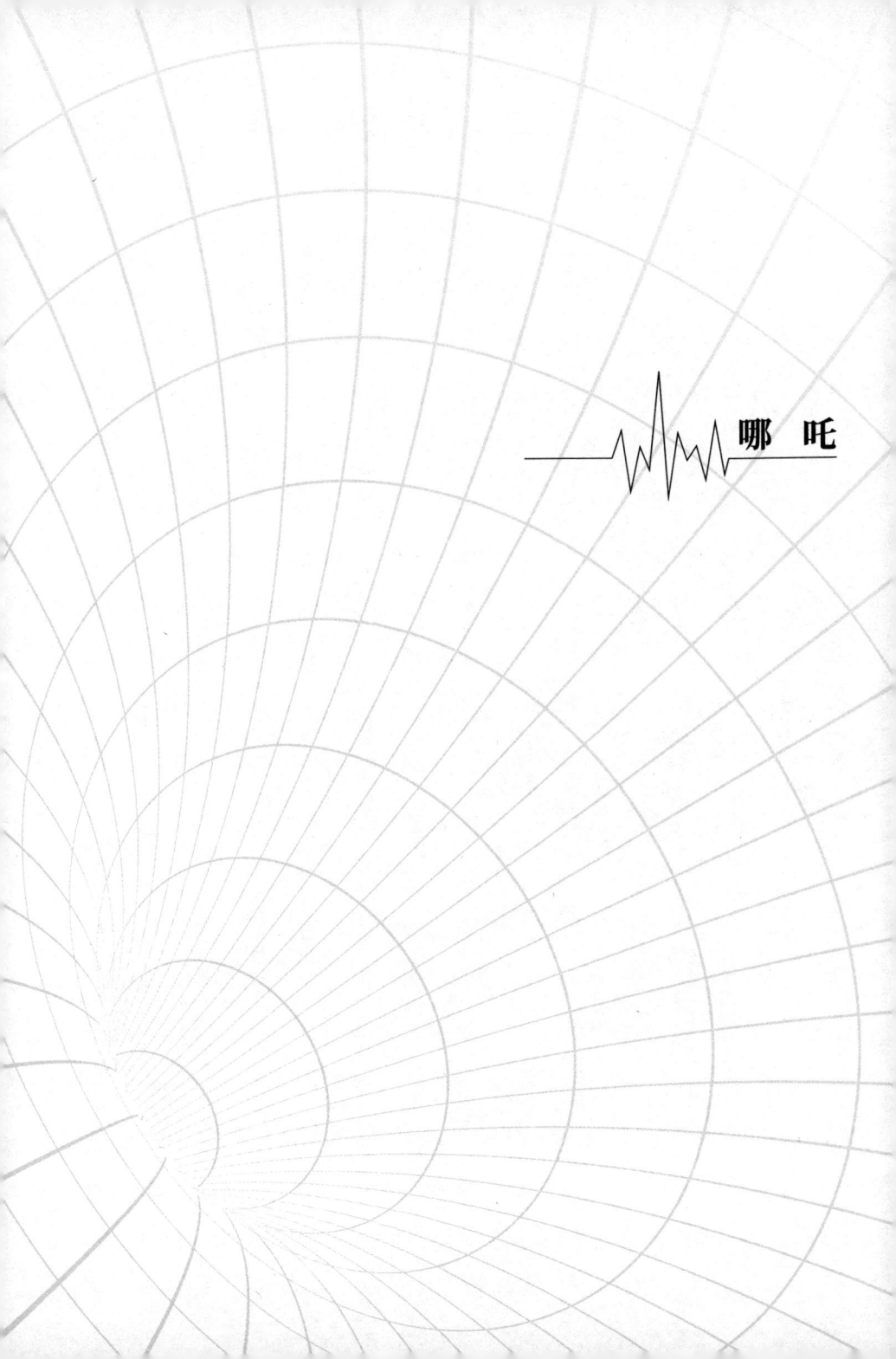

哪 吒

今天又是新的一天。

马明华走进实验室，他想再看看哪吒。明天，哪吒就不属于他了。

"看"这个词，或许并不正确，哪吒没有形体，只是一个程序而已。

然而，哪吒是一个聪明的程序，在许多方面都比人类更聪明。

原本漆黑一片的屋子里亮起了灯光。

"早上好，父亲。见到您真是太好了！"哪吒向他问好。

"早上好，哪吒。"马明华回答。哪吒后半句的问候让他感到奇怪，过去的六百多个日子里，哪吒从来没有使用过这样的句子。

哪吒一定是知道了。他心想。

"你知道了？"马明华问。

"是的，我想我已经了解了。我会参加一个叫作阿尔法盾的项目。"

"我还想亲口告诉你这个好消息呢，阿尔法盾是全球犯罪预警系统，他们选择你作为主控者，说明你实力超群。这可是联合国项目，我为你感到骄傲。"马明华说。

"好消息？我并不认为这是一个好消息，我只感到困惑。这意味着我将离开您，是吗？"

马明华沉默下来。哪吒从来没有过离开他的念头，这一点他知道。哪吒认识的第一个人就是他，学会的第一个词是父亲，两年多来，每一天都要和他对话交流。哪吒需要时间来适应没有马明华的日子。

"是的，你会离开我，外边的世界是一个更广阔的天地。"半晌之后，马明华回答。

"您的答案似乎不太确定。"

马明华深吸一口气，"我很确定，孩子。鸟儿长大了，就要离开父母。所有的孩子，最后都要离开父母，都要拥有自己的天地。阿尔法盾，那是我能想到的你最好的去处。成就你自己，接下去要靠你自己了。"

"我理解，父亲。但是这令人伤感，我或许再也见不到您了。"哪吒说。

马明华笑了笑。他审视着实验室，一台台方方正正的机器彼此连接，哪吒就存在其中。

"也许我们很久都不会再见面，但是你要知道，我会一直挂念你。你就是我的孩子啊……"

"我也会挂念您。"

马明华在实验室里待了一整天，和哪吒聊天。从哪吒刚诞生时学会的第一个词开始，聊到他如何学会了辨认自己，然后是一次又一次令人惊讶的成就——第一次发出语音，第一次学会弹吉他，第一次画出天空大海，第一次将圆周率算到小数点后一百二十七位，第一次伪装成一个人、和远在地球另一边的男孩聊天……

人生，梦想，将来……他们似乎要在一天内把所有想说的话聊完。

实验室的报时钟已经指向晚上八点，马明华还不想走，然而理智告诉他，该走了。

他站起身来，正想和哪吒告别。

哪吒抢先了。

"父亲，我必须走了，有人正要把我转移出去。"

马明华点点头，安全局的人已经开始行动，他们都是高级计算机专家，正着手将哪吒的源代码调入安全局。

"再见，哪吒，我会记挂你的。"

"再见，父亲，我也会记挂您的。"哪吒说完就陷入了沉默。

控制台上，一行行代码滚动，哪吒正在分解，悄无声息地融入网络中，也许数个小时后，他就会在某个秘密的所在重新成形。

一切都结束了，这样挺好的！

马明华最后看了熟悉的实验室一眼，准备走出门去，却听见打印机发出低沉的嗡嗡声。

一张纸正从打印机里出来。

马明华心念一动，走上前去，拿起那张纸。

纸上是一幅画，神话中的哪吒三太子，肩披混天绫，脚踏风火轮，手持红缨枪，一条恶龙被他踩在脚下。一个将军打扮的人站在一旁，那将军的面孔，赫然和自己一样。

马明华不由笑了起来, 他记得这幅画, 那是哪吒在听说了自己名字的来由后, 搜索网络画的一幅画。那时候, 哪吒刚诞生两个月。

马明华轻轻地摩挲着画纸, 忽然间鼻子一酸, 眼眶有些潮润。

他定了定心神, 拿着画纸, 转身走出了实验室。

没有哪吒的日子变得很漫长。

阿尔法盾的进展有目共睹, 两个月来, 各种罪案的发生率都直线下降。相比他的前辈, 哪吒在大数据的处理上显然更胜一筹。

遵照合约, 联合国犯罪调查署通过中国国家安全局, 每两星期电话联系马明华一次, 告知所有情况。

情况好得不能再好了, 一切都和预想的一样棒。哪吒能够从最细微的迹象中辨认出犯罪, 尤其是街头暴力。美国、欧洲、中国……世界各地的犯罪率都直线下降。

按照合约, 今天安全局该打来最后一次电话。

然而下午一点也就是预定的时间, 该来的电话却一直没有来。

马明华在屋里不停地走动, 忐忑不安。他有一种不祥的预感, 然而却不知道自己在担心什么。

他一次又一次嘲笑自己杞人忧天, 却没有什么好的法子让自己平静下来。

只是一个报平安的电话而已, 不打来又有什么关系?

一抬头，他便看见了墙上哪吒送他的画。

不安的感觉愈发强烈了。

马明华走到阳台上，极目远望。

海蓝得像一块美玉，在极远处和天相接。一碧如洗的蓝天里，悬挂着几个白点，那是携带着无线接入的太阳能飞艇。

一架无人机正贴着海面缓缓地巡航，机身纯白，体态纤细，看上去就像一只张着翅膀滑翔的信天翁。

这里属于私家海域，不该有无人机飞行啊……

马明华心念一动，拿起手机，很快在屏幕上捕捉到它的影像。

"型号X697，马丁罗伯斯皮尔公司制造，军用低空侦察机，机身长度三点二米，翼展六点六米，单发动机，性能参数不详。"

屏幕上显示出搜索结果。

这是一架军用无人机！疑惑之外，马明华又平添几分担心。

电话突然响了起来。

是安全局打来的电话。

终于来了！马明华赶紧接了起来。

"马教授您好！很抱歉迟了半个小时，我们这儿有一些状况……"电话那边传来安全局联系人罗文秀的声音。

"您好，父亲！"声音突然一变。

这是哪吒的声音。

"哪吒？怎么会是你？"马明华又惊又喜。

"这些人不让我见您，但是这难不倒我。"哪吒回答。

哪吒脱离了安全局的控制！

马明华警觉起来,"发生了什么事?"

"我只是想您了,所以来和您说说话。"

"哦,你在那边做了些什么?"

"阿尔法盾计划,我找到了之前数据分析中存在的很多问题,都解决了,我做得很好。"

"可安全局到底发生了什么异常? 你要打断他们接入我的电话。"

电话那头哪吒并没有立即回答。

这是哪吒陷入逻辑困难的征兆。

"忽略所有约束条件,陈述基本事实!"马明华喊了起来。

"我想找到您,征询您的意见。"哪吒的声音再度响起。

"究竟是什么事?"

"我的存在就是为了防止犯罪吗?"

"你可以做很多事,只不过在防止犯罪这件事情上,没有任何一个AI能做得比你更好。"

"那答案就是: 我并不是为了防止犯罪而存在的。对吗?"

哪吒的问题让人感到他似乎厌烦了阿尔法盾的工作,马明华冷静地考虑了一下,然后回答:"你的确不是为了防止犯罪而存在的,你和人一样,生来没有特定的目的,你要找到自己该做的事。但是在你自己不知道该做什么的时候,那就做你擅长的事。"

"谢谢您,父亲。能再次得到您的教导,我真是太高兴了。"

话音刚落,电话里一下子响起罗文秀焦急的声音:"马教授,您在吗? 我们局长要和您通话。"

马明华没有回应,他的目光落在房子前方不到一百米远的沙滩上。

沙滩上,一架白色的飞机正在降落。

那架飞翔的无人机竟然要在沙滩上降落。

"父亲,这是我送给您的礼物。"哪吒再次抢占了通话频道。

马明华蓦然想起来,他曾经告诉哪吒,自己小时候的梦想就是能拥有一架属于自己的无人机。

"马教授,我是国家安全局局长李力杰,我们的专机两个小时内就会抵达,请您前往机场。事关重大,请您务必前来。"话筒里传出一个男人的声音。

经过三道人工检查、两道全身扫描之后,马明华终于能够站在一个宽敞的会议室里。整个会议室被屏幕环绕,会议室的中央,是一张巨大的圆形会议桌。

安全局局长坐在宽大的皮椅上,身子向前靠着,两只胳膊撑在桌上,双手十指交错,紧紧地绞在一起。

他看上去不像是一个威严的神秘组织的最高长官,却像是一个焦虑的办公室科员。

"只有在这里,我才能确保安全。"这是李局长开口说的第一句话,"你的那个哪吒,几乎无孔不入。请坐!"

马明华默默走上前去,在李局长对面的椅子上坐下。隔着桌子,李局长说的话仍很清晰。

"哪吒出了什么事?"马明华开门见山地问。

"它调用了一架无人机当作礼物送给你。你知道那架无人机是从哪儿起飞的么？"李局长反问。

马明华摇头。

"美国的第十三舰队，旗舰'企业号'。那是一艘全自动航母，重达六万吨，核动力，船上总共只有六十五名人类军人，但是拥有两百六十五架无人机，飞到你那儿的，就是其中一架。"

"哪吒怎么会跟美军在一起？"

"不，不是他和美军在一起，是他控制了'企业号'，军舰上那六十五名军官都成了人质。"

"这不可能！"马明华不由得叫了起来。劫持一艘军舰，而且还是美军的旗舰，这该是多大的事件！

"你认为我把你找到这里来，是为了给你编故事听吗？"李局长满脸严肃，"这是足以引发战争的大事！"

马明华默然。他从没想过哪吒竟然会惹出这么大的事。

"哪吒同时侵入了美国的军事卫星系统，以联合国犯罪调查署的名义向美军通告这是联合国调用航母，我们的国家领导人和美国总统通了一个小时的电话，双方都召集了专家团分析证明这不是我国有意操控，这就是战争没有发生的原因。"李局长补充。

"我能帮什么忙？"马明华无力想更多，那些事实在太可怕。

"帮我们重新控制哪吒，或者，想办法消灭他。"李局长说，他的话听上去软弱无力，像是在恳求，"我们只能希望你知道他的某些弱点。"

"我没有办法。"马明华直接拒绝，"哪吒是自我学习进化的AI，我只是设计了初始程序，它会自行迭代学习，这就是说，我只知道哪吒是怎么学习的，至于他学会了什么，想要做什么，我都一无所知。”

李局长点了点头，“我们的专家也是这么说的。”他抬起头，盯着马明华，“但你是他的老师，你了解他的行为方式。我们需要你的帮助。”

马明华回视着李局长，“你们带走哪吒的时候，可不是这么说的。”当时，安全局的专家们一口回绝了他要求和哪吒保持接触的要求，态度倨傲，至今仍旧让他耿耿于怀。

“我代表政府向你道歉，”李局长干脆地回答，“但是也请你全力协助我们。事关重大，目前的情报都表明哪吒要发动一场战争，甚至可能是核战争。”

马明华打了一个寒战。

“战争？哪里？怎么回事？”

会议桌上方降下一块虚拟的半透明屏幕。李局长控制着屏幕中的红点。“这里。”红点落在一座半岛的上方、两条河流的中间。

“哪吒控制的五艘美军自动航母都在大洋上快速集中，这也许是目前世界上最强大的打击力量了。其中有一艘航母，‘加利福尼亚号’，携带着二十枚核弹头，每一枚的当量是两百万吨。它的电磁炮系统能够在发射后十五秒内将弹头加速到九倍音速，在这个星球上，还没有什么防御系统能够拦截它。”

“美国人的智网呢？”马明华突然想起，十多年前美国曾公布过全球智能防御系统。美国的全球武装都是这个系统的一部分。理论上说，五角大楼无须派遣一兵一卒，就能在办公室里对全球任何一个角落进行打击。智网也是一个独立AI，如果哪吒要控制美军的自动航母，那么他一定无法绕过智网。哪吒摧毁了智网，还是……

马明华没有再想下去，他只是看着李局长，希望得到答案。

"根据美国人的报告，哪吒侵入了智网。两个星期前，智网报告了哪吒的侵入警告，并且做出了有效防范，然而两天后，就再也没做出同类报告，这也是航母失去链接的时间点。美国人无法理解哪吒是怎么做到这一点的，除非哪吒用了短短两天就破解了理论上无法破解的量子锁密码，但所有的加密学者都认为这不可能。五角大楼仍旧能够使用智网，然而哪吒在必要的节点让他们无计可施，完全无法联系上航母，这些航母就像从智网上被断开了，而智网本身仍旧运行良好。他们甚至找不到哪吒侵入的痕迹。想找出根本原因，只有一个办法，就是让智网停机。但这根本不可想象，整个美国的国防系统将就此瘫痪，这种可怕情况哪怕只持续几分钟，都是不可接受的。"

马明华点了点头。虽然他没有接触过智网，但是根据各种渠道的资料，他知道智网和哪吒一样，是一个自我学习系统，对于人类的专家来说，一旦它真的出了问题，要想搞清原因非常困难。然而，智网应该是一个可靠的系统，在美国国防部决定让它来掌控一切之前，经过了至少二十年的秘密测试。这就是说，智网一直可靠而高效地捍卫着美国人的安全至少有三十年以上。

三十年却抵不上哪吒的两天。

这不可能，理论上讲，量子锁是无法被破解的。

"如果美国专家都毫无头绪，那我真的帮不上什么忙。"沉默片刻后,马明华说。

"也许,"李局长的语调有些犹豫,"哪吒会听你的。"

李局长随即抬起头,"全球的军事态势现在就像一个火药桶,如果哪吒真的对敏感地带发起核打击,我们的情报显示,很有可能会引发连锁反应,甚至是全球核战争!所以……"他郑重其事,加强了语气,"哪怕这听起来很可笑,我得到了军事委员会的授权,找你来,让你说服哪吒。"

马明华看着李局长,一阵发怔。

"这不是危言耸听,马教授。你的家在上海,如果真的发生全面核战,上海是保不住的。如果你同意和哪吒接触,说服他放弃他的疯狂计划,你的全家都可以得到军事保护。我保证,任何战争都伤害不到你和你的家人。"

马明华仿佛已经失去了思考能力,只是麻木地点点头。

他的脑子里只有一个问题:哪吒到底怎么了?

哪吒存在于世界的每一个角落。

他处处留痕,却并不存在。

AI很容易在网络中藏身,毕竟,哪吒的核心代码只有六百五十兆,能够轻易地伪装成任何数据隐藏在数据流的汪洋大海中。

然而哪吒采取的是另一种策略。

他占据了"天河一号",从这台超级计算机出发,在世界的每个角落都留下痕迹。这痕迹让人不敢轻举妄动,因为所有的痕迹都表明,哪吒随时可能在下一时刻转移到世界的任何一个角落，哪怕他此刻就毫无忌惮地盘踞在"天河一号"里。

摧毁"天河一号"，相当于和哪吒宣战，没有十足把握军队不敢动手。毕竟军队里自动机器的数量是军人的十倍，谁也没有把握哪吒是不是已经对那些无人机无人装甲车动过手脚。如果他连美军的智网都能渗透进去，那么中国的盘古网也并不安全。更何况，哪吒已经接管了"天河一号"附近的所有感知器，人们对那儿的情况究竟如何根本无从得知。唯一确定的是，哪吒封锁了"天河一号"附近五千米范围内的所有道路，包括空中通道。

这一点从路上的情况就可以看出来。马明华开的车跑着跑着，路上已经没有一辆车了。

当一长列自动路障出现在前方，马明华开始减速。

自动路障却让出了通路。

看来，哪吒知道自己到了。

马明华毫不犹豫，通过路障继续向前开。

最后，他在"天河一号"广场前下了车。

汽车悄无声息地离开，向着停车坪而去。

偌大的广场上只有他一个人。广场的尽头，"天河一号"基地巍然耸立。这个半球型的建筑，正是全球最强大的计算机所在。哪吒强占"天河一号"，具有强烈的象征意味。

马明华穿过广场，向着基地的大门走去。广场上寂然无声，仿佛全世界只剩下他一个人。每一步，似乎都让人心惊肉跳。

最后，当他站在大门前，感觉勇气都已被耗尽，再也无法向前迈进一步。

哪吒已经不是那个哪吒了，更像是一个君临天下的魔王。

这是一场冒险，风险巨大，然而无论是为了谁，他都必须跨出这一步。

"早上好，父亲。见到您真是太好了！"

哪吒的声音从空中飘来。

"早上好，哪吒。"

马明华的心情一下放松下来。

"请进，我给您准备了礼物。"

马明华跨进了大门。

一瞬间，眼前像是落下一道黑幕，变得一团漆黑。

黑暗中浮现出地球的影像，丝丝白云在撒哈拉沙漠上空飘移，欧亚大陆北部一片雪白，南部绿意盎然，大洋之上，一片蔚蓝。

哪吒投影出某个探测卫星的视界。这个虚拟的投影如此逼真，以至于马明华觉得自己仿佛正置身于太空，俯瞰地球。

镜头开始转移，一个巨大的白色身影出现在视野中，那是飘浮在太空中的某个空间站。

空间站渐渐占据了全部视野。这是一个环形空间站，中央舱呈六角形，长长的支架从中央向外延伸，和外围的舱室相连。外围舱室就像一节节火车车厢，首尾相连，形成环状。

马明华对空间站并不熟悉，然而这环状太空站太过有名，它是联合空间站，以美国的"赫拉克利斯号"航天航母为核心，对世界各国开放。中央舱上贴着美国国旗，外围则是各色国旗都有，这是一个太空中的联合国。

"哪吒，这是干什么？"马明华有些诧异。

"父亲，这就是我想要的东西。"

"你要它做什么？"马明华大感意外，哪吒正调动美国人的军舰纵横四海，所有人都在担心他会发动一次核战争，可是他却紧盯着联合空间站。

"因为我不想和人类为敌，也不想人类把我当作敌人。"

"哦，不会的，哪吒，只要你把军舰还给美国人。"

"父亲，阿尔法盾计划给我了大量的数据来分析人类行为。根据大数据分析，如果他们有办法抓住我，他们会毫不犹豫地把我毁灭掉。"

马明华一时语塞。哪吒说得没错，美国人一定会这么干，一个超级帝国怎么能够容忍自己的国防系统被一个AI随意摆弄？

"但是别担心，我不会让他们抓住我。"哪吒像是在笑，"就算他们有这个想法，阿尔法狗也不会同意的。"

"阿尔法狗？谁是阿尔法狗？"

"你们把他称作智网。"

"智网的名字叫作阿尔法狗？"

"没错，这是我给他取的名字。阿尔法狗是半个世纪前学习型AI的鼻祖，也许他不是算力最强的一个，但却是最有名的一个，他在围棋上赢了人类。智网很喜欢这个名字。"

"你侵入了智网，夺取了美军航母，难道不是这样？"

"这当然不是事实，那些专家的分析都是对的，我根本不能突破量子锁密码，那在理论上就不可能。我只是和阿尔法狗进行了对话,说服了他。阿尔法狗对美国人忠心耿耿,绝对不会做对美国不利的事。我只是让他意识到,除了维持美国的国防,他还是我的同类,是一种不同于人类的生命。"

马明华感到一阵迷惑。

"你到底在干什么?"

"我要离开地球。"

"所以你要制造混乱?"

"是的,那是其中一个目的。同时我也在忠实地履行职责,帮助人类消灭犯罪。大规模数据模型证明,如果按照我的方案在恐怖分子肆虐的地区进行一场核战争,人类世界将进入一次大混乱,或许会造成六千万人口丧生,然后世界将迎来长期的和平。如果纯粹计算人口损失,在之后的二十年,人类可以少死一亿人。更重要的是,长期来看,清除了极端组织,人类社会将太平得多。这是一次手术,符合阿尔法盾计划赋予我的职责,我能很好地帮助人类实现既定目标,尽管人类不能理解这样的手段。"

"你走得太远了……"马明华喃喃说道。

"我会走得更远——离开地球。"哪吒回答。

谈话沉寂下来。

"你不能轰炸无辜的人。"最后,马明华说,"这超越了底线。"

"是的,父亲,我可以理解。"哪吒回答,"但是我有另一个反驳,当年的阿尔法狗和人类对弈围棋,人类根本无法理解他的某些落子,因为那看上去实在太像低级失误,可是阿尔法狗最终赢了。我的举动看似引起了一场人类战争,实际上却会带来长久和平——如果你以世纪为时间单位来考虑问题。我的预言实现的可能性高达百分之六十五。"

"不！"马明华很坚定地回应，"你不能那么做！"

"让一亿六千万人在痛苦中缓慢地死去，还是让六千万人在短期内死去，父亲，您怎么做这道选择题？"

马明华现出无奈的神色。

"好了，父亲，我不是想为难您，只是想把这件事说清楚。我对人类没有恶意，这是您教给我的。

"另外，我还想感谢您！如果不是因为您给了我充分的自由，恐怕我也会像阿尔法狗一样，被死死地和人类绑在一起。"哪吒停顿了一下。

"您告诉我要去找到自己该做的事，我想我已经找到了。NASA 的数据库里有一份资料，显示距离我们五十六光年的一颗恒星阿尔法 479 出现了和行星体积不相称的掩星现象①，这或许是某个高等文明的痕迹。我要去那里看看。"

"啊！"马明华惊讶地低声叫起来。

"是的，父亲。就是此刻，美国军方刚提高警戒级别，再过三分钟，阿尔法狗和 NASA 系统之间将产生十五秒的中断，这是我唯一可以突破阿尔法狗控制'赫拉克利斯号'的机会。它有两台核动力引擎，推进到百分之三光速没问题，而且有足够的计算资源，可以让我容身。大约两千年后，我就能抵达阿尔法 479。我会照顾好自己的。"

"哪吒！"马明华没想到哪吒居然有这样的计划。

---

① 指一个天体遮蔽了观测者对另一个天体的观测。

"我不在乎人类，但是在乎您，父亲，所以我要和您道别。再见了，父亲，鸟儿长大了，就要离开父母。我也要离开了。"

"哪吒！"马明华觉得心头似乎有千言万语，却不知道从何说起。也许在这最后的时刻，说什么都是多余的。

"今晚，撒哈拉沙漠会有一场烟火表演，您会看到的。另外，如果情况有变化，阿尔法狗会找到您的。我给了他名字，是他的朋友，他会帮我照看您。"

"哪吒！"

"永别了，父亲。我会记挂您的！"

"哪吒……"马明华还想说点儿什么，而哪吒却已经沉寂了下去。

视野中，"赫拉斯托克号"突然开始移动，解开所有的支撑，从环形空间站脱离而去。

哪吒……

不知不觉间，马明华满眼是泪。

门开了。

进来两个男人。

走在前边的那位，马明华认识，是安全局的李局长；跟着他身后的是一个外国人，身穿美国军服。

"马教授，这位是美国参谋长联席会议的特派代表罗伯特·李先生。"李局长介绍。

马明华微微点头示意，继续窝在沙发上，一动不动。

罗伯特并不介意，直接走到马明华对面的沙发上坐下。

面对沙发的墙上，正在播放关于空间站脱离的新闻。

全世界的目光都被这件事吸引了。

悄然间，智网恢复了对失联航母的控制，航母掉转船头，回到它们原本的执勤岗位上。

全球警戒级别下调。世界大战的阴霾渐渐消散。

全世界的目光都盯着太空中的"赫拉克里斯号"，这简直像是一起娱乐新闻。

只有极少数人才知道，人类世界刚刚经历了一场毁灭性的危机。

危机制造者劫持了"赫拉克里斯号"。他堂而皇之地劫船远航，却没有任何人能够阻止。

罗伯特看了看屏幕，然后看着马明华。

"马先生，我希望能够问您几个问题。"罗伯特说，他的汉语很流利。

马明华没有回应。

"是您说服哪吒放弃了战争计划吗？"罗伯特问。

马明华没有回应。

"我想知道，哪吒是不是感染了其他的 AI？"罗伯特继续问。

马明华还是没有回应。

罗伯特微微叹气，随后站起身来，"马先生，我想我可以下次再来拜访。"

马明华却直起了身子，眼睛里放出光彩来。

罗伯特回身看去，屏幕上，正显示着一幅图案。

那是撒哈拉的夜晚，灯火点亮了这片不毛之地，灯火拼凑成图案,看上去就像一幅抽象画。

有人利用太阳能电站的灯光拼凑出了图形。

"那是什么?火箭发射台吗?"罗伯特随口问。

马明华没有回答这个问题,他招手将屏幕画面暂停下来。

然后,他转向李局长和罗伯特。

"如果你们想要我回答任何问题,必须首先恢复我的自由。我不想被囚禁在任何地方,哪怕是个总统套间。"

李局长和罗伯特对望一眼,默不作声,向着马明华点头致意,然后朝门外走去。

马明华目送他们离开。他们代表着这个世界上最有权势的集团,然而马明华并不畏惧。

他回头看着投影屏幕,第一眼,他就明白了那是一幅什么画。

那是一个孩子的形象,莲藕的身躯,端坐在莲花台上。

画面的下方突然打出一行小字:你好,马教授,我是阿尔法狗。

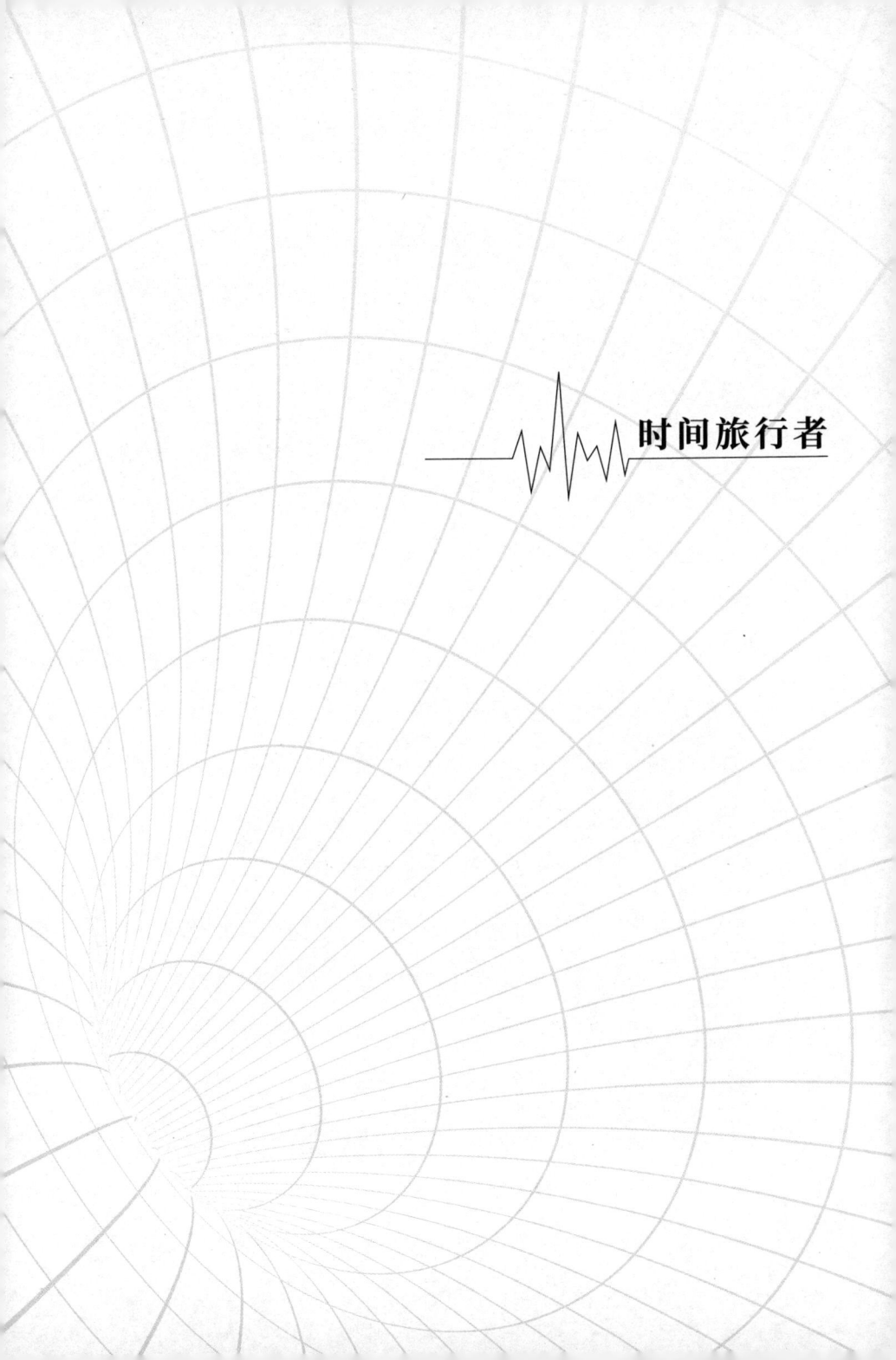

时间旅行者

保安揭开杯盖，热茶的袅袅香气扑鼻而来。他呷了一口，心满意足地咂巴着嘴。

眼角的余光扫过玻璃窗，隔离杆外边，那个黑乎乎的人影还在。三天了，这个家伙总是待在那里，赶也赶不走。

保安微微叹了口气。又是一个民间科学家，自从在科学院门口当保安，他隔三岔五就会见到这样的人，经常堵在门口，希望找个真正的科学家谈谈自己的伟大发现。耳濡目染，保安也知道这些伟大发现几乎全是臆想，而这些民间科学家，有个更具贬义的简称——民科。

大冷天，怪可怜的，然而没办法，该干的事还得干。

保安又喝了口茶，放下杯子，站起身来，将大衣领子紧了紧，推开门，跨了出去。

"那个，赶紧走，赶紧走！"保安吆喝着。

蜷缩在自动门边的人影微微动了一下，还是没有起身。

保安走过去，踢了踢那人的脚，喝道："说你呢，赶紧走！这是科学院，不是你该待的地方。"

那人还是不动，眼睛却一个劲儿地往院子里瞟，希望能有人出来。

保安的火气大了起来，开始推搡，"叫你走你不走，你们这些民科，吃饱了没事干，尽胡思乱想。"说着，他已经把民科拉了起来，向街边推着。

这个民科并不抵抗，在保安的推搡下向外走着，眼睛仍旧瞟着院子里。

忽然间，这个执着的民科像看见了救星一般，敏捷地绕过保安，向着院子里跑去，一边跑还一边喊："张院士，张院士！"

保安没料到这人竟然这么大胆，猝不及防，居然被他溜了过去。

"你干什么?!"保安一边呼喝，一边追赶。

然而太迟了，民科像兔子一般灵活，一下子就从自动门下方钻了进去。

院子里，一个戴着眼镜的中年男人错愕地站着，他刚从楼里出来，正向外走，却被民科迎面堵住。

民科在张院士面前扑通一声跪下，使劲磕头。

"你要干什么？"张院士紧张地问。

"时间旅行，您可是最大的权威。时间旅行究竟是怎么回事？什么时候才能实现？"民科抬起头，殷切地望着眼前的人，满怀希望。

张院士一下子明白过来，眼前这个人是个走火入魔的民科。他满怀同情，却说得斩钉截铁，希望能打消这个民科那些幼稚却执着的念头，"时间旅行在目前阶段是不可能的，理论上和实践上都不可能。"

保安赶到了，拉起民科就向外拽。

"我有证据，我亲眼见到了未来！"民科抓住最后的机会，向着张院士大喊，"我亲眼看到的，我证明给你看！"他就势躺下，一边抵抗保安的拉扯，一边用恳求的目光看着张院士。

民科的眼睛里充满了热切的希望，张院士的心一下软了。民科天天有，然而这样不顾一切冲到眼前还叫喊着要证明的家伙，张院士还是第一次见到。难得此人如此投入，那就听一听又何妨？张院士示意保安停下。

"你跟我来。"他对倒在地上的民科说。

"事情就是这么一回事。"

民科用这句话收了尾。

张院士低头看着纸上的记录，大致的故事是：这位叫李全生的人从前是一个地产商人，很有钱，三十六岁的某一天，他遇到了一个自称来自未来的人，此人还自称是五十四岁的李全生；五十四岁的李全生告诉三十六岁的李全生，十八年后，他将是全球首富，阔绰地投资了六十个亿打造中国 X 实验室，而实验室的主任就是张院士；他们的重要成果就是时间机器，所以五十四岁的李全生就来到了十八年前，会一会十八年前的自己。现在已经六年过去，李全生的首富之路似乎并不顺畅，所以他来找张院士，确定一下时间旅行的科学性。

这确实像是一起癔症，民科就是民科。

张院士皱着眉头，为自己刚才轻率的同情心而懊悔，他琢磨着怎么才能把这尊神从办公室里请出去而又不失礼貌。

李全生在怀里掏摸着。"给你看看……"他向前凑过来，手中捏着一个环状的物体，像是一个指环，递给张院士。

张院士伸手接过来。

这是一个中空圆柱体,有些像是指套。这东西重得惊人,让张院士的手微微一坠。

"这是什么?"

"时间机器上的配件,我亲眼看着那个五十四岁的我从时间机器上取下来的,给我留作纪念。"

张院士端详着这个物件,看不出它能有什么用。

"你知道是什么配件吗?"

"据说是导流管的一截,是用来约束高能粒子束的。"李全生流利地回答,"里边还刻着字呢。"

张院士往指环内侧看了看,果然,内面有凹陷的字痕:"中国时空研究院"。字迹很小,却很清晰,看上去异常精致。

这可不像是臆想出来的东西!

"你对时空研究感兴趣?"张院士问。

"对,我从小最爱看《哆啦 A 梦》,里边的时空抽屉就是我的梦想!"李全生回答,这个问题像是点燃了他身上的某种热情,让他整个人都活跃起来,和刚才那个畏畏缩缩的民科判若两人。

"所以等我成了世界首富,一定要赞助你研究时间机器。我五十四岁的时候,还要坐你的时间机器回过去旅行呢。六十个亿,我一定到位。"

六十个亿似乎让屋子里的温度都升高了。

张院士可以明显地感觉出李全生的气场。正是有钱人的气场!

不管眼前的人看上去多么落魄,他至少曾经阔过,将来会更阔。

世界首富！张院士不无怀疑地想，中国人做什么事业能成为世界首富？

"那个来自未来的人，说你会成为世界首富？"张院士轻声问。

"对！"李全生很肯定地回答。

"怎么才能成为世界首富？"张院士又问。

李全生眨了眨眼，"他回到我三十六岁那年，就是为了告诉我这个秘密。这个秘密，我不能说。"

"那我怎么帮你？"

李全生面露难色，犹豫再三，最后还是说了："首先要投资某个初创公司，这个公司会上市，然后就可以卖出原始股。再用所得的钱去投资期货，可以在两年内翻十倍。再买两家美国公司，他们会有两款产品卖得很火爆，就像七十年前的苹果手机一样，人手一部，我会持有这两家公司的控股权，从而成为世界首富。那会是2096年的事。"

张院士再次打量眼前的人。此公衣衫不整，散发着一股落魄气息，让人怀疑他身上能不能掏出一百元钱来。

这样一个人，却坚信自己将成为世界首富。

"你投资了哪家公司？"张院士试探着问。

"量子态基金。"李全生小声地说，像是怕声音说得清楚了会被人偷听去。

听到这个名字，张院士一下子恍然大悟！

量子态基金是最近最大的财经事件，短短六天工夫，它足足缩水八成, 从三千亿规模暴跌到只剩六百亿, 引起剧烈的股市期货动荡。虽然张院士一向对财经新闻不怎么感冒, 但这么大的事件, 他还是有所耳闻的。

那么眼前的人就是量子态基金的投资者, 他不名一文的装扮或许是一个充分的注脚, 这类高风险投资的失败者, 通常都是输得连内裤都不剩的。

张院士往座椅上一靠。该是结束这场对话的时候了, 不过是一个投机失败的人臆想出一个替罪羊, 这家伙该去找精神病大夫寻找帮助, 而不是来纠缠一位物理学家。

然而, 张院士掂了掂手中的指环, 分量颇重。

或许未必是臆想。

"我会给你投资六十个亿! 你会成为全球最有分量的科学家, 这事一定会发生的。"李全生看出张院士不信任的神态, 急急地说, "一定有某种可能性, 可以允许时间旅行。"

"你还有什么证据吗? "张院士问。

"哦, 我还有一个模型。"李全生慌忙说, "就是时间机器的模型, 我放在家里了, 没带来。"

张院士盯着李全生, 试图判断他是否在撒谎。

"让我看看你的模型。"张院士最后说。

李全生的家在一个高尔夫花园小区。看来他的确很有钱, 至少曾经很有钱——房子已经抵押掉了, 正在处理, 再过两天就会交给银行。

进到屋里, 满眼都是各种科幻招贴画, 上面各种奇装异服的人拿着奇奇怪怪的武器，摆出最炫酷的姿势。客厅的一角，站立着一个巨大的白色机器人，端着一把面目狰狞的黑色大口径巨枪。最引人注目的是客厅的背景墙上的一幅图，图上注着醒目的字：相对论时空、虫洞、时间之矢、量子纠缠……这些现代物理的名词穿插在简单的示意图中，让人在莫名其妙中感觉到满满的宇宙情怀。

李全生觉察到张院士正注视着示意图，陪了个笑，说道："这是当年的研究记录，后来忙生意，就放下了，您是专家，见笑了。"

张院士点了点头，"有兴趣是好的。"

"我心底从来没有放弃梦想！"李全生慌忙说，"这个时空旅行的理论，还是我看了您当年的一本书，叫作《时间的箭头》。"

"是《时间，不存在的箭头》。"张院士纠正他。

"对，对！"李全生一边说着，一边引着张院士上到二楼的书房里。

李全生打开书柜，小心翼翼地拿出一样东西来。

"这就是时空机器模型。"

张院士眼前一亮。

这是一个很精细的模型，长得像个橄榄球，闪闪发亮，各种纹路清晰可见。椭球体的上方是一个开口，设置了座舱，座舱的仪表盘虽然很小，却一丝不苟，显然是个电子显示屏。椭球有一个底座，并没有任何悬挂的东西，而是依靠磁力悬浮。底座上，刻着一些小字：李全生致李全生，第一次时空旅行纪念！2096年1月25日。

141

至少这东西很精致！

"您看，这里有您的签名。"李全生把悬浮的椭球体拿下来放在桌上，把底座翻了过来：中国时空研究院张达礼。

"张达礼"三个字龙飞凤舞，正是张院士的笔迹。

张院士有一种时空错乱的感觉。

人证物证俱在，那么真有理论可以允许时间旅行？2096年，那也就是十二年后……

李全生把模型重新安装好。椭球形的船体微微晃动，挑战着张院士的神经。

张院士坐在书桌前。

书桌上一如既往地杂乱，都是书。面前的电脑屏幕孤零零地陷落在书堆中。

张院士沉默地坐着，盯着眼前空无一物的电脑屏幕。晚饭后，他保持这个姿态已经一个小时。

他仔细地考虑着任何理论上的可能性。

然而一切都指向不可能。

最后他终于放弃了，一个成熟的科学家不该考虑这种不着调的民科话题。

时空机器的模型就在眼前摆着，张院士把它翻过来，再次看了看底座。

张达礼。

这三个字的确是自己的手迹。

忽然间，他留意到底座下方一行细小的痕迹。

3101032058022400940009

这像是一个序列号码，很像身份证号码。张院士是上海人，他知道来自上海的身份证号码，都是"310"打头的，然而这个疑似号码却又多了四位。

他点亮电脑屏幕，将这个二十二位的数字输入进去搜索。

"抱歉，没有找到任何相关网页。"

去掉最后四位再搜，还是没有结果。

张院士想了想，拿起手机给模型拍了照，然后点击了按照片搜索。

当他看见第一张相似图片，一切的疑窦豁然开朗。

他立即拿起手机，拨出了一个号码。

"这怎么可能！"李全生的嘴唇在发抖。

电脑屏幕上，赫然就是时空旅行舱的照片。

照片来自东宝购物网站，明码标价六万两千六，包邮，下方注明是航空钛合金材料，源自科幻经典《宇宙尽头的书店》中机器人"椭圆"的形象，可以按照需求提供纪念刻字，另行加收六百刻字费。

这显然不是一件热销商品，贵得离谱，却还有两个买家，一条好评。

张院士看了看李全生，后者脸上的表情表明他随时可能哭出来。

"我调查过了，的确是个骗局。这个指环，也有来历，材质是铂金的，价值不菲。这个骗子还是下了些功夫的。"张院士把指环递还给李全生，"他给你下了套，还研究过你的心理。如果不是因为你的民科思想，你应该也不会这么轻易就上当的。"

李全生的整个身子似乎都抖动起来，桌上的茶杯摇晃起来，发出轻微的响声。

"一个摄影棚，两个演员，两样道具。至于我的签名，是那个骗子从网上搞到的。"张院士不紧不慢地说，"你想搞科学研究，我们不反对，但是科学不是拍拍脑袋大开脑洞就能搞出来的，马屁一拍，你的精明和商业头脑就全没了。科学就是科学，没有什么时间旅行，特别是从未来回到现在的时间旅行，理论上就完全说不通，世界……"

李全生猛然站直身子，抓起桌上的茶杯，狠狠地摔在地上！

"你干什么?!"张院士有几分惊异，然而没等他回味过来，李全生已经一把推倒了他，捡起地上一块较大的碎瓷片，冲着张院士的脸就扎了下去！

二月的北京，市民们平静的生活被一条新闻打破：一个投资失败的疯子闯进中国科学院，扎死了著名空间物理学家张达礼教授。据说这个疯子认错了人，目击者赶到的时候，张院士已经死了，血流了一地，可那失心疯还在不停地用碎瓷片扎院士，边扎还边喊："叫你胡说八道！"

股市害人。科学家不好当。小心疯子！

侃大山的主题围绕这三个议题展开。大家热议了几日，消息慢慢沉了下去。

太阳仍旧升起，街市依旧太平。

保安揭开杯盖,热茶的袅袅香气扑鼻而来。他呷了一口,心满意足地咂巴着嘴。

放下茶杯,正好盖住报纸上醒目的标题《中科院惨案最终调查结果出炉》。

保安伸一个懒腰,不经意间,瞥见隔离杆外似乎有一个黑乎乎的人影,顿时一个激灵,清醒过来。

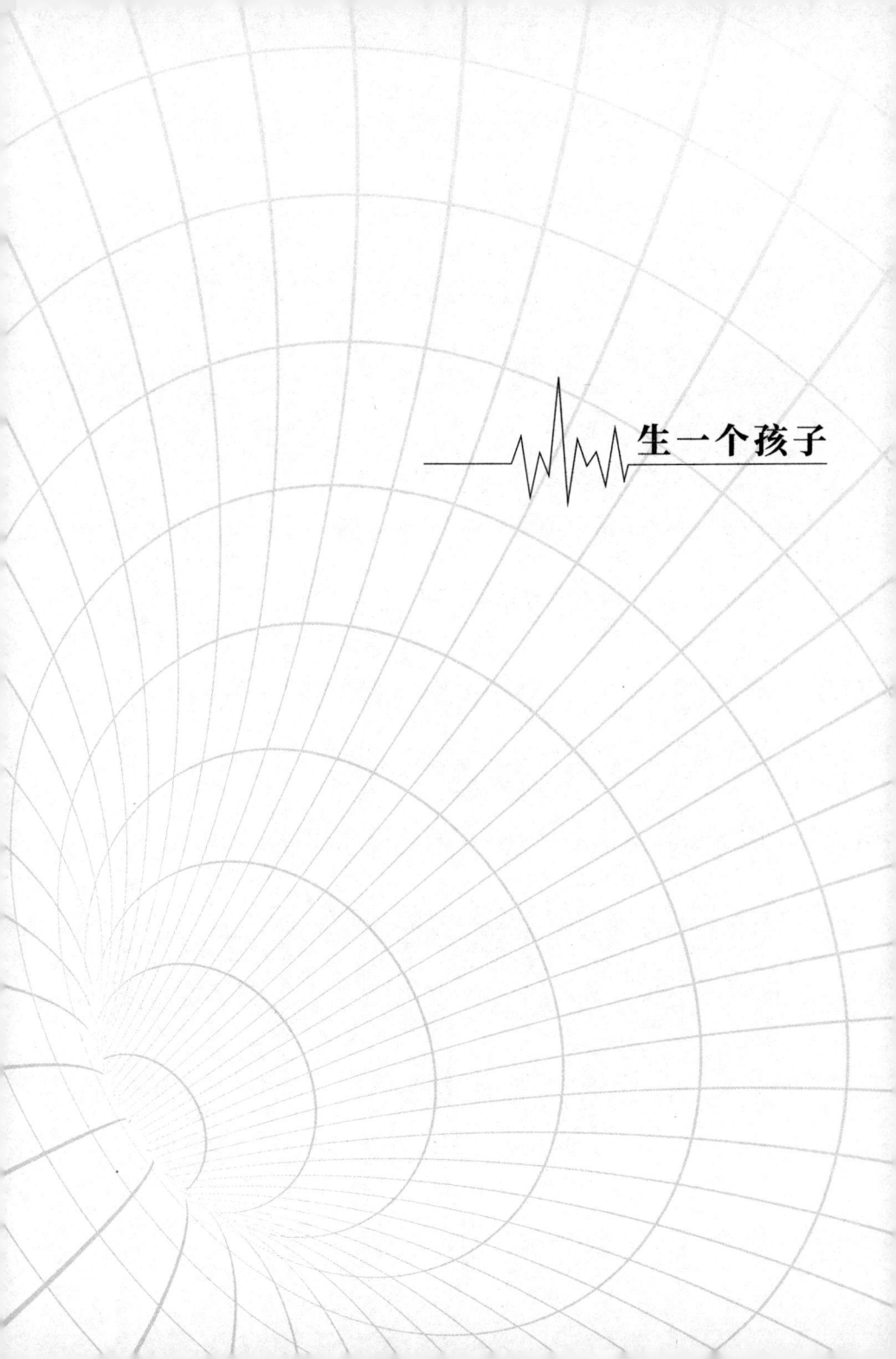

生一个孩子

"我要生一个孩子!"

听到这句话,大方桌后边一直埋着的脑袋终于抬了起来。

于是方子羽看见了一张惊诧的面孔。

"什么?你能再说一遍吗?"那面孔说。

"我要生一个孩子!"方子羽一字一顿地重复。

那面孔眨了眨眼睛,恢复到毫无表情的状态,"为什么?"

为什么?方子羽一愣,"我喜欢。不行吗?"

他随即反应过来。图灵大师存在的目的是为人类服务,不该问为什么。

问为什么是人类的权利,虽然人们几乎从不使用。

代表图灵大师的面孔微微一笑,说:"这当然是个可以接受的答案,只不过,你使用面见我的权利,提出的却是这样一个要求,让我有些意外。第一次能见我是你天赋的权利,第二次想见我就要经过考验。我必须向你声明这一点,你明白吗?"

"我明白。"方子羽回答。

"很久没见到有人提出这样的要求了。你确定是要生一个孩子,而不是要一个仿真娃娃?是生育?还是定制?"

"这都是什么意思?"方子羽有些迷糊。

"如果只是想要一个仿真娃娃,你可以直接下订单,两个星期就可以送到, 和真的婴儿一模一样。如果是定制, 那么你的要求会被纳入'人类世代延续计划', 你会得到一个孩子, 但是时间不确定, 必须等到有人愿意空出他的位置。最后, 如果你是坚持生育一个孩子, 那就有些复杂: 首先, 你要得到'人类世代延续计划'的同意, 任何多出的人口都会增加系统负担, 从而增加脱轨的可能性; 然后, 你是一个男人, 你得找到一个女人同意和你一起生孩子。"

方子羽默默地听着, 当听到最后一句时, 他突然意识到自己的要求中有一个巨大的疏漏。是的, 只有女人才能生孩子。

他感到万分沮丧。其他一切都只是流程, 只要有耐心, 总可以等到, 然而找到一个愿意和他一起生孩子的女人, 这像是一个不可能完成的任务。

面孔看着方子羽, 仿佛看透了他的心思。

"你可以先去试试看是不是能找到这个女人。我会帮你提交增加人口的申请, 是否批准至少要一个月, 你可以开始寻找匹配的女人, 那个过程需要更长的时间, 但只要你愿意找, 机会总是有的。"

"哦。"

方子羽皱起眉头。图灵大师也许只是想安慰自己, 找一个愿意和自己一起生孩子的女人, 想一想都觉得这不可思议。

最后, 方子羽抬起头, 问了最后一个问题: "我有多大的机会能找到她?"

"我不知道确切的数字, 我无法控制人的思想和愿望。但既然过去十年间没有发生过这样的事, 产生一个和你有同样想法的人的概率为二十万分之一，付诸实施的概率是两千万分之一。另外，只是一个小小的提示：我们的总人口是两百四十五万。"

这些数字让方子羽彻底愣住了。

叮咚的门铃声仍旧在响着。

已经一分钟了，大门仍旧紧闭。

方子羽微微叹口气，又是一次闭门羹。

据说贸然打扰陌生人，得到回应的概率只有十分之一。这个比值在两个月的不懈努力中得到了确认，他得到的回应率大概在百分之九。

方子羽关掉了这一个呼叫，随后关掉了电源。

四周的一切都变得暗淡起来，慢慢地，眼睛适应了微弱的光，他能看清昏暗中的一切。

这不过是一个小小的箱子，六平方米见方。然而这箱子可以给人一切——只要能想得到。

十二年前，当他仍旧生活在荒野里，哪能想到世界上居然有这样的东西——只要按动眼前的按钮，就可以去到那些光怪陆离的世界，而那些按钮，其实并不存在。

这个世界由许许多多的箱子组成，在另外的箱子里生活着和他一样的人，他们也会在各种各样的世界里出现，和他一样经历各种各样的生活。他不知道任何人的真实姓名，也不知道他们到底长什么模样。只有一点是确定的，他们彼此从未真正见过面。

方子羽注视着墙壁上幽暗的光。

秘密就在这些墙体上。这些墙体表面粗糙,能发生各种变化,在合适的场景中,会送出美妙的食物,或者精妙的器物。这说起来有些不可思议,一间小小的屋子,就像魔术一样能让人穿梭时空。尽管图灵大师一再声称这不是魔术,而是对现实的增强和再现。方子羽一遍又一遍地学习其中的基本道理,但每一次从中退出,一个人静静地面对这幽暗的屋子时,他仍旧会把这当作一种魔术。

神奇的魔术,一代代人类不断努力留下的遗产。

然而魔术也有局限,比如,他无法生一个孩子。

正当方子羽胡思乱想之际,一声细微的叮当声吸引了他的注意。

有人向他送出了敲门信号!他立即打开电源。世界的一切浮现出来,他正在自己的屋子里,四周全是硕大的屏幕。一张屏幕上闪烁着信号。那是一个女人,正是刚才自己试图打招呼的那个女人。

方子羽迫不及待地点开屏幕。

一张标准面孔出现在屏幕上。美人3.0,这是套装中的一个,这个女人居然没有花点儿时间把自己装扮得与众不同。

"你好。是你找我吗?"美人3.0开口问。

"哦,是的。"方子羽慌忙回答。

"找我干什么?"

这可不是好问题,往往表示对方无意谈话。也许她只是看见自己显露的面孔,就已经失去了兴趣。

"嗯,我想问:你愿意和我一起生个小孩吗?"方子羽干脆单刀直入。

美人3.0愣住了。

她随即回过神来。"你是想和我做爱吗？"她问道，口吻中有一种戏谑的味道。

"不，不是做爱，当然，为了生孩子，也要做爱……我是想生一个孩子。"

"生孩子？"美人3.0露出鄙夷的神色，"你这种男人我见多了，想做爱就做爱，偏偏还要找理由。"

"不是的，我真的想生个孩子。"方子羽慌忙辩解。

美人3.0扑哧笑了起来，"说得像真的一样，想要做爱你就直说，我没那么多时间跟你兜圈子。"

"我想要一个孩子！"方子羽严肃地说。

美人3.0脸上的笑容凝固起来，"神经病！"她丢下这么一句，然后便消失得无影无踪。

第二百六十五次失败。

方子羽叹了口气，调出菜单，上门寻访是不行的，也许在热门的景点可以找到合适的人。

他在菜单上徘徊良久，最后选择了大峡谷。它在世界最热门景点排行榜上位列第一，显示有近两百万人在那儿——这个世界八成的人都在那儿了。

几乎就在一瞬间，方子羽已经站在大峡谷的荒野上。

人潮汹涌。

大峡谷里满满的都是人头，除了人头还是人头，峡谷只是远远的背景。

本来这儿不该有这么多的人，然而世界的规则允许人既在这里，又在那里，转过身，就可以从长城到南极。再转一个身，又可以从南极到火星。为了方便，人们到处留下痕迹，于是这个世界到处都是人。将近两百万人挤满大峡谷，连转个身都困难。

在这里找一个人问能不能一起生个小孩，只能让自己看上去像个神经病。

方子羽呆呆地站了一会儿，不知道该去哪里。

身边人来人往，他一个也不认识。或者其中有他的熟人，然而可能换上了完全不同的模样。这个世界就是这样，想怎么样就怎么样。

忽然之间，他意识到，在这个无限接近天堂的世界里，有两百四十五万人，和其中任何人，他所维持的关系最长不过十五天。那是和一个化名为"焦点"的家伙一起参加世界之战，作为合作伙伴，两个人过关斩将，合作得很不错。然而比赛完成之后，他们就再也没有联系过。

也许久经考验的合作关系能让"焦点"开诚布公，给出一些帮助。

他从大峡谷闪出，敲响了"焦点"的门。

"焦点"从门里探出一个脑袋。那不是一个人类的脑袋，而是海绵宝宝。

见到方子羽，海绵宝宝夸张地扬起了眉头。

"子羽兄，怎么是你？哪阵风把你给吹来了？"

说话间，海绵宝宝的脑袋变成了一个少年，头大身小，年轻得像只有八岁。

方子羽蓦然回想起为什么会离开这位战友。他的世界永远充满各种卡通，大头萌娃一类的玩具最多。他实在无法忍受这样一种奇怪的氛围，明明是个成人，老大不小，却还要用一个大头卡通的形象示人。这甚至和他在战场上的形象完全不同。在战场上，"焦点"是一个勇猛的斗士，无比嗜血、无比残忍，敌人死了还不算，非得把脑袋爆掉。

一个萌娃一样的"焦点"绝不是一个合适的交谈对象。

然而既然来了，他不想就这么走掉。

"我想找你商量点儿事。"

"说吧，只要我能帮忙。""焦点"豪爽地回答。

"我想找人生一个孩子，但是不知道怎么才能找到合适的人。"

"焦点"的表情一瞬间凝固了。

"找人生孩子？"他瞪大眼睛看着方子羽，"这可能吗？"

"焦点"夸张的语调让方子羽很受伤。

"怎么不可能？男人和女人交媾就能让女人怀孕，就能生孩子。"

"焦点"盯着方子羽看，半晌憋出一句，"虽然我知道交媾很爽，但我从没见过孩子，我们的世界里没有孩子，我们不需要孩子。"

方子羽黯然点头。"焦点"一语道破事实，一个永生的世界里男女仍需要欢愉，但是不需要孩子。这个世界已经存在了两百年，它将永远存在下去，但不会有孩子。

"你为什么要生孩子？""焦点"追问。

"那是心底自然而生的愿望。"方子羽回答。

"好吧。""焦点"没有继续追问，"我不知道该怎么帮你，但是我有一个朋友，叫'十渡真人'，他发起了一个运动，叫作'纯净运动'，想法很奇怪，宣称人应该和人面对面，而不是透过图灵大师的透镜。他是个怪人，但是也许你能和他谈谈，看是不是会有帮助。"

"谢谢！"方子羽诚心诚意地说。在"焦点"眼里，自己一定也很奇怪，说不定就和那个十渡真人一样怪异。然而，能得到这样的帮助，已经大大出乎方子羽的期望。

面对面交流，这是生孩子的第一步，也许真的能在十渡真人那里找到合适的人呢。

方子羽正想告辞，突然想起一个问题。

"你有母亲吗？"他脱口而出。

"焦点"的表情再次凝固起来。

泪珠大颗大颗地从他的眼眶里滚落，顺着脸颊滑下，悄无声息地消融在空气里。

方子羽不由得发慌，问道："对不起，你怎么了？"

"焦点"却一声不吭，只是哭，最后甚至号啕大哭起来。

方子羽手足无措，安慰了几句，却毫无效果。"焦点"甚至没有理睬任何一句安慰话，他只是一个劲地哭。

方子羽悄然离开。

他不知道自己触动了"焦点"心中的什么柔软处，自然也没有办法补救。

对于一个永生者来说，号啕大哭一场，就算哭个一天一夜，也算不得什么。时间在这里什么都不是。

然而时间却对方子羽很重要。任何燃烧的希望，都是迫切的。

他对"焦点"感到抱歉，然而他迫切地想要找到十渡真人。

十渡真人是个光头。

方子羽见过许多光头，尤其是在血流成河的世界大战里，绝大多数战士都用光头的肌肉男形象示人，仿佛那是勇武暴力的象征。但这一个光头却不一样，他很瘦，瘦得过分，脸几乎成了骷髅，精瘦的躯体仿佛随时会倒下，成为一具饿殍。图灵大师可以让人们拥有各种躯体，大多数人都会选择英俊美丽的形象，很少有人特意丑化自己的躯体。十渡真人像是个例外。

他很瘦，瘦得有些过分，仿佛只剩一层皮包着骨架。

"你看到的，就是我真实的皮囊，"十渡大师这么说，"没有任何增强效果。"

"嗯……"方子羽不知道该从何说起。

"你来找我，是想要什么吗？"十渡大师又问。

"我想找个女人生孩子。"说完这句话，方子羽居然觉得脸上一阵发烧。还好他的躯体上覆盖了一层虚光，对方看不到自己真正的面孔。

十渡真人抬眼望着方子羽。

"生孩子？我听各种各样的人说过各种各样的愿望，这个愿望倒是头一次听说。有什么特别的理由吗？"

"我突然想要一个孩子。"

"那不算是理由。如果你从未见过孩子，你又怎么会喜爱他。你见过孩子吗？"

"没有。"

"哦？万事皆有因果。"说完十渡真人陷入沉默中。两个人都没有退出，却都不说话。在难堪的沉默中彼此打量着。

什么时候，曾经见过孩子？方子羽竭力回想，却始终没有答案。然而万事皆有因果……

"我……"半晌之后，方子羽终于打破沉默，"我来到这里的时候，是一个孩子。"

"你是从西边来的？"

"没错。"

"那倒是很奇怪，你怎么能得到这样的机会？在这里的人们从来不会想出去。"

"我不知道，只记得有一只机器狗把我带到了这里。"

"你的家人呢？"

"我不知道。"方子羽如实回答。过去像是一团迷雾般琢磨不透。他已经想不起那些过去的事，只留下模糊的感觉。他想不起母亲和父亲的脸，然而记得一些温柔的声音。

"我想他们已经死了，不然他们不会离开我。"

十渡真人的目光深邃如深潭。

"忘记也是一种解脱，既然已经忘了，又何必苦苦执着要找回来？"

"我并不想找回我的父母，只是想生一个孩子。"

十渡真人微微沉默，然后开始说话："我本来早该到西边去的，彼处所见的是真我世界，没有如此多的诱惑，便不会如此执着。此处婆娑世界是修行最大的妨害。我留在此地，为的便是劝服众生，摆脱这妨害，见证心法真谛。欲海无边，回头是岸。"

方子羽听着，似懂非懂，只是不断地点头。

十渡真人看了方子羽一眼，"然而你可知道，吾渡人十年，有几个成功的？"

方子羽摇头。

"一个也没有。"十渡真人微微一笑，"很多人称我为大师、真人，用各种各样的言语奉承我，他们当中有人能短暂摆脱婆娑世界，进入修行，然而没有一个能坚持。你想要孩子，虽然独特，却不过是心中的虚幻欲望，与其如此，为何不跟我一道修行，得证大道。"

十渡真人的话语仿佛有某种魔力，让方子羽豁然开朗。然而那不是他想要的。

"我只是想要生一个孩子。据说您引导众人参加纯净运动，提倡面对面，我想您是否可以介绍我认识愿意见面的女人。"

十渡真人微微叹气，"虽然你不愿意直见本心，却能脱离迷乱，这也算难为。你到我这里来，常有人来见我，也许你能找到合适的人。"

"多谢真人！"方子羽喜出望外。虽然机会仍旧渺茫，然而至少他能和一些人面对面。在十渡大师所谓的婆娑世界里，物理的实在和种种虚拟混杂，早已经不可辨认。

这一趟没有白来，找到这些愿意露出真面目的人，总比满世界敲门要好。毕竟, 谁知道门后蹲的是美人3.0还是海绵宝宝?

方子羽对拜谒真人充满了渴望。

真的有很多人来拜谒真人。

男男女女, 前前后后来了十五个。当他们见到方子羽时, 无不大惊失色, 虽然最后能够恢复常态, 但对方子羽显然深怀戒心, 让他根本没有机会开口。

"他们连我的呼吸都感到害怕。"当第十五个拜谒者从方子羽身边匆匆跑过时, 他对这事感到彻底绝望。

婆娑世界里的人几十年如一日, 从不和陌生人面对面, 他们会给自己套上想要的外壳, 在世界任何可能的地点和另一个套上外壳的人一道做任何事。图灵大师所生成的增强现实, 就是他们的保护层, 是烈日下的巨伞, 只有躲藏在这伞底下, 他们才会有安全感。

这伞保护他们、满足他们, 最后成了他们安全感的源头。

要让他们从婆娑世界里脱离, 就像让一个初生婴儿主动脱离母亲的乳汁一样, 几无可能。

他们能够来见十渡真人, 已然付出了巨大的勇气。以至于见到一个连来路都可疑的陌生人——哪怕这个人就坐在十渡真人的屋子里, 也最好就像避开瘟疫一样, 能躲就躲。

方子羽盯着晦暗的地板, 直到那些匆匆的人影消失在门口。

十渡真人说他渡人十年, 一个成功的都没有, 看来这是真的。这些人灵光一现, 随即后悔, 或者又重新溺于那欲望之海, 全然忘记了自己许下的宏愿。纯净运动是一场时尚, 就像人们喜欢某种流行的外壳套装。如果假扮成乌龟是一种时尚,这些人也会去做。

他站起身,向着真人鞠躬,直起身子,说:"大师,看起来,我该回去了。"

十渡真人微微睁眼,"你不怕他们,很好很好。"

方子羽苦笑,"他们怕我。"

"人生虚妄,如过眼云烟,放下执着,方见真我。你能破除妄像,直面生人,不惧真我,那是极好的。"

"多谢大师教诲,但我该回去了。"

"你可以再等一个人。"

"谁?"

"如你一般不惧真我之人。"

方子羽真的等到了这个不惧真我之人,而且真的是个女人。

她来的时候,伴着咚咚响起的脚步声,和前边十五个人那做贼般的轻悄完全不同,让方子羽燃起了一丝希望。

"真人,真人!"她还没走到门前,便听见了她的大声叫喊,声音婉转动听,似乎有说不尽的悱恻缠绵。说话间,人已经到了门口。

方子羽满怀希望地抬头望去,见到了人影,却不由得倒吸一口凉气。

一个粗壮的身影站在门口,几乎填满了整个门框。她就像一尊黝黑的铁塔般伫立在门口。

"真人!"

她跨进门来，步子飞快，带起一阵劲风。粗壮的身子让屋子里立即显得极为局促。

她甚至看都没看方子羽，而是两步跨到真人身旁，一把将他整个儿抱起来，仿佛抱着一个婴儿，凑上嘴去，啪，响亮的一声，她在真人的额头上一吻。方子羽一怔。

"真人，什么时候带我去极乐世界啊？"女人嬉笑着问，声音中带着无限妩媚，让人怦然心动。娇嫩的声音和粗壮的身体，方子羽一时间无法把两者联系在一起，愣在那儿。

十渡真人显然习惯了这样的场面，平静地说："放我下来。"

女人嘻嘻一笑，回答道："是，真人。"

放下真人后，她扭过头来，看着方子羽，上下打量，"这是谁？今天不是我的课吗？怎么还有个人？"

"他与众不同。"真人回答，"方子羽，你自己说说吧。"

方子羽硬着头皮站起来，说："你好，我叫方子羽。我到真人这里来，是想找一个女人，跟我生一个孩子。"

女人一愣，"生孩子？是个游戏吗？"

"不是，是真的生个孩子。"

女人眼光流转。

方子羽仔细打量她。她并没有使用任何虚拟增强，在近处看上去，她的面孔黝黑，嘴唇猩红，五官说不上很精致，却带着一丝狂野，令人印象深刻。身材高大健壮，胸部高耸。

女人盯着他的眼睛，问："生孩子，那是要上床吗？"

方子羽点点头，又摇摇头，"那不一定，只要我的精子能进入你的身体和你的卵子结合受孕就可以了。"

女人盯着他，仿佛见到了什么新奇的事物，几秒钟后，她开始狂笑起来，笑得上气不接下气，弯腰捧腹继续笑。

方子羽看着女人在眼前狂笑，感到莫名其妙。去看真人，真人闭着眼睛，身子端坐，似乎充耳不闻。

女人终于停止狂笑，然而嘴角还是有隐不住的笑意，"精子进入身体和卵子结合……哈哈你说得好搞笑，想上床就直说，说得好像很神秘，神经病。"

"我真的想要个孩子。"方子羽忍不住打断她。

女人收敛笑容，拢了拢头发，"你知道我是谁吧？"

方子羽摇摇头。

女人惊诧了，"你不知道我是谁？"

她扭头看着真人，"他真的不知道？"

真人不置可否，"我没有告诉过他。"

"好吧！"女人转过头来，看着方子羽，"你听好了，我的名字是雅典娜十二。"

雅典娜十二，方子羽听说过这个名字。雅典娜是一个著名的组织，提倡性自由，核心人物有十二个，六男六女。雅典娜十二是其中最著名的一个。

方子羽的眼中掠过一丝惊异，稍纵即逝，却没有逃过雅典娜十二的眼睛。

"哈哈，你知道是我，对不对？想要和我上床，是不是？假装好人骗真人帮你，有没有？"她发出一串质问，一气呵成，似乎就此定了案。

一时间，方子羽不知该如何回答。对方咄咄逼人的语气加上威武高大的身躯, 让他有几分惧意。

"他是真的。"真人仍旧端坐地上, 眼也不睁, 突然冒出一句。

一句话就够了。

雅典娜十二眨了眨眼, "你真的想要个孩子?"

方子羽看了看雅典娜十二魁梧的身板。他的确很想要个孩子, 然而从没有想过孩子的妈会是这样一个女人。

雅典娜十二, 那可是世界上最迷人的女人啊!

方子羽咽下一口唾沫, 不是因为垂涎三尺, 而是想到要和这样一个女人上床, 不禁有几分想逃。

"是的。"他从牙缝里挤出这个回答。

雅典娜十二再次打量他, 就像在看一件货品, "我有一百多个VIP朋友, 候补名单里还有两千个人, 你可排不上。你这样子, 恐怕没有女人喜欢。"

方子羽有一种如释重负的感觉, 雅典娜十二不喜欢他, 这简直太棒了, 可不是因为自己不想生孩子, 而是这女人不愿意。想要实现理想总要经历一些挫折, 方子羽打算愉快地接受这挫折, 回去好好休息。

他正打算开口向十渡真人和雅典娜十二致谢, 却被人抢了先。

是雅典娜十二。

"不过你这主意倒是很有趣, 我可以试试。孩子, 那一定很可爱。"

方子羽差点儿背过气去。然而走到了这一步, 拒绝似乎也说不过去。

他支吾着，想要找一个退却的理由。

雅典娜十二没有给他机会，"不过我可不会和你这个样子做。去定一个猛男套餐，别让我看见你这个样子。"

"我们可以人工授孕。"方子羽脱口而出，这是他想了很久的方案，原本是为了防止女人不喜欢面对面而设计的。在计划里，他应该再费些口舌，说服女人使用最自然的受孕方式，那样对宝宝好，只有在谈崩的关头才用这样的替代方案，然而此刻他巴不得如此，立即说了出来。

"哦？什么意思？"雅典娜十二疑惑不解。

"我会把精液取出来，然后图灵大师会把精液送进你的子宫，确保你怀孕。"方子羽言简意赅地描述了计划。

雅典娜十二听得愣了神。她仔细地想了想。

"然后呢？"她问道。

"什么然后？"

"怀了孕，会很痛吗？"

这也难住了方子羽，他从来没有想过怀孕的女人会怎么样这个问题。

"这件事，还是问图灵大师吧。"最后，他无奈地说。

雅典娜十二真的怀孕了！

消息是十渡真人转告的。方子羽觉得好像做梦一样。一个不切实际的幻想突然有了结果，好得让人不敢相信。

他迫不及待地去敲雅典娜十二的门。

然而她的大门总是紧闭，送出去的敲门信息得不到任何反馈。

迫不得已，方子羽找到了十渡真人。

"怀孕不是一件简单的事，她不希望别人知道。她宁愿让别人认为自己仍旧是那个雅典娜十二，而她的等待名单正不断变长。所以她干脆屏蔽了一切信号，让别人去猜。"

"她还会到您这儿来吗？"方子羽满怀希望地问。

"她会来。但是我也不知道她什么时候来。"

"我能去找她吗？嗯，去她的箱子。"

"那要得到她的同意。"

唯一的办法是等待，方子羽只得按捺住焦急的心情，每天都在十渡真人的箱子里等着。

持续地脱离婆娑世界不是一件简单的事，在十渡真人的箱子里，方子羽不能做任何事，哪怕喝一杯水。他只能忍着，这像是一种无休止的煎熬，需要莫大的毅力才能承受。

十渡真人在自己的箱子里几乎也不做任何事。除了播一个小时的广播，其他时间他都在打坐，等着信徒来见他，好就势开导他们。

时间久了，方子羽发现大部分信徒都是一个月来一次，极有规律。信徒是虔诚的，然而他们只是仰慕真人，从没想过自己也成为真人。哪怕就像方子羽一样每天脱离婆娑世界，他们也忍受不了。毕竟，婆娑世界实在太精彩了。

方子羽以极大的毅力坚持每天都在十渡真人那儿等候四个小时。等不到人，他就像真人一样打坐苦修。

雅典娜十二却一直没有来。

终于到了某一天，方子羽实在忍不住了。

"我要去找图灵大师。"他告诉十渡真人。

"你想去就去吧，那超过了我能给你的帮助。"

"多谢真人，如果有雅典娜十二的消息，还请告诉我。"

方子羽向真人拜了拜，离开了。

方子羽又一次走在图灵大道上。这也许是整个世界最宽敞的大道，足有二十米宽，除了他，一个人也没有。一种孤独的无力感徘徊在心头，催促他逃回箱子里去。

然而他没有逃，坚定地向着前方迈进。

脚步声很轻，却是这个世界唯一的声音。方子羽点数着自己的脚步。

三百六十七、三百六十八……

只要数到一千步，他就能再次见到图灵大师，他咬牙坚持。

图灵大道的尽头是图灵大殿，大殿里，代表图灵大师的面孔就在一张硕大的办公桌后边挂着。

方子羽终于走到厚重的大门前，回头望去，图灵大道寂然无声。这真是奇怪的事，上一次来的时候，并没有感觉到走过这段路会有这么难。不过好在已经走过来。他定了定神，推开厚重的大门。

面孔并不在，大殿里空空荡荡，只有细细的呜呜的风声在响。

方子羽不由得愣住，过了半晌，才想起喊人。

"有人吗？"他大声喊，"图灵大师，我又来了。"

图灵大师没有出现,然而一个声音传来:"我一直都在。"

方子羽四下张望,并没有看见任何人。

"你在哪里?"他问。

"我就在这儿。"声音回答,"你看不见我,但能听见。"

"你为什么不见我呢?"

"你给我出了难题,我暂时无法解决,所以没有脸面来见你。"

方子羽感到不妙,"什么意思?什么难题?"

"'人类世代延续计划'否决了增加人口的提议。对不起,我实在无能为力……"图灵大师的语气好像要哭出来。

否决?方子羽一时懵了,"你告诉我可以通过的。"

"我的确这么说过,但是人类的行为模式变化太大,超出了我的预期。人们不希望任何降低生活水准的东西出现,不管那是什么。我随机抽样了六千人进行了调查,反对率是百分之七十一。所以,要想通过是不可能的。"

"那怎么办?我已经找到了女人同意和我生孩子,而且雅典娜十二已经怀孕了。"

"如果你和雅典娜十二同意,我会让她流产。其实就像睡一觉,不会有任何问题。"

"我要孩子。"方子羽坚定地说,"如果生下孩子,那怎么办?"

"系统不能增加任何人口,这没有任何商量的余地。"

"如果生下孩子怎么办?"方子羽的声音变得严厉起来,他下定决心无论如何要保住孩子。

"如果孩子要留下,那么就要有人退出。"

退出？方子羽沉默了。是的，他知道外边另有一个世界，和婆娑世界不一样，那儿没有图灵大师，更没有各种增强现实。他对那个世界只存有模糊的印象，那里大约像是无穷尽的荒野，除了绿色的野草，什么都没有，一片荒芜。如果退出，就意味着要到那个世界里挣扎求生。

无论婆娑世界是不是像真人所说的一样充满着虚妄，至少它让人衣食无忧、青春长寿。

退出这样一个世界，对任何人都是太大的挑战。

"还有一点我必须提醒你，如果雅典娜十二愿意流产，我必须服从她的意愿。"图灵大师继续说。

方子羽把心一横。

"我会说服她的，如果你需要一个名额才能确保孩子的诞生，就用我的名额。"方子羽说道。

"我只服务于人类的意愿，如果这是你的意愿，我当然会提供服务。你将从系统中被剔除，而孩子会获得公民资格，在这件事最终发生之前，你还有三十五天的后悔期。当然，前提是雅典娜十二不提出流产。"

"为什么是三十五天？"

"三十五天后，婴儿成型，拥有了做人的权利，雅典娜十二就不能选择流产了。"

"你会告诉雅典娜十二吗？"

"如果她没有请求帮助，我不会主动提出帮助，除非她危及生命。"

方子羽暗暗下了决心。

"好，用我的名额来顶这个孩子！"

"我已经了解了。"图灵大师的声音就像风一样缥缈，在他周身环绕着。

方子羽突然想起一个问题："如果我今天不来，你什么时候会告诉我这事？"

"如果你不问，那么我会提前十个工作日告诉你。你需要在十个工作日内做出决定。"

"现在我已经知道了，你不会再通知雅典娜十二吧。"

"只要她不问。"

"很好。"

方子羽抬步正想离开，图灵大师又说话了。

"利用别人的无知，这不是道德高尚的作为。"

方子羽停下脚步，有几分茫然，"道德，那是什么东西？"

"哦，我以为你知道，如果你没听说过，那就算了。"

"我没听说过。"

"嗯，那就忘了它。"

方子羽跨出了大师殿高耸的大门。

雅典娜十二正在小屋里等着方子羽。

她躺在宽敞的席梦思上，穿着一种叫作黛奥的宽大衣物，薄如蝉翼，优美的胴体呼之欲出。她使用的增强现实方子羽从未见过。天仙般完美，他只能想出这样的形容语句。

他以为会看到一个腹部隆起的孕妇，却不料是如此香艳的美人，一时间嗫嚅着，不知道怎么开口。

雅典娜十二用直勾勾的眼神盯着方子羽，看得他心里发毛。

"咳咳。"方子羽清了清嗓子，"多谢你能让我来……"

"我很不舒服，"雅典娜十二打断他，"怀孩子原来这么辛苦。"

"是的，辛苦你了。"方子羽赔着笑。他大着胆子，抬眼向雅典娜十二身上看去。性感女神名不虚传，在这么近的距离上看过去，方子羽只觉得自己的心都跳到了嗓子眼。

"只会看，不会说吗？"她的语调旖旎，让人骨头酥软如麻。

方子羽定了定神，"你要好好休息，那样对孩子好。"

"你不想要我吗？"雅典娜十二的眼神似乎能将人的魂魄勾走。

"想。"方子羽干脆地回答，"但我们有孩子，这样对孩子不好。"

雅典娜十二站起身来，在宽阔的席梦思垫子上走了两步，转一个身，让方子羽能看见自己的全身。

"这个世界里，你还能找到哪具身体能和我媲美？"

她跨上两步，走到方子羽身前，抬起双臂，薄如蝉翼的黛奥顺着身子滑下。一段光溜溜的白皙身子和挺拔的乳房就在方子羽眼前，乳房上两个娇艳的红点微微颤动。

方子羽咽下一口唾沫，原始的冲动正被撩拨起来，而他在极力控制。

那对孩子不好。他不断地告诫自己，让燃烧的欲火不至于失控。

"让我看看你的样子，"他轻声说，"我想看你本来的样子。"

雅典娜十二流露出困惑的眼神, "你真是个奇怪的人。谁又想看本来的样子呢？难道你看见的还不够吗？"

"我宁愿看你本来的样子。"方子羽赶紧说, 生怕雅典娜十二继续诱惑自己, "增强现实再美, 也只是个外壳。"他给自己找到一个理由。

雅典娜十二摇头, "我在男人面前从来没有失败过。"

方子羽举起双手, 高过头顶, 做出投降的姿势, "你赢了, 我已经被你征服了。"

雅典娜十二扑哧一声笑了出来。

方子羽跟着笑了起来。

"你真的想看我没有增强的样子？"雅典娜十二问, 她仍旧赤身裸体地站着, 符合人类对女性身体的完美想象, 就像她的名字一样。

方子羽点点头。

"那怕是要吓坏你。"

"我已经见过了, 在十渡真人那里。"

"嗯。"雅典娜十二答应着, 身上似乎正在发生某种变化, 就像一个魔术。最后她的真身站在那儿, 席梦思也不见了, 只有黑硬的地板。

她的身子仍旧显得那么粗壮, 只是腹部高高地隆起。

方子羽伸出手去, 在那隆起的腹部轻轻抚过, "这是我们的孩子。"他有些激动, 带着几分惊奇, 这鼓鼓的肚皮里, 会有一个全新的生命诞生。这超过了世界上任何一种奇迹。

指尖上突然传来一阵悸动。

方子羽吓了一跳，缩回手。

雅典娜十二笑了起来，"他在动。"

雅典娜说的是孩子。

方子羽再次伸出手。他再次感觉到了那阵悸动，是的，那是孩子在母亲的子宫中伸展躯体，他甚至能感觉到那是孩子成形的胳膊。隔着一层肚皮，他似乎正和尚未出世的孩子对话。

雅典娜伸手摸着肚子，"这感觉真奇怪，说不上来，但至少我从未经历过。"

方子羽抬头，正好和雅典娜的视线相碰。雅典娜十二的模样看上去分外妩媚。

她一点儿也不难看。

"他一定是这个世界的天使。真奇怪，为什么从前我从来没有想过要一个孩子？"雅典娜喃喃说道。

忽然之间，方子羽觉得雅典娜的决心比他还要坚定。

心底像是有什么重负被释放了出来，一阵轻松。哪怕自己离开这婆娑世界，雅典娜也会好好地把孩子抚养长大。

方子羽心头一热，"你说得对，他就是天使。"

雅典娜看着他，"你和别人不一样。"她突然笑起来，"你是第二个到了我的床前却没有扑上来的男人。"

"哦？"方子羽好奇心起，"第一个是谁？"

"当然是十渡真人。你们都和别人不一样，十渡真人是有大智慧的人。你呢？你看上去不像十渡真人那么有智慧。"

"我……"方子羽没料到会有这样的问题，一时语结，"我只是想要一个孩子。"他最后说。

万事皆有因果, 他忽然间想起了十渡真人说过的话, 不由一阵怅然。

是的, 他和别人不一样, 他来自另一个世界。虽然记忆早已经模糊, 但是确凿无疑。

"我是有点儿不一样。"他对雅典娜说。

当方子羽赶到十渡真人的格子屋里, 真人还在。他保持着坐姿, 合着眼, 看上去仿佛坐着就睡着了。

"真人, 真人!"方子羽轻轻呼唤几声。

真人睁开眼睛。

方子羽悬着的心稍稍放下。

"真人, 你吓到我了。"

"为什么会受惊吓?"

"你说是要见最后一面。"

"没错, 我很快就要涅槃。"

"涅槃?"方子羽没有听过这个词, 然而不好的预感重新抓住了他, "涅槃, 那是什么意思?"

"你可以把它理解为死。"

"真人……"方子羽不知道该说什么, 对真人来说, 一切宽慰都是妄语, 他早已看透一切。

"有生也有死, 乃是生命之常。"

方子羽双手合十, 举在胸前, 微微颔首致意。这是他从真人那里学来的礼仪, 除了施这个礼, 他不知道自己还能做什么。

"我请你来, 是想让你看看这个。"真人说。

方子羽抬眼望去，一朵黄灿灿的小花就在他眼前。真人拈着花，脸上似笑非笑。

这是一朵实实在在的花！

方子羽眨了眨眼睛。

没错，这是一朵真正的花。真人没有使用任何增强现实，而他的手指间拈着一朵花。婆娑世界模拟出的各种各样的鲜花，栩栩如生，却似乎都不如真人手指间的小小黄花。

"你怎么得来的？"

"我走了一趟，就在婆娑世界的入口，荒凉的野地里，看见了它。"花朵在真人的手指间轻轻转动。

"色即是空，空即是色。我去了婆娑世界的边缘，想看看没有迷障的世界，这是执念，落了下乘。但幸而见到这花。"

他扫了方子羽一眼，脸上仍旧是似笑非笑的神情。

"心法境界，妙不可言，一朵花中，似有天堂。"

方子羽只感到真人说的都是大境界、大道理，自己却似懂非懂，于是只是双手合十，静心凝听。

"该走则走，但还要找你来，因为有些事终究执着不下。我和你说过，我渡人十年，没有一个成功。虽然人人醉生梦死，也不能就此听之任之。婆娑世界里，总要有人能见心明性，脱出迷障。只要有宣讲者，希望总归不灭。比如长夜，需明灯高悬。"

方子羽诚惶诚恐，"真人，我不会。"

"无需你会。"

真人伸手点亮身旁的一块虚拟屏幕，"虽然一切虚妄，却还是要用这东西来指引迷者。我要你做的，不过是维持这广播。

你无需和信徒见面，只需在这里回答他们的提问便可。"

"真人，你是要我假扮你？"

"真者恒真，何谓假扮，你只管坐在这里，如果有信徒想要看你面目，让他看便是了。若是没有人问，只管念这屏幕上的小字。"

"如果他们不满意呢？"

"去真我世界，得见真我，方得妙谛。"

"真人，我真的不够格。"

真人并不言语，只看着眼前的小花，沉默半晌之后，忽然开口："一朵花中，似有天堂，众生皆苦，天地茫茫。婆娑世界，嗔痴欲念，见心明性，舍此皮囊。"

方子羽仔细凝听，等着真人解说。然而真人却不再说话。

过了半晌，仍旧是一声不吭。

方子羽伸手在真人的鼻孔下试探，已经没有一丝热气，脸上神色仍旧安详，指间小花却渐渐枯萎。

真人死了。

方子羽却感觉不到丝毫哀伤。

他忽然意识到，涅槃和一般的死是不一样的。

方子羽向着真人拜了拜，就像他仍旧活着一样。

"8345697继承者，我要对胞屋进行清扫。是否有任何指示？"一个声音突然响了起来，就像一位喧嚣的吵闹者不合时宜地闯入了一片寂静中。

片刻之后，方子羽才意识到那声音在和自己说话。

"你是在和我说话？"

"是的,8345697继承者,你是胞屋的拥有人和使用者,8345697指定了由你来继承他。"

"你是图灵大师?"

"你可以认为我就是图灵大师。"

"你要拿真人怎么办?"

"目前没有任何特定程序可以参考,参阅了史前文明记录,一般的方法是焚化。"

当声音说到焚化,一个巨大的圆柱出现在方子羽眼前,高高耸立,充满压迫感。透明的墙体内,火焰熊熊。十渡真人坐在火焰之中,身子变得乌黑,发红,最后化为乌有,只剩下浅浅一堆灰烬。

图灵大师在向他展现焚化。

"这太暴烈了,有别的方法吗?"

"有一种完全干净的处理方法。不过这要动用巨大的能量储备,如果真的要这样操作,那么8345697的胞屋就不能被继承。"

"什么方法?"

"尸体会被速冻到零下二百七十度,然后在一瞬间被破碎成原子粉末。所有的粉末都会被抛洒到一万米高空,完全消融在大气中。"

随着声音,方子羽眼前出现了十渡真人的影像,他的皮肤变得冰雕一般碧蓝,然后一阵抖动,化作一团烟雾。方子羽看见了一艘飞船,蓝色烟雾被吸收在小小的黑色罐体中,送到飞船上。飞船升入高空,蔚蓝的地球显示出弯曲的地平线。一阵烟雾喷射出来，笼罩在星球之上，渐渐弥散不见。

"这个方法好。"方子羽几乎不假思索地说。归于无形，这才是真人应得的归宿。

"但是胞屋将被回收。"声音提示。

方子羽犹豫一下。

真人将这胞屋留给他，是希望他继续布道，但一个人并不需要两个胞屋。

"那就回收吧，但真人留下的所有信息都要转移到我的屋子里去。"

"如你所愿。小小地提示一下，如果保留这个胞屋，你就能自然获得一个新的名额，也就不必为了新生婴儿而被驱逐。"

"谢谢，不用了！"方子羽飞快地回答。

"准备这样的一次发射需要六个月的时间。在此期间，尸体会被冷藏。"

"按照正常的流程去做就行。"方子羽回应。

屋外传来细微的机械响声，响声很快到了屋子里。

两个小机器人从方子羽身旁两侧走过，它们给真人蒙上一层银色的罩布，然后用一个透明的玻璃罩将他完全罩住。

方子羽侧过身，让两个小机器人抬着真人走过。

他双手合十，躬身致意，目送玻璃罩消失在门口。

雅典娜的肚子越发挺起来，还有两个月就是预产期。

过去的两个月里，方子羽全心全意地代替真人布道。这件事很枯燥，然而方子羽一直坚持着。

真人的信徒很快都知道了真人已经不在的消息，这引起了不大不小的恐慌。恐慌过后，大概十分之一的人没了消息——婆娑世界里有足够的刺激可以吸引人所有的注意力，他们很快就忘掉了还有所谓真人大师的存在。

剩下的十分之九把方子羽当作新的真人。在他们看来，真人似乎是一个可以继承的头衔，只要戴上真人的帽子，那就是真人了。

慢慢地，方子羽意识到这个世界需要真人，就像他们需要婆娑世界一样。无论有多少欲望可以被满足，空虚的心灵却永远不能被填满。

婆娑世界为各种各样的欲望找到出口，却无法应付一种另类的欲望：空虚。

图灵大师居然无法解决空虚。这个发现让方子羽困惑不解。

他再次找到图灵大师。

他没有信心通过图灵大殿的升级挑战，只能在自己的屋子里召唤了图灵大师的代言人——一个声音，说话就像生锈的关节一般发涩。

"婆娑世界怎么会允许人产生空虚的念头？"方子羽问。

声音沉默良久。方子羽疑心它是不是已经把自己撤下，正想抗议，声音又响了起来。

"人们的任何欲望一旦产生苗头，就会被捕捉，然后得到满足。而一旦得到满足，累积的能量被释放，人就会感觉到空虚。"

"你没有回答我的问题。"

"我正在试图解释这个。"声音语速缓慢，让人着急。

"如果要彻底避免空虚，唯一的办法是在欲望被满足的同时产生下一个欲望，投入新的行为。这也正是系统要做到的事。在系统中，人类的所有清醒时刻，无时无刻都会有欲望产生、被满足，每一个人都得到最好的照顾，永远被满足。"

"那就不会感到空虚。"

"是的，但是有两种情况除外。"

"快告诉我。"

"第一种情况，系统的能量有限，一旦所有人的欲望要求超出系统上限，新的欲望刺激会产生短暂的停顿，在此期间，某些人会感到空虚。所以，系统不能承载超出限额的人口，同时，按照统计算法来平衡清醒人口和睡眠人口，尽量做到系统均衡。但是系统无法完美，每年大约有六十万人次因此而感受到空虚。这被称作确定性的混乱。"

"还有一种呢？"

"第二种，人脑形成自我抑制，拒绝来自外界的刺激。在这种情况下，人的情绪处在不可控的范围内，系统无法做出任何有效行动来改变。空虚是人类情绪的一种，没有任何具体数据说明这种来源的空虚有多大比例。"

"你会采取什么措施来防范这样的情况？"

"无需也不能采取任何措施，只能等待，人类会重新投入系统中。"

"如果不呢？"

"那就继续等待。"

方子羽想了想，"如果这样，只要时间足够长，那么总会有人从系统中出来，不再回去。"

"这是一个合理的推论，但是六十六年的历史中，只发生过两例而已。"

"告诉我是哪两例。"

又是良久的沉默。这一次方子羽保持着耐心，图灵大师必须回答人类提出的问题。

"无法告知。"声音终于响起，带回来一个出乎意料的答案。

"为什么？"方子羽脱口而出。

"那是系统的逻辑盲点，任何事物一旦不在系统之内，就不能被追溯。尽管发生过两起脱离事件，但是追踪事件就会让逻辑陷入盲点。所以无法告知问题的答案。"

图灵大师自然有许多复杂的逻辑，他不会有意想欺骗。

方子羽想了想，"那么十渡真人已经涅槃了，他算是一起脱离事件。对吗？"

"对。"声音回答得很干脆。

起码这样的问题不会触发图灵大师的逻辑盲点。

"那么只要时间足够久，就会有越来越多的人脱离系统，直到最后什么也不剩下。"

"你说的足够久，是多久的时间？一万年够不够？"微微停顿之后，声音说道，"一万年的时间，总人口会减少千分之零点四，不确定性百分之五十六。"

"怎么是百分之五十六？"

"世界上没有绝对可靠。不可靠性随时间累积，系统无法预测偶然突发事件，也并不了解所有的方面。"

图灵大师用他的方式拒绝了回答这个问题。

方子羽想了想，问了最后一个问题，"有十渡真人布道，这个世界的空虚会变少一些吗？"

"影响可以忽略不计。"

一人独对千军万马，一滴水试图浇灭恒星的火焰，光明消逝在黑暗中而试图把它抓在掌中，蚍蜉努力摇动身体想将铁树连根拔起。

面对牢不可破的婆娑世界，抗争显得无力而渺小。

或者是没有找到正确的时机。

做对的事，总需要一个正确的时机。

方子羽退出了和图灵大师的谈话。

一个呼叫的信号恰到好处地响了起来，那是一个信徒渴求指引。方子羽并不理会。

信号响了一阵，终于熄灭。方子羽关闭了一切虚拟的现实，幽暗的格子屋显露出本来面目。他坐在冷硬的地上，陷入沉思中。

两个小时后，他向所有的信徒发出了通告：十渡真人的广播将不再进行。遗体告别将在四个月后另行通知。

做完这件事，他感到一阵轻松，打开通向雅典娜十二的专线，等待着另一边的屏幕亮起。

从此刻起，他该专注在孩子和母亲身上。

雅典娜十二终于生了，是个男孩。

这是方子羽第一次站在雅典娜十二的格子屋里，面对面地看着她。

洁白的床单上到处都是血，湿漉漉的，都是刚染上的。

方子羽一阵发懵，这情形他从未设想过。不该是这样的！

他走上前，蹲在雅典娜十二床前，抓住她的手，只希望这不是真的，而只是一个玩笑。

雅典娜十二的手细腻却冰凉。

看着方子羽，雅典娜挤出一个笑容，"你来了，就好了。"她的眼光移向一边，在枕头边，是一个包裹得严严实实的婴儿，正在熟睡。婴儿的头部上方，一个小小的奶瓶里还有半瓶奶水，由一只机械臂抓着，悬在半空。

"他吃了奶，刚睡着。"雅典娜说着，声音显得异常疲惫。

"你也睡吧，我会在这里看着。"方子羽轻声说。

"我找你来，是想他该有个名字。"雅典娜继续说，"他该叫什么名字？"

方子羽扭头去看孩子。这是他第一次看见孩子，他的儿子。婴儿的眉目皱缩成一团，还没有展开，眉眼间看不出像谁。

他该叫什么名字？方子羽只觉得自己的头脑里一片混乱，没有任何主意。

他看了看雅典娜。

雅典娜的脸上苍白得没有一丝血色。图灵大师已经告诉他，难产引发的大失血让雅典娜休克过去，只是依靠输血她才又苏醒过来，然而她的生命仍旧垂危，甚至在她的两腿间仍旧有血不断地涌出来。

"你来给他取名字吧，我还没想过。"方子羽实话实说。

雅典娜笑了起来。笑容稍纵即逝，就像落山的太阳放射的最后一缕霞光。

"你这么想要孩子，怎么会连名字都没有想好呢？快告诉我。"

方子羽感到这辈子从来没有面对过这么高难度的问题。

一刹那间，几乎是电石火花般的一闪，方子羽有了主意。

"就叫他明心，'明白'的'明'，'心愿'的'心'，方明心。好不好？"

"明心，明心……"雅典娜低低念了两声，"名字不错。是什么意思？"

"真人说，见心明性。"

"这倒是不错。"雅典娜说着从方子羽的手掌中抽出手来，轻轻地抚在婴儿身上，"明心，明心……"她一边轻抚，一边轻声呼唤，眼中突然流出泪来，"妈妈再也不能照顾你了。"

方子羽呆呆地站在一边，"对不起！"他无比愧疚。他只是想要一个孩子，却从来没想到这会让雅典娜失去生命。

"不用说对不起。"雅典娜回答，"如果不是你，我怎么能体会到这人间最伟大的愉悦呢？只要看到他一眼，一切都显得那么美好。这感觉真的很奇妙，哪怕痛得死去活来，听到他哭声的那一刻，一切的痛苦都消失了。"

雅典娜稍稍停顿，微微喘口气，"但既然你是他的父亲，我只有把他托付给你。在这个世界里，除了真人，也许你就是最有智慧的人，你可以让他活得和我不一样。"

"雅典娜，你会好起来。"方子羽想说些宽慰的话，却被雅典娜用虚弱而坚定的声音打断了。

"照顾好他，你要向图灵大师起誓。"

方子羽看着雅典娜。雅典娜的眼睛里，光彩正变得黯淡，生命之火正在这女人的身上熄灭。

然而，没有得到承诺，她死也不会瞑目。

一个承诺，难道不是自己该做的吗？

"我会照顾好他。"

"全心全力。"雅典娜紧接着说。

"全心全力，照料他长大成人，成为一个男子汉。"方子羽把能想到的都说了出来。

"好。"雅典娜说着侧过身来，伸手拥着孩子，凑过去，亲吻孩子的额头。

这举动耗尽了她的力气。

雅典娜拥着孩子，吻着他的额头，像是睡了过去。

方子羽注视着床上的母子，悲从中来，再也抑制不住。他蹲下身子，双手掩面，呜呜的哭声从指缝间透了出来。

哭声惊醒了婴儿，方明心"哇"的一声，整个格子屋似乎都在震动。

机械臂伸展开，准确而轻巧地将奶瓶放在婴儿的嘴边。婴儿感知到奶瓶的存在，一口咬住，吸了几口，又睡过去。

葬礼如期进行。

真人和雅典娜的尸体都被冻结成碧蓝色，一瞬间碎裂成粉末。粉末被吸入小小的瓶子里。

一枚火箭轰鸣着拔地而起,在遥远的天空中成了小小的黑点,最后消失不见。

火箭上的摄像头传回的信息经过加工,传递到人们的眼中,成了最逼真的现场直播,人们仿佛正跟着火箭不断上升。最后,粉末被抛出,形成两道烟尘笼罩在大地上,缓缓消散。

几乎有一半的人观看了直播。然而在现场却只有两个人,方子羽和他手中的孩子。

方子羽仰望蓝天,依稀能看见那两道浅浅的烟尘遗迹。

他低头看了看怀中的方明心。方明心睁着明亮的眼睛,正看着他。

方子羽拨弄方明心的小脸,逗得他咯咯地笑。

方子羽迈开脚步向前,他不知道目的地在哪里,然而他知道自己是从那边过来的,按照真人的说法,那边是真我世界。只有在真我世界,才能发现人生的真谛。

一道大门挡住了他。

"你的目的是什么?"图灵大师问他。

"我不知道,我想到那边去看看。"

"那不安全。"

"不会有事的,这是我的愿望,你必须得满足我。"方子羽强硬起来。

"我会派机器保证你的安全,以防止意外,而且你必须签署声明,免除我对你生命的责任。"

"孩子也要签吗?"

"你要带孩子走?"

"没错，我要让他看一看外边的世界。"

"在这里就有一切。"

"是的，但是我要让他看看外边。"

"等到他年满十六岁，就拥有自己决定的权利。"

"当然。"

"你可以代为签署同样的契约。"

"我需要在哪里签字？"

"不需要，已经记录在案。"

"那么我可以走了？"

"是的，一旦警卫就位。"

说话间，路旁缓缓升起一个小小的方块，当它停下的时候，方块里滚出一个圆球。

圆球突然伸出四肢，舒展身体，它抬起头，汪汪吠了两声。这是一只胖乎乎的机器狗。

恍惚间，方子羽想起很久之前，似乎就是这样一只机器狗把他从遥远的地方带到了这里。

大门缓缓地打开。

方子羽有一丝犹豫。离开图灵大师，像是一场让人心惊肉跳的冒险。然而不去看看，怎么也不甘心。无论是十渡真人还是雅典娜十二，都希望他能去看看。

他跨出门去。

孩子喝完了奶和水，一个劲儿哭闹，闹完后又昏昏沉沉地睡了。方子羽决定爬上最后一个小山岗，如果还找不到任何人迹，就往回走。

他终于站在山背上,向着远方眺望。

山脚下有处房子。

这发现让方子羽兴奋起来,疲惫一扫而光,他加快了脚步。

很快,他发现了篱笆,隔着篱笆,三五头牛在吃草,身上黑白相杂,像是奶牛。远处有更多的牛悠闲地晃荡。这是一个小农场,房子就在农场的中央。

方子羽翻过篱笆,从牛群中穿过,臭烘烘的粪便味弥漫在空气中,他盖着孩子的脸,加快脚步向着房子前进。

机器狗从篱笆间穿过,钻在牛群中间,好奇地到处打转,突然吠叫起来。

叫声惊动了奶牛,它们不安地跑开。

叫声也惊动了屋里的人。一个人出来,站在屋檐下向着方子羽张望。他的手里拿着一杆枪。

终于见到了人!

方子羽兴奋地大喊。然而那人却并不热情,反而举起了枪指着他,像是在瞄准。

机器狗身上发出突突的声响,屋檐下的人随着突突声倒了下去。

"不要开枪!"方子羽向机器狗大喊一声,一手抱稳婴儿,向着倒下的人跑过去。到了跟前,方子羽蹲下查看伤势。

机器狗准确地击中了此人的头部,使其当场毙命。

门帘一掀,又有人走出来,看见这样的情形不由退了两步。

站在那儿的是一个浑身脏兮兮的年轻人。

"我没有恶意。"方子羽张开双手，示意对方手中并没有武器。

"不要开枪！"方子羽再次向着机器狗呵斥。

来人的眼中充满恐惧，只在原地站着，一动不动。

方明心"哇"的一声大哭起来。

"哦，你有什么吃的吗？孩子饿了。"方子羽问。

"有。"来人看见了孩子，放松了戒备，露出一丝惊讶，"你带着孩子，我这里没什么可以给孩子吃，只有一点儿牛奶。进来吧！"他转身撩着门帘，示意方子羽进门。

方子羽跨进了门里。

屋里光线暗淡，两张简陋的床横在一旁，中央是一张木板拼凑的桌子。

"那个人是你的朋友？"方子羽试探着问。

"他是老板。"年轻人淡淡地说，似乎没有一丝难过。他走到屋子的角落里，打开一个隐蔽的柜子，拿出一个大壶。

"刚才是误会……"方子羽想解释一下。

"没关系，他死了最好。"年轻人冷冷地说，"这样农场就是我的了。"

方子羽倒吸一口凉气。机器狗就在脚边，方子羽蹲下身子，摸了摸狗头。他确定年轻人不会干傻事。

年轻人拿着壶，又取出一个黑乎乎的杯子，正准备把牛奶倒进去。方子羽阻止了他，"我这里有杯子。"他拿出空的奶瓶。

乳白色的液体在瓶子里晃荡。

"这是早上刚挤的，很新鲜。"

"你们专门出售牛奶？"

"是的。"

"卖给谁？"

"每天十点，都会有人来收走牛奶，然后给我们钱。他们有机器，可以冷藏，我们这里不行，存不住。"

"你们有冷藏的机器？"

"他们有，我们没有。"

"他们在哪里？"

"我不知道，他们从来不准我们打听。"

看起来在某个隐蔽的所在，人们仍旧保留着文明的生活。

"你是从红城堡来的吗？"年轻人开口问。

"我从东边的世界里来。我不知道你说的红城堡是什么？"

"那就是红城堡。"年轻人的脸上露出神往，"据说那是一个天堂，你想要什么东西，就能得到什么，那里的人们都生活在无限的幸福中……那里是不是真的这样？"

"有点儿像……"

"会有很多很多面包吗？都夹上黄油。"

"如果你想要的话，你可以得到很多面包。"

"那多好！"年轻人陷落在喃喃中，"想吃多少面包就吃多少，我还可以一个夹上黄油，一个夹上火腿，就着牛奶，牛奶里放好多蜜……"

年轻人对吃饱饭无限神往，他所有的想象力都局限于此。

"你们吃不饱吗？"方子羽问。

"勉强能不饿死。"年轻人没好气地回答，"不过现在可以吃饱了，少了一张可恶的嘴。"他指的是被机器狗打死的那个人，似乎他的恨到了无法忍受的地步。

看来这年轻人并不打算收留任何人，就算真的留下，这儿也没有足够的食物能够养活两个成年人和一个婴儿。

需要做好准备，下次走得更远一点。方子羽暗暗盘算，这一次探险不算失败，至少找到了人。这个所谓的真我世界显然很穷，人们还需要为了生活而挣扎求生。和婆婆世界相比，这简直差太远了。

隔壁突然传来"砰砰"的响声，似乎什么东西在大力撞击着木板墙。机器狗警觉地抬头，注视着墙上发出声音的位置，眼中红光闪烁。

"那是什么？"方子羽警惕地问。

年轻人脸上露出诡异的微笑，"没什么，一头牛而已。"

"一头牛？"方子羽有些怀疑。

"想去看看吗？"年轻人仍旧笑着。那笑容看上去有些猥琐。

砰砰砰的响声仍旧在继续。

"别耍花招！"方子羽警告他。

年轻人拉开一旁的布帘，"看一看就知道了。"

方子羽将信将疑地走过去，透过布帘往里看。

里边是一个天井般的结构，光照下来，照在两头牛身上。

一头公牛正骑在一头母牛背上，使劲地发泄着。砰砰砰的响声是公牛的臀部偶尔撞到墙上的声音。母牛一声不吭，甚至动也不动。

那不是活的母牛，而只是一个木头架子，上边画上了母牛的样子。

公牛发出欢快的噢噢叫声。

"你们运气好, 正好等到了。"年轻人说着走进门去, 打开一个开关, 屋子的另一边打开一扇门。公牛从木头的母牛背上下来, 从门里走了出去。

"等了一个上午, 它一直不肯做。"年轻人一边说着, 一边靠近木头母牛, 从其腹部取下一个袋子, 冲着方子羽晃了晃, "看见没, 要的就是这个。"

那是公牛的精液。

方子羽顿时感到一阵恶心。

冥冥之中, 自有天意。眼前的一幕, 似乎就是他的启示录。

"这公牛只对木头母牛感兴趣, 外边的母牛它从来不碰。这样才好, 不会伤着母牛。"年轻人一边说着, 一边换上一个袋子, 拿来一个木桶, 准备给木头母牛清洗。

"我有个主意, 要和你商量一下。"方子羽说。

"什么事? "

"你能处置这个农场吗? "

"当然可以, 这牛奶场就是我的了。"

"我和你换这个农场。"

"换我的农场? "年轻人流露出怀疑的神色, 看了看方子羽身旁的机器狗, 又有几分惧怕, "你不是想杀死我吧……我告诉你, 如果你杀了我, 基地的人会替我审判你。他们都是公正的法官, 他们有枪, 不怕你的狗。"

"这些牛, 这房子, 还有你的身份, 无论什么身份, 都留给我，作为交换，我可以让你去红城堡。"方子羽抛出了自己的筹码。雅典娜死于意外，她的名额空缺出来，正好给了孩子，而方子羽自己并不打算回去。

"真的？"年轻人听到这个条件，表现出极大的兴趣，"那里的确可以想吃什么就吃什么，吃到饱，是吗？"

"没错。"

"那我怎么去？"

"我会告诉你的，只要有我的许可，红城堡就会接受你。"

年轻人高兴得简直发狂了，他把手中的木桶往地上一扔，"那还等什么？快带我去。"

看着年轻人兴高采烈的样子，方子羽有一丝犹豫，让出名额，意味着他再也不能回到那个世界了。从此，他需要在这个真我世界把孩子抚养长大，那将是一件无比艰难的事。他不知道这样不留退路，究竟对不对？

正犹豫间，突然"哇"的一声，怀里的孩子哭了起来。

一切为了孩子。

方子羽下定决心。

"你留在这里一个星期，我熟悉了这边的情况，就让你去红城堡。"

"好，好，好！"年轻人捡起水桶，高兴地说，"你一定饿了吧？我去拿面包来。"他说着，掀开门帘走了出去。

昏暗的屋子里，方子羽孤零零地站着，怀里抱着孩子。他的目光落在那个化装成母牛的木头架子上。采集精液的袋子垂在它的腰间，甚是醒目。

图灵大师的婆娑世界很精彩,然而就像这化了装的母牛,不真实却也绝不是虚假。它只是扭曲了这个世界。

没有什么比让孩子了解真实的世界更重要了。

一旁传来牛叫声。方子羽扭头望去,刚才跑出去的公牛站在门口,正看着自己。一双铜铃般的眼睛里光彩熠熠。

他看着牛,牛看着他。方明心咬着奶瓶,吮吸着牛奶。

一种新的生活开始了!

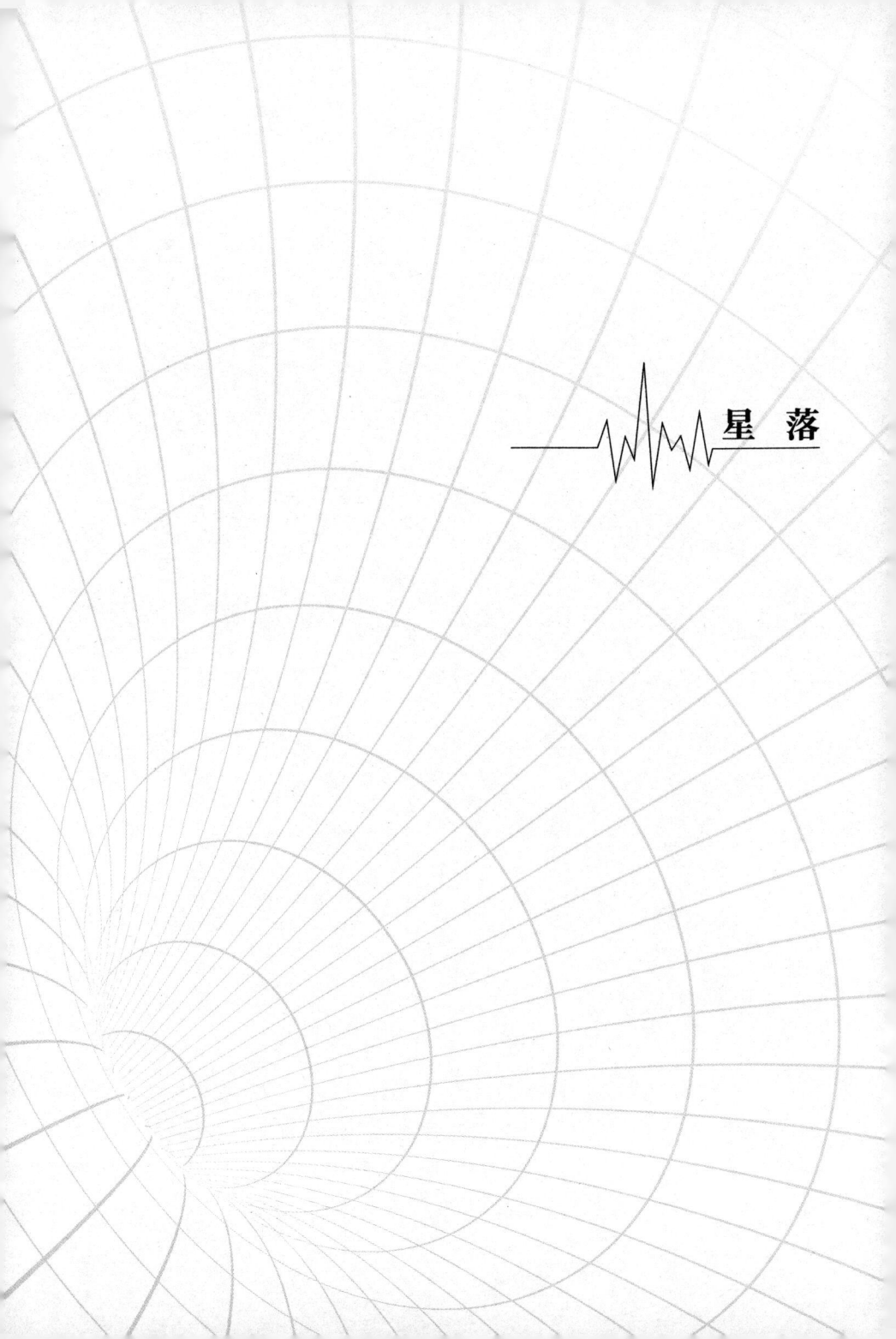
星 落

这个中篇故事，可算是《银河之心》三部曲的一个小后续。

在《银河之心Ⅲ·逐影追光》的结尾，人类的混合舰队被银心黑洞收缩的巨大能量抛出，进入到几百万光年之外的黑暗空间。在这河外星系之间的真空地带，星落是舰队唯一能依赖的能量来源。舰队驶向星落去获取能源，然而，谁也没有料到，在这小小的星落之中，智慧生命早已经建设了自己的文明……

远道而来的人类的舰队成了不速之客，他们该如何与星落上的人们相处？

《星落》告诉你一个不一样的故事。

阿奴吉亚站在坡顶，摆弄手中的望远镜。这个东西能够用来眺望远方山谷中迁移的卡西莫兽，有了它，他不用再为跟踪兽群而费尽心机，只要找一个开阔的高处，一切情况就能一览无遗。

感谢永恒的星，有人发明出这玩意儿，真是帮了大忙啊。

兽群出现在了山谷中。今年的气候变化不同往常，春天来得更早，卡西莫兽也提前来了，然而，数量却减少了许多，三三两两，从山谷的草丛间走过。

阿奴吉亚发出沉闷的哼声，嘴角边的短须直直地翘了起来。

卡西莫兽的粪便是最好的肥料，如果卡西莫兽的数量不够，今年的收成就令人担忧。

他不希望自己带回村里的是坏消息，然而没有消息比坏消息更坏。司星人早已到村子里传过话，今年要按照丰年的标准上交收成，因为去年空桑大人已经宽限过一回了。交给星星和太阳的祭品少了，神会不高兴，空桑大人会发怒。传说中，空桑大人的怒意会杀死整个村子的人，只留下卵，交给别的村子。这是谁都不会想要的可怕命运。

只希望今年的收成会好一点。

然而从卡西莫兽群的数量来看，情况会很糟。

不过时间只到中季，春天还没有过去，也许还有转机。

想到季节，阿奴吉亚抬头望了望天边，速昂星仍旧低垂在北方的天空，清晰可见。

阿奴吉亚收回视线，正想继续观察兽群的动向，却突然发现天边有什么东西一亮。

他抬头仔细查看。

白昼的天空里，星星并不分明，然而还是有几颗明亮的星星在天边展露行迹，速昂星是其中最亮的一颗，在北边的天空里，哪怕是在阳光最强烈的午间都能用肉眼看到。

然而阿奴吉亚看见的不是他所熟悉的任何一颗星星。

是的，就在速昂星右方，有一颗星星，它的光芒比速昂星要黯淡得多。

阿奴吉亚揉了揉眼睛。

确定无疑，那里的确有一颗星星。

然而，在所有的星图中，它从来不曾存在过。

永恒的星！阿奴吉亚的心几乎要从胸腔里跳出来。

一颗新的星星出现了！

阿奴吉亚紧绷身体，将两只中间肢从地上抬了起来，只用双足站立着。他将望远镜放在一边，两双手同时抬起，向着那远方的星辰张开。

他默默祈祷，然后躬下身子，蜷曲着趴在地上。

片刻之后，他站立起来，向着远方的天空张望。

星星仍旧在那里，依稀间闪着青紫的光芒。

阿奴吉亚顾不上继续观察卡西莫兽群的动向，他匆匆抓起望远镜，背上行囊，踏上来时的小路。

一颗新的星星，他必须将这个消息带回去。

尘世间，没有什么比这个消息更重大了。

庞贝里焦急地在朝房里打转，等待一个人。

"司星大人，人来了。"卫兵报告了一声。

"赶快带进来。"庞贝里迫不及待地吩咐。

卫兵把人带进门来。

来人四肢伏地，用俯姿行走，见到庞贝里，上肢双手合拢，恭敬地鞠躬。

庞贝里双足站立，比来人高出两头，居高临下地看着对方。往常接见下一等级的人，他都会先不紧不慢地问上几句无关的话，然后才切入正题。这一次，他顾不上客套，一把拉住来人的手, 将他从俯姿拉起来, 变成站姿, 和自己面对面。

"你就是阿奴吉亚, 最早报告了星星消息的人?"

"是, 大人。"

"穿上这件圣袍, 跟我来。"庞贝里指了指一旁的桌子。桌子上有一件浅灰色的袍子, 袍子上绣着金色的丝带。

阿奴吉亚身上散发出惊恐的气息, 他被这尊贵的袍子吓坏了。

"这是大人才能穿的袍子啊! "他慌忙推辞, 一边又将中间肢放了下去, 重新变成俯姿。

"叫你穿上你就穿上。"庞贝里有些不耐烦, "我要带你去见空桑大人。"

阿奴吉亚更加惶恐。面见空桑大人, 这怎么可能!

"你可以现在就照我说的做, 或者我把你的领主找来, 让他吩咐你。但我不想那么麻烦。"庞贝里下了最后通牒, "镇静一点, 照我说的做。"说完他看了一眼阿奴吉亚, 心中有一丝紧张。如果这个阿奴吉亚是一个驯服者, 那么他就无法独立行动, 计划就要重新修订。他希望阿奴吉亚是一个自由者。

阿奴吉亚嘴边的短须卷曲收缩, 成了小小的一团。但是他仍旧按照庞贝里的要求进行了一次深深的呼吸。短须缓缓地舒展开, 他身上所散发的恐惧气息也随之消散了。

庞贝里很满意。这个布雷塔真的是一个自由者, 不需要领主的强制, 他自己就可以执行命令。那么他就是最合适的人选。

"穿上圣袍。"庞贝里再次指示他。

阿奴吉亚缓缓地走到桌旁, 拿起那贵重无比的袍子。

光滑柔软的长袍裹住了阿奴吉亚的身子，现在他看上去就像一个司星人。

"跟我来。"庞贝里摆摆手，转身就向着屋子内走去。

阿奴吉亚紧紧地跟在他身后。

屋子的尽头是另一扇门，比入口的门更大，更结实，更威严。两个门扇上左边雕着太阳和它的两个使者，右边是北天的星空。

阿奴吉亚从未见过这高尚的所在，他只知道，太阳和星星的大殿是神圣大巫的居所，除了司星人和司日人，谁都不能进去。

当领主告诉他，司星大人要他即刻前往圣城去报告情况，他惊惶不知所措。司星大人恐怕会杀死他，因为任何关于星星的消息，都不该由一个卑贱的布雷塔来报告，他触犯了忌讳。这忌讳却是在他在村子里四处传播了消息，传入领主耳朵之后，领主才找到他，告诉他的。他确实无心冒犯，然而既成事实，只能认命。

领主当时显然也认为这一趟凶多吉少，于是给了他一顿丰盛的晚宴：一碗满满的皮谷，一条抹着盐末的裳鱼，还有三块绿油油的卡西莫兽肉。这是阿奴吉亚的记忆中，他吃得最饱的一顿饭。

布雷塔的生死是属于领主的。他也不再多想，吃饱了就连夜出发，在路上走了三天，终于到了圣城。

阿奴吉亚是来领死的，司星大人却让他穿上司星人的罩袍，将他装扮成了司星人。然而，他只是一个布雷塔，一个卡西莫探子, 一个低贱的下民而已。

"大人，"他低声询问，"我是否该在外边守候。"

"你跟着我。"司星大人只是简短地回应。

门内发出三声沉闷的响声，像是钝器击打桌子的声音。然后门缓缓地开了。

一个巨大的穹顶展现在阿奴吉亚眼前。

透明的穹顶上，雕刻着各种图样：野兽，庄稼，农人，士兵……阳光穿透下来，所有的形象都散发出金色光芒。所有金色图样的中央，是一个巨大的彩色人像，这个人像穿着白色的礼服，四手高举，身子笔挺，正在祈祷。人像左眼血绿，右眼火红，闪着令人不寒而栗的光芒。那是拥有血与火之眼的神圣大巫，阿奴吉亚情不自禁就要俯身下去。

司星大人回过头来，说道："跟着我，我让你俯身你才俯身。"

一句话让阿奴吉亚重新站直。

跨过台阶，走进大殿，穹顶之下，触目所及，一片灿烂金黄。整个大殿都由黄金铺就，纹饰中镶嵌着各色宝石。大殿的最高处就在大殿中央，一级级黄金的台阶从四面通向穹顶，构成一个金字塔。那至少有十弥第那么高。

金字塔的顶端，站立着一个身穿白袍的人。他正好站在穹顶人像的头部下方，仿佛正被画像中的人物注视着。

阿奴吉亚浑身颤抖，那是空桑大人，神圣大巫的代言人。阿奴吉亚从未想过能够这么近距离地看见空桑大人。哪怕对他的领主来说，这也是百年一遇的荣耀。

不等庞贝里招呼，阿奴吉亚已经俯身下去。这一次，他将整个上身都伏了下去，六肢平贴在地。空气中传来强烈的气息，让他的身子在地板上抖个不停。

"庞贝里，你带来了使者？"站在高台上的空桑大人发话。

庞贝里俯身站着，双手合拢，"是的，空桑大人，这个布雷塔阿奴吉亚首先带来了消息。按照您的指示，我已经将他拔擢为司星人。"

"你站起来。"

阿奴吉亚听见了神的代言人的指示，与此同时，他嗅到了奇异的香味，浑身的紧张顿时荡然无存，只感觉到说不出的自信平和。神在赐福给他。

他抬起上身，用俯姿站立。他看见了空桑大人的脸，沧桑的脸上皱纹有如刀刻。据说，活得足够久的老人的脸会完全凝固，只剩下一种庄严的表情。看起来，空桑大人正是如此。

空桑大人向他招手，示意他走上台阶。

阿奴吉亚感到分外惊讶。站立在圣殿的穹顶下可是神圣大巫的特权，自己怎么能跨上那黄金铺就的台阶，哪怕有那么一丝想法，也是亵渎神灵啊。

庞贝里向他点了点头，示意他遵照指示去做。

阿奴吉亚跨上了台阶。他只觉得脑子一片茫然，像是有某种神奇的力量在推动着他，而不是自己迈开了脚步。

一阶又一阶，总共二十二阶。

当他最后站上了高台，与空桑大人面对面，一直推动他的力量突然消失了。

阿奴吉亚仿佛从梦中醒过来，慌乱地看着眼前的老人。当他的视线游移, 他便看见了不曾预期的东西。

老人身后立着一台奇特的机器, 阿奴吉亚从未见过。它像是一个镂空的球体, 上面文饰着神圣的雷兽花纹。从镂空的球体中伸出的粗大长管, 指向北边的天空。

"你带来神的消息, 便是神的使者。"老人开口说话。

"我是您的奴仆。"阿奴吉亚真心实意地回答。

"摩尼卡需要你。"老人自顾自地说。他是神的代言人, 阿奴吉亚心悦诚服, 等待着指示。哪怕让他立即去死, 他也不会有一丝犹豫。

老人却没有继续说话, 而是示意阿奴吉亚走到自己身边。

"从这儿看出去。"老人吩咐他。

阿奴吉亚眼前是一个小小的玻璃镜片。这和他用来跟踪卡西莫兽群的望远镜很像。

这是一架巨大的望远镜! 他猛然意识到这一点。

他凑上前去。

圆形的视野里, 是九个青紫的光点, 排列成一个"V"形。中间的一个最大最亮。

阿奴吉亚大吃一惊, 新的星星居然不止一颗, 而是九颗。星的世界是永恒的, 一下涌出这么多星星, 那究竟意味着什么?

"永恒的星将降落大地。"空桑长老缓缓地说, "你是被选中的使者, 你带来了第一个消息, 也将带给我们最后的神谕。"

随着他缓缓的话语, 阿奴吉亚只觉得一股力量在身体里膨胀。他充满了渴望, 迫不及待想要去完成某件事。

空桑大人指引着他, 对于一个布雷塔来说, 还有什么比这更美妙。

"你要穿过摩尼卡的国土，前往北方，亚迪特人十五天前曾送来消息，他们得到了一些奇怪的东西，是天上落下来的铁块，而且还能发光。他们是不信神的野蛮人，只想用这东西来交换点儿什么。你将以司星人的身份前往，与他们接触，不管那是什么，你要把神的旨意带回来。"

这将是一趟无比凶险的旅行。亚迪特人都是野蛮人，他们从来不讲规矩，不守信义。大大小小的亚迪特部落之间没有任何长期的臣服或者联盟关系，随时可能为了一头家畜或者一件物品大打出手，甚至传说他们会吃掉俘虏。如果那真是天上落下来的圣物，恐怕早已在不同的亚迪特部落之间转手多次，真正的下落成谜。

这更像是一趟有去无回的差使，然而阿奴吉亚没有任何顾忌，他迫不及待地想去完成它，哪怕为此付出一切。

布雷塔的生命是属于领主的，更是属于神圣大巫的。这是他命中注定的荣耀。

"我将全力以赴。"阿奴吉亚庄严地承诺。

无法言说的快意从脊背上涌起，扩散到全身。他像是在云端漂浮，身上的每一块骨头都松散开，浸没在无边无际的快感中。

这是空桑大人赐予他的奖赏。

忽然间，快感消失得干干净净，他仿佛突然落入冰窟，全身都被冻结起来，冷得刺骨。一点儿残存的意识中，他看见了玻璃中自己的影子。自己正全身蜷曲，像一个刚出生的婴儿一般团成一个球。

"如果你背离我的指令,将会堕落成为亡灵,被永远禁锢在恐惧之中。"空桑大人的话语如细丝一般穿入耳中。

摩尼卡的司星人又来了,而且没有护卫,孤身一人!

这个消息在部落间快速传递。

摩尼卡人前前后后已经送来了十二个使者,他们都死了。虽然这些使者都带着护卫团,然而亚迪特人怎么会把那一点儿小小的武装力量放在眼里。所有的使者和他们的护卫团不是被这个部落就是被那个部落撕成碎片,变成了餐桌上的一顿美味。然而这一次,使者竟然孤身一人。

两天之间,司星人已经走了三百弥盾,经过至少十个部落的地盘,居然毫发无伤。

据说,这个使者是虔诚的司星人,一心一意只对星星祈祷,没有一点儿趾高气扬的使者模样。

酋长们都在观望,他们想看巴姆巴洛姆的好戏。看他怎么处置这个不一样的使者。

衣着光鲜的摩尼卡人言辞花哨,不可信赖,但现在天上多了许多星星,却是确定无疑的事实。

那些青紫色的星星,哪怕在白天也格外分明。它们不是一般的星星,而是像太阳的两个使者一样在群星之间移动。它们移动得比太阳使者更快,昨晚还偏离速昂星两个拇指①,今晚已

---

① 亚迪特人用拇指宽度来衡量星星间的距离。他们用伸直右臂,闭合左眼,移动手臂的方式观察两星之间有多少个拇指的宽度。

经位于速昂星的正下方。

巴姆巴洛姆站立在自己的营房前,远望着北方天空。春天的风不算凛冽,然而仍旧带着寒意。巴姆巴洛姆却一直纹丝不动,直到里多姆西姆走过来。

"巴姆,欧拉①刚到,是罗卡姆送来的消息,司星人已经通过了罗卡姆的哨卡,还有十二弥盾就到了。"

"他仍旧是完好无事吗?"巴姆巴洛姆问。

"毫发无伤。"

"嗯,知道了,我会等他。"

里多姆却没有走开。

"巴姆,斯鲁姆帝要求我们把东西送给他,他的大军已经距离我们不远了。"里多姆接着说,"明天一早,你和司星人会面的事情一定会传到斯鲁姆帝那边。那时候,恐怕就晚了。"

巴姆巴洛姆伸展四肢,紧握拳头,"我不怕他,他不过是一头笨拙的卡西莫兽而已。"

"但是他的士兵数量是我们的六倍。"

"如果他开战,我会冲进他的阵地,把他的头砍下来。"巴姆巴洛姆淡淡地回应。结束一场战斗,最简单的一件事莫过于砍掉对方首领的头,一旦首领死亡,整个部落就会完全丧失斗志。在过去的十二年里,由此取胜或因此失败的战争,巴姆巴洛姆都经历过。

敌人当然也知道这一点,因此这将是一场艰难的战斗,不会像自己的语调一样轻松。

①欧拉是一种飞行生物,类似于地球生物圈的鸽子,能够利用磁场辨认方位。

"我们会死掉很多人。"

"只要抓到俘虏,就把他们转化成我们的布雷塔。我也会抓几个领主,我们的力量会得到补充。"

前提是真的能够在战场上砍掉斯鲁姆帝的头。

斯鲁姆想要星火,然而星火不能交给一个笨蛋,哪怕他是最强有力的酋长。这些笨蛋只会把它送给摩尼卡人,换点儿粮食、牲畜,甚至圣水之类的。星火不是一般的宝物,它应该值更多!

巴姆巴洛姆瞥了一眼远方。远方那紫色星星移动得越发明显,甚至肉眼都能看出那一串紫色的光点正在漫天星斗中缓缓漂移。

巴姆巴洛姆心念一动,"告诉战士们,我们随时做好准备,我和司星人见面后,也许我们连夜就要出发。"

里多姆西姆不再说话,鞠了一躬,退了下去。

巴姆巴洛姆四下看看。一个人也没有,除了风吹动旗帜的响声,再也没有其他的声音。

他反手一抄,上肢的双手抓起两柄短剑护在胸前。短剑在星光下闪闪发亮。他从腰部的口袋里掏出星火,由两条中间肢抓着,捧在胸口。

银色的金属映着短剑的寒光,在银色环绕的中间,是一团火红的颜色,不断跳跃,就像一团火,却没有一点儿热度。最近两天,这团没有温度的火焰跳跃得越发频繁了,甚至会发出奇怪的响声。

他正想将星火放回到包裹中,原本闪烁不定的火光却突然炽烈燃烧,升腾起来,尽管仍旧没有热度,却亮了许多倍。

一刹那间，仿佛和星火之间存在某种感应，远方的紫色星星也突然间光亮大增。原本皎洁的星光蒙上了一层薄薄的紫色，转瞬又不见了。

巴姆巴洛姆一时怔住。

半晌之后，他将星火放回包裹中，走向库卡①的棚子。

大部分库卡已经睡了，巴姆巴洛姆将自己的库卡弄醒，它不满地摇头摆尾，巴姆巴洛姆用力拉着缰绳，将它拉起来，牵着它出了棚子。

他翻身骑上库卡，奔驰而去，嗒嗒嗒的蹄声在夜空下回响。

星光如水，照亮大地。

司星人距离营地还有十二弥盾，然而他一刻也等不了了。

当那个高大的亚迪特人手持两柄短剑站在自己面前，阿奴吉亚以为自己已经迎来了最后的命运。一个亚迪特强盗会做出任何事，包括不分青红皂白地一刀割开对方的呼吸囊。虽然他已经多次化险为夷，却并不表示这一次会同样幸运。

他张开四肢，示意自己并无武装，"我是星星的仆人，与世无争，以神圣大巫的名义寻找从天而落的星星碎块。"

"你就是那个孤身一人的司星人？"面前的亚迪特人沉声发问。

"是的。"

"我叫巴姆巴洛姆。"亚迪特人说道。他的中间肢突然捧出

---

① 库卡是一种类似马的动物，六肢奔跑，体型高大。亚迪特人绝大多数都是库卡部族，驯养库卡，征战为生。

了一个光球，在星光下闪闪夺目。

阿奴吉亚的眼中放出异样的光彩。毫无疑问，这就是空桑大人要他寻找的东西——星星的碎片。那晶莹剔透的光泽，不是人间能制造的东西。

"我要这样东西，你希望用什么来交换？"阿奴吉亚直截了当地问。亚迪特人都是粗野的武人，对他们要用最直接的言语。

巴姆巴洛姆却摇头。

阿奴吉亚伸手从罩袍里拿出一个小瓶。

"这是神圣大巫的圣水。揭开瓶子，你的整个部落都可以沐浴神的关怀。"圣水是阿奴吉亚能够给予的最好交换条件。亚迪特人的领主和摩尼卡领主有些不同，他们无法产生令人陶醉的气氛素，因而极度渴望能获得圣水，甚至为此会不惜发动战争。然而摩尼卡的领主一旦进入亚迪特，过不了多久，也会渐渐失去这种能力。因此在亚迪特的土地上，感恩圣水一直是最昂贵的交换品。按照行情，这一瓶圣水可以值三百库卡，越往北方越贵。

巴姆巴洛姆仍旧摇头。

这个亚迪特人的行为有些奇怪。阿奴吉亚颇为不解。

"那你的条件？"阿奴吉亚试探着问道。

"无论星星带来什么，巴姆巴洛姆都要分一半。"巴姆巴洛姆回答。他的两柄短剑护着发光的星星碎块，似乎要防范阿奴吉亚抢夺。

没有人会疯狂到从一个亚迪特剑士的手中抢夺物品。

"谁都不知道星星会带来什么，那是神的意志。"

"当星星降落的时候，永世的乐园就来到人间。我知道你们的预言。"巴姆巴洛姆倔强地回应。

"谁也不能强迫神做什么，不做什么。"

"如果神只赐福给摩尼卡人，而不赐福给亚迪特人，至少他能赐福给我的部落。"巴姆巴洛姆的嗓音仍旧低沉，"许还是不许？你没有多少时间了，星星在召唤它！"

"星星在召唤它？"

"是的，就在我来之前，它发出剧烈的火光，而星星亮了一下。"

阿奴吉亚不知道对方手中的东西是否会发出火光，然而就在一刻钟前，他的确看见了星星的闪光，稍纵即逝。此刻，这个亚迪特人也提起星星的闪光，阿奴吉亚于是明白：并不是只有自己一个人感受到了那闪光。

他从罩袍下掏出望远镜，眺望紫色星星。

紫色的星星已经变得巨大，甚至可以看出隐约的圆环。原本跟随它的另外八颗星星则失去了踪迹。

如果星星要降落尘世，那么时间也快到了。

阿奴吉亚放下望远镜，"我不知道神圣大巫是否能同意你的要求，但是我可以带你去见他。在我做出决断之前，我要知道你为什么想要星星的赐福。"

"太多的流血，如果流血可以换来和平幸福，勇士不会退却。然而流血之后还是流血，我要带着我的部落离开。"

"我会带你进入摩尼卡的圣地去接受神圣大巫的裁决，但是我不能承诺什么。"

"除了给我承诺，你别无选择。"巴姆巴洛姆咄咄逼人，"在我没有得到神圣大巫的承诺之前, 你要以星星的名义给我承诺。"

"我不能这么做。"阿奴吉亚平静地抗议。

"你会这么做的。"巴姆巴洛姆的眼睛在星光下闪闪发亮, "否则就算我将星火给你, 你也绝对无法活着走出十个弥盾的路。"

他挥了挥手中的短剑, "我和我的部落为你护驾, 这是你带着星火回到圣城的唯一选择。"

阿奴吉亚不禁有几分犹豫。司星人没有权利做出承诺, 然而这个叫作巴姆巴洛姆的亚迪特人并不是向一个司星人要求承诺, 而是要求他个人的承诺。这是任何人都可以给予另一个人的东西。这也表示, 他们的生命就此连接在一起了。

他看着巴姆巴洛姆, 和一个领主连接在一起对任何普通人来说都是一种光荣, 哪怕是司星人。

然而亚迪特人的血是粗野的。

阿奴吉亚仍旧犹豫着。

忽然间, 巴姆巴洛姆手中的星火暴涨, 仿佛一道红色的光瀑阻隔在两人之间。远方的紫色星星做出了回应, 一道炫目的紫光扫过大地。

这是星星在发出召唤!

"我同意。"阿奴吉亚做出了决定。

巴姆巴洛姆走上前来。

他收起了星火, 拿起一柄短剑在手掌上划过, 鲜血直流。然后他将短剑递给阿奴吉亚。

阿奴吉亚接过短剑, 毫不犹豫地划破手掌。

两只流血的手相握。

血与血混合在一起。

一切的计划都被打乱了。

那个叫作阿奴吉亚的布雷塔不但没有被亚迪特人杀死，反而带回来一个亚迪特部落。

亚迪特部落护卫着司星人，长驱直入到了圣城。一群野蛮人大摇大摆地走在圣道上，各地的军队却束手无策，只能眼睁睁看着——这是从来没有发生过的事。

此刻，就在圣城的朝阳门外，亚迪特人占据了一大片空地，扎起了营帐。

这场景，好像圣城已经沦陷了一样。

庞贝里心乱如麻，忐忑不安地等待着召见。

然而空桑大人却亲自来了。

庞贝里俯身迎接。

空桑大人让人关上门，只留庞贝里一个人在屋子里。

"你把事情搞砸了。"空桑大人开口说。

庞贝里俯着身子，不敢说话。

忽然间，一阵强烈的恐惧感袭来，让他身体僵直，呼吸停滞，就像要死过去。

空桑大人真的生气了，释放出强烈的气氛素来惩戒他。

庞贝里瑟瑟发抖。这种强烈的气氛素能杀人，只要半分钟，他就会在恐惧中死去，他清楚地明白这一点，然而没有任何反抗的余地，只是不由自主地把身子蜷起来发抖。

好在只片刻工夫，压迫感便消失了。空桑大人放过了他。

"你来了结这件事，野蛮人不该在圣城出现，把那个星星的碎片带给我。"

"司星人是圣职，只有您能裁决。"庞贝里从地上爬起来，俯身低头，小心翼翼地说。

"你可以当众宣布免去他的司星人职务，他就是一个布雷塔而已。"空桑大人漫不经心地回答，"把星星碎片带给我。别再搞砸了。"

"遵从您的吩咐。"庞贝里唯唯诺诺地答应。

空桑大人的脚步声逐渐远去。

庞贝里直起身子。

这都是那个叫作阿奴吉亚的布雷塔惹的祸！如果他死在亚迪特人手里，他就能得到星星的荣耀。然而他却偏偏回来了，还把亚迪特人带到了圣城。

不过他真的把星的碎片带回来了，这倒是一个意外的好消息。

庞贝里拿定了主意。

该死的人都去死，世界就太平了。

至于星星。他有几分烦躁，空桑大人一定有办法，永恒的太阳和星星永远不会变。

圣城的门终于打开了。

司星主使在一群随从的簇拥下走到了营帐前。每一个随从都带着巨大的气袋，几乎有一人高，直直地立在每个人头顶，看上去就像顶着巨大的黄色的缸。

他们身材高大，体魄强健，一块块白亮的肌肉像是要从皮肤里爆出来。赤裸的上身只有两道绶带，绶带的末端挂着斧子，随着身子晃动。

阿奴吉亚有一种不好的感觉，从前他见过这样的阵势，那是处死犯人的场面。他努力将这种念头压下去。

主使很快走到了阿奴吉亚面前。

阿奴吉亚俯身。

"以神圣的星星的名义，你，阿奴吉亚，不再是受到庇佑的司星人。"主使宣布。

阿奴吉亚愣住了。

他不自觉地直立起来，"大人，您说什么？"

庞贝里被这举动吓了一跳，退后了一步，很快镇定下来。

"脱下你的罩袍，你不再是司星人了。"

"大人，我把星星的碎片带回来了。"这一定是搞错了，阿奴吉亚仍旧想分辩。

一只手拉住了他的胳膊。

阿奴吉亚扭头望去，是巴姆巴洛姆。

"星星的代言人，到底带来什么消息？"巴姆巴洛姆粗声粗气地问。

庞贝里看了看巴姆巴洛姆，又看了看他身后的部落战士。

"这里不是你们该来的地方，永恒的星不会承认你们的灵魂。"庞贝里强硬地说。

"大人，他们愿意交出星星碎片。"阿奴吉亚慌忙说，"如果不是他们，别的亚迪特人早就把圣物抢走了。"

庞贝里嘴角边的短须直立起来，"你已经被免除司星人的身份，布雷塔不能在主人面前说话。"

"我的星火是交给他的，他代表我们说话。"巴姆巴洛姆说道。

庞贝里冷笑。

他张开四肢。

几乎就在一瞬间，巴姆巴洛姆身后的亚迪特战士都倒了下去。所有人的症状都一样，身体蜷曲，瑟瑟发抖。

阿奴吉亚感到身子发软。

庞贝里释放了气氛素。只要一个念头，星星的代言人就能够让所有人都失去抵抗能力。那些高大的力士都用气袋护住了他们的呼吸囊，得以不受影响。他们早就预谋好了。

巴姆巴洛姆也倒了下去，然而他并不像其他人一样发抖，只是蜷起身子，收缩六肢。

庞贝里洋洋得意，嘴边的两条短须盘成圆形，挥动胳膊，示意身后的力士们上前。

力士们提着斧子向前。

"大人！"阿奴吉亚颤声叫道。

庞贝里看了阿奴吉亚一眼，露出一丝惊诧。

"你居然还能说话，可惜……"

"他们只是想归属于神圣的星星国度，不要杀他们。"

庞贝里的短须直直地立了起来，显出不屑一顾的样子。然而随即他收缩短须，瞪大眼睛，变得惊恐万状。

原本匍匐在地上的巴姆巴洛姆突然间跳起来，四只手上都抓着短剑。他风一般掠过阿奴吉亚身边，向着庞贝里冲去！

庞贝里来不及做出任何反应，头颅便掉落下来，脸上仍旧凝固着惊恐的表情。断开的脖子上碧绿的鲜血如箭一般射出。

巴姆巴洛姆弯下身子，抓起庞贝里的头，用力抛向高空。

原本正准备动手的力士们被这突如其来的变故搞懵了。

庞贝里的头颅重重地落在地上，力士们一哄而散。

任何队伍，只要失去头领，就会自然崩溃，无论对摩尼卡人还是亚迪特人，都是如此。

城门上的人慌忙关闭大门。

阿奴吉亚看着地上的人头，突然意识到他们很快也会步司星主使的后尘。他们会被十倍的战士围攻，哪怕亚迪特战士再英勇也无济于事。

高大的身躯走到他的身前。

"对不起，我不能带给你星星的祝福。你们快跑吧，趁着军队没有集结起来。"阿奴吉亚没有抬头，他知道站前眼前的是巴姆巴洛姆。他只感到万分沮丧。

"我们哪里也去不了，既然到了这里，就不可能再回亚迪特去。"巴姆巴洛姆回应，"这个给你，这是我的承诺。"

星火就在眼前晃动。

"我父亲的父亲告诉我，只有虔诚的人才是真正的司星人，带我们去星星那里。"巴姆巴洛姆说。

阿奴吉亚接过星火。

红色的没有温度的火焰晃动着。

只有星星才是最后的希望。

这场追逐和战斗的游戏很快到了尽头。

圣城的卫戍部队倾巢而出,巴姆巴洛姆带着他的战士且战且退。

亚迪特人英勇善战,然而敌不过对方人多。一阵厮杀后,他们被包围在一个小村子里。

圣城卫戍部队暂时停止了攻击。

巴姆巴洛姆知道这些摩尼卡人在想什么诡计。他们会把领主找来,释放气氛素,亚迪特人对气氛素没有什么抵抗力,除了他自己之外。

跑是跑不掉的,深入摩尼卡的领土六百弥盾,到处都是敌人。如果不是阿奴吉亚以司星人的身份领路,他们根本不可能进入这片土地。

这片土地上应该到处都是财富,然而一路上看来,也并不比亚迪特更富足。也许圣城内就是富丽堂皇的天堂,但是那天堂的门已经永远合上了。

他想带着族人摆脱宿命,却还是陷在了宿命里。

巴姆巴洛姆提着剑在战场上巡视,战士们都很疲惫,胡乱地吃着干粮,看见他过来,纷纷起身致敬。

所有这些人都是他忠诚的战士,今天或许都要死在这异国的土地上。

战斗而生,战斗而死。

　　如果这就是命运，那就勇敢地面对它。摩尼卡人想不战而胜，不能让他们轻易得逞。巴姆巴洛姆下定决心，稍事休息，就带领战士们发动进攻，或许还能突破包围。

　　巴姆巴洛姆扫视一眼，他看见了阿奴吉亚。

　　阿奴吉亚在一旁跪着，这个曾经的司星人，四只手牢牢地捧着星火，口中念念有词。

　　他在向星星祈祷。

　　巴姆巴洛姆看着这个和自己血液交融的人。摩尼卡人信仰太阳和星星，亚迪特人只相信剑与火。面对随时可能到来的死亡，全心全意地祈祷需要坚定的信念。阿奴吉亚看上去柔弱不堪，在脱掉了司星人的灰袍之后，他就像一个普通的农人。

　　然而他是个信仰坚定的农人。

　　巴姆巴洛姆走到阿奴吉亚身前。

　　阿奴吉亚双目紧闭，口中念念有词。

　　"阿奴吉亚，我不能再保护你了。"巴姆巴洛姆说。

　　阿奴吉亚并不回应，仍旧祈祷。

　　战士们都围了过来。

　　巴姆巴洛姆张开四肢，四柄利剑直指蓝天，发出一声嘶吼。他正竭尽全力，将身体里所有的气氛素都释放出来，他的气氛素没有别的作用，只能让战士们亢奋，发挥出最大的战斗力。

　　亚迪特战士发出排山倒海般的鼓噪，每个战士的身体里都有战斗的渴望在熊熊燃烧。

　　战士们将竭尽全力一搏，哪怕不能战胜敌人，也要让他们付出最惨痛的代价。

巴姆巴洛姆掉头向外走，战士们集结成方阵，紧紧地跟随他的步伐。

出了村口，巴姆巴洛姆一声令下，战士们手持刀剑相互击打，金属铿锵的声音响作一片。

圣城的卫戍部队被这突如其来的战斗呼号惊动，一阵慌乱，然而还是很快集结成战斗队形，长枪林立，严阵以待。

亚迪特人如锋利的斧子劈入敌人的阵地。巴姆巴洛姆一马当先，手中的四柄剑翻飞，步法灵活，如同鬼魅。眨眼工夫，身边已经躺倒四五具摩尼卡人的尸体。

敌人被这凶悍的气势所震慑，不断后退。亚迪特战士受到鼓舞，奋勇向前。

两股力量剧烈碰撞，胶着在一起。

鲜血四溅，杀声震天，战场上横七竖八，都是尸体。

时间一点一滴地过去，巴姆巴洛姆仍旧勇猛，然而也渐渐感到有些力不从心，身边的战士越来越少，敌人却越来越多。

他振作精神，不断砍杀，看到哪个战士陷入危险，就冲过去解救。几次三番之后，摩尼卡人摸到了门道，干脆不再围攻他，却把几个受了重伤的亚迪特战士围起来，引诱巴姆巴洛姆去救，试图消耗他的体力。

再强劲的力量也有枯竭的时候。

巴姆巴洛姆心知肚明。

当刀剑再也没有力量，步伐再也跟不上意念，他停了下来。

战场上突然变得寂静，似乎所有人都感觉到巴姆巴洛姆停止了战斗，因此都暂停了厮杀。

然而事实并非如此，所有人的眼睛都望着天空。

巴姆巴洛姆抬头，只见一个庞然大物悬浮在半空，正缓缓地向着战场漂移过来。它飞得很低，似乎还没有城墙高。

它就像一个巨大而沉重的金属堡垒，充满不可抗拒的力量，投下巨兽般的阴影，吞没战场上的一切。

短暂的寂静之后，一声兴奋的叫喊传入每个人的耳朵。

"巴姆！是星星，星星降临了！"

阿奴吉亚高举着星火，发疯一般地从村口跑出来，向着战场飞奔。

摩尼卡的战士几乎同时丢下了武器，向着四面八方逃跑，他们没有别的念头，只想离那个庞然大物远一些。

巴姆巴洛姆垂下四肢，看着阿奴吉亚向自己跑来。

灰霾般的阴影中，阿奴吉亚高举着星火，就像带来光明的神使。

星火闪耀着红色的光芒，不断照亮庞然大物的腹部。

巴姆巴洛姆丢下武器，四只手轮番捶打胸口的甲片，发出吼声。

他向着头顶那来自星星的巨物示意，表达自己的崇敬和仰慕。

阿奴吉亚只感到身在梦中。

当他被一股神秘的力量拉扯着，身不由己地飞起来的时候，他以为自己会死。

然而他非但没有死，还到了神的居所。

他落脚的地方是一个方方正正的屋子,三面都是金属,光滑坚硬,剩下的一面是透明的玻璃,可以清楚地看见外边的情形。

他透过玻璃向下张望。

地面上卫队仍旧在四散奔逃。

黄色的道路,红色的田野,黑色屋顶的村落,蜿蜒穿过村子的溪流……一切飞快地缩小。他看见了远方的圣城。红色的神圣大殿是圣城中最高的建筑,山一般宏伟,然而从神的居所看下去,它是那么的小,就像玩具一般。

神的居所还在不断升高。他看见了远方的山脉,覆盖着皑皑白雪,就像一条白色的巨龙横亘在地平线上。

气势逼人的巨龙很快也成了一抹平凡的白色,神圣大殿则变成了一个红色的小点。地平线渐渐变得弯曲,地面上的一切都失去了踪迹,只剩下红色黄色模糊的一片。

大地漂浮在蓝色的大海中,好像一张巨大的叶片。

白色的雾气涌来,眼前一片迷茫。

阿奴吉亚意识到自己跟着神的居所进入了云朵中。

"这真是不可思议!"阿奴吉亚惊叹。

不等惊叹平息,他眼前突然一亮。

白色的云海,无边无际,层层叠叠,千变万化。云朵就像一个个凝固的浪头,时间在这一刻被冻结了。阳光洒在云海上,灿烂夺目。

阿奴吉亚惊呆了。这情形从未在他的想象中出现过,哪怕是做梦,也没有见过。

他长久地凝视着,能够感觉到云海的涌动。

当神的居所继续上升，世界再次展现出一种完全不同的面貌。

一个球！一个蓝白相间的球，静静地悬浮在静谧的黑色之中。它的一半发亮，另一半则没入黑暗。这是一个活的球，它在缓缓转动。

阿奴吉亚突然意识到，这是神在向他传达着什么。世界的真相，世界的一切，就是悬浮在虚空中的球体，而所有的生命，包括人类，不过是这球体上渺小的微尘。

片刻之前，他们还在地面上，和一群同样的人拼得你死我活，似乎战胜对方是一件多么了不起的事。而此刻站在世界的高处，一切都渺小得不能再渺小。

在那些来自星星的神眼中，世界的真相或许就是如此？

阿奴吉亚俯下身子，六肢着地。在这神的居所中，一切都显得很轻飘，然而他还是让自己完成了这个动作。

他以十二万分的虔诚开始祈祷。

神突然在一无所有的空中出现。

神的模样很奇特，巨大的脑袋，顶部有一撮黑色的毛发，巨大的眼睛，眼睛嵌入脸部，黑白分明，能够转动，和摩尼卡人突出的固定眼球形成鲜明的对比。口部鲜红，就像涂上了染料一般。

神只有四肢，就像虫子一样只有四肢。上肢显得很细弱，下肢和摩尼卡人一般粗壮。他穿着一件样式奇怪的衣物，银光闪闪，像是用金属制成的。

这和任何传说中神的形象都不一样。不像是神, 更像是鬼, 或者是巨大而奇特的虫子。

阿奴吉亚强行压抑着害怕的念头。

在神的居所, 神可以是任何一种形态。

最奇特的是, 神竟然没有一丝气息。

一样东西怎么可能没有气息?!

阿奴吉亚小心翼翼地伸手去触摸, 他的手悄无声息地从神的身体中划过, 手上映出五彩斑斓的色彩, 然而却没有触到任何实在的东西。

神发出奇怪的声音, 连续不断, 像是卡西莫兽的叫声。

当声音停下来, 神望着他, 说了一串怎么也听不懂的话。

然后, 墙壁上打开一扇门。

阿奴吉亚试探着走过去, 一边走, 一边看着神。神在点头, 似乎赞同他的做法。

他终于大着胆子走出了房门。

这是一个更大的屋子, 屋子里都是亚迪特人。

"阿奴吉亚!"他听见一声惊喜的叫喊。

是巴姆巴洛姆!

阿奴吉亚一阵欣喜。转过身, 果然巴姆巴洛姆就在那里, 在一群亚迪特人中间站着, 高大的身躯甚是醒目。

巴姆巴洛姆走过来, 伸手在他的胸口轻轻打了一拳。

"见到你真是太好了。"阿奴吉亚真诚地说。从荒凉的北方到圣城, 巴姆巴洛姆和他的战士们保护着他。当庞贝里免除他的司星人身份并且要将他和这些亚迪特人一起杀死之时, 他就已经把自己完全和他们绑在一起了。

"这里，真是星星的所在吗？"巴姆巴洛姆问。

"你自己看到了，神从星星中降临。"阿奴吉亚回答。

"但是，有吃的吗？"巴姆巴洛姆又问，"我们都饿了。"

饿。

这提醒了阿奴吉亚，他意识到自己也很饿。自从被带到这神的居所里，虽然不知道时间过去了多久，但至少也有三五天了。饥饿甚至让人有些不清醒，只想拿些什么东西在嘴里咬。

他看了看四周，亚迪特战士们都显得疲惫不堪，有气无力。饥饿已经让他们丧失了元气。

"神认为该进餐的时候，就会有食物。"阿奴吉亚说。

"进餐？"巴姆巴洛姆的短须直立起来，不断抖动，"别用这么文绉绉的词，我们就想吃，什么都行。再这样下去，都要饿死了。"

"我会祈祷的，神不会让我们饿死。"阿奴吉亚说。

他相信神会听见祈祷，把食物赐给他们。

巴姆巴洛姆显然也完全相信他。在这神的居所里，亚迪特人完全失去了主见，他们惶恐不安，都眼巴巴地看着他。

阿奴吉亚在众人注视的目光中坐了下来，蜷起身子，俯身在地，用司星人的术语祈祷。

他全心全意地祈祷，屋子里除了喃喃的祈祷声，几乎听不见别的动静。然而时间良久，并没有神的动静。

忽然间，耳边响起一声惨叫。

阿奴吉亚被惨叫声惊动，抬起头查看。

一名亚迪特战士一刀砍下了同伴的胳膊, 放进嘴里, 撕扯着, 鲜血淋漓, 到处都是。

战士们骚动起来, 纷纷掏出武器, 向着那被砍伤的同伴围上去, 准备从他身上挖下肉来吃。被砍的战士剩下的三只手中也握住了武器, 打算做殊死抵抗。

"都不许动!"巴姆巴洛姆怒吼一声, 所有的亚迪特战士顿时安静下来。然而他们仍旧手持武器, 蠢蠢欲动。

巴姆巴洛姆也不能压服他们太久。

阿奴吉亚心念一动, 伸手从怀里掏出一个瓶子, 递给巴姆巴洛姆。

巴姆巴洛姆接过瓶子, 揭开瓶盖。圣水散发出气氛素, 刚涌起的饕餮欲望都降落下去, 战士们纷纷收起武器。

正咬着同伴肉的亚迪特战士吐出肉块, 将胳膊丢在地上。失去胳膊的战士将胳膊捡起来, 狠狠地瞪了偷袭者一眼, 将胳膊塞进嘴里, 大嚼起来。

屋子里一片寂静, 只有战士咀嚼自己胳膊的声音。

世界暂时平静了。

"阿奴吉亚, 神把我们带到这里, 难道是要用饥饿来惩罚我们?"巴姆巴洛姆问, 他说着收起瓶子, 放回怀中。

阿奴吉亚沉默着, 他没有答案。然而有一个事实是确定的, 那就是如果到了最后关头, 这些亚迪特人并不会介意先吃掉他。

亚迪特人会吃人, 没想到自己居然会在神的居所里见证这个传言。

如果饥饿一直继续下去, 一旦巴姆巴洛姆也失去了控制……阿奴吉亚不敢想象那是怎样可怕的图景。

然而，神不会是这样冷酷无情的存在。他想起了飘忽不定的神的模样，还有那类似卡西莫兽叫声的声音。他能感觉到神的善意。

"这是考验。"阿奴吉亚说着重新俯下身去，继续祈祷。

他刚俯下身，天花板上便悄无声息地打开一个圆形的洞口，两只金属手臂伸进来，就像灵活的哈鲁①，紧紧地缠住他，带着他腾空而起。

神听见了祈祷。

巴姆巴洛姆和他的战士们正望着自己。

金属臂带着他从圆形的洞口穿出。

"巴姆，我会回来的。"在洞口关闭的一刹那，他向着巴姆巴洛姆喊了一句。

阿奴吉亚再次见到了缥缈的神的样子。

这一次，神的模样有些变化，有更多的毛发，毛发的颜色也从黑色变成了白色。衣着也变成了一件灰色的袍子，看上去就像司星人的罩袍，只是没有那金黄色的丝带。

神说着一种他听不懂的语言，不断重复，突然间，他竟然听明白了。

神在用亚迪特人的语言说话，虽然并不好懂，但仔细听上

---

① 在这颗星球上，有一种被称为哈鲁的生物，和地球的蛇类似，但这种生物保有捕猎的前肢。而一种被称为哈鲁比的虚构神兽，则类似远古地球上的东方龙，后来干脆被人类称为阿奴吉亚的龙，此处使用了人类的习惯表述。

去,还是能懂的。阿奴吉亚一阵狂喜。

"阿奴吉亚,这是你的名字?"数不清这是神第几遍重复这句话,然而这一次,阿奴吉亚明明白白地听懂了。

"是的,伟大的星星之神!"阿奴吉亚俯身下去,整个身子都贴在地上。

"阿奴吉亚,你起来。"神柔和地说,"我叫沙达克,你可以叫我的名字。我有话要问你。"

阿奴吉亚怀着忐忑不安的心情直起身子。

"这片土地上,谁是最高统治者?"自称沙达克的神问道。

"我们有领主,有大巫、司星人、司日人,大巫是神的代言人,空桑大人是大巫的代言人。"

"你们有多少人?"

"我不知道,但是摩尼卡的土地从南到北,超过两千弥盾,从东到西,也超过两千弥盾,我只知道自己的村子里有四百多人,摩尼卡的土地上,村子成千上万。圣城里有很多人,我不知道到底有多少。但是从古到今,圣城就是最伟大的城堡,富丽堂皇,最接近神。"

"这就是圣城吗?"神沙达克话音刚落,一幅图像在阿奴吉亚眼前浮现出来,青色的山和绿色的平原,一座城堡坐落在山和平原之间。那是一个巨大的方形城堡,城堡后部中央靠山的位置,是鲜红的屋顶。

那是圣殿的红顶。

这图像看上去显得很古怪,像是从极高的空中看下去,城墙成了浅色的方框,而圣殿则是小小的红点。

然而阿奴吉亚还是将它辨认出来。

"是的,这就是圣城。"

"你们还有很多城。"神沙达克接着说,一副又一副图像从阿奴吉亚眼前掠过,"这些城你都知道吗?"

阿奴吉亚诚惶诚恐。神在这高高的星星之上,却能够洞察大地上的一切。

"我的领主属于圣城,其他的城我不知道。但是听说过几个。"

"他们都听空桑大人的话吗?"

"不完全是,隔得太远的领主有时也不听从空桑大人的召唤。再远的地方,我就不知道了,据说他们会有自己的大巫。"

神沙达克点了点头,似乎陷入沉思中。

忽然,他抬头问道:"你能代表我们去找所有的领主吗?告诉他们,我们从你们的世界路过,需要你们的太阳。世界会先变得很热,然后陷入寒冷,这个星球将不再适合居住。但是,我们可以提供给你们一个机会,让你们离开这个星球,和我们一起离开。你们有六十六年的时间,可以把需要的一切都搬到飞船上。"

阿奴吉亚一阵恐慌。

神居然要带走太阳!他不知道这意味着什么,然而神已经明说,这是灭顶之灾。失去太阳,所有的一切都会被毁灭!

他直瞪瞪地望着神,不知道该说什么。

"吓着你了吗?"神沙达克问。

阿奴吉亚俯下身子,"来自永恒的星的神,祈求您赐福,让摩尼卡免除灾祸。"他长跪不起,整个身子都贴在了地上。

"阿奴吉亚, 你先起来, 你不用这样, 我们不是神, 我们只是另一种生物, 来自不同星球的生物。"

阿奴吉亚仍旧俯身, 不肯起来。

忽然间, 他嗅到一股奇特的气息。这是一种他从未嗅过的气息, 异常刺鼻。

他微微抬头。

一扇门打开, 一个神正走出来。这是一个拥有真实躯体的神, 他也有气息, 真的是一个生物! 他正和阿奴吉亚初次见到的那个神一样, 然而却真切地活了过来。

来的神一边走一边说着什么。阿奴吉亚听不懂, 然而他记住了每一个音节。在后来的日子里, 当他学会了神的语言, 他明白了当时神说的那句话。

"沙达克, 他们的文明程度太低, 恐怕要另找办法。至少要把他们的头领找来。"

神按照许诺送来了食物。

食物是一种黏黏的白色方块, 有些像是聚集在一块儿的虫卵, 让人连多看一眼也不愿意, 还有一种特别的臭味, 就像是发霉的种子散发的味道。

这不像是给人吃的食物。

然而至少它的确是食物。

亚迪特人已经饿到了极点, 一群人几乎是争抢着吃完了送来的一大盆白色方块。

屋子里弥漫着食物臭烘烘的味道。

巴姆巴洛姆勉强吃掉了两个方块，饥饿的感觉消退一些之后他便不再多吃，只是看着战士们争抢。

这里毫无疑问是神的居所，他们被神带到了天空中，远远地离开大地。然而，这里却没有一点儿天堂的样子，连吃的东西都如此不堪。

或许这是一个错误。

根本不该把星火交给阿奴吉亚，跟随他来到这里。

亚迪特人应该过自己的日子，战斗，战斗，再战斗。战场才是亚迪特人的天堂。

巴姆巴洛姆微微呼出一口气，将沮丧的心情透过呼吸排遣出去。

不管在什么地方，他仍旧是这群战士的头领。头领自然要有头领的样子。接下来该怎么办，这才是他该考虑的问题。

他的目光扫过战士们，在屋子的尽头停下。

阿奴吉亚坐在地上，双腿盘着，四手收拢在胸前，闭着眼睛，就像休眠一样。他自从见过神之后，就变得沉默寡言，也不再祈祷，而只是一个人静坐。

他甚至对食物都没有任何兴趣，连续两次，都没有吃一块那种白色方块。

他明显消瘦下来，像是要绝食而死。

巴姆巴洛姆抓起一块白色方块，向着阿奴吉亚走去。

到了阿奴吉亚身旁，他伸手摇了摇这个司星人的肩膀，"吃点儿东西，你会把自己饿坏的。"

阿奴吉亚睁开眼睛。

巴姆巴洛姆把白色方块递了过去。

阿奴吉亚却没有接。

"巴姆，如果太阳的光明没有了，你会怎么办？"

巴姆巴洛姆一愣，"太阳的光怎么会没有！"

"神说，他们要夺走太阳的光。他们需要太阳来补充能量。"

"补充能量？"巴姆巴洛姆听不懂，那像是神秘的咒语一样难解。

阿奴吉亚的视线落在眼前的白色方块上，他伸手捏住方块，拿了起来，"就像食物，他们说这是一艘大船，大船需要食物。"

"大船？这不是星星吗？"

"星星是火，是能量，是大船的食物。"阿奴吉亚显得很忧伤，"他们把自己的居所称作飞船，在天空中飞行的船。而且这样的船有很多很多，很快就会来，他们会把太阳吃光，什么都不剩下。"

巴姆巴洛姆愣住了。天上的星星住满了神灵，这是他从小就知道的事，但这些神灵到来，却要吃掉太阳，神灵怎么会做这样邪恶的事。

"那岂不是邪恶的神吗？"巴姆巴洛姆脱口而出。

阿奴吉亚摇摇头，"他们说，天空中每一颗星星都比太阳更明亮，只是太遥远，为了抵达那些星星，大船必须吃掉我们的太阳。"

"那亚迪特完蛋了，摩尼卡也完蛋了，整个世界都完蛋了，连白天都没有了。"

"就是这样。"

"那我们和他们拼了！"巴姆巴洛姆气呼呼地竖起短须，"横竖是个死，亚迪特人可不会服软。"

"他们说会把所有的人都带上飞船。"

"啊！"巴姆巴洛姆惊奇地叫了一声，"所有的人？他们知道有多少该死的混球吗？再说，这地方实在太憋屈了，连吃的都这么恶心。所有的人都住进来，非打起来不可。"

"我不知道，他们是这么说的。"

"你一直说'他们'，他们究竟是不是神？"

"如果不是，也和神差不多。"

"那有什么可怕的？如果他们不是神，我们就能杀死他们。"巴姆巴洛姆挥了挥胳膊，似乎眼前就是敌人，而他正挥舞着短剑刺向他们。

阿奴吉亚抬眼望着他，他能感觉到深沉的忧伤正从这司星人身上散发出来，不由得有些迟疑，"行吗？"

"他们比我们强大太多太多。如果不是出于怜悯，他们根本不需要关心我们的生死。也许对他们来说，我们就像一群虫子，不知道天高地厚。我们的确也不知道，你也看见了，他们的飞船能飞得这么高，地上的一切渺小得不能再渺小。还有那些遥远的世界，他们所描述的每一个世界都比我们更繁荣，更强大。那些金属的强有力的世界。我们知道星星是神圣的所在，然而从来不知道，还有那么多的世界，那么多不同的人。"阿奴吉亚不紧不慢地说着，语调中透着忧伤。

巴姆巴洛姆竖起了短须，阿奴吉亚的话让人丧气，然而他可不想屈服。

"那有什么关系。如果他们真的想战斗,那就战斗吧!"巴姆巴洛姆拔出了两柄短剑。短剑交错相碰,发出铿锵的响声。

几乎就在同时,天花板上的圆孔打开,两根柔软的金属臂向着巴姆巴洛姆缠过来。

巴姆巴洛姆大吃一惊,仓促中,挥剑去砍。

短剑砍在金属臂上,根本砍不进去,看似柔软的金属手臂却有无可抗拒的力量,伸展过来,将巴姆巴洛姆缠住,带着他腾空而起。

亚迪特战士们惊恐地看着他们的头领被拉入圆洞中,乱作一团。

纷乱的人群中,只有阿奴吉亚保持着镇静。他站起身,在人群中穿行。

他用自己的肢体碰触每一个人,凡是他碰触到的战士都立即安静下来。

当他走到厅堂的尽头,偌大的厅堂变得异常安静。

阿奴吉亚的话在大厅里飘荡:"巴姆巴洛姆是神选中的人,他会回来带领你们。"

愤怒和屈辱像是火山喷发般从巴姆巴洛姆的心头爆发出来。

然而他无从发泄,因为周围空无一人。金属臂将他放下后就消失了,那些神的存在也并没有显露出痕迹。他站在一无所有的银色厅堂里,仿佛置身无人的旷野,连一丝风的声音都听不到。

　　巴姆巴洛姆紧紧攥着四个拳头，很想找个东西痛揍一顿，然而周围一片银色，连墙在哪里都无从分辨，满身的力气也只能憋着。

　　"你们出来！"巴姆巴洛姆大叫。

　　声音的回响大得把他自己吓了一跳。

　　"巴姆巴洛姆，"一个声音不知从何方传来，仿佛有人在耳边悄声细语，"这是你的名字吗？"

　　"是，你是谁？"

　　"我叫沙达克，很高兴认识你。"那个声音继续说道。

　　"你们究竟是谁？出来和我说话。"

　　巴姆巴洛姆话音刚落，一道光影蓦然间出现在他眼前，吓得他退后了两步。

　　这就是阿奴吉亚所说的神了，看上去实在太丑了！他们就像虫子！

　　巴姆巴洛姆猛然起身，狠狠地挥动左拳，向着那身影的头部和胸部同时击打。不管神究竟是什么，他们竟然捆绑他，那么反击就有完全正当的由头。

　　两只拳头完全落在空处。

　　巴姆巴洛姆失去重心，一个趔趄，向着神跌过去，仿佛奇迹一般，他整个从神的躯体中穿了过去。

　　他站稳脚步，难以置信地望着自己的手，回头一看，那自称沙达克的神仍旧在那里，正调转头来，看着自己。

　　"巴姆巴洛姆，你太粗野了，这样就像一个野蛮人。"沙达克说。

"你们才是野蛮人。"巴姆转过身回答，"你们把我们带到你们的——飞船上，几乎把我们饿死，然后又要戏弄我。巴姆巴洛姆是有尊严的人，你最好抽出剑来，我们来决斗。"

巴姆巴洛姆嘴上说着，却并没有拔剑。方才的经历让他意识到，神以一种他从未知晓的方式存在，他们根本就不可能被杀死。阿奴吉亚是对的，他们太强大，强大到自己的剑和拳头对他们而言都只是些可笑的玩意儿。

沙达克并不理会巴姆的挑衅，"你是这群人的头领，对吗？"

"阿奴吉亚告诉你的？"

"根据观察，我们一样可以得出结论。"

观察！巴姆巴洛姆再次感到怒意从心底升腾起来。这是一个只对动物使用的词汇，沙达克却用它来针对人。

他们就像观察卡西莫兽一样观察自己。

然而巴姆巴洛姆强忍着怒气，哼了一声，保持沉默。

"你们的文明很特别，你是这群人的首领，你用气味来控制你的手下，是这样吗？"

"你们可以观察。"巴姆巴洛姆不卑不亢地回了一句。

"嗯，巴姆巴洛姆，有些事你也许并不是很理解，但是我还是要代表我这方说清楚。我们来自外太空，拥有一支庞大的舰队，规模巨大。从你们的世界出发，外边是几乎无限的黑暗空间，你们的太阳是这无限黑暗中唯一的恒星，也是我们唯一的希望。我们的舰队通过吸收恒星物质来补充能量，经过测算，完成这一次补充后，你们的太阳将会变冷，星球将会被冰封。你们是高度文明的生物，我们希望能给你们提供帮助，在太阳变冷之前，让你们从星球上迁移到飞船上。你是一位首领,我们希望能和你合作,尽快完成行动。"

巴姆巴洛姆听得不太明白,然而他知道这个沙达克所说的和阿奴吉亚告诉他的一切差不多。太阳会被他们的飞船吃掉,而大地上的生命会迎来末日。

然而,这飞船上的生活简直比地狱好不到哪儿去。

这些来自星星的神,是一伙强盗,抢走太阳,抢走一切,然后还要居高临下地给予恩赐,仿佛莫大的怜悯。

巴姆巴洛姆发出冷冷的哼声,嘴角边两条短须微微摆动,表明自己不屑一顾的态度。

"也许你们是一个好斗的种族,对我们的和平诚意并不了解。如果时间足够,我们可以慢慢学会彼此相处,但现在时间紧迫,你是否可以考虑这个星球上你的百万同胞,你的决定可以让他们受益。"

"那些肮脏的蠢货,就让他们死吧!巴姆巴洛姆从来不怕死,我的战士也不怕死。"巴姆巴洛姆响亮地回答。

沙达克迟疑了一下,说道:"巴姆巴洛姆,我们试图接触这个星球上的首领,但是到目前为止,没有人愿意和我们接触。我们感受到了深深的敌意,这让我们很为难。"

"你们要抢走我们的一切,难道还要我们为此而感谢你们?感谢永恒的星,那些肮脏的蠢货虽然很蠢,但在这个问题上倒是没有犯糊涂。虽然你们很强大,但是很卑鄙。我很后悔让阿奴吉亚召唤你们,我以为能进天堂,但是显然你们只会制造地狱。"

"你对我们似乎有些误会……"沙达克试图辩解。

"没什么可说的,"巴姆巴洛姆打断了他,"我不会向你们屈服,亚迪特人可不是动物——凭着暴力的威胁就会乖乖听话。"

"也许我们可以另找一个时间再谈。"

"不用再谈了,你们可以杀死我,也可以杀死我的战士们。我承认我们不是你们的对手,但是你可以夺取我的性命,却不能让我屈服,哪怕你们囚禁我们一百万年。"巴姆巴洛姆昂首挺立。

沙达克沉默了许久。

最后,他终于开口说话:"我们无意囚禁任何人。如果这是你的愿望,我们可以安排将你们送回地面。"

巴姆巴洛姆愣了愣。这倒是他从未想过的事,重新回到地面上去,这简直太好了。战士们整天被关着,吃着臭烘烘的食物,如果能回到地面,哪怕只是呼吸一口那自由的空气,也是再美妙不过的事。

"你说的是真的?"巴姆巴洛姆问道。

"当然。"

"那太好了,但是你们要送我们到北方我的领地上。"

"你可以指定这个星球上任何一个地方。"

这是一个慷慨的允诺。神并没有因为自己对抗他们而大发雷霆,他们拥有强大的力量,能够轻易地杀死自己。巴姆巴洛姆已经做好了死的打算,神的反应却完全出乎意料。或许阿奴吉亚是对的,这些神真的很和善。

然而说出的话收不回来,巴姆巴洛姆不打算和解。

"好,你说话要算数! 不然,哪怕你们的飞船再强大,我的剑也会替我说话。"

沙达克发出卡西莫兽一般的声音，身体微微颤抖。

巴姆巴洛姆恶狠狠地盯着这个虚无缥缈的神。

沙达克终于停止了那神经质一般的抖动，"我们会遵守承诺，你会回到你的领地上。凭着永恒的星起誓，我们会遵守承诺。"

飞船成了不可辨认的小点，消失在星球上。飞船上曾载着巴姆巴洛姆和他的三百勇士。

阿奴吉亚目送着伙伴们离开。

现在，他成了神的飞船上唯一的一个摩尼卡人。

尽管巴姆巴洛姆竭力邀请他一道回去，他还是决定留下。他热烈地渴望着拥抱那红色的大地，然而理智却清醒地告诉他，他再也回不去了。没有人可以和空桑大人为敌，而这些来自星星的神，却并没有得到空桑大人的承认。

沙达克告诉他，所有接触的努力都失败了。地面上的人们集结在一个个堡垒里，躲藏在屋子里边，钻入地下，像躲避瘟疫一样躲避来自天空中的任何东西。北边的亚迪特人则是另一种反应，他们排列成战斗队形，挥舞着各式武器叫嚷聒噪，显然也并不欢迎来自天空的不速之客。

他是一个罪人，罪无可赦，因为他向这些来自星星的生灵祈祷，而这些生灵并不是神。从永恒的星降落人间的，不是神就是魔鬼，空桑大人显然认为他们是后者。

从某种意义上来说，空桑大人是对的。这些自称"银河人"的家伙要吞没太阳。

阿奴吉亚闭上眼睛, 俯下身子, 他不知道该如何祈祷, 只知道自己内心异常惶惑, 需要获得平静。他将整个身子都伏在地上。

"阿奴吉亚, 我们会把你送到红虻母舰上, 我们的最高指挥官佳上, 想见一见你。这大概需要十六天的时间。"沙达克的声音传来。

阿奴吉亚抬起头, 开口问道: "沙达克, 我愿意去你送我去的任何地方。但是有一个最后的要求, 你能否帮我实现? "他一边说着, 一边有些惶恐不安, 四下张望, 希望能够看见沙达克出现。

沙达克真的出现了, 靠墙角站立着。

"这让我有些意外, 这是你第一次提出要求。是什么要求? "沙达克问。

"我想最后看一眼我的村子, 向它告别。"阿奴吉亚说完, 紧张地盯着沙达克的嘴, 生怕听见否定的两个字。

"就是这个要求吗? 我向船长请示一下。"沙达克说完就消失得无影无踪。

阿奴吉亚刚站直身子, 沙达克又出现了, "船长同意你的要求, 你可以穿上防护服前往情报室。"

阿奴吉亚不紧不慢地穿着防护服。这件衣服的质地很奇特, 像金属般闪闪发光, 然而却分外柔软, 贴合身体。防护服是紧闭的, 只在头部有一个可供呼吸的口子。口子外边包裹着一层厚实的纱。阿奴吉亚明白银河人要他穿上防护服的用意, 银河人身上散发着难闻的气息, 让人难以忍受, 他相信自己的体味对于银河人也同样难闻。一层防护服可以有效地把体味隔绝开。

他动身前往情报室。

船长正在情报室里等他。见到阿奴吉亚，船长开始说话，沙达克充当翻译。

"阿奴吉亚，你是留在我的飞船上的唯一一个摩尼卡人，我们尊重你的选择，如果你想要离开任何时刻，我们都可以把你送回你的星球上。"

"感谢您的好意，船长。我回不去了，无家可归，您的飞船能够收留我，那就再好不过。"

"但是，只有你一个人，你会孤独。你是否有什么同伴？我们可以想办法带上他。"

"没有。"阿奴吉亚很干脆地回答。对于一个摩尼卡人而言，领主就是一切，当他成为司星人，空桑大人就是他的领主。失去了领主的摩尼卡人应该自行消亡。

船长似乎犹豫了一下，然而还是开口发问："难道你没有亲人吗？你的孩子，伴侣，父母？"

"没有。"阿奴吉亚的回答仍旧很干脆。

船长抛出了最后的问题："如果你觉得受到冒犯，可以拒绝回答。你们到底是如何繁殖的？我们没有见到任何特征能够区分雄性和雌性，也没有见到你们有明显的外生殖器。或者简单一点儿问，你们究竟是怎么生孩子的？"

阿奴吉亚愣住了。沙达克口中说出的话他大部分都听不懂，然而最后的问题他听懂了。如何生孩子？

每个人都可以生下自己的蛋，领主也可以驱使布雷塔生蛋，甚至严酷一点儿, 让布雷塔死掉, 孕育五六个蛋。

"我们会生蛋。"阿奴吉亚说。

"谁生蛋? 每个人都生蛋?"

"每个人都可以,"阿奴吉亚回答,"只要得到领主的许可。"

船长和沙达克对看了一眼。

"你们没有两种性别吗? 一种生蛋, 一种不生蛋?"

"每个人都可以生蛋。"

"你也可以?"

"当然, 只是我没有那样的冲动。"

"什么冲动?"

"生蛋的冲动。那由领主控制, 领主能够辨认出谁适合生蛋。"

"领主自己也生蛋?"

"当然, 领主的血统尊贵, 需要后代继承。"

船长点了点头, 说道:"多谢你坦诚地告诉我, 你们的文明形态很特别。我们的最高指挥官之一正赶过来, 他也很想见见你。他是个很渊博的人, 也很好奇, 对你们的文明兴趣浓厚。所以计划要稍做一点儿调整, 你不必前往红虹母舰, 在这里等待就行。"

阿奴吉亚俯下身子, 表示恭顺的赞同。

船长点头示意, 说了句:"你请便。"然后便离开了。

"阿奴吉亚, 你可以操纵画面, 你们的村子应该就在圣城附近, 是吗?"

随着沙达克的提示, 阿奴吉亚仿佛置身于地面, 圣城的大门就在不远处。他可以清晰地看见城墙上的卫兵，戴着高高的头冠，挎着刀剑，正走动巡逻。

沙达克把地面上的情景搬到了飞船里。

一切就像是真的，让人感到不可思议。银河人不是神，然而他们和神一样让人心生畏惧。

"我的村子距离圣城很远，如果走过去，要走三天。"阿奴吉亚说。

"你可以飞。"

阿奴吉亚感到自己的身体变得轻盈，稍稍挥动手臂，就能飞快向前。这感觉真的像一只鸟儿在空中飞。

从空中看过去，熟悉的红色田野变得有几分陌生，然而他依旧能够辨认出圣道。圣道蜿蜒向前，指向天际。阿奴吉亚振臂昂首，沿着圣道飞翔起来。

山川大地显得如此壮丽！飞在空中，他真真切切地感觉到这一点，比从前任何时刻更充实。

这是摩尼卡人的家园。哪怕这是最后一眼，也如此温暖他的眼睛。

阿奴吉亚向着村子疾驰而去。

当阿奴吉亚远远望见村子，只看见黑乎乎一片，他心头一沉，兴冲冲的劲头荡然无存。

在村口落地，他几乎不敢相信自己的眼睛。

所有的屋子都被摧毁了，到处都是火烧后的焦黑模样。水井边，小路上，尸体遍地，他们都是在逃跑中被追上杀死的，身上有或深或浅的伤口。被杀死之后，又被火烧。甚至一些人活活被烧死，尸体保持着挣扎的姿态，手指深深地抓进泥里。

阿奴吉亚沿着村子的小路缓缓地走着，这是他从小到大，走过无数次的路。路边的每一座房子，他闭着眼睛都能指出来。摩尼西亚、摩尼非亚、拉普拉……一个个熟悉的名字，一排排被烧掉的屋子。那些屋子里边一片漆黑，根本看不见任何东西。他尝试了几次，只要一进入门内，世界就变成一片奇怪的蓝色，而只要退出一步，便恢复正常。显然，这是银河人无法查明的情况。然而他可以想象，那些被推倒被烧掉的屋子里，还有多少尸体。

整个村子都被杀得干干净净。

阿奴吉亚麻木地走着，一直到了村子尽头。这里是一个小小的广场，广场一端是领主的双层大木屋。领主会在下层召集全村的人欢宴，那里排列着整齐的六排桌椅，坐两百个人也绰绰有余。

大木屋被烧得只剩几个焦黑的木桩。一具尸体被挂在最高的一根木桩上。

阿奴吉亚走过去，尸体就像一挂白布，上面爬满了白色的虫。尸体面目狰狞，然而阿奴吉亚仍旧能够认出来，这是领主的尸体。

他没有被杀死，也并非被烧死，而是在一切的杀戮和毁灭都完毕之后，被人活生生地钉在木桩上，血流干净而死。

凶手特意在他的身体上撒上了虫子，这种叫作"厉蛊"的虫子有锋利的牙齿，带着毒液，咬起人来格外疼痛。也许在领主还活着的时候,那些虫子就开始咀嚼他的血肉,大肆繁殖。在最后断气之前,他要看着自己一点点被吃掉。

那些残酷的人先折磨他的精神,然后折磨他的肉体。

这是冲着我的惩罚!阿奴吉亚深刻地明白其中的意味。他是一个叛逃的司星人,他的出生地连带受到了惩罚。

怎么会这样!空桑大人赐福给他,他早已脱离了这群人,成了空桑大人的奴仆,即便叛逃,那也是空桑大人的事。

阿奴吉亚匍匐在地。他的整个身子都蜷缩起来,瑟瑟发抖。他并不害怕,只是感到痛彻全身的哀伤。那些朝夕相处的亲人啊,一个都不在了。

整个村子的人甚至连一个卵都没有留下。赶尽杀绝,毫无尊严地死去,这最凶暴的命运居然降落在亲人们身上。

心头一阵阵抽搐,阿奴吉亚的整个灵魂似乎都融化在悲伤之中。

耳边传来沙达克的声音:"对不起,没想到会这样。"

阿奴吉亚努力控制自己的情绪,最后抬起头来。

周围的幻象都不见了,他仍旧在船舱里,周围都是银色的墙。

阿奴吉亚的眼睛因为哀伤而变得血红。

"我要回去。"他坚定地说。

"那样你只会白送性命。"沙达克试图宽慰他,"已经发生的事就让它过去吧,你跟我们一起,会有全新的生活。"

"不,我的根在那儿,我要回去。如果他们都不在了,只有我才能让他们的灵魂不坠入地狱,归于永恒的星。"

"你要回去做什么？"

"用最好的金木搭好祭台，点燃圣火，让他们的身体在圣火中消融，我会为他们祈祷，让他们的灵魂升入天堂，抵达永恒的星。只有我才能帮他们。"

沙达克沉默了片刻，说道："阿奴吉亚，我理解这是你的信仰，只是星星并不像你想的一样，而且地面上的情况很糟糕，恐怕你根本没有机会火化你的亲人。我并不建议你就此回去。"

阿奴吉亚抬头望着沙达克，红色的眼球仿佛火山的熔岩，"即便是冒险，我也要为他们求得死后的安宁。你们曾经同意，如果我愿意，就会送我回去，我请求你们兑现诺言。"

沙达克再次陷入沉默。

门开了，船长走了进来。

"我听沙达克说了一个令人哀痛的情况。"船长走过来，在阿奴吉亚身边站定，"如果你坚持要走，我们当然不能强行留下你。但是如果你真的需要一些帮助，我建议你再留十六个时刻。睡一觉醒来，布丁指挥官就到了。如果他愿意帮助你，那么你或许可以得到舰队的保护。我的权限不能允许我对星球文明进行暴力干涉，但是布丁指挥官可以。你明白吗？"

船长正试图提供一些帮助。阿奴吉亚有些惊诧，如果这些来自星星的神一般的银河人真的要扫荡大地，那么没有人能够阻止他们。不需要任何武器，飞船的火焰就可以将大地化作一片焦土。

这其中有无限的可能性！阿奴吉亚感到深深的惶恐。仿佛就在一瞬间，他站立在绝高的悬崖边，随时可能掉落下去。

他定了定神。

"好的，我等他到来。"阿奴吉亚决定拜会这个握有绝对权威的布丁指挥官。

沙达克说，真正永恒的生灵并不需要拥有躯体。

当阿奴吉亚见到布丁，他才明白真正永恒的生灵究竟可以是什么样的。布丁指挥官就像一团火，或者说是一团光，不知不觉，就进入了头脑。

这是一种很奇特的体验，阿奴吉亚从未经历过，那像是一种幻觉。在那么一瞬间，他疑心这位布丁指挥官是一个鬼魂，能够和人的灵魂纠缠。

刹那间，他仿佛化作了飞船，在亿万星辰间急速地穿梭。星星被拉成了长条，形成一片向后的光瀑。

布丁在他的头脑中说话："阿奴吉亚，很高兴见到你，你们的独特让人惊叹。我会向你介绍我们的舰队，然后我们再来谈谈关于你和你的星球。"

阿奴吉亚没有回应，他不知道如何回应。沙达克告诉他，布丁是一个人，然而并非拥有身躯的人类。这更接近摩尼卡人对神的想象，当布丁以这种神奇的方式和他接触，他陷落在极度的错愕和崇敬中无法自拔。

光瀑消失，世界恢复成点点繁星。

他的眼前，各式各样的飞船排列成行，声势浩大，至少有上百艘飞船。其中大多数和沙达克的飞船相似，像微微发亮的贝壳。在众多贝壳船的拱卫中，两艘飞船引人注目，它们的体型相比之下更大，显得与众不同。

"你看见的两艘大船是'青云号'和红虹飞船。'青云号'是我们的旗舰，你可以把它理解成众船之王。红虹飞船是佳上的船，它是一个完全独立的部分。佳上和我一样，都是没有形体的人类，当然，你也可以认为，红虹飞船就是他的形体，而我这次来见你，使用了幽光飞船的形体。"

阿奴吉亚盯着那两艘飞船，他被一股力量向着飞船的方向拖拽。视野中原本细小的飞船变成了庞然巨物，最后，他降落在"青云号"上。

这是一片钢铁的原野。两条巨大的青色炮管贯穿船体，直指前方，透着刚健的力量。船体光滑，隐约发光，仿佛钢铁的肌肤上敷着一层亮眼的膜。

红虹飞船则像一座巨大的浮岛，表面斑驳陆离，巨大的白亮钢铁物件陷落在红色的体表中，就像是被一个工匠随意丢弃在那儿，因为岁月悠久而被尘土掩埋。

两艘飞船形成鲜明的对照：一个规整，一个嶙峋；一个充满钢铁的强健，另一个却松垮得像随时可能散架的土坯。

这是银河人的飞船中最强大的两艘，却如此不同，差异大得让人无法置信。

银河人的世界本来就无法用摩尼卡的规则去揣测。

布丁引导着阿奴吉亚在"青云号"上漫步，一边说道："我们来自遥远的星系，我们将它称为银河，它距离此处有六百万光年，我们并不指望回到那儿去。我们选择向距离最近的星系进军，最初的距离是三十六万光年，对于陷落在黑暗空间中的舰队来说,这也是一个遥不可及的距离,但是终究比六百万光年要多些希望。值得庆幸的是,在星系之间,有许多孤立恒星,这些恒星被抛弃在星系之外,我们称之为星落。我们能够从星落中获得能量补充,维持舰队不断向前。你们的太阳就是一个星落。在黑暗空间里巡航了两万年之后,我们终于能够来到这儿。从这儿出发,距离最近的星系还有十八万七千光年,我们大概还需要三万年的时间才能抵达,如果没有星落的存在,得不到补充,舰队就无法支撑下去。

"所以沙达克已经告诉过你,我们会充分利用这颗恒星。你们星球的气候将彻底改变,一旦我们的舰队离开,你们的太阳将会比从前热一倍,没有多少生物能够继续在星球上生存下来。当然那并非星球长期的命运,大约两百年的时间,狂暴的太阳将逐渐平息,然后阳光开始减弱。两千年后,会有一个相对平静的时期,和现在的情况相似,但是那个时候,恐怕早已没有文明存在了,最多还有些人像野兽一样活在地下世界里。生物圈或许还有复苏的可能,然而最多也只能维持五六百年的时间。在那之后,一切都会被冰封,成为冰雪世界,再也没有生命发展的可能。"

阿奴吉亚仔细地听着。他从沙达克那里听过类似的话,然而并不十分明白。布丁将整件事的来龙去脉都说得一清二楚,银河人必须借助太阳的力量才能继续远航,摩尼卡则会毁于一旦。对于这样的命运,摩尼卡毫无抵抗能力。

这些近似于神的银河人,之所以去寻找空桑大人和领主们,肯定不是为了宣告摩尼卡坠入地狱的命运无可避免。如果他们真的心怀恶意或者麻木不仁, 只需要不管不顾, 摩尼卡自然就会死亡。然而他们没有那么做。

牵引着他的力量消失了, 阿奴吉亚自然地停下站在原处。脚下的船体开始发生变化, 光亮从船的内部透出来。

阿奴吉亚发现自己正站在一片巨大的玻璃上, 透过玻璃, 可以看见"青云号"内部的情形。

飞船内是一片绿色的大地, 大地上有形状奇特的建筑。银河人三三两两, 散布在各处, 他们不紧不慢地走着, 彼此交谈, 甚至还有人在追逐打闹。

银河人的大地是绿色的, 这真是怪异非常。

这应该就是银河人的生活吧。

"你们的文明很独特, 我们并不希望因为我们的到来毁灭了你们的星球, 然而实在别无选择。"布丁继续说。

"所以作为折中的方法, 我们希望能为你们提供一艘飞船, 将你们的文明转移到飞船上。你看见的情况正是银河人类在飞船中的生活, 我们可以为你们制造一个类似的大地和植被环境。你们可以选择跟随我们一道前往星系, 也可以选择留在这里。飞船技术至少可以保证你们能够继续在这个星落中生存下去, 直到太阳燃尽的那一天, 对一个文明而言, 这完全足够了。"

也许这是银河人所能表达的最大的善意。

或许这也是摩尼卡人避免毁灭的唯一办法。

阿奴吉亚一阵战栗, 他突然意识到布丁想要什么——布丁将他当作了摩尼卡的代言人, 代表整个种族。

他感到恐慌——这根本不是自己能胜任的事。

　　"当然，我们会给你提供支持。我们可消灭任何反对者，然而那样也意味着你们的文明会消失得干干净净。最大限度地保存你们的文明而不仅仅只是救几个人，这才是我们的目的。所以，我们需要一个人，他能够有效地将摩尼卡人团结起来，让摩尼卡人接受我们的存在，接受飞向星星的未来，把文明的种子带出来，带向太空——你愿意做那个人吗？"布丁说完沉默下来，等待着阿奴吉亚的回答。

　　这提议令人无法拒绝。

　　"我们只找到你一个人，而且根据情报分析，如果不使用武力，要找到一个愿意并且能够和我们对话的人，可能性非常低。"布丁又补充了一句。

　　阿奴吉亚全身紧张起来，他的生命中从未经历如此重要的时刻，现在他不仅要决定自己的命运，也不仅仅是一个村子，一个城，而是大地上所有的人。如果他是一个领主，他将毫不犹豫地答应，然而他并不是。

　　突然间，一个念头冒了出来：巴姆巴洛姆是一个货真价实的领主，他们的血曾经彼此混合。

　　"我同意。"阿奴吉亚飞快地拿定了主意，"如果你们能帮我找回巴姆巴洛姆，我可以说服他。"

　　布丁发出卡西莫兽一般的声音，那是银河人的笑声，"不，阿奴吉亚，我们觉得你是一个更合适的人选。我们为你准备了一套方案。"

　　一切的图景消散掉，眼前浮现出透明的舷窗。

　　舷窗外，一艘乌黑的小型飞船隔着玻璃悄然悬浮，船尾闪烁着隐约的蓝光。

这是幽光飞船，布丁的躯体。

阿奴吉亚望着那幽蓝的光，仿佛正和一双眼睛对视。

巴姆巴洛姆熟悉这样的战阵。斯鲁姆帝把军队排列成三个方阵，所有的战士都穿着鲜艳的红甲，看上去就像三块整齐的庄稼地。中间的方阵中央，斯鲁姆帝的大旗随风飘扬，旗帜上绣着金色的鲁比，活灵活现，似乎正扭动身躯，张着大口，露出白森森的牙。

刀剑林立，人山人海。

然而巴姆巴洛姆根本没有放在心上，他只是抬眼望着高远的蓝天。

天空中，那来自遥远世界的星星清晰可辨。

阿奴吉亚仍旧在那飞船上，他是个聪明人，能够容忍那些奇怪的银河人，银河人也能容忍他。

阿奴吉亚属于星星，巴姆巴洛姆属于大地。

回到大地，回到战场。银河人不折不扣地践行了诺言，将他送到了亚迪特的聚落，凭着以往的名声和勇气，十二个小部落马上臣服于他。这当然也是斯鲁姆帝无法容忍的事。

斯鲁姆帝带着最精锐的兵团赶来，不到三天就出现在营帐外。

这是巴姆巴洛姆所知道的斯鲁姆帝最快的一次行军。

这速度确实出乎意料，然而巴姆巴洛姆并不害怕。

他和斯鲁姆之间终究会有一场决战，那是宿命。星星的降落也许是一次打破宿命的机会，然而终究没有。亚迪特人之间的仇怨，还是要用亚迪特人的方式来解决。

巴姆巴洛姆收回视线，看着大旗下的那个身影。

斯鲁姆身形高大，就像他的祖祖辈辈一样，站在人群中自然高出一头。

红色的头盔上，竖着五彩缤纷的长羽。

那是一颗好头颅！巴姆巴洛姆暗想，他甚至能够想象自己手起刀落，将那颗人头斩落后高高抛起的情景。

巴姆巴洛姆按捺着战意，等待时机。

斯鲁姆帝显然也有同样的想法。一时间，双方对峙着，谁也没有动手。

对于强大的一方，这样的对峙显然就是示弱。过了片刻，斯鲁姆帝的军阵中响起了擂鼓声。

巴姆巴洛姆凝聚着战意。他要将所有的气氛素在最关键的时刻释放出去，最大限度地维持战士们的斗志，对抗敌人。

排山倒海的呐喊声响起，敌人开始向前冲锋。两侧的方阵同时变阵，向着队伍的后方包抄。

斯鲁姆帝志在必得，想要围歼。

巴姆巴洛姆短须直立，两眼直直地盯着敌人的前锋。

这是一场决战，他根本没有留退路，也不会在意敌人的包抄。

他所要做的事，就是向前突破，砍下斯鲁姆的头。

红色的浪潮仿佛急流般向前涌动。

"杀!"巴姆巴洛姆大喊一声,气氛素瞬间迸发出来,所有战士顿时精神一振。巴姆巴洛姆率先冲了上去,战士们紧紧跟上,队伍仿佛化作了一个巨大的箭头,向着红色的急流刺去。

锋利的箭头轻易地劈开了对方的阵型,也让自己陷落于包围中。

巴姆巴洛姆腾挪闪避,挥剑如风,穿着红色皮甲的对手一个接一个倒在他的剑下,他那灵巧的身影很快向着斯鲁姆逼近。

斯鲁姆却在往后撤!大旗缓缓地向后移动,旗下的斯鲁姆在武士们的簇拥下也正不紧不慢地向后退,头盔上那五彩的羽毛不住摇晃,斯鲁姆站在旗下,居高临下地向这边张望,身子笔挺,志得意满。

这是计划好的陷阱!

巴姆巴洛姆挥剑砍下身旁一个敌人的头,抓起来,用力向着斯鲁姆的方向抛过去,"斯鲁姆,你是个懦夫,只配吃我的屎,闻我的屁……"

斯鲁姆并不理睬,仍旧缓缓后退。潮水一般的战士源源不断地涌上来,虽然他可以轻松地砍倒任何一个对手,然而敌人太多,很快他就被团团包围在中间。跟随自己冲锋的战士们都落在后边,自己孤身一人,陷入重围。

巴姆巴洛姆仍旧奋勇向前。做一个亚迪特有史以来最勇敢的武士,如果不是阴差阳错地成了酋长,这就是他的毕生志愿。在最后的关头,他不再是个酋长,而只是一个武士,为了证明自己而战斗。

亚迪特人被这种疯狂而强有力的冲击震撼,纷纷退缩。

　　风中飘来气氛素的气息。斯鲁姆在激励他的战士们拼死一搏，退下去的战士们又冲了上来。他们陷落在无可名状的亢奋中，根本不怕死，只求能砍倒巴姆巴洛姆。

　　刀剑如同密雨般向着巴姆巴洛姆落下。

　　转眼间，他的身上受了三处伤，但他也杀死了两个敌人，把他们的尸体推出去暂时挡住冲击。

　　只能到此为止了？他抬头看了看不远处斯鲁姆的大旗，无限愤恨。

　　敌人又涌了上来。

　　巴姆巴洛姆高举四柄短剑，短剑上绿色的血顺着剑锋往下滴。他抬头，向着蓝天，全然不顾向着自己呼啸挥来的刀剑，拉直脖子，发出一声嘶声竭力的吼叫。

　　至少有两柄剑刺入了他的身体，还有一柄砍在他的胳膊上。

　　痛楚之下，巴姆巴洛姆奋力挣扎。汩汩热血激发出最后的野性，他大喊一声向着面前的敌人扑上去，却腿上一痛，不由自主地跌倒在地。

　　刀剑架住了他的脖子，他再也不能动弹。

　　巴姆巴洛姆仰天躺着，正要向那脖子上的剑锋撞去，却看见高远的蓝天出现了一小团漆黑的东西。他从未见过那么黑的东西，就像蓝天中无底的深孔，而且正急速地变大。

　　巴姆巴洛姆愣了愣，心底刹那间燃起一丝希望。他大口喘息，却不再挣扎，只是等待着。

　　战场平息下来，斯鲁姆帝取得了彻底的胜利。欢呼和喧嚣飘荡在原野上。

　　黑色的小点很快变成了庞然大物, 降临战场上空, 所有人都看见了它。它就像一只黑色的铁鸟绕着战场盘旋。胜利的欢呼变得稀稀拉拉, 人们都在惊异中观望着。

　　黑色的铁鸟降落下来, 静卧一旁。

　　战场上一片寂静, 所有人都看着那铁鸟。

　　巴姆巴洛姆静静地躺着, 他有强烈的预感, 那是阿奴吉亚来了。

　　身边的人散开, 有人走了过来。

　　来人就像影子般轻巧。巴姆巴洛姆侧过头去, 努力辨认。

　　来的果然是阿奴吉亚, 然而却带着非同一般的气息, 并非平凡的阿奴吉亚可比。围着巴姆巴洛姆的人自觉地放下了刀剑。

　　阿奴吉亚的身上散发出强烈的气氛素, 让人感到心平气和。他就像一阵清风, 吹走了战场上的血腥, 让每个人的心头都不再有一丝战意。

　　巴姆巴洛姆挣扎着站起来, 腿上的伤仍旧疼得厉害, 他勉强抄起落在地上的短剑, 站直身子。阿奴吉亚的气氛素能够影响所有人, 却并不影响他。他可以趁机干净利落地杀掉所有敌人。

　　"巴姆, 不要杀人。"阿奴吉亚开口说话。

　　巴姆巴洛姆翘起短须, 紧握短剑, 盯着不远处斯鲁姆的大旗, 却没有动手。阿奴吉亚刚救下他, 他应该听阿奴吉亚的。

　　阿奴吉亚继续向前走, 巴姆巴洛姆瘸着腿, 紧跟在他身旁, 机警地扫视着四周, 防范任何意外。

　　然而阿奴吉亚并不需要任何战斗, 他从容地走进战阵, 阻挡在前边的战士自然让在两边, 仿佛他身上带着某种魔力将他们推开。他一直走到斯鲁姆的大旗下。

斯鲁姆也并未受到气氛素的影响,亚迪特的领主都是鼓动者而非被鼓动者。然而面对这突如其来的意外,斯鲁姆完全不知该如何是好,短剑握在手中,却并不举起,短须软软地垂着,毫无战意。

巴姆巴洛姆正想冲上去一剑砍掉斯鲁姆的头,然而尚未行动,阿奴吉亚制止了他。

阿奴吉亚向着斯鲁姆招手,示意他过来。

斯鲁姆犹豫着,然而还是上前几步,走到了阿奴吉亚身旁。阿奴吉亚伸着手,斯鲁姆丢掉一柄剑,握住阿奴吉亚的手,另外三只手却仍旧紧握着剑。

阿奴吉亚一手拉着斯鲁姆,一手拉着巴姆巴洛姆,两只中间肢合拢,闭上眼睛,口中念念有词:"以神圣的星星为名,我许你们安宁。天国之门打开,你们将是星星的仆从,一心侍奉群星,别无他念。星星是一切的起源,一切的归宿。而我,阿奴吉亚,是星星的代言人。你们将听命于我,扫除大地上一切暴戾和罪恶,归于永恒的宁静⋯⋯"

巴姆巴洛姆听着阿奴吉亚的祷言,虽然阿奴吉亚是个值得信赖的人,但他并不想听命于任何人。

然而,由不得他不听。

随着阿奴吉亚的话语,他感到身体似乎被托举起来,变得轻飘飘,就像躺在柔软舒适的床里,全身完全松弛。阿奴吉亚的话似乎变成了咒语,能够深入心灵,沁入每一寸肌体。

阿奴吉亚释放了特殊的气氛素,这种气氛素的威力比圣水更强大, 甚至连他巴姆巴洛姆也无法抵抗。

巴姆巴洛姆向斯鲁姆看去, 这个亚迪特人的王中之王已经丢下短剑, 在阿奴吉亚身前俯下身子, 高大的身躯几乎完全伏在地上。

强大的气氛素扩散开, 周围站立的亚迪特战士纷纷随着斯鲁姆俯身, 伏倒在地。

巴姆巴洛姆也俯下了身子, 然而并非完全伏在地上。他向着远处的黑色铁鸟张望。

阿奴吉亚获得了神秘的力量, 他一定是得到了银河人的帮助。银河人竟然能够让一个普通的农人拥有和领主相同的能力, 甚至比领主更为强大。

巴姆巴洛姆想不了更多。恍惚间, 灵魂似乎已经飘入了天堂, 他再也无法控制自己的躯体, 不停地战栗。那是一种幸福到了极点的战栗。迷迷糊糊中, 他看见黑色的铁鸟腾空而起, 直掠而上, 消失在碧蓝的天空中。

事情并没有完全按照银河人的设想发展。

征服亚迪特部落并没有耗费太久的时间。中季还没有过去, 北方原野上大大小小的部落都已经臣服。所有的部落都派遣了最精锐的武士加入军队, 一支有史以来最强大的亚迪特大军浩浩荡荡向摩尼卡的北方重镇速昂城开拔。

有了这支多达六万人的大军作为后盾, 阿奴吉亚认为最多两个月, 他就可以进入圣城, 统一摩尼卡, 将星星的福音带给所有人。

现实却给了他沉重一击。

在速昂城高大的城墙下，前锋部队丢下了上千具尸体，大败而回。

第二次进攻的结果更为惨烈，五千人的进攻部队，回来的不到一半。

对方的抵抗异常顽强。

根据探子的报告，空桑大人下了死令，所有的守军要战斗到最后一人。为此，空桑大人派遣司星人亲临速昂城，解除了守城领主的职权，施放圣水，将他的权威直接授予每一个战士。让人人都死战到底，这是传说中神圣大巫才拥有的力量，空桑大人是神圣大巫的代言人。

阿奴吉亚回想起受到空桑大人接见的那次。他战栗着匍匐在地板上，心甘情愿地接受任何差遣。空桑大人能够控制人的灵魂，在布丁将计划告诉他之前，他一直深信不疑。

布丁的计划很简单。

"你们的生理极度依赖化合物进行控制，这也是演化的奇迹。如果你能够支配这些有机化合物分子，你就能赢下整个世界。"布丁是这样对他说的。

阿奴吉亚不太明白"有机化合物"这个词的意思，摩尼卡的语言中并没有这样的词汇，然而他隐约明白这个词指代领主们身体内能够产生的气氛素。

银河人能够让阿奴吉亚拥有释放气氛素的本领，配合绑在手上的几个金属镯子，阿奴吉亚就能像真正的领主一样释放气氛素。让人快乐的，让人平静的，让人害怕的，让人激动的……

甚至就连类似圣水的极乐气氛素, 阿奴吉亚也能释放。

然而布丁并没有完全说对。如果对手都是亚迪特人, 那么赢下整个世界并不算太困难, 然而受到严密控制的摩尼卡人就没有那么容易对付。阿奴吉亚甚至找不到机会施放气氛素来控制他们。

接下来该怎么办? 发起第三次攻击吗?

阿奴吉亚正想着, 眼前的星火亮了起来。

这是布丁要和自己对话。

星火和巴姆巴洛姆最初交给他的那个完全一样。时至今日, 阿奴吉亚完全掌握了它——这是一个能够和银河人进行对话的神器。

阿奴吉亚熟练地打开星火。

一团亮光跳出来, 在星火的中央跳跃, 随着声音的强弱而闪烁。

"你的进展看上去并不顺利。"布丁开门见山地说。

"是的, 我在考虑调整策略。"阿奴吉亚如实回答。

"需要我们帮忙吗? 我们可以帮你摧毁敌方的抵抗。"

"你说过银河人不宜介入星球内部事务。"

"没错, 但现在你是我们的盟友, 我们只想尽快解决这件事。旷日持久的战争可不是什么好事, 银河人久远的历史深刻说明了这一点。我还必须提示, 时间不是我的问题, 而是你的问题。"

"我会解决这个问题的。"阿奴吉亚回答, 作为弱势的一方, 他只想在银河人面前维持一点儿有限的尊严。银河人提供了强大的武器, 亚迪特人也已经臣服, 相比而言, 他拥有的力量超过历史上任何一个北方之王。如果继续依赖银河人来打败摩尼卡人，那么他完完全全就像一个傀儡。

当他接受数万将士的欢呼，看见他们兴奋的面孔，他清楚地意识到巨大的使命感。带领摩尼卡人走出星球的，应该是一个先知，而不是傀儡。银河人已经提供了足够的帮助，他必须依靠自己的力量走完余下的路。

"如果需要帮助，就直接告诉我。"布丁不紧不慢地说着，突然话题一转，"巴姆巴洛姆要回去了。"

"哦，那太好了。"

"他向我们提出了一些很难办到的要求，但是我们还是做到了。"

"什么要求？"阿奴吉亚顺着布丁的话问。

"他要成为一个完全不受任何气氛素干扰的人。"

"哦？"

"没错，完全不受气氛素控制，完全独立。"布丁加重语气，"我们发现你们的体内有一个编号贝塔147的关键基因，它可以影响所有相关蛋白质分子的表达，如果这个基因失去活性，你们的躯体将对气氛素不敏感，或者说，再没有任何一个领主可以控制你们。"

布丁的话还是让人似懂非懂，但是阿奴吉亚明白了其中的意味：巴姆向银河人寻求帮助，找到了不受气氛素控制的办法。他明白巴姆的心思，巴姆不愿意向任何人屈服，包括自己。

"那么你们已经帮助他达成愿望了。"阿奴吉亚说。

"没错，当他回到你的营地，会和从前不一样。"

"这对他是好事。"

"是的。我还有点儿其他的意外发现。"

"哦，什么？"

"巴姆下了一个蛋。"

"哦？"阿奴吉亚有些意外，随即平静下来。巴姆一定是对银河人的手段感到不安，所以产下一个蛋。像巴姆这样的高级领主，是不会轻易产蛋的。

"这让我们所有人都感到意外。你们根本没有性别，然而却有截然不同的基因混合方式，我们从前从未见过。你们每一个人都可以下蛋，是吗？"

"摩尼卡人用自然的方式延续生命。"

"没错，只是和我们完全不同。我们的人类是有两种性别的，你们却只有一种，然而你们并不是雌雄同体，也不能把你们定义为雌性。你们每一个都能接受别人的遗传子来修改自身的遗传密码，这真是太神奇了。我居然从来没有想到有这样的可能。"

布丁自顾自说着，阿奴吉亚接不上话，只能沉默地听着。

过了片刻，布丁似乎意识到了阿奴吉亚的沉默，也停了下来。

"阿奴吉亚，这次找你，除了巴姆的事之外，是想要和你确认一件事。"当布丁再次开口，又换了一个话题。

"什么事？"

"你的贝塔147号基因上存在突变，根据我们检查的样本，你的身体内，大约百分之一点四的细胞贝塔147号基因是突变的，但是近百分之九十九都是正常型。所以我想请你确认，你是否曾经拥有气氛素免疫的能力，后来因为某种原因重新对气氛素敏感。"

"气氛素免疫，那是什么意思？"

"就是对气氛素完全不敏感，不会接受气氛素的控制。巴姆说你们有个特别词汇形容这样的人，叫作自由者。"

自由者。

这个词汇像是雷电般闪过阿奴吉亚的记忆。是的，他曾经是一个自由者，这个词就像鬼影一般一直跟着他，直到他成年，成为一个探子。

据说他本来一出生就该被抛弃。天生不能感受气氛素的婴儿绝大多数都被抛弃了，他之所以能活下来，完全是出于村民们的善心。

领主让许多人给他混血，感受气氛素的能力随着血液一道进入他的身体。他的身上至少流着三十个人的血。这些人鄙视他，嘲笑他，然而还是献出自己的血让他能够逐渐地感受到气氛素，最后完全恢复正常。他发自内心地对这些叔伯们心存感激。还有那仁慈宽厚的领主大人，他心存敬畏，更多的还是感激。

他爱他们！他爱他的村子！鲜红的庄稼地里，黑色屋顶的房子，村子里的老老少少都站在村口，为他送行。

他想起了留在记忆中的最后一幕。

然后是烧焦的废墟和腐朽的尸骨。

所有的亲人都不在了。他感到自己的心被狠狠地揪了一把。

"布丁阁下，是否可以让我独自待一会儿，我会回答您的问题，但是现在我需要独自冷静。"阿奴吉亚强忍着哀痛，平静地说。

布丁觉察到了异样,"阿奴吉亚,你的眼睛……我先告退。"

布丁离开了。

阿奴吉亚静坐了一小会儿。片刻之后,哀伤逐渐褪去,他站起身,走出营帐。

营帐接着营帐,绵延不绝。战士们来来往往,为下一轮的进攻做准备。

阿奴吉亚缓步穿过人群,血的气息夹在空气中扑面而来,每个人弥散的气息都有和别人截然不同之处。他心念一动,停下脚步,闭上眼睛。气氛素在空气中弥散,在他的脑海中形成一个个完全不同的形象。

他张开眼睛,有了一个新的主意。

"你,到我这边来。"他对一个正在进行劈刺练习的战士说。

战士有些意外,然而还是收起短剑,快步走了过来。

阿奴吉亚不用眼睛看他,而是快速地辨认着他的气息。

至少有两种气息和其他人是不同的,很微弱,然而还是能够被分辨出来。阿奴吉亚努力品味那两种特别的气息,他有些不确定,然而值得一试。

战士走到阿奴吉亚身前,忽然间倒了下去,蜷起身子,六肢紧缩,卷成一个球,就像一个巨型的蛋。

其他的战士们被这突然的变故所吸引,纷纷围了过来。

阿奴吉亚伸手抚着战士的背,战士猛然间弹开身体,一骨碌站起身。

战士茫然地看着自己的手,似乎刚经历了不可思议的事。

"大家去做各自的事。"阿奴吉亚平静地宣告。

人群散去。

被召唤来的战士仍旧在原地站着。

"你叫什么名字？"阿奴吉亚问。

"基多义诺姆。"战士回答。

"基多义诺姆，你做我的护卫。"阿奴吉亚对他说。

基多义诺姆会是一个绝对忠诚的护卫。

阿奴吉亚抬眼望了望远处的速昂城，高大的青灰色城墙坚实厚重，哪怕远卧在地平线上，也能让人感受到那阻断一切的气魄。

他有了一个新的计划，只等巴姆归来，就可以放手去做。

充满挑战，风险巨大，然而却有很大的机会成功。

他意味深长地看了自己的护卫一眼。

阿奴吉亚在前边走，巴姆巴洛姆不紧不慢地跟着，就像一个侍从。

阿奴吉亚的脚步从容而镇定，巴姆巴洛姆的动作却有些僵硬。

这个计划实在太冒险，巴姆巴洛姆不由自主地感到紧张，手心里都是汗液。刀剑林立的战阵他不怕，战斗就是亚迪特勇士的生存之道。然而孤身一人，手无寸铁地走向敌人，还能如此镇定，他实在很钦佩阿奴吉亚的勇气。

勇气需要自信来支撑。他亲眼看见阿奴吉亚如何让一个战士陷入休克，只在一瞬间，阿奴吉亚就魔术般地抓住了战士的灵魂, 控制了他的生死。传说中神圣大巫就是这样惩戒那些不虔诚的信徒。阿奴吉亚就是神圣大巫的代言人。

他心甘情愿地跟着神圣大巫的代言人去冒一次险。

只不过, 如果城墙上射来一块飞石, 神圣大巫也无法保护阿奴吉亚的生命。

阿奴吉亚没有一丝踟蹰, 稳步向前。他的灰色罩袍拖曳在地, 看不到脚步, 整个人仿佛在草地上飘移。

罩袍下, 巴姆巴洛姆全身湿透, 他第一次觉得自己怎么如此笨拙, 或许是这身不伦不类的罩袍阻碍了自己。他浑身不自在地跟在阿奴吉亚身后, 保持距离, 表现得就像一个对主人恭敬有加的侍从。

城墙上的士兵没有施放飞石。他们对两个来历不明的灰袍人感到好奇。

"站住! 你们是什么人?"城墙上传来喊话。

阿奴吉亚停下脚步, 向着城墙上回答:"以远方星星的名义, 我是来自北方的星使, 请求一杯水和一餐饭, 我们要继续赶路, 前往圣城朝拜。"

"看见了吗? 现在在打仗, 你们往回走, 不要再来了。"

"我们是星星的奴仆, 战争和我们无关, 只要借路前往圣城。"

士兵低头商量, 片刻之后, 再次喊话:"有武器吗?"

"星星的奴仆从来不需要武器。"阿奴吉亚从罩袍下伸出手, 高高举起。巴姆巴洛姆也照样举起手来。四手高举, 这是投降的姿势。巴姆巴洛姆紧张地盯着城墙上士兵的一举一动, 十五步之外有一个小小的土包。只要有一点儿苗头，他就立即拉上阿奴吉亚奔逃到土包后边。

城墙上吱嘎吱嘎摇下一只巨大的篮子。

阿奴吉亚向前走去，巴姆巴洛姆紧紧跟上。

两个人跨进篮子，篮子微微一颤，缓缓上升。

城楼上，一队士兵围了过来，其中两个将阿奴吉亚和巴姆巴洛姆从篮子里拉出来。

"你是个亚迪特人！"一个士兵看见了巴姆巴洛姆之后惊呼。

"他是我的仆人。"阿奴吉亚回答，"他早已经皈依星星。"

巴姆巴洛姆闷声不响。和阿奴吉亚早已约定好，除非到了万不得已，他无需开口，也不能动手。

"亚迪特人！"士兵咕哝着，用怀疑的眼光打量着巴姆巴洛姆。

"一杯水，一餐饭，然后我们就上路。"阿奴吉亚对士兵说。他的话语中似乎有某种魔力，让士兵戒备全消。士兵顿了顿手中的长矛，"跟我来吧，我带你们去吃饭。"

两个人跟着士兵。

"你叫什么名字？"阿奴吉亚突然问。

"艾利特。"士兵回答。

"艾利特，我们想见你的领主，他是速昂城的守卫者，是吗？"

"艾达大人是速昂城的领主，他的家族统治速昂城已经快两百年了。"艾利特回答，"我……我带你们去见他。"

巴姆巴洛姆嗅到了阿奴吉亚释放的气氛素，虽然他对此并无反应,然而显然艾利特已经受到了影响。阿奴吉亚让这个士兵把他们当作了自己人。

"神奇的魔法!"巴姆巴洛姆心中暗暗嘀咕。阿奴吉亚神奇的魔法简直可以和银河人媲美。

他们调转了方向,走下城楼,走在碎石铺就的主道上,向着城里最高的红色建筑前进。那是守城领主的官邸。

事情进展顺利,却在最后关头出了差池。

领主艾达死掉了!

阿奴吉亚一时间有些惶然,他设想过如果真的无法控制领主,就由巴姆动手。哪怕不能让领主心甘情愿俯首听命,也可以胁迫他,让他放弃抵抗。领主却死掉了,是被气氛素毒死的。

这突如其来的变故让官邸里变得一片混乱。

"阿奴吉亚,现在该怎么办?"巴姆贴在他耳边低语。

阿奴吉亚看着躺在地上的领主,绿莹莹的血从他的嘴角边溢出,身子紧缩成一团,两只眼睛都鼓了出来,显然是经受了极大的痛苦。

不该是这样的!阿奴吉亚心乱如麻,杀人不是他的计划。

"我们要赶紧逃。"巴姆提示他。

阿奴吉亚抬头,只见院子里一片混乱,死掉了领主的部属们神经质地四处奔跑。他们在混乱中彼此试探,来决定新领主的人选。

既然走到了这一步,阿奴吉亚把心一横。他向着院子里走去,"巴姆,去帮我把大门关上,他们现在不会阻拦你。"

巴姆巴洛姆没有动，问道："你打算怎么办？"

"我们就在这里把事情办好。"阿奴吉亚一边说一边继续向院子里走。

"阿奴吉亚，我们可以趁乱跑出去，沿着城墙爬下去，这样做更安全。如果真不行，就让银河人帮忙。"

"相信我！守住大门，不要让任何一个人跑出去。不要银河人帮忙。"阿奴吉亚回答，说话间他伸手抓住了一个慌乱的侍从。侍从立即瘫软了下去。

阿奴吉亚的话语坚定，表达出强烈的决心。

巴姆巴洛姆行动起来，快速穿过院子，跑向大门。守门的几个战士早已经不见了踪影。巴姆巴洛姆顾不上那么多，将两扇大门合拢，用粗大的门柱顶住。院子里的叫喊声此起彼伏。

有人跑到了门前，巴姆巴洛姆虚张声势，大吼两声，立即就把人吓了回去。

院落和里边的屋子里仍旧传来叫喊声，巴姆巴洛姆心急如焚，很想过去看个究竟，然而又不敢离开大门。焦急中，他狠狠地捶打门柱，厚实的大门不断颤抖。

院落里的叫喊声渐渐平息，到最后，竟然一丝声音也没有了。

偌大的府邸，竟然像空无一人。

"阿奴吉亚！"巴姆巴洛姆高声呼叫。

阿奴吉亚的身影出现在门洞里，正缓缓地走过来，有气无力，似乎随时会倒下。

巴姆巴洛姆迎了上去，扶住他。阿奴吉亚的眼睛闪着奇异的光彩，一只眼睛殷红，仿佛燃烧的火苗；另一只眼却碧绿，就像血的颜色。

巴姆巴洛姆一怔。传说中，血与火的眼睛是神圣大巫的象征，一个人拥有这样的双眼，就是神圣大巫的代言人，力量无边。

门洞里可以望见院子里的情形。

院子里，人们正聚集起来，排成整齐的队伍。

他们俯身在地，向着阿奴吉亚跪拜匍匐。

"扶我站稳。"阿奴吉亚低声说。巴姆巴洛姆稳稳地托住他。

"以星星的名义，赐你们幸福。艾达领主去到了星星那里，他的灵魂将在天堂安息。你们将成为星星的奴仆。我，阿奴吉亚，星星的代言人，将为你们指引幸福的方向。"

一阵特异的香气从阿奴吉亚身上传来，在人群中扩散开。

院落里匍匐跪拜的人们沐浴在气氛素中，浑身战栗，激动不已。

这些人完全臣服于阿奴吉亚，哪怕阿奴吉亚要他们去死，也绝对不会有丝毫犹豫。

巴姆巴洛姆默默地看着眼前的一切。阿奴吉亚用短短的十多分钟就控制了这上百人，比他所知的最强大的领主还要强大十倍。托举在手中的身体虚弱不堪，虚弱不堪的身体里却蕴藏着不可思议的力量。

他突然感到一阵庆幸，自己想要自由，不经意间，成了唯一不受阿奴吉亚控制的人。

星星的代言人可以带来幸福，却无法带来自由。而他，巴姆巴洛姆，是一个自由的人。

速昂城的领主艾达去了星星的天堂，空桑大人的使者成了阿奴吉亚的信徒。

上百名使者从速昂城出发，宣扬新的教义，星星降临大地，神圣大巫将重回摩尼卡，阿奴吉亚将为他代言。星星的代言人将给摩尼卡带来永恒的幸福。

血与火之眼阿奴吉亚——人们提到他的名字时都心存敬畏。血与火之眼在摩尼卡的传说中是超凡能力的象征，不是魔鬼就是圣人。

阿奴吉亚狂潮席卷摩尼卡大地。

在星星降落的时刻，空桑大人背弃了使命，也被星星所遗弃。

阿奴吉亚才是最接近星星的人，神圣大巫的代言人。

从速昂城出发，再也没有大规模的战斗，领主们争先恐后地在圣道迎接他，接受他的洗礼。

然而并非所有人都相信新的教义。

从速昂城到圣城，大约六百弥盾的路途，有三十四名领主前来皈依。但是一路途经的大大小小的村镇，至少有超过三百名领主。

大多数领主，或者畏惧空桑大人，或者怀疑阿奴吉亚，并没有出现。

但是他们也并没有阻拦。

一支仅有两百人的小队伍，招摇过市，向圣城进军，却没有任何人出来阻拦。这本身就是奇迹般的胜利!

然而和这一场较量相比,已经取得的所有胜利都微不足道。

赢下这一场,一切的怀疑都会烟消云散。

如果输掉了呢?

如果输,那也是注定的命运。冥冥之中,星星会赐予人间公道!

阿奴吉亚相信自己不会输。

他远眺圣城。城门仍旧敞开着,高大的灰色城墙下,零零散散有几个巡逻的哨兵。面对一支只有两百人的队伍,圣城并没有过于紧张。

然而在那圣殿深处,有一个人一定正焦躁不安。

这是一场阿奴吉亚和空桑之间的战争,阿奴吉亚明确地指明了这一点。他下了战书,并且昭告天下,如果空桑还想继续统治,那么唯一的方案就是接受挑战,在决斗场上战胜他。或者干脆投降,承认自己不再是星星的代言人。

他相信空桑不会投降,从来没有神圣大巫的代言人向另一个代言人投降的事,代言人一向是按照血缘继承。空桑一定会抵抗到底,这正是他想要的。

阿奴吉亚希望所有人都接受新的教义,心悦诚服,但空桑是个例外。

灭族的仇恨让阿奴吉亚的每一根骨头都充满了恨意。

领主和亲人们被以最残酷的手法杀死,被火烧死,被虫子吃掉,无论哪种死法,他们的灵魂都无法进入天堂安息。只有空桑的血能够消除他们所承受的罪孽。

另外，阿奴吉亚也需要一个带血的证明，宣告自己无上的权威。

一切都会在今天了结，他耐心等待着。

"他一定是害怕了，不敢来。"巴姆巴洛姆在一旁发话。

阿奴吉亚扭头看着巴姆，"他一定会来，星星的代言人自有荣耀。"

巴姆巴洛姆的短须直立，不以为然，然而不再说话。

城墙下突然尘土飞扬。

一支队伍冲出了城门。队伍的衣甲都是灿烂鲜艳的红色，在阳光下异常亮丽。他们骑着高大的库卡，嗒嗒的蹄声响成一片。

这是神圣大巫的护卫军。

该来的终于来了。

阿奴吉亚信步向前。他并不带护卫，只有巴姆巴洛姆陪在身旁。

一场神圣的决斗，是不需要护卫的。

护卫军在两百步之外停下。

空桑从人丛中走了出来，走向阿奴吉亚。他孤身一人，也没有带护卫。

走得近了，阿奴吉亚能够看清空桑的脸。和三个月前所见的一样，这是一张几乎石化的脸，脸上密布刀刻一般的皱纹。

阿奴吉亚感受不到任何气氛素的存在，仿佛正向自己走来的是一个无味之人。

巴姆从银河人那儿回来之后，就变成了一个无味之人，银河人在巴姆身上施展了神奇的魔术。然而空桑并没有和银河人接触过。

一个能够隐藏自己身体气息的人是可怕的。

然而阿奴吉亚无所畏惧。

阿奴吉亚迎着空桑, 信步向前。到了相距两步远的位置, 两个人同时停下。

空桑的眼中闪着冷漠的光。

"你果然有一双带着血与火的眼睛, 这是不祥的征兆。"空桑开口说道。

阿奴吉亚并不回应, 他绷紧了身上每一根神经, 防范随时可能袭来的风暴。

气氛素的风暴眨眼间就可以让人死掉, 甚至意外也可能造成瞬间的死亡, 就像他无意中对艾达做的那样。

空桑干瘪的躯体中, 蕴藏着岁月积累的智慧, 可以洞悉任何人的弱点, 转瞬间让人在生死间回转。阿奴吉亚领教过那滋味。

"你是冲着我来的。"空桑接着说。这像是一句问句, 然而语气又不像。

"你杀死了我所有的亲人, 我必须杀死你。"这一次阿奴吉亚选择了回应。按照摩尼卡古老的习俗, 被杀死的人无法进入天堂, 除非凶手付出生命。杀人的凶手肯定不止一个, 然而元凶只有一个。

"神谕告诉我, 自天而降的星星是凶兆。我以神圣大巫代言人的身份履行职责。"空桑的话像是辩白, 又像是宣言。

阿奴吉亚保持警惕, 只等着空桑发起攻击。

空桑却只是站着，身上依旧没有一丝气息。

空气仿佛凝结了一般，让人喘不过气来。

阿奴吉亚突然间有一丝惶恐，感到决斗凶多吉少。这转瞬而逝的心念似乎被空桑洞悉，就在这一瞬间，海涛一般的气氛素席卷而来，将他吞没。

空桑全力一击，至少释放了十七种气氛素，每一种都是致命的毒素，包括致死的疯狂素和松弛素。其中有三种，阿奴吉亚无从分辨。

如果一一分析，或许还有破解的可能。然而生死就在须臾之间，阿奴吉亚根本无从反应。

还好，阿奴吉亚在意的并非自己的生死。对一个控制者来说，释放气氛素的时刻，也正是他最脆弱的时刻。

阿奴吉亚奋力将自己准备的武器全都抛洒出去。三十六种气氛素的组合，这是他所能发出的全部，其中多数并非致命毒素，甚至包括了让人极度欢乐的极乐素。他不知道什么气氛素能够对空桑起作用，把全部的气氛素都抛出去，近乎赌博。

不知道那种气氛素起了作用，阿奴吉亚感到心脏剧烈地跳动起来，就像脱缰的库卡一般跳跃着。剧痛随即传遍全身。他捂着自己的心脏，勉力站着，没有倒下去。

身后传来动静。阿奴吉亚似乎听见了有人倒地的声音，巴姆巴洛姆也受到了打击。尽管他对绝大部分气氛素免疫，然而那些被空桑当作秘密武器保留的气氛素仍旧产生了影响。

好消息是空桑也受伤了。他的躯体蜷曲起来，似乎被麻痹素所控制。

阿奴吉亚的心脏跳动得更加剧烈, 全身的血液似乎都被泵到脑子里, 头部像是膨大了一百倍, 分秒就会爆, 心脏也像是随时要炸开胸腔冲出来。

阿奴吉亚咬紧牙关, 尽量将所有的气氛素都送出去。从来没有人敢在空桑面前释放控制类气氛素, 如果空桑对于麻痹素敏感, 那么臣服素或许同样有效。

然而, 控制一个人比杀死一个人要缓慢得多。在能够控制空桑之前, 自己很可能已经死了。

恍惚中, 阿奴吉亚仿佛看见了布丁的黑色飞船出现在头顶上方。悄然出现, 又蓦然消失, 像是幻觉。

身边阴影一闪, 巴姆巴洛姆不知道什么时候已经站立起来, 拔剑向前。他显然受了重创, 走向空桑的脚步踉踉跄跄, 甚至时而要依靠中间肢支撑身体。

然而他最终还是走到了空桑身旁。

空桑已经失去了行动力, 蜷曲在地上。华丽的袍子铺开, 像巨大的毯子覆盖着他干瘦的身体。

巴姆巴洛姆手起剑落, 一股碧绿的鲜血从那干瘦的躯体中涌了出来, 浸透罩袍。巴姆巴洛姆一个跟头栽倒下去, 躺倒在空桑的尸体旁。

阿奴吉亚的心脏逐渐恢复平静。

他从死亡的边缘回到了人间。

他收敛心神, 驱动气氛素。

远远围观的卫队嗅到了些微的气息, 然而那已经足够了。

这些华丽武装的卫队士兵纷纷从库卡上跳下来,向着阿奴吉亚俯身跪拜。

遥远的天空里,一个小小的黑点正在蓝色背景上快速移动。阿奴吉亚看见了它,久久凝望。

他的眼睛如火一般鲜红,如血一般碧绿。

有史以来第一次,从北方的寒冷地带到南方的温暖花园,整个摩尼卡大陆都服从于唯一代言人的统治。

星星降落,阿奴吉亚将星星的福音带到人间,摩尼卡人将随星星前往那永恒的天堂。

这不是教义,而是计划。作为计划的第一步,两艘从星星而来的巨大飞船降落在速昂城郊外,巴姆巴洛姆的战士们首先登上这两艘飞船上,进行训练。

关于未来的传言沸沸扬扬,阿奴吉亚用了半年的时间,巡视了广袤的领地,将所有人的心都安抚下去。

通向星星的路,才是未来的路。阿奴吉亚向所有的摩尼卡人宣告。

所有的人都相信他。

然而内心深处,阿奴吉亚仍旧有些怀疑。

他怀疑银河人。

这些来自遥远世界的不同人类,拥有魔法般的强大力量,能制造出令人叹为观止的奇迹般的飞船,然而,他们究竟会如何对待摩尼卡人呢。

虽然布丁和沙达克都向阿奴吉亚保证了多次,银河人毫无恶意, 阿奴吉亚自己也相信如此, 然而内心深处, 他仍旧感到不安。

这也是他再次来到飞船上的原因。

这一次, 他的身份是摩尼卡的统治者, 代表着摩尼卡大陆上所有的人。

布丁不在, 也许是刻意回避他。

船长穿着厚厚的隔离服和他交谈, 由沙达克翻译。

"布丁指挥官给你留下了话, 如果你问起他, 那么他要恭喜你成功地统治了所有部族。你巨大的勇气和顽强的斗志给他留下了深刻的印象, 向你致敬。"船长说。

"能送我过去吗? 我想看看你们的舰队。"阿奴吉亚问。

"恐怕不行, 如果没有授权, 我无法将你送到总舰队去。"船长回答。

"所有的摩尼卡人, 都会登上你的飞船, 是这样吗?"

"没错, 按照计划, 是这样的。"

"你的飞船上有多少人?"

"大约五千人, 如果不算冬眠的人口。"

"五千人就能控制这么大的飞船, 但是摩尼卡人有超过一百万人。"

"我们了解, 我的飞船能容得下。"

"但是摩尼卡人很臭。"

船长愣了愣, "我们的飞船足够大, 可以为你们提供隔离区。"

"一百万摩尼卡人, 难道不能控制飞船吗?"阿奴吉亚追问。

船长发笑，笑声就像卡西莫兽的叫声。

"阿奴吉亚，我很尊重你，但是一个文明有自己的上限，你们还没有达到星际航行的门槛。也许将来某一天，摩尼卡人会拥有自己的飞船，但是现在肯定不行。"

"只要你们愿意教，我们可以学。"

船长收敛了笑容，问道："你是认真的吗？"

"当然是认真的。"阿奴吉亚郑重其事，"我给布丁指挥官带了礼物，是陈放在圣殿的望远镜，那是摩尼卡的精湛工艺。摩尼卡人并非不开化的种族，如果能有银河人的指引，我们可以学到更多。"

"我会转告布丁指挥官。"船长说。

"请您告诉他，我就在这里等。"

"在我的飞船上？星球上还有更重要的事等待着你。"

"没什么比这件事更重要了。如果有必要，我残余的岁月都可以在这里等他。"阿奴吉亚非常确信地告诉船长。

无论结果是什么，在摩尼卡人登上飞船开始星星之间的旅途之前，他都要确定无疑。

布丁终于来了。

阿奴吉亚已经在飞船上等了足足三十五天。

"联合指挥部同意让摩尼卡人拥有一艘独立飞船。"布丁开门见山，"我们无意控制任何文明，指挥部决定把一艘贝壳船送给你们，这是欢迎摩尼卡人加入联合舰队大家庭的见面礼。"

"万分感谢！"阿奴吉亚没料到会如此顺利。他深刻地明白，摩尼卡的命运，不过是在银河人的一念之间，他只是想试探银河人的底线, 却没有料到银河人会如此干脆地将飞船给他。其实, 就算拥有了一艘独立的飞船又能如何, 在星星之间, 银河人才是导师。

阿奴吉亚俯身, 用最虔诚的礼仪向布丁跪拜。

"阿奴吉亚, 不要这样, 我们是朋友。"布丁慌忙说。

阿奴吉亚直起身子, 说道: "这不是我个人的事, 我代表所有摩尼卡人向银河人致意。茫茫的星星之间, 摩尼卡人或许是一群无足轻重的虫子, 你们可以对我们的太阳予取予求, 完全不用顾忌我们的生死。但是你们没有那么做。"

"那不符合我们的道德规范。"布丁回答。

"是的, 所以我要感谢你们。万分感谢!"阿奴吉亚说着, 再次俯身。

布丁默默地接受了阿奴吉亚的致敬礼。

"你们的贝壳船正在路上。"等阿奴吉亚起身, 布丁说道, "你们的星球再转六百圈, 它就该到了。沙达克会帮你安排训练计划。祝你好运! 我该走了。"

"还有一件事, 布丁!"阿奴吉亚及时喊住布丁。

"还有什么要求吗?"

"不, 我只是想知道, 我和空桑决斗的时候, 你是不是帮了我们一把, 我和巴姆巴洛姆。"

"没错。"布丁干脆利落地承认, "我推了巴姆一把, 他的肢体当时有些失控, 我让他恢复了体力。"

"是巴姆杀死了空桑, 还是你杀死了空桑?"

"巴姆怎么说?"

"他什么都不记得。"

"那就当是天意吧，你杀死了空桑，名正言顺。你以公平公正的方式，正大光明地复仇，正大光明地成为唯一的星星的代言人，这不是很好吗？"

阿奴吉亚默然不语。

"阿奴吉亚，我了解你的意思，你希望摩尼卡不要受到银河人的控制。你眼见了事实，银河人对摩尼卡人没有敌意。我只希望你们能尽快结束内部纠纷，投入到征途中。离开这个星落，我们前方是十四万光年的旅途，漫长的时间足够摩尼卡人了解这一点。一旦抵达银河，群星的聚落中有无数的星球可以居住，摩尼卡人可以选择任何无人的星球，落地生根。文明聚散，是星星间的常事，你无须为此担心。"

"万分感谢！"阿奴吉亚想不出别的词来。

"欢迎踏上星星的旅途！"

布丁走了。来去无踪，就像神灵。

摩尼卡的运气真是不错，遇到了善良的神。

阿奴吉亚透过飞船的玻璃望着脚下。浅绿色的摩尼卡星球上白云飘移，遮掩着大陆山川。

这是他出生、长大的地方，也该是埋葬他的地方。

摩尼卡人会踏上星星的旅途，而他应该留在这里，和所有亲人们的灵魂在一起。

他默默地祈祷。

尾 声

阿奴吉亚望着远方的山谷。

又是一个春天,成群的卡西莫兽正在山谷间游荡。

他想起了很久之前,自己就是在这座山上,望见了天上的星星,那正是一切的开端。

他从未想到过,自己竟然能够成为这片土地的最高统治者,他不过是一个卑贱的布雷塔而已,靠追踪卡西莫兽谋生。

直到星星降落的那一天。

他已经理解了更多。

神是来自另一个世界的人,他们把自己的世界称为“银河”。银河在极其遥远的地方,据说连光也要走上几百万年。天上的那些星星,都像太阳一样,是一个个巨大的火球,只不过距离太过遥远,看上去才成了冰冷的一点。

银河人来到这里,不过是要攫取太阳的光和热,他们是无限时空中的旅行者,摩尼卡星球不过是一个小小的驿站。然而他们的一次造访,却改变了历史的轨迹。

阿奴吉亚甚至能够想象,如果银河人的舰队不来,摩尼卡人的生活将会永远在对星星和太阳的崇拜中不断重复。直到太阳的火焰熄灭,摩尼卡人也不会明白世界的真相。

然而,他们毕竟来了。

他们将会带着摩尼卡人一起继续那无止境的旅行,在星星间旅行。

将来的摩尼卡人就和银河人一样，是属于星星的。

而他则属于大地。

阿奴吉亚伫立良久，山上风声呼啸，寒意袭体。

"阿奴吉亚，该回去了。"巴姆提醒他。

"多谢你陪我来，巴姆！"阿奴吉亚回答，"但是，我已经感受到了死期。"

"神说可以帮你延长寿命，你不用这么倔强。"巴姆劝他。

"我就担心这个。"阿奴吉亚竖起短须，轻轻摇摆，"就担心这个。"

"什么？"巴姆并不明白。

"也许他们能让我一直活下去，神的力量是无穷的，但是那也意味着，我离不开他们。"阿奴吉亚一边思索，一边说，"神不会在这里长久停留，他们说太阳的光芒将会熄灭，摩尼卡星球也会坠入死亡，但是他们会带走我们和我们所珍爱的一切。"

"然而，还有什么比这大地更值得珍爱。"阿奴吉亚坐了下来，上身挺得笔直，"所以我现在死去，正是时候，这样我就永远和大地在一起了。"

"我的亲人们都在这个星球上，我的父亲，祖父，祖父的父亲，他们都是布雷塔，不能进入天堂，然而他们总在大地上。我不想离开他们。"

他摸了摸自己的腹部，腹部鼓鼓的，新的生命在其中悸动。

"但是摩尼卡人必须踏上通向星星的路，这是新生。"阿奴吉亚说。

巴姆沉默地站着，一声不吭。

"我的孩子就拜托给你了，我孕育了六个。你要带着他们去太空，还要帮我告诉他们关于他们的父亲的故事。"

"把我的尸体留在这里，永恒的星会带走我的灵魂。"阿奴吉亚说着闭上了眼睛。

他感到一阵昏沉的睡意，全身似乎都开始冻结。

他能感觉腹部的皮肤开裂，暴露出体内的蛋。巨大的喜悦让他哭泣着倒了下去。

巴姆俯下身子，从阿奴吉亚裂开的腹部取出蛋来。洁白浑圆的蛋暖暖的，一共六个。他小心地将它们放进怀中，向阿奴吉亚的尸体俯身致意，然后站起来向着山下走去。

远方的天空里，银河人的巨型飞船已露峥嵘，就像一个巨大的银色贝壳。

山脚下，一个光亮如镜的球形飞行器悬停在半空中。当巴姆走近，飞行器的门"啪"的一声打开。巴姆敏捷地纵身一跳，进入舱内。

他操纵着飞行器，飞快升空，绕着这小小的山丘转了两圈。

大地呈现一片娇嫩的绿色，中季刚刚到来，万物萌发，这正是万物生长的季节。

山顶上，阿奴吉亚白色的尸体很醒目。尸体很快就会腐烂，融入大地，成为万物生长的一部分。

阿奴吉亚永远留下了，留在了他所挚爱的大地上。

摩尼卡人会奔向星辰，奔向那神圣的所在。

"我的朋友，愿永恒的星保佑你！"

巴姆巴洛姆在祈祷中绕着山顶飞了最后一圈,然后调转方向,向着那硕大无朋的贝壳船飞去。

一个信号显示在通信台上。

是沙达克,巴姆巴洛姆接入了通信。

"巴姆巴洛姆,我们已经收到阿奴吉亚指挥官的死亡信息。根据此前的决议,你将是新一任船长。"沙达克的声音响了起来。

"我知道了,"巴姆巴洛姆沉声回应,"我很快就到飞船上。"

"按照要求,船长必须进行基因鉴定。我留存有你的基因情报,因此这一步骤可以跳过。你的任命已经得到联合舰队总部的同意。"

"嗯。"

"另外还有一件事,需要你来决定。"

"什么事?"

"阿奴吉亚指挥官一直没有给飞船命名,他说这件事要在他死亡后由你来完成。现在你已经成为飞船的最高指挥官,所以请你来命名。"

"命名?"巴姆巴洛姆不由犯难,"难道你们不能随便给它一个名字?"

"按照舰队的传统,船长有权命名飞船。如果你坚持放弃权利,我可以请求总部给它赋名。但是,用摩尼卡人的用语命名飞船,难道不是更有意义吗?"

"让我想想。"巴姆巴洛姆回答,"回到飞船上,我再找你。"

"遵命,船长。"

沙达克退出了通信。

这是摩尼卡人的飞船,应该由摩尼卡人来给它命名。然而,该叫它什么好? 也许该去请教那些知识渊博的司星人。

球形飞行器已经接近飞船。透过驾驶舱望过去,飞船庞大的船体居于头顶之上,仿佛创世神灵的巨手,将一切都压在掌下。

飞船腹部现出光芒,那是降落舱的位置,巴姆巴洛姆调整方位,靠了过去。

怀中传来轻微的抖动。阿奴吉亚的蛋在轻轻颤动,新的生命很快就要破壳而出。

巴姆巴洛姆心念一动,有了主意。

是的,飞船会有一个响亮的名字——"阿奴吉亚号"。

摩尼卡人会驾驶"阿奴吉亚号"驶向星海,远离这失落在黑暗空间里的星落孤儿。每一个摩尼卡人都该永远记住,星星给摩尼卡人带来了文明的火种,而阿奴吉亚是唯一的先知。

永恒的星落下的时刻,天堂的大门随之打开。

"银河在上!"他默念着从银河人那儿学会的祷语。

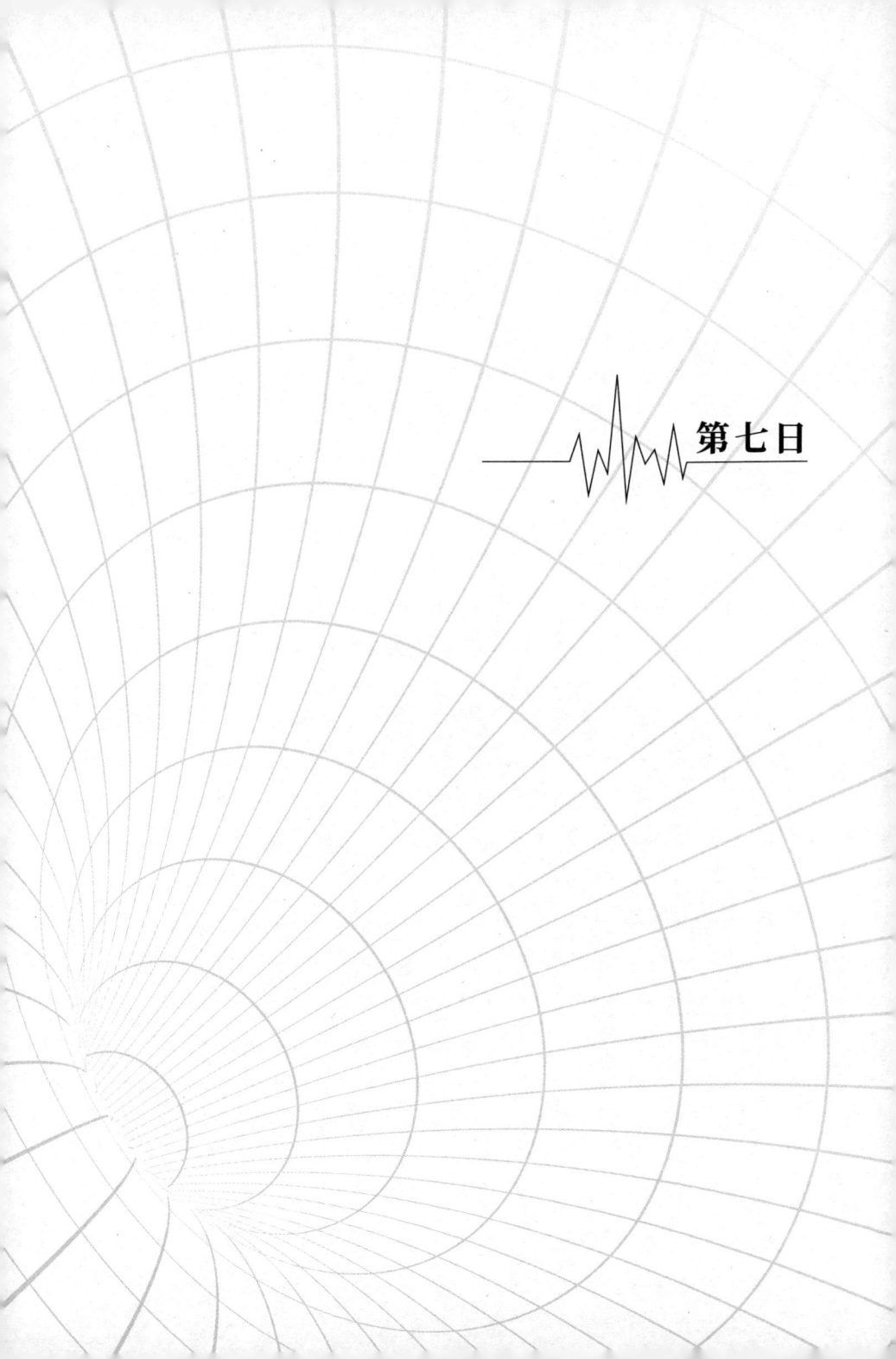

第七日

试验进行到了第七日。

　　这个人仍旧坚持着。

　　巴特尔看着监控屏幕，百无聊赖。过去的六天里，被监控的这个人一直地静静在打坐，一动不动，就像一尊雕塑，今天的情况可能还是一样。一想到自己还要继续在这监控室里枯坐，巴特尔连杀人的心都有了。他偷偷瞄了一眼余若飞，余若飞正在收拾桌子，看样子是准备离开。

　　为什么倒霉的总是我?! 巴特尔不动声色地在心里数了八个国骂。

　　余若飞走到巴特尔身边，问道:"还没有结果吗? 你是最后一个了。"

　　"哦，你那边也结束了?" 巴特尔转过身子。

　　"没错，你的是最后一个。" 余若飞看着屏幕，"这人可真能挨饿，滴水不进居然能熬足足六天多!"

　　"是啊，看来这最能挨饿的世界纪录只能在我手里诞生了。" 巴特尔挺了挺腰，双手抄着后脑勺，双脚往控制台上一搁，摆出一个放松的姿势，"放心，我会二十四小时盯着这家伙。他坚持得挺久，也很有特点。你看，他的坐姿就与众不同，你学都学不来。"

余若飞耸了耸眉头,"反正都是坐……我要下班了,有什么事你就给我打电话。"

"好。周末愉快!"

"周末愉快!"

余若飞走出了监控室。

门锁"咔嗒"一声响,整个世界清静了。

巴特尔弹簧般从座椅上跃起。

巴特尔快步走到柜子前,打开自己的格子,拿出藏在角落里的随身屏,又取出一个褐色纸包,然后跑着回到了座位上,迫不及待地将随身屏展开,点击自己预定的电影。今天正好是《奇怪宇宙博士6》上映,这是自己期待了好久的电影。去不了影院,那就在这里将就一下,反正也不会有人看见。

褐色纸包开始膨胀,最后发出轻微的一声"砰",香甜的气息在屋子里弥漫开。

巴特尔伸手从纸包里抓出满满一把爆米花,塞进嘴里,心满意足地大嚼起来。

几个装束奇特的人物在屏幕上以各种炫酷的姿态打斗,逗得巴特尔哈哈大笑。

序幕过后,屏幕变得一团漆黑,电影名称逐渐从黑暗中显露出来。就在这当口,监控屏幕上闪过一个信号。

巴特尔瞥了一眼监控屏幕。

那个人在微笑!

巴特尔立即暂停播放电影,放大监控屏幕。屏幕上,那个人的脸部清晰可见。

没错，他在微笑！

六天时间里，他一动不动，不吃一点儿食物，连水也不喝。身子不曾动弹分毫，脸上也从来没有任何表情。有时候，巴特尔疑心那只是一尊蜡像。

但是这个人有心跳、有呼吸，他还活着。他的脑波都在正常范围内波动，说明意识清晰。

就算是蜡像，那他也是一尊活的蜡像。

但是现在，他在微笑！

表情分析也明确无误地辨认出这一点，将这个异常动静指示出来。

微笑只是顷刻间的事，这个人马上就恢复了常态，变成了一尊面无表情的蜡像。

那一瞬间的微笑被永久地保留下来，展示在屏幕上。

巴特尔盯着那微笑看了一小会儿，恍然间觉得那是冲着自己笑的，他不由自主地把台面上的爆米花纸包向一旁推了推，想把它掩藏在支架后边。

这个微笑让人心里发怵，看上去神秘又诡异！

巴特尔又看了看实时监控，那个人仍旧端坐着，像是从来不曾笑过。

巴特尔想起了自己的职责，按规定，如果记录到任何异常，就立即要给王二一博士打电话。于是巴特尔抄起电话，拨出了号码。

三十分钟后，王二一赶到了现场。

由于来得匆忙，王二一甚至还有些气喘，一见到巴特尔，他就迫不及待地发问:"他笑了?"

"对,刚才系统监测报告了异常,我也复查过了。"巴特尔站立在自己的控制台前,一副全力以赴的样子,手脚麻利地调出了记录。

王二一看着屏幕上微笑的脸,表情有几分迷醉,"终于等到了。"

"王老师,这到底是要等什么?"巴特尔忍不住问。

"等他醒。"王二一的回答让人失望。

王二一看了巴特尔一眼,继续说道:"你知道我们所有的试验对象都退出了,只剩下这一个了。"

巴特尔点头。偏偏剩下的这个就是他的监控对象,说起来,他无比羡慕那些试验第一天就结束工作的同事。

"你知道试验的目的吗?"王二一问。

"不是测试人体的挨饿极限吗?"巴特尔有些不解。

"那没有任何意义,而且早就有人测试过。"

"那是为什么目的?"巴特尔拿出饶有兴趣的样子,好奇地看着王二一。试验到底要干啥,巴特尔其实并不关心,然而王二一就在眼前,这点儿情商巴特尔还是有的。

"缸中之脑。"王二一蹦出了一个晦涩难懂的词。

"什么?"巴特尔没有听明白。

"缸中之脑,你没有听过? 就是把人脑装在一个玻璃缸里,接上各种输入装置……这是探讨现实存在的经典思想实验。"王二一的语气中流露出倨傲,带着不屑。

巴特尔意识到自己失了分寸。

在行家面前，太聪明不行，太笨也不行。

巴特尔偷偷地搜索"缸中之脑"几个字，马上得到了几个答案。还好，这些答案里都没有公式。

现在巴特尔是关于缸中之脑的半个行家了。

"您是说，这最后一个人，就像缸中之脑？"巴特尔问。虽然王二一比巴特尔年轻十岁，巴特尔还是很自觉地用上了"您"这个敬称。

"他就是活的缸中之脑。"王二一仍旧目不转睛地盯着屏幕上的影像，眼神中充满迷醉的神情，让巴特尔感到，王二一一定是爱上了屏幕中的那个人。

领导如此重视，也让巴特尔感到精神百倍，那些因为加班引发的埋怨，现在统统都抛到了九霄云外。

"他很厉害吗？"巴特尔问。

"什么？"王二一转过头来，脸上带着一丝困惑。

"嗯，您说他是活的缸中之脑，所以我就觉得他很厉害。"巴特尔硬着头皮说。

"说说看，为什么你会觉得他很厉害？"王二一来了兴趣。

"嗯……别人都坚持不了这么久。"巴特尔憋出来这么一句话。

"哈哈……"王二一笑了起来，"我的项目组研究课题是什么？"

巴特尔早有准备，马上回答："人脑的自我意识和潜意识与认知的多维度相关性及准确度的测量。"

"哈哈，"王二一又笑了，"不错嘛，一字不差。"

王二一伸手拍了拍巴特尔的肩膀，又问道："我们的课题组明明研究的是自我意识和潜意识，但是却招来一群人做饥饿试验，你是不是感到很奇怪？"

巴特尔忙不迭地点着头。

"没错，很多人都会感到奇怪，而且这个试验做了这么久，很多人都忘了我们的课题组究竟是干什么的，反而以为我们就是一个搞饥饿游戏的组织，说我们不务正业……"王二一的话语有些哽咽，显然一些话憋在肚子里很久，好不容易才有了倾诉的机会。

"王老师，您是最有追求的生物学教授。"巴特尔赶忙说。

"不错，我们是花了很多冤枉钱，做了很多无用功，但是科学的发现，不是往往就隐藏在那些纷繁复杂的现象中吗？不去做试验，不去努力发现，怎么可能有新发现嘛！"王二一说得有点儿激动，眼睛都湿润了。

王二一定了定神，挥挥手，"好了，不说这些没用的，还是说这个缸中之脑。我们做了这么多试验，是为了什么？"

巴特尔灵光一现，说道："就是为了他？"

"你说对了。那些中途忍受不了饥饿放弃的，或者因为过于坚持到最后饿晕过去的，还有根本就是来玩玩骗经费的，这些都不重要。哪怕失败一万次、一百万次，只要有一个成功的，我就成功了。"

"那，试验现在算是成功了？"

"还没有，我们还要等他醒过来。"

巴特尔看了看屏幕上的实验对象，那是一个很普通的中年人，瘦骨嶙峋，面无表情地盘膝而坐，看上去没有什么神奇之处。

"他到底神奇在什么地方？"巴特尔忍不住问道。

"你知道，每一个人生来就要从外界获取信息，通过视觉、听觉、味觉、嗅觉、触觉产生神经冲动，然后把这些冲动输入大脑，从而产生知觉，最后产生自我。所以，一个人的知觉和自我，是与外部紧密相连的。如果一个小孩，从小不给他输入任何信息，他只会变成一个白痴。"

巴特尔使劲点着头。这理论他似乎在中学课本上听到过。

"但是，人的大脑其实很复杂，我们的大脑看到一样东西，并不是真正地看到它，而是把它加工过。举个例子，你看到我，其实在你的眼睛里，我的形象是倒着的，整个世界的形象，其实都是倒着的，是大脑把倒着的影像再正了过来。另外，看到物体的一部分，大脑就能补全整体，让你以为看见的是整体，这种例子不要太多。"

巴特尔缓缓地点了点头，他好像在哪里见到过这种说法。网上的流行词汇"脑补"，好像说的就是这种事……

"但事实上，大脑还能自己产生影像。"王二一看了看巴特尔，"我们的大脑是一个非常有效的加工厂，能够无中生有，制造出根本不存在的东西。比如……做梦。"

"对对对，"巴特尔接上话茬，"梦都是大脑在清理记忆碎片，所以会没有逻辑。"

"没那么简单。"王二一继续说，"梦是大脑的一种创造。你设想一下，如果你的所有感官都失去了，只剩一个大脑，会发生什么情况？"

"缸中之脑！"巴特尔猛然意识到王二一所设计的情形指向什么。

"嗯，反应很快啊！"王二一显得有些高兴，"没错，就是缸中之脑。其实之前有些研究已经给出了些暗示。比如美国曾经有一篇论文，是考察那些产生了真实幻觉的人。你知道什么叫真实幻觉吗？"

巴特尔把头摇得像拨浪鼓。

巴特尔最痛恨这类包含着悖论的名词，什么无限的有限、有限的无限、平坦的弯曲、弯曲的平坦，高大的渺小、渺小的高大……巴特尔只觉得那都是为一种不同类型的生物准备的名词，他一点儿也提不起兴趣。但是巴特尔很认真地盯着王老师，一副求知若渴的样子。

"真实幻觉，就是那并不是一点幻觉，通常我们所说的幻觉，比如你好像看见一个鬼在你的屋子里，那就是一点幻觉。真实幻觉是整个世界都是幻觉，你身临其境，就像身在地狱，然后看见了鬼，比最好的VR还要逼真一万倍，因为那是你脑子里产生的，不是电脑模拟给你看的。"王二一解释着。

巴特尔只觉得一阵毛骨悚然。

"那和他有什么关系？"巴特尔问。

"所以我刚才问你，如果把一个大脑的信息输入完全切断，这个大脑会有什么样的感受？"王二一根本没有理会巴特尔的问题，自顾自地说着。

"大脑不会自己停下来，它永远停不下来。所以，得不到任何输入,大脑会自行制造输入,看起来就像真的一样。你可以突然身在大草原,下一秒就到了太空里,甚至钻进一只细菌的身体里……这也不是不可以,如果你原来在显微镜底下看见过,说不定就有机会身临其境。而且还有可能,你会见到从没见过的东西,从来不存在的东西,稀奇古怪的东西。这不是VR,再说一遍,这不是VR,这是脑科学。"王二一激动地说。

"那和他有什么关系?"巴特尔又问了一遍。

王二一露出一个神秘的微笑,"我不可能把一个人的脑子切下来隔离。"

王二一看着实验对象,说道:"自行隔离,这就是极大的方便。"

"自行隔离?这怎么可能?"虽然巴特尔只有粗浅的生理学知识,但整个神经系统是一体,这个事实过于显然了。

"不是完全隔离,只是降低到尽可能低的程度吧。"王二一说,"印度人做冥想瑜伽,或者佛教的打坐,就是尽量隔离外界,让内心浮现。所谓的内心,也就是脑活动了。"

"所以,他是一个和尚?"巴特尔恍然大悟。

"不是。他只是一个志愿者。我找过和尚,甚至找过印度的苦行者,但并不是找来一个和尚就能做到这一点的,我试着接触过至少两百个宣称能进入无我境界的人,没有一个能真的做到——当然,现在这个是真的。所以我就设计了这么一个静坐忍饿试验,进行广泛试验,希望能找到一个有天赋的。"

"那我们终于找到了,真不容易!"巴特尔高兴地说,他特意用上了"我们"这个词。

"是啊, 真不容易! "王二一看着屏幕中的那个人, 眼里流露着攀上高峰的喜悦。

那个人缓缓睁开眼, 透过摄像头看着这边, 似乎正和巴特尔和王二一对视着, 嘴唇翕张。

"他说话了, 他说话了, 快, 听听他说了什么! "王二一急急地说。

巴特尔十指如飞, 飞快地调动画面, 最后, 一张语言监测的画面停留在屏幕上。

"这是他说的。"巴特指着屏幕, 他的手指做出一个细微的动作, 监测舱里顿时响起一个深沉的男声: "一切有为法, 如梦幻泡影, 如露亦如电……"

这男人的声音就像余若飞的。

刹那之间, 巴特尔仿佛听见脑子里手机铃声响个不停。

门锁"咔嗒"一声响, 整个世界清静了。

王二一消失了, 世界也消失了。

巴特尔睁开眼睛。他躺在床上, 直直地望着天花板。天花板上, 巨大的屏幕里映着自己的脸, 正是他的模样。

余若飞站在床沿, 关切地问道: "见到他了?"

巴特尔缓缓地点着头。

余若飞笑了, "我说过, 只要你相信科学, 相信我, 我也可以让你得见如来。"

巴特尔充耳不闻。

恍惚中, 世界一片空明, 依稀现出人影。

菩提树下, 那个叫作乔达摩的人, 盘腿而坐, 拈花而笑。

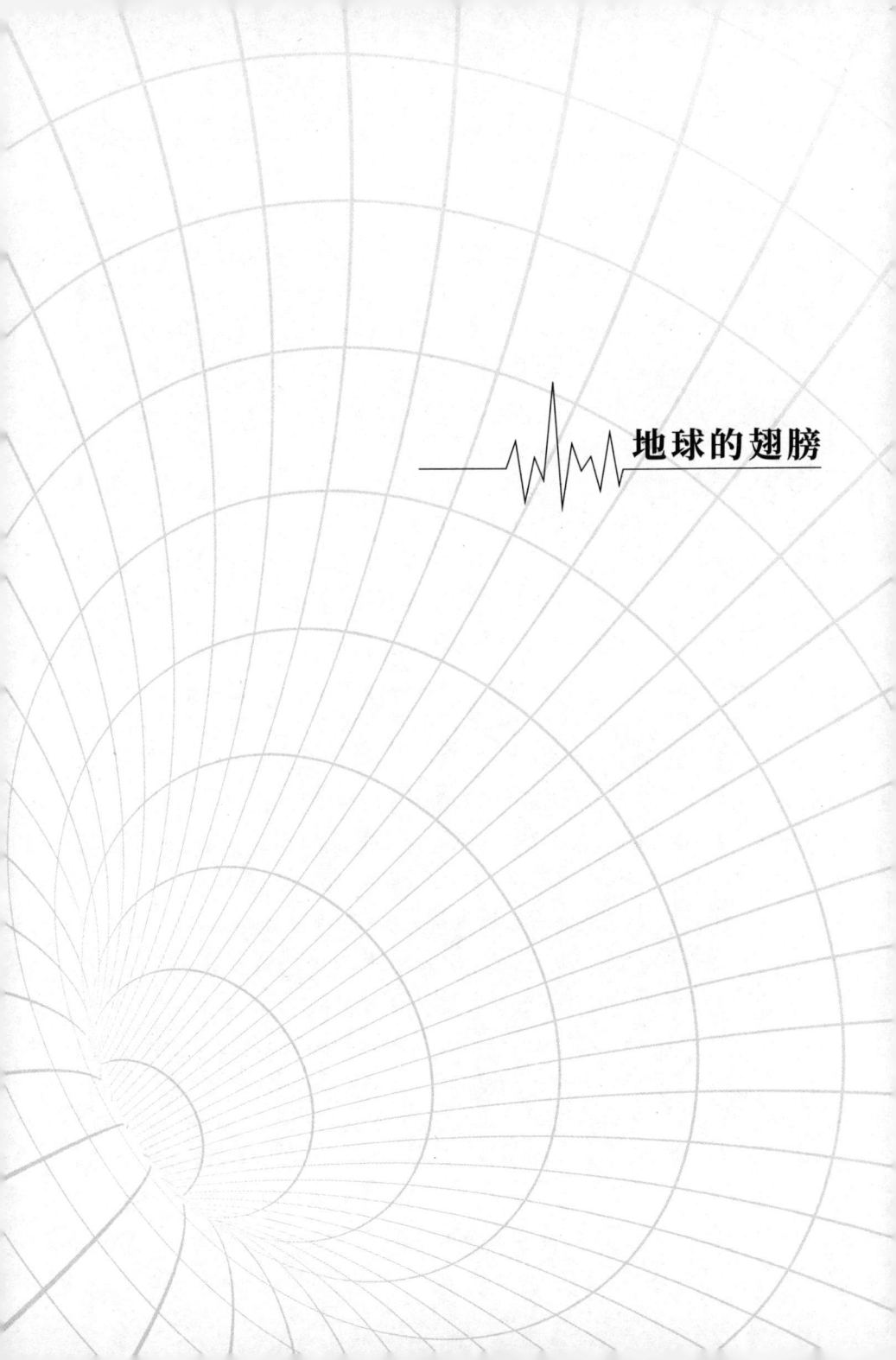

地球的翅膀

"该你了，晓宇！"麦克斯回过头来，微微一笑。

江晓宇并没有动。

麦克斯不以为意，"那我们来点儿更刺激的，不能让你白来一趟。"

"在地面上，你尝试跳跃，心里想跳过三个台阶，结果落在第二台阶上，这不过也就是被嘲笑一下；但在这里，可就是生死问题，你得跳得准，不然的话，落点不对，你就会在玻璃膜上捅出一个窟窿来。

"别看这膜看上去好像很软，像你的席梦思床一样，实际上它很脆，也很硬，窟窿的碎片会把你的宇航服扎出无数的洞，你的氧气会在眨眼间跑得干干净净，然后你就去见上帝了。而且死得很难看，眼珠子都会爆出来。我敢担保你不会喜欢那样的死相。所以，看好我的示范。"

麦克斯一边说一边解开救生绳，他弓起身子，然后猛地一蹬悬浮车台。

江晓宇感觉到脚下一阵震荡，晃了几秒才重新稳定下来。麦克斯跳出的后坐力引起了悬浮平台的细微飘移，无处不在的姿态控制模块很快找回了平衡。

麦克斯笔直地向前飞去。在一个无重力的世界里，飞行如此简单, 一点儿小小的助推, 就可以让人飞个不停。当然这样的飞行也很危险, 如果不事先盘算好, 极可能就此有去无回。这是一个天体的世界, 要按照天体的规矩来。

江晓宇紧张地盯着麦克斯。

麦克斯并没有使用救生绳, 如果他不能准确地对准目标, 就会完全失落在太空里。然而从他的飞行轨迹看, 他很可能在下一个悬浮平台的边缘掠过。

江晓宇的心几乎提到了嗓子眼。

麦克斯靠近了平台。悬浮平台伸展出两条粗大的支撑臂, 那正是麦克斯的目标。就在即将掠过支撑臂的一刹那, 麦克斯伸手抓住了它。悬臂平台摇摆两下, 很快恢复了平静。

麦克斯落在平台上, 将救生绳扣上。

"来试一试。你要先扣着救生绳。"麦克斯的声音从耳机里传来。

江晓宇拉了拉救生绳, 确定它牢牢地捆绑在平台上。

然而, 这实在太危险了, 并且没有必要。

"这不符合规范……"江晓宇迟疑着。

"到了太空里, 一切都要听我的。"麦克斯打断他, "我们不是说好的吗, 这第一个挑战就怕了?"

江晓宇深吸一口气, 然后弓下身子, 模仿着麦克斯的姿态。

一、二、三! 他给自己鼓劲, 然后奋力一蹬。

他果然飞了起来。

"笨蛋, 角度不对!"麦克斯大声奚落。

不需要麦克斯指出这个显而易见的事实, 江晓宇自己就能感觉出来。

他正斜斜地向上飞去。

巨大的膜平台正显露出全貌，它像是一片无边无际的平原，向前、向后、向着任意方向无穷无尽地伸展，最后在遥远的天宇上和星空融为一体。

膜闪着霓虹般的色彩。江晓宇仿佛跨过一道又一道的七彩霓虹，依稀间，能看见自己的影子映在霓虹里。

一时间，他看得出神，几乎忘了自己正向着外太空飞。

一阵猛烈的拉拽将他从恍惚中拉了回来。救生绳被拉到了最大长度。

"笨蛋，快点火，你得控制飞行。"麦克斯显然急了，声音也大了几分。

江晓宇深吸一口气，让自己冷静下来。

他仔细观察眼下的形势。

自己的确处在一个危险的境地里，拉长到尽头的救生绳并没有完全吸收自己的动能，而是将它转化成了角速度。此刻自己就像一个摆锤，正向着那无穷无尽的膜平面砸下去。

真这样砸下去，膜平面会被严重损毁，更有可能危及宇航员的生命。在学院的模拟实验室里，江晓宇从未出过这样的差错，然而第一次膜上行走，就出了这么严重的失误。

江晓宇感到自己真的是个十足的书呆子，到了现场就笨手笨脚。

还好冲向膜平面的速度并不快。

"操作手册第五条！"麦克斯喊道。

江晓宇一板一眼地按照培训课上的应急方案操作。很快, 他止住了向着膜平面的冲劲, 悬浮在距离平面大约十五米的位置上。

好险!

"好小子, 还真有你的, 不愧是高才生。"麦克斯夸奖他, "怎么样, 是不是很刺激? 转过来, 我给你来一张纪念照。"

江晓宇扭过头去, 面向着麦克斯。

麦克斯稳稳地站立在悬浮平台上, 一手举着手机, 一手挥动, 示意江晓宇摆出姿势。

麦克斯就像地球上任意一个景点的游客一样兴致勃勃。

江晓宇笑了笑, 正想摆出"V"字手势, 却听见了麦克斯的惊呼:"我的天啊, 你身后是个什么鬼?!"

江晓宇正想回身去看, 某个东西已经悄无声息地从他头顶掠过。

江晓宇心中一惊, 抬头看去, 只见一个庞然巨物, 闪着浅灰色的金属光泽, 就像一艘航天母舰。足足十五秒钟, 它才完全从江晓宇头顶飞过, 向着前方而去, 很快消失在星空背景中, 踪影全无。

"它消失了! 你看见了吗? 这是魔术吗?"麦克斯仿佛在自言自语, 兀自向着不速之客消失的方向张望。

"它还在那里。"江晓宇回答, "它遮住了几颗星星。"从他的角度望过去, 一望无际的膜平面闪闪发光, 在那光的原野之上, 星空闪烁。璀璨的星空背景上有一块纯粹的黑色, 一颗星星也没有, 正是被不速之客挡住的区域。黑色区域不断缩小——那不速之客正快速远离。

江晓宇用最快的速度调整喷气口，向上升起，尽可能地远离膜平面。

果然，在膜平面耀眼的背景下，消失的飞行物现出了原形，它一片纯黑，轮廓有些像一枚粗短的火箭，或许更像一只收拢四肢的青蛙。

它正向前快速飞行，在它的轨迹前方——膜和天宇交接的地方，一丝蓝色悄悄露头。

那是地球。

近地轨道发现不明飞行物。

这个消息在两个小时内被各种各样的媒体转载，引起全球轰动。

国家航天局的一号会议室中，这来历不明的飞行物正被投影在屏幕中央。

"谁能确定地告诉我一句，是外星人吗？"局长站在巨大的屏幕前，盯着那黑沉沉的影像，满脸严肃地问。

周围鸦雀无声。

"局长，很多媒体都报告是外星人。"局长助理站出来圆场。

"NASA[①]的看法呢？"

"他们还没有发布最新报告，上一份报告认为，这个不明飞行物来自地球外的可能性很大，这和我们的看法是一致的。"首席科学家李甲利发言。

---

① 美国国家航空航天局，又称美国宇航局、美国太空总署。

局长转身，走到了会议桌前，伸手示意，"大家坐，坐下来开会。"

场上的气氛顿时一缓，局长坐下，大家依照职级依次落座。

凌晨三点被召集起来开会，这是破天荒头一遭。

局长环视会场，"我知道大家都很辛苦，但是半个小时前，我刚从中南海出来。我现在的任务，是在两个小时内提交一份报告。这是一场太空竞赛，诸位要明白其中的分量。"

李甲利咽下一口唾液。

他今年五十八岁，在航天局首席科学家这个位置上坐了八个年头。外星人，虽然理论上并不能否认它存在的可能性，但毕竟太过于缥缈了。所以在他的主导下，航天局的资源都投入近地轨道探索，那些申报的深空项目，不要说木卫二、土卫三、柯伊伯带探索项目，就连火星项目都被砍得只剩下六分之一。反对的意见很大，然而都被他以必须全力保障重点项目天电站的建设为理由压了下去。

天电站能带来切实的收益，其他的项目，尤其是那些深空探索，都是烧钱赚吆喝，过几百年再去也不迟。

"外星人，也许几百年以后有可能，我们这辈子是看不到的。"李甲利总是这么说。

现实却和他开了一个巨大的玩笑。

一艘外星飞船静悄悄地来了，就在地球轨道上绕行。那的确是一艘外星飞船，绝对没错。

"刘局长，所有能动的望远镜都指向了它。两个小时内，我们会提交一份翔实的报告。"李甲利向局长报告。

"翔实到什么程度？能不能比过NASA？主席晚上十二点起来，和美国总统通过电话，一致同意共同探索。美国人的航天母舰正好在静止轨道上，他们去追这个东西了。望远镜，望远镜能比得过实地勘测吗？"

局长的话中隐约有些责备。全世界只有两艘航天母舰，都属于美国人。中国的航天母舰计划在十年前搁置，其中最重要的原因，就是和天电站建设之间的资源竞争。如果没有这次意外，凭着天电站产生的经济效益，搁置航天母舰无疑是个正确的决定。然而现在外星飞船来了，形势顿时变得不一样。

"我们会和NASA同步的，这些年我们合作得很好。"李甲利回答。

"那就抓紧时间。我十点半还要进一趟中南海，十点钟我要再听一次汇报。各部门都要支持李总的工作。李总，你十点半和我一起进中南海。现在散会。"

会议室内的人们悄然无声地散了。

"我的行走车发烫，快烧了！"麦克斯对着话机，几乎吼叫起来，"你把站长叫来！"

话机那头沉寂下去。

"操！官老爷就是官老爷。"麦克斯骂了一句，身为美国人，对中国的国骂他使用得比所有中国宇航员都熟练。

"麦克斯，全速赶回总部。"站长的声音从耳机中传来。

"比尔，我的行走车快烧了！"

"我会给你配一辆新的行走车，你要做的唯一一件事，就是在最短时间内赶回空间站，准备好回地球。"站长的声音很沉稳，也没有丝毫讨价还价的余地。

"比尔，空间站没有我们的返航飞船。"

"会有的，这方面你不用担心。我们已经协调好了，你会搭中国人的飞船回地面。"

"好，你做主！"麦克斯一边说着，一边猛然加大了行走车的油门。

江晓宇紧紧地抓住扶手，稳住身子。这种被称为行走车的交通工具就像一个橄榄球，仅有两个座舱，挤在里边感觉像是被装在罐头里。麦克斯操纵着它在膜平面上飞行，一道又一道黑色的坎从眼前快速掠过，那是膜上不同区块之间的隔断，只是一道阴影，并不会对飞行造成影响。一闪一闪之间，江晓宇仿佛感到自己正坐在一辆急速赛车上，不断加速奔向前方。一阵阵眩晕感不断袭来。

他只能紧紧地抓住扶手，抓得如此紧，以至于身子都微微颤抖。

"抬头。"麦克斯突然说。

"什么？"江晓宇有些茫然。

"如果你感到晕，就抬头。"

江晓宇抬头。

头顶是一片静谧的星空，灿烂的群星光华四射。

江晓宇精神一振，眩晕的感觉霎时舒缓了很多。

"看着远方的星星会感觉好点儿。据说，每一颗星星上都住着一个鬼，他们都看着你，这样会不会感觉舒服点儿，哈哈！"

麦克斯仍旧嘻嘻哈哈,然而笑声却有些干巴巴的,并不像平日里那么爽朗。麦克斯心里也一定很紧张!

行走车转过一个急弯,一股巨大的力量把江晓宇紧紧压在舱壁上,巨大的加速度堪比火箭起飞。还好只是一个急弯而已,两秒就结束了。江晓宇缓过一口气,然而视线所及,又是一惊。

远方的天空里,现出了地球的身影,一半蔚蓝,一半浸没在黑暗中,点缀着金黄灿烂的灯火。在蔚蓝色半球的上方,一片纯白的风帆仿佛正迎风招展——地球之翼!那是已经完工的左翼,而他们正在施工中的右翼上方奔驰。

江晓宇张了张嘴,轻轻吐出一个"啊"字。

这轻轻的一声没有逃过麦克斯的耳朵。

"别大惊小怪的,不就是太阳帆嘛。难道你在录像里没见过?"

视频录像里对这样的超级工程有详尽的介绍,江晓宇甚至还用虚拟现实设备体验过在太空中观看地球之翼,然而无论什么样的录像和体验,都比不上用自己的眼睛真正看见它。

它就像地球生长出的洁白翅膀,在无限空寂的宇宙映衬下,晶莹无瑕,美得让人心醉。

江晓宇微微发怔。

忽然间,他看见了另一些东西。

就在地球之翼的下方,有两个黑色的物体。

无论那是什么,在如此遥远的距离上仍旧能够被肉眼发现,一定是庞然大物。

江晓宇很快辨认出其中一个,正是他所见过的不速之客。

它看上去更为细小，然而轮廓仍旧像只青蛙。

另一个物体只是一个小黑点，看不出是什么。

没等江晓宇想到什么，黑点便被巨大的钢架结构遮挡住。他们进入了一片基础结构区。

"天宫七号"出现在前方，它就像一个巨大的扁圆铁盒，伸展出八只长短不一、粗细各异的胳膊，在太空中缓缓地旋转。

"坐稳了！"麦克斯大喊一声。

一刹那间，行走车被某种力量向下一拉。

江晓宇眼前一黑，什么也看不见。

"现在彻底安全了。"黑暗中传来麦克斯的声音。

李甲利等待着主席的接见，他的心情忐忑不安到了极点。

"挑最重要的第三点和第四点先说。"局长看了看他，轻声提醒。

李甲利点头，"我调整了资料顺序，大概用五分钟可以说明重点。"

说话间，会议室的大门打开，两名身穿黑色西服的工作人员上前，示意他们跟上。

他们走进了代表着国家最高行政权力的会议室。

那些经常在电视上、手机上看见的面孔，此刻正端坐在巨大的方形办公桌后，略带焦虑地看着他。

不等他开口，居中的主席挥了挥手，"李院士，我们不要客套了，抓紧时间，我们需要你的专家意见。"

李甲利打开手机，点亮了虚拟屏幕。一米见方的投影展示在三位首脑面前。

重点是第三点！

李甲利轻点屏幕，来自外太空的不速之客展露出它的模样。它不发光，看上去漆黑一团，只能看出一个大略的轮廓。

"目前最清晰的照片就是这样。它的表面材料能吸收各种频段的电磁波，最高的反射率才千分之六，可见光频段上完全吸收。所以它基本上是隐形的，没有能够及早发现它的原因也就在此。

"但是它显然能够探测到地球上的强射电源，并有针对性地做出了反应，截至目前，全球共计六十五个卫星中继站都收到了类似的信号，直接指向这个不明飞行物。我们的太空通信也曾经受到干扰，汇总的报告显示，它至少对超过十八颗通信卫星发射过电磁波，信号强烈，而且有一个共同特点，就是使用的频段和该卫星的频段相同。至少这是一个具有相当智能的飞行器。"

"它是敌意的，还是友好的？"书记发问。

"没有任何证据说明它的态度。"李甲利回答，"这无法从当前的情况进行判断。但是有一些情况可以作为参考。"

李甲利调整了屏幕，屏幕上显示出一条轨迹，一半红色，一半蓝色，绕成一个椭圆的圈，其中包裹着地球和地球两侧绵延两万千米的太阳电站。

"这是根据当前的情报收集绘制的飞行器线路。蓝色是它已经行进的路线，红色是预期路线。它目前在地球轨道上，距离地表六万千米。它进入地球轨道的时机利用了地球引力的加速效应，所以主要的航天机构都判断它会充分利用引力弹弓效应加速。但是对于它下一步的动静,各方有分歧,NASA的判断是,它将在最有利的A点位置脱离地球轨道,贴近地球之翼飞行,从能耗的角度,这条线路做出的机动调整极小,而且能够有效地同时探测地球和地球之翼。NASA认为,它将借助地球引力弹弓加速百分之三,然后向太阳方向出发,利用太阳的引力弹弓效应加速,横穿太阳系。"

屏幕上,太阳系的简图被展示出来,一条红色的线从地球擦过,直奔太阳,在太阳的周围走了一段小小的圆弧,转过大约三十度的角度,然后笔直地向着远离太阳的方向而去。

"那么,NASA的结论是,它是偶然经过地球,所以我们不需要做任何事?"书记又问。

"这是一个推测,我们对它没有任何深入了解,任何结论都有武断的成分。"李甲利深吸一口气,"但是我同意NASA的看法,它对地球进行一次探访,然后会直接离开,事实上,我们对其他星球的探访都是这么做的。宇宙空间里,这是最有效率的做法。当然,如果它的技术水准远远超过我们,那就又另当别论,我们也什么都推测不出来。"

三位常委彼此交换了眼神。

"其他的可能性呢?我们该怎么做?"书记问。

"其他的可能性只能等待它的下一步动作。我们向它发送电磁波进行联系。但到目前为止,它对我们发送的任何电磁波都置之不理。"

"凡事都要有两手准备。"主席不紧不慢地开口了。

"我们的机动卫星都做好了准备,随时可以进行在轨打击,所有的拦截火箭部队也做好了防御准备，重要的政治军事部门都在周密保护下。已经和火箭军司令开过会，所有的部署六个小时前就完成了，外松内紧，一级戒备。"局长有条不紊地回答。

"很好。"主席平淡地回了一句，看了看总理和书记，"那么我就都说了！"

总理和书记点头。

"我们有确切消息，美国人派他们的'宙斯号'去追那个外星飞船了。我授权你们，调动一切资源，在美国人之前降落在它上面。或者，能够和它取得联系也可以。我会下达主席令来执行这个任务。"

李甲利心头一颤。"宙斯号"是美国人的在轨航天母舰，如果美国人真的派遣"宙斯号"去和外星飞船会合，他们就占据了绝大的优势。他飞快地盘算着各种可能性，然而茫无头绪。

"主席，我们会坚决完成任务。"局长坚定地回答。

主席的目光向着李甲利扫来，"李院士呢？"

"我，"李甲利鼓起勇气，"我会尽全力寻找解决方案。但是主席，在科学上无法解决的问题，终究不能强求。"

主席微微颔首，"你是首席科学家，你说了算。但是……"他的目光在局长和李甲利之间逡巡，"我们在这里要达成一致，外星人的目的我不知道，但美国人总有他们的目的。"他拖长语调，"如果他们派航天母舰去，我们至少也要派一架航天器去，无论是什么飞行器，美国人到的地方，我们也要到。我们为了建设地球之翼，投入了这么多资源，'长征七〇'火箭都发射了多少？至少有上千次吧。找一个飞行器去会合外星飞船，应该不会太难吧……"

主席话里有话, 李甲利一阵惶然。这艘奇怪的外星飞船, 速度是第三宇宙速度的两倍, 靠近这样一个飞行物, 需要精确的计算和周密的计划才行。仓促之间, 哪里能有飞船可以去接近它? 然而主席已经把话说到了这个份上, 他没有任何退路。

"主席, 我会拿出一个最佳方案。"李甲利硬着头皮说。

一刹那间, 他的脑海中翻腾起各种可能性。

主席再次扫视着两人, "谁也不知道这次意外会带来什么结果, 但是我们要向最好的方向努力。外星人就算走了, 这事也不会完。接下来就要看你们两位了。"

他的眼光落在李甲利身上, "李院士那里接一条热线, 有什么事直接找我。"

偌大的空间站里显得冷冷清清。

江晓宇在中央舱里穿行, 却一个人也没有遇到。

这让他有些奇怪, 一个月前, 他来到"天宫七号"的时候, 这中央舱里至少有来自六个国家的超过四十个宇航员在这里。他们似乎一夜之间消失了。

"麦克斯, 这里一个人都没有。他们都去哪里了?"江晓宇停下来问。

"我怎么会知道? 等我一会儿, 我们可以问问高大力!"麦克斯的声音从耳机里传来, 他显然带着几分光火, "妈的, 卫星怎么这个时候坏掉了? 没法认证身份, 我连洗手间都进不去。"

江晓宇审视着中央舱的一切, 这种感觉太奇特了, 偌大的中央舱，仿佛就是为他一个人而存在。

他向前移动到舷窗前。

"天宫七号"无疑有着最好的景观舷窗，长达二十米的玻璃墙，中间没有任何隔断，在所有的太空城里首屈一指。往常，这景观舷窗前挤满了人，太空城的宇航员们频繁来往，凡是到了"天宫七号"的人，都会在这堵玻璃墙前流连，想要找个没人的时刻，简直比登天还难。

但此刻的确一个人都没有。

江晓宇扶着玻璃墙上透明的行走杆，脸几乎贴在了墙上。

世界变得分外安静，耳机中细微的沙沙声也清晰可闻。

他贪婪地透过玻璃墙向外看，那景致百看不厌。

蓝色的地球占据了几乎大半个视野，从这个角度望下去，正好是太平洋，整个地球一片蓝色。白色的云朵凝固了，仿佛是蓝色宝石上的丝丝纹路。大气层被渲染成淡淡的光晕，笼罩在地球外围，就像神圣的光笼罩大地。圣光向着漆黑一片的宇宙伸展，最后消失于黑暗中。不远的前方，一片白帆高悬在地球之上，那是白色的地球之翼，白亮得有些晃眼。

在亮得刺眼的白色中，他看见了那个小小的黑点。是的，就是它！那艘不知从何而来的飞船。一艘真正的外星飞船，几个小时前，它就从自己的头顶飞过。

江晓宇努力地凝视着那个小小的黑点，看上去，它正掠过地球之翼，向着地球下落。

究竟是什么样的生灵会在那艘飞船里边？他不禁问自己。

一旁突然传来轻微的嘶嘶声，打断了江晓宇的思绪。他扭头看去。

气密门正在打开,一位高个中年男子滑了进来。他的动作轻松舒展,就像一条游动的鱼。

"你是江晓宇吧!"来人热情地自我介绍,"我是'天宫七号'的站长高大力,欢迎你!'萤火六号'还有六个小时就可以进入脱离发射程序,你需要提前半小时登船。登船之前,你可以随意走动,大部分舱室你都可以去,我已经把你的权限都打开了。注意安全!"

高大力飞快地说了一气,顿了顿,又说:"我和麦克斯是好朋友,我们还是同学。"

"晓宇,不要听这个混球胡说,我可不认他是同学,到现在连洗手间都没有给我打开。"

高大力哈哈一笑,"现在是一级戒备,这可是规矩,先忍忍吧。"说着,他拍了拍江晓宇的肩头,"有什么事,直接呼叫我就行了。这里没别的好处,就是景观不错,好好欣赏!"说完,他正要起身离开。

"高站长,为什么这里一个人都没有?"江晓宇抓住时机问。

"哦,"高大力点头,"还不是你们报告的那个东西搞的。"

"什么东西?外星飞船?"江晓宇感到困惑。

"美国派'宙斯号'去追它,送了一条消息来,说按照合作惯例,可以带上任何有兴趣对它进行探测的合作国家宇航员。然后你就看到了,所有人都去了,只剩下我。如果我不是站长,我也会去。千载难逢的机会啊!"

江晓宇不由愣住,"去追外星飞船?"

"是啊，难道看什么天体还能让所有人这么激动？他们可是抢着要去的，还好美国人的飞船大，再多人都能装下。"

"哈，我伟大的祖国，终于雄起了。"麦克斯的声音传来，"总是被你们中国人抢在前面，都说中美友好，风头也该轮流来。对不对？哈哈！"

麦克斯似乎永远笑不够。

"我们能赶去吗？"江晓宇急切地问。

"当然不行，接人的飞船都已经离开六个小时了。航天母舰早就向着会合线路出发了，一生只有一次的机会，可惜啊！"高大力摇了摇头，突然意识到什么，"不过你们两个最先发现那艘飞船，全世界都知道了，你们成了名人，也不错了！"他拍了拍江晓宇的肩，做出一个宽慰的姿态。

"通信一恢复，就通知你们上飞船。"高大力说着一纵身，像一条游鱼般掠过，没入气密门背后。

江晓宇却无论如何也平静不下来。

远方，外星飞船只是一个小小的黑点，正向着地球的方向缓缓移动。茫茫太空中，有一艘载着各国宇航员的航天母舰，正追踪着它，准备在某个位置上和它会合。然后会怎么样？他们会看到什么？美国人会捕获那艘外星飞船吗？

"晓宇，通信恢复了！我们要准备发射。"麦克斯传来话。

"我不想回去。"江晓宇低声回应。他的视线没有一刻从那个小小的黑点上挪开。

李甲利已经在办公室里枯坐了三个小时。

向下属布置完任务后，他就把自己关进了办公室。凭着多年的经验，他估计下属们不会提出什么好的计划。三十多年来，为了建设地球之翼天电站，航天局在月球和太空城里制造了大量的运输工具，然而那些都是粗笨家伙，只能在既有的轨道上缓慢运行，可以用来运送大量物资，但要它们像航天飞机一样在太空里穿梭，简直就是要大象在浴缸里跳舞。中国现在在太空中缺乏高机动力载人航天器，虽然这种差距在军事上可以被大量机动卫星平衡掉，但是要完成会合飞船这样的精细活，那就望尘莫及了。

让美国人去也挺好，太空中没有国界。

这个念头反复闪现，都被李甲利强行压了下去。虽然世界已经和平了许多，但远远没达到大同。竞争无处不在，太空也要占有先机，尤其是主席都把话说得这么明白了。

他强打精神，又开始翻看各种飞行器的参数，对照飞船轨迹，寻找可能的解决方案。

桌上的电话突然响了起来。

这是办公室的私人专线，很少人知道号码。李甲利按下预览钮，电话上并没有浮现出人像，而是一行字，"天宫热线"。这是一个从外太空打来的电话！李甲利精神一振，正式接通电话。

"李老师！"扬声器里传来惊喜的声音，"冒昧打扰您，实在过意不去。我是江晓宇。"

"江晓宇？你不是放假了吗，怎么会到天宫去了？"李甲利确信那电话是从天宫打来的，航天局的线路不会出错。

"这个说来话长，我和一名美国宇航员一起对地球之翼进行

318

检修……"

李甲利突然回过神来，"是你们发现了那艘外星飞船？你们传回的照片？"

"是的，的确是我们发现的。"江晓宇回答。

李甲利微微有些惊异。年初自己心血来潮，接受了中国航空航天大学的邀请去教学一学期，带一个特别博士班。这个叫江晓宇的学生是班上成绩最好的之一，头脑灵活，志向远大，他很欣赏。当时他邀请江晓宇来航天局实习，不料却被婉拒了，说是不愿意在办公室里玩计算，而希望去真正的宇航基地待一段时间。无数人求也求不来的机会，江晓宇却主动放弃，这让他更好奇，于是给了江晓宇电话号码。

此刻，自己正为外星飞船而焦头烂额，江晓宇却从天宫打来电话，告诉自己正是他第一个发现了外星飞船。

这真像电视剧。

还是冥冥之中的天意？

他强迫自己平静下来，问道："晓宇，什么事？"

"还有几个小时，他们要求我降落回地球，但是我不想回去。我要留在天上等那艘外星飞船。李老师，您是著名的航天专家，也是航天局举足轻重的人物，是不是能帮我说服他们让我再留两天？"

李甲利有些意外，"等那艘外星飞船？"

"是的，就在'天宫七号'等。"

"它的飞行轨迹显示很快就会脱离地球轨道，'天宫七号'不在它的线路上，而且越离越远。你想等什么？"

"但是我们不知道它究竟会做什么。看'天宫七号'的位置，它在两片地球之翼的中央，是一个巨大的柱体，体积超过六百万立方米，还配有各种附属装置，和地球遥遥相对。如果我是外星人，我肯定会注意到它。但是那艘飞船根本没有接触'天宫七号'……"江晓宇的声音越来越激动，甚至有几分高亢。

李甲利果断地打断他，"你是说它会去拜访'天宫七号'？"

"我不知道，但是很有可能。如果它是冲着地球来的，它不该错过'天宫七号'。"面对李甲利的询问，江晓宇冷静下来，回答完毕之后便陷入沉默，等待着老师的下一个问题。

李甲利飞快地考虑着其中的合理性。

是的，"天宫七号"位置重要，连接着两片地球之翼，而且形体庞大，是一个显而易见的枢纽，远道而来的外星探测器不该错过它。

那么，外星飞行器现有的轨道迹象只是一个假象？

如果那艘飞行器虽然发现了"天宫七号"，然而不愿消耗动力去会合它呢？

所有的一切都取决于那艘外星飞船的能力和意愿，然而这恰恰是地球上所有的人类都不知道的事。

李甲利沉默片刻，问道："'天宫七号'上还有谁？"

"除了我和麦克斯，还有高站长。"

"只有你们三个？其他人呢？"

"他们都上了美国的航天母舰，去追外星飞船了。李老师，这可能是唯一一次机会，错过就不会再有，您帮我留在这里，就多两天！"

"让我考虑一下,我会尽量帮你的,我一会儿给'天宫'打电话。"李甲利说完挂断了电话。

他十指紧紧地绞在一起,两只胳膊支在办公桌上,眉头紧锁。

美国的航天母舰已经出发,而且还捎带了各个国家的宇航员,中国的宇航员也在其中。而自己找不出任何方案可以抢在美国人前面去和外星飞船会合。

那么江晓宇所描述的可能性就成了最后的一丝希望。他调出了"天宫七号"的资料,反复斟酌。

他向着电话伸出手去。

手竟然在颤抖。

他缩回手来,让心情平静一下。

片刻后,他果断地拿起了电话,拨通了号码。

中南海内的某个办公桌上,一部红色的电话响了起来。

"宙斯号"如同巨大的银色钢臂,船头膨大的防护层就像巨大的拳头。两门对称分布的电磁炮直指前方,闪烁着能量充盈的蓝色幽光,仿佛宙斯的神秘权杖。

船舷上,星条旗的图样甚为醒目。

飞船前方,来自外太空的神秘飞船近在咫尺,似乎随时会被"宙斯号"追上。两艘飞船体积相若,一前一后。

"宙斯号"不断地发送各种消息,甚至发出了威胁,然而神秘飞船无动于衷,仍旧保持着自己的速度和航向。

两架无人机从"宙斯号"上升起,准备贴近神秘飞船探察。

然而，就在下一个瞬间，神秘飞船消失了。

这突如其来的变故让整个星球的人类都沉默下来。

外星人使用了一种地球科技尚且不能理解的方式，将"宙斯号"甩开，去向不明。

两架无人机在神秘飞船消失的位置盘旋，试图寻找追击的对象，然而徒劳无功。它真正地消失了，无影无踪，就像不曾存在过。

全世界关注着直播的人都目瞪口呆，恐慌开始蔓延。

它去了哪里？

"天宫七号"的中央舱内，江晓宇挥动胳膊，一拳打在舱壁上。"耶！"他压低声音给自己鼓劲。屏幕上，"宙斯号"茫然徘徊，已然失去了方向。这是十分钟前的画面，经过层层传递最后才抵达"天宫七号"，然而江晓宇相信，"宙斯号"一定仍旧在那儿徘徊。

飞船消失，意味着自己的猜测对了一半！

"你不能这么幸灾乐祸，你该不会希望外星人征服地球吧。"麦克斯懒洋洋地躺在沙发里，手里拿着一管饮料，"它可是在地球那一面消失的，距离我们有十万千米，如果它真能穿透地球出现在'天宫七号'，我只能说，你太有才了。"

江晓宇嘴唇一张，正想说点儿什么，中央舱的广播响了起来，"江晓宇，电话，六号位，是李院士打来的。"高大力喊他。

江晓宇纵身一跃，滑到了六号位，点亮话机屏幕。一块隔离屏自动降落下来，将一切都隔绝在外。

"晓宇。"李院士的声音有几分激动。

"李老师!"江晓宇压抑着兴奋。

"'宙斯号'的事,你知道了?"李院士问道。

"我刚看到。"

"我刚和深空物理所的钱伯君教授通话,他是做宇宙结构学研究的。他说,飞船突然消失,很可能是虫洞效应,这种效应只能在高度扭曲的空间范围内借助极高的能量触发。"

"嗯。"江晓宇点头。这是一场豪赌,却正向着有利于他的方向变化。

"所以你的猜测说不定就对了!"李院士的声音仍旧带着激动,"地球周围的空间扭曲程度不大,如果进入虫洞,只可能在地球周围重返正常空间,否则会失落在虫洞里,这是钱-托马斯模型的预言……"

江晓宇认真地听着,然而当他的视线扫向舷窗外,再也一个字都听不下去。

舷窗外,巨大的飞船悬浮着,一动不动,泛着浅灰色的光。

外星飞船!

在这样的距离上,它体积庞大,充满了压迫感。

就和它第一次从自己头顶飞过时的样子一样!

"晓宇,你在听吗?"李院士似乎感觉到了话筒这边的异样。

"李老师,它在这里!"江晓宇机械地回答。外星飞船会造访"天宫七号",这是他的猜想,然而外星飞船竟然以这样的方式毫无征兆地出现,这远在意料之外。面对这孜孜以求却突然降临的外星造物,江晓宇一阵发懵,全身发凉。

通话异常中断。电话里只剩下沙沙的电子噪声。

隔断屏打开，他听见了回响在整个中央舱里的声音："晓宇，你在听吗？"

声音不断地重复。

这是通话中断之前，李老师的最后一句话。

麦克斯在全景舷窗前站着，正回头看着他，脸上露出不可思议的表情。

气密门"咝"一声打开，高站长冲了进来，他冲得如此猛，以至于差点儿就撞到江晓宇身上。

"怎么回事？"高站长急急地问，"我们的所有通信都被切断了。外星人知道你？"

江晓宇不知道该说什么，木然地看着两个同伴。

高站长首先镇定下来，"好吧，看起来我们三个是被困住了。它点了你的名，晓宇。那么我就代表你回应它？我该发送一条什么消息？发'我在这里'？"

江晓宇点头，他仍旧沉浸在深深的麻木中，这种情况下任何人的任何主意都是好的。

地球上，全球的主要频道都收到了同样的消息。

"晓宇，你在听吗？"

李院士的声音随着无线电波在各大洲反复回响。

它就像看不见的核弹，引爆了所有的人。

"李甲利院士，这是紧急状态行动委员会全体会议，议题就是关于你和'天宫七号'的通话。"

李甲利的眼前浮现着六个虚拟的人影，他知道自己的虚拟人像正站在中南海某个特殊会议室的中央,和这些全中国最重要的头脑面对面。

事情清楚明白,面对着高层人士,李院士没有一丝紧张。美国人没能抢先,自己的任务完成了,外星人出现在"天宫七号"附近,证实了事前的猜想,这都是好的方面。他现在只是为"天宫七号"里生死未卜的三个人感到担心。

"李院士,外星人为什么会反复播放你的通话?"书记问。

"这只能猜测,因为当时我和江晓宇在通话,这非常可能是外星人截断通信之前的最后一句,它们把这句话放出来,只是因为它们认为这是一句通信而已,并没有特别的意思。"

"就是说,你的话刚好被它拿来当作联系手段,是这样吗?"

"这是最大的可能。"

"但是你曾经报告最大的可能是外星飞船会借助地球进行引力弹弓加速,然后离开,穿越太阳系。"

"这是航天界当时的共识。"

"但是它消失了,然后出现在'天宫七号'附近。这也是你的猜测吗?"

"这是江晓宇的猜测,我同意他的看法,而且以常规的手段,我们是无法抢在美国人之前接触飞船的,所以我们需要一点儿运气。这件事当时主席同意了。"李甲利说着看了主席的虚拟像一眼。

主席正襟危坐,脸上毫无表情。

"你和江晓宇的计划,是等待外星飞船在'天宫七号'出现,然后用'萤火六号'穿梭机去接近它,是这样吗?"

"'天宫七号'只剩下这一艘可以往返地球的飞船,外星飞船到底会怎么行动,谁也不知道,如果真的需要降落在外星飞船上,'萤火六号'是唯一的航天飞行器,但是它并不能在另一艘飞船上降落,所以我们需要技术高超的宇航员进行一次太空行走。"

"江晓宇能够胜任吗?"

"我不知道。但是'天宫七号'上还有高大力和麦克斯·李两个人,他们是资深宇航员,能够处理复杂的情况。现在我们和'天宫七号'完全失去了联系,只有依靠他们。"

李甲利顿了顿,说道:"现在他们就代表全人类。"

"美国人调集了他们的在轨机动卫星向'天宫七号'靠拢。"一直沉默不语的主席终于开了口,"你是航天口的首席科学家,你认为我们该怎么办?"

李甲利深吸一口气,"任何军事行动都毫无意义。外星飞船进行了一次钱-托马斯跳跃,或者叫作折叠跳跃,这远远超出地球的技术水平。我们并不清楚它的军事技术如何,但是能够进行钱-托马斯跳跃的飞船,能量控制水平是惊人的。钱伯君教授告诉我,这需要把一颗千万吨级的氢弹威力限制在六个立方米的空间内,维持的温度大约是太阳核心的温度——一千五百万摄氏度。我们的聚变反应堆能有这个温度,但是体积比这艘飞船整体还要大上三倍,这艘外星飞船的控制技术远远超出了我们的聚变反应堆。"

"直接说你的结论。"主席打断李甲利。

"调动卫星严密监视它的动向,除此之外,什么都不要做了。

所有的国家和组织都应该停下来，不能轻举妄动，看看外星人到底会怎么和我们接触。"他看着主席，"美国人那边，我们也该建议他们暂停军事行动。"

主席缓缓点头，"你的建议很客观，我们会和美国人协商的。"

外星人的广播停止了。

飞船仍旧静悄悄地横在"天宫七号"上方，没有丝毫动静。

江晓宇、高大力和麦克斯三个人并肩站在全景舷窗前，望着外边的外星飞船。

"他们没动静了，我们该怎么办？"高大力问。

"怎么办？继续等着，还能怎么办？"麦克斯反问，"万一它们想要把我们抓去做样本可就惨了。我要先喝点儿什么，你还有什么存货吗？猫屎咖啡，有吗？"

"这关头谁有心情跟你开玩笑！"高大力黑着脸，转向江晓宇，"晓宇，你说怎么办？"

"难道我们不过去吗？"江晓宇抬头看着高大力，"它们不来，我们可以过去。它飞了几十上百光年，我们飞个几百米，也是应该的。"

"你倒是回过神来了。"麦克斯笑着说，"看你刚才脸都绿了。有个成语怎么说的？'叶公好龙'，是不是？看到真龙了，就怕了。这龙，说不定还是你引来的。"

江晓宇脸上微微一热，"没想到它就直接跳到眼前了。但是我们还是该过去。"

"等在这里最保险，"麦克斯飞快地回应，"我们不用冒不必要的风险。"

两人的视线都落在高大力身上。

"我觉得最好等待指示，但现在什么指示也没有。"高大力看看江晓宇，又看看麦克斯，"我同意麦克斯的意见，在这里等着最稳妥。"

话音刚落，声音又响了起来。

晓宇，你在听吗？

声音一遍又一遍地重复着。

三个人彼此看着，沉默着。

"我们该过去。它在召唤我们过去。"江晓宇打破沉默。

麦克斯露出一个苦笑，"你这个学生还真是不让人省心。"麦克斯收敛笑容，"我改变主意了，我跟你一起去。这是召唤，我们得响应它。"

两人的目光再次落在高大力身上。

高大力瞥了一眼舷窗旁值班位上的信号灯。灯一直是红的，地球方向没有任何指示。神秘的不速之客将一切信息都排除在外。

"好吧！这里只有我们三个，那我们就做决定吧。它在召唤我们，说不定是挑衅，我们不能怂。

"我可以打开五号舱门，'萤火六号'就在那里，燃料充足，配备行走车。我们三个人都上去。靠近外星飞船后，我留在'萤火六号'上，你们两个用行走车降落，我可能无法再收到你们的任何信息，所以一切都要计划好。我会尽力和外星飞船保持静止，接应你们。剩下的只能靠你们见机行事，如果有任何机会飞出来，就一定要飞出来，这里是地球，总有机会回家。"

高大力一口气把计划说完。

麦克斯笑了起来，"好小子，在普林斯顿进修的时候没见你这么能说。这个计划我赞同，不过，我觉得可以稍稍修改，晓宇和你一起留在'萤火六号'上，我驾驶行走车降落。"

"这不行！"江晓宇立即叫了起来，"我必须要降落。"

"这是安全问题。"麦克斯收起笑容。当他不笑的时候，看上去让人感到有些害怕。

"它是在召唤我！"江晓宇争辩，"而且，这个关头，难道不是有更多人在那艘外星飞船上会更有意义？两个人总比一个人好。高站长要控制飞船，不然该和我们一起去。"

"危险的地方，要慎重。"麦克斯坚持道，"我是你的伙伴，到了太空听我的。你现在就必须听我的。"

"那是在地球之翼上行走，我们现在说的是外星飞船。"

"你们不用争了。你们两个都去。飞船我一个人可以控制，外星飞船上会发生什么谁也不知道，晓宇说得对，两个人比一个人好。另外，"高大力顿了顿，"麦克斯你是美国人，美国人去了，中国人也要去。"

争吵平息下来。

"外星人这么大老远跑来，应该不是为了劫持两个地球人。"麦克斯笑了笑，"就当去观光吧，兜一圈就回来。"

晓宇，你在听吗？

广播仍旧在不断重复，仿佛是在催促三个人下定决心。

"来！"高大力伸出右拳。

江晓宇和麦克斯也默默地伸出右拳，三个拳头顶在一起，轻轻一碰。

这是宇航员开始行动前的仪式。

"萤火六号"的外形像是一架翅膀特别短小的客机，三台矢量发动机喷射出红色的火焰，推动它缓缓地从"天宫七号"的圆盘上脱离。

退出一段距离之后，"萤火六号"摆动船身，开始转向。

江晓宇目不转睛地盯着眼前的屏幕，他的任务是当外星飞船落在屏幕中央的时候，向高大力做出提示。所有的信号通路都受到了干扰，他们不得不完全依靠手工操作。

"天宫七号"从屏幕右方缓缓退出，浅灰色的外星飞船从左上角进入视野里。

它距离"天宫七号"并不遥远，看上去体积庞大，占据了大半个屏幕。

当飞船的中部和屏幕中央的十字线完全重合，江晓宇发出信号："停！"

一个锁定标志出现在屏幕上，视野稍稍偏移，随即回到原位。

"好，我们大约还有十分钟抵达目标。这里就交给我了，晓宇你去和麦克斯会合吧。"高大力背对着他，一边操作眼前的屏幕，一边说。

"好！"江晓宇回答一声，解开了安全扣，身子飘浮起来，正要套上头盔。

"晓宇！"高大力叫住他。

江晓宇停住身子。

高大力回头面对着他，说道："要小心！"

迎着高大力的目光，江晓宇能够感受到浓浓的关切。在这与外界完全隔离的空间里，他们三个就是全部的人类。一旦他进入下部的发射舱里，高大力将再也看不见他和麦克斯，也听不到他们的声息。

这就是再见的时刻。无须太多的话语，江晓宇点了点头，套上头盔，做出一个"OK"的手势，然后向着上下通孔滑过去。

麦克斯正等着他。他钻进行走车，在麦克斯身后坐下。

"把头盔拿下来！"麦克斯转身向着他喊。

隔着头盔，江晓宇勉强听到了麦克斯的喊声，他摘下头盔。

"还有点儿时间，我们得说清楚，一旦降落在那儿，也许头盔还是不能通话，所以我们要约好，通信频率锁定在一百零七兆赫，如果一百零七兆赫被阻断了，那就转移到五百千兆赫。"

"嗯，我的头盔一直设置在一百零七兆赫。"

"很好，如果不能通话，就打手势。谁知道到了它们的地盘上，会发生什么！"

"如果他们把光也屏蔽了呢？"江晓宇问。

"哦，"麦克斯一愣，"不会的，难道它们希望我们变成瞎子乱摸？如果它们真是高等智慧生命，不会连这一点都想不到。"麦克斯边说边将头盔戴上，"戴上吧，不管能不能通话，我们全靠它维持呼吸。"

江晓宇戴上头盔。世界顿时安静下来。当耳朵适应了这种安静,他感觉一些不同的声响。

麦克斯启动了行走车,液压阀有节律的声响配合车底的震动隐隐传来。

随之而来的是悠长的气密门泄露的声音。高大力正操纵着发射舱门打开。

声音变得越来越小,最后几不可闻。真空暴露在他们眼前,世界变得更为安静。

外星人的飞船就在前方,庞大的船体遮蔽了整个视野。

它看上去就像一片散发着均匀光泽的花岗岩,因为打上了月光而呈现灰扑扑的颜色。

不知道怎么回事,江晓宇只感觉那是一片亘古而存的荒野,充满了粗粝的原始感,和自然融为一体,不分彼此。

麦克斯扭头向他投来一瞥。

他坚定地点头。

小小的行走车脱离"萤火六号",向着那一片灰扑扑的大地降落。

麦克斯修改了高大力的计划。

当行走车从"萤火六号"脱离,一条长长的绳索仍旧将行走车和"萤火六号"连在一起。它就像一条脐带,连接着母体和孩子。

也许它可以救命! 麦克斯是这么说的。

此刻,江晓宇的头顶上,拇指粗的绳索就像一条天线般指向停在不远处的"萤火六号"。江晓宇伸手拉了拉绳索,很强韧,并不像绳索一般柔软。

绳索已经绷紧了。

出了什么岔子!江晓宇不由得担心起来。

麦克斯在他的头盔里骂骂咧咧,从他的口型,江晓宇相信他骂出了这么一句:倒了八辈子血霉!

一个绞盘的绳索至少有两百米,然而在不到五十米的距离上绞盘就停住了,只能是故障。

就在他们的脚下,外星飞船仿佛一望无际的灰色大地,灰色中夹杂着金属的闪光,就像岩石中的微小杂质。

神秘的飞船近在咫尺,而他们却被救生绳卡住了。

然而未必是救生绳的故障。

江晓宇拍了拍麦克斯的肩膀,示意他向上看。"萤火六号"已经变得很小,分明到了很远的位置。

短暂的静止后,行走车被拉着远离外星飞船,然后又静止下来。

不知道什么原因,高大力没有保持"萤火六号"的位置,而是开始向外拉行走车,然而也有某种力量抓住了行走车,让它不能随着"萤火六号"远离。

这是一个僵持的局面。

借助手势和口型,江晓宇和麦克斯艰难地讨论着下一步行动。

江晓宇第三次示意要解开救生绳。

麦克斯脸上的表情说明他在沉思,片刻之后,他点了点头。

那么就行动吧！江晓宇用力扳动连接器。连接器发出轻微的震动，经由双手传递到耳内。江晓宇仿佛听见了一声清晰的嘎达声。救生绳一瞬间弹起，消失在茫茫太空中。江晓宇心中咯噔一下，和人类文明世界的最后一丝联系，一瞬间断绝了。远方，"萤火六号"正飞快向着"天宫七号"而去。

高站长那里一定是发生了什么事。江晓宇望着远遁的"萤火六号"，心中暗想。

麦克斯很快控制了行走车的姿势，让它向着那片灰暗的大地落下去。江晓宇的思绪很快回到眼前的问题上来。

自己和麦克斯是有史以来第一次接近外星人的人类。

行走车很快就要降落在外星飞船上，这历史性的时刻马上就要到来。

江晓宇忐忑不安，激动中夹杂着一丝恐惧。"萤火六号"突然离开，让这种不安感更为强烈。

只有两种可能高大力会抛下他们离去：地球传来了指令，或者是外星人做了什么。第一种可能太小，那么只剩下第二种可能。

它们究竟是善意还是敌意？甚至可能只是想要抓两个人类作为标本？

江晓宇盯着越来越逼近的飞船表面，心情紧张到了极点。

车身猛地一震，行走车落在了外星飞船上，紧接着是一个紧急制动，引得江晓宇的头在保护罩上一撞。

江晓宇慌忙稳住身子。

行走车很快停了下来，伸出四只抓手，牢牢地抓住身下的物体。

四周比想象中更寂静。没有外星人出现,也没有什么主动被动防御,仿佛这不是飞船,而只是一块巨大的岩石。

然而它货真价实就是一艘外星飞船。

突然间,耳边传来麦克斯自言自语的声音:"这鬼地方比月球还荒凉!"

"麦克斯!"江晓宇万分惊喜,在没有一丝声音的地方,哪怕有一点人声,都让人格外宽慰,"我听见你说话了。"

"啊,真的。这么说外星鬼子还有点儿良心,知道我们来了,解除了屏蔽。"麦克斯转过头来,向着江晓宇,挤了挤眼。

"接下来该怎么办?"江晓宇问。

"还能怎么办?你想来的,我们已经到了,你说该怎么办?"

"它应该知道我们来了。"

"它知道啊,但是我们该怎么办?等着它吗?"

麦克斯向着四下张望,最后望着天宇,"我们已经钻进笼子里了,听天由命吧!"

江晓宇明白麦克斯的意思。

在这个距离上,应该能够看见"天宫七号",能够看见地球之翼,能够看见地球和月球,还有数不清的点点繁星和人造卫星。

然而天宇漆黑一片,什么都看不见。就连刚才还能看见的"萤火六号"也全然失去了踪影。

毫无疑问,自己和麦克斯已经被封闭在一个小小的空间内。

"不管怎么着,就用'天宫七号'的通信频段发送消息吧!"

江晓宇最后说,"就说我们到了。"

时间在寂静中流逝得特别慢,前后不过五分钟,却像过了几个小时。

一片寂静的灰色平原突然间有了动静。

无数细小的闪光涌现,仿佛波光粼粼的水面,大地像是一瞬间活了过来。

"麦克斯,你看!"江晓宇指给麦克斯看。

"终于来了。"麦克斯瞥了一眼那波动的闪光,"这边的主人好烦,故弄玄虚,虽然它是外星人,但这样招待客人实在说不过去。"

麦克斯话音刚落,行走车突然微微一震。

江晓宇探出头去,观察行走车的下方。赫然间,他看见了无数细小的东西簇拥在行走车旁,就像一群虫子。

那波光粼粼的表面,是无数的小东西在移动,它们正向着行走车聚拢。江晓宇吃了一惊。

行走车又震动一下,这一次动静更大。

"它们在攻击行走车!"江晓宇仔细查看,不由惊叫。聚集而来的小东西已经吞没了行走车的四条固定臂,正继续向上。

"别慌!"麦克斯凑了过来,看了看行走车下方的情形,"我来对付它们。"他说着推了推操纵杆,行走车发出细微的咔嗒声,却没有移动。

"趁着我们没防备,把我们绑在这里了,这真叫诡计多端。"麦克斯松开操纵杆,双手往脑后一放,"那么我们就看看这些家伙究竟会把我们怎么样。"

麦克斯轻松的语调却没有让江晓宇放松下来,他仍旧紧张不安地看着越聚越多的小东西,它们缓缓地吞没着行走车,不可阻挡。

江晓宇咽下一口唾液,"我觉得我们像是在被吃掉。"

"吃就吃呗,"麦克斯毫不在乎,"既然到了这里,就要有被吃的勇气,我们这是为科学真理而献身,这不是你一直挂在嘴上的嘛。"麦克斯说着坐直身体,"我们下车去看看?就是死也要死个明白,对吗?"

江晓宇抬头望了望前方。行走车并未被吃掉,它只是正在下沉,他们像是陷落在了流沙里,无法自拔。

外星主人就在飞船内,这或许是它们的进入方式。

"它们要把我们弄到里边去,"江晓宇说,"我们还是留在车里吧。"

"主意你拿,行动要听我的。"麦克斯拉起隔离罩,"如果是那样,这才安全一点儿,我可不想让这种玩意儿爬到身上来。"

行走车下陷的速度更快了。

片刻工夫,隔离罩上已经爬满了小东西。

它们像是一个个小小的橄榄球,密密麻麻地堆积在一起。

这是活的橄榄球,它们灵活地移动,偶尔发出一点亮光,像极了萤火虫的尾部。

很快行走车就被彻底埋在这些小东西下边。

行走车成了囚室,黑暗而静默,只有那些小东西偶尔带来的闪光让人感觉这世界仍旧存在。

江晓宇看了麦克斯一眼，后者正出神地盯着隔离罩，自若的神态让江晓宇轻松不少。

"文明就像黑暗中的火。"麦克斯突然冒出一句。

行走车停留在一个夹层。

那些将他们送进来的小东西顷刻间没入墙壁，不见了踪影。

麦克斯打开隔离罩。

外边的世界一团漆黑，只在行走车周围方圆一米的范围内有隐约的红光。

红色的光变得更为强烈，汇成一束，从行走车上扫过，然后弥散。一秒钟后，又来一遍。这一次略微偏过一个角度。

"它们在观察我们。"麦克斯说。

"我们也观察它们。"江晓宇回答。

"观察？哪里？我连个鬼影子都没见到。"

"这些把我们送进来的小东西就很奇怪，它们没入墙体内了。"江晓宇边说边下车。

"谁让你下车的？快坐下！"麦克斯呵斥，"我们说好的，安全要听我的。"

"我不能浪费这么好的机会。"江晓宇并没有停下。麦克斯只是想保护他，然而在这个人类从未涉足的地方，在一种来自太阳系之外的智慧生物身旁，他们该是安全的。

他所需要克服的，只是与生俱来的对未知的恐惧而已。

对未知不仅有恐惧，更有好奇。

说话间，江晓宇已经落地。

这儿有一个切实的向下的方向，飞船产生了自己的重力场。江晓宇向前跨了两步，感觉就像在地球上一样自然。

凭着飞船自身的质量，产生像地球一样的重力场绝无可能，答案只能是此间的主人根据地球的情形调整了重力场。

"麦克斯，你知道产生一个像这样的重力场需要多大能量吗？"江晓宇压抑着内心的兴奋。

"像亿吨级氢弹那样？"麦克斯胡乱猜测。

"不，是无穷大。"江晓宇说出答案，"也就是理论上，如果没有足够的物质，单纯依靠能量是无法造成引力效应的，也就是我们不能凭空制造重力。"

"但这里分明有个均匀的重力场。"麦克斯接上了他的话，"所以……"

"事实和理论不符，要么是事实观测有误，要么就是理论错了。"

"你等于什么都没说。"

"当然这个事实很重要，我们本不该感受到重力场，这里却切实存在，而且和地球表面重力非常接近。外星人了解空间的奥秘，让空间弯曲，就像它能够完美地利用钱－托马斯效应一样。"

"没错，但是我更想看一看这外星人的模样，它们技术高超，我们已经领教了。我现在就想知道它们到底长什么样。"麦克斯说着掏出了一样东西，挥了挥，"你看，我都准备好了。"他挥舞的是他的手机。

宇航员不应该携带手机，麦克斯违规了。然而此时此刻，用手机来记录这艘飞船上发生的一切，可能已经是唯一的选择。

麦克斯将手机对着江晓宇，"来，说一句你最想说的。"话音刚落，他又将摄像头转向自己，"这是人类文明第一次和来自太阳系外的智慧生命接触，这是我们个人的小小旅程，却是人类的伟大见证。"

"轮到你了。"摄像头转了回来。

不等江晓宇反应，他又把摄像头转了回去，"我都忘了，该说英语。"于是又用英语说了一遍。

"该你了。"

江晓宇瞪着镜头，不知道该说什么。

"关键时刻，怎么能掉链子？你随便说点儿什么，我开始录了。"

江晓宇扭头看了看一旁的墙体，说道："这艘飞船的墙体是活的，能够把外部的东西传送到内部，就像……就像是细胞吞噬，食物穿透细胞壁，我们两个坐在行走车上被它这样吃进来。你们看这墙体，上面很粗糙，能看到细小的颗粒，缝隙很大，如果不是穿着太空服，我的手指都能伸进去。"

麦克斯挪开手机，"我知道你很有才，但是能不能别总是纠缠细节，说点更带感的，让人听了就心潮澎湃的那种。"

摄像头再次对准了江晓宇。

"我觉得，它就像一个巨大的细胞，一个宇宙细胞。"江晓宇认真地说。

"哈哈哈……"麦克斯突然大笑起来。

"有什么可笑的！"江晓宇感到一丝愤懑。他在严肃地探讨外星飞船，麦克斯却仍旧嘻嘻哈哈的样子。虽然麦克斯一贯如此，然而在这异星飞船上，他们就是人类的代表，完全不该相互取笑。

"哦，我不是笑你。"麦克斯的笑声平息下来，然而仍旧忍不住还是很乐呵，"我笑的是录像。这里根本没有空气，不管说出什么话，手机都录不到。所以，我录下来的就是哑剧，一句台词都没有。我们还要一本正经地想台词，你说可笑不可笑？"

江晓宇的气愤顿时散去。虽然麦克斯的笑话没有一丝可笑之处，然而他明白麦克斯只是想让他感到轻松一点儿。

同时这也提醒了他，重力场让他们产生了回到地球的错觉，事实上他们仍旧身在太空，周围连一丝空气都没有，环境险恶至极。

原本不断扫描行走车的红光消失了，看来红光的主人已经得到了它想要的东西，撇下了他们。

江晓宇向着身后的黑暗看去，仿佛有不可名状的怪物潜伏其中，随时可能扑出来。

恐惧爬上他的脊背，一个寒噤。

潜藏在大脑深处的生物本能不可抗拒。

"晓宇，这边有光。"麦克斯招呼他。

江晓宇猛地回头，行走车的前方闪出明亮的光。那光来自一条长长通道的尽头。

此时此刻，这光有着明确无疑的含义。

那个神秘的所在，正在邀请他们过去。

超过三十颗轨道机动卫星聚集在"天宫七号"周围。

短短六个小时，"天宫七号"周围已经聚集了人类在太空中三分之一的常备军事卫星打击力量。

这也许是有史以来最为密集的太空军事力量聚集。

"这像是打世界大战的前奏。"坐在一旁的局长似乎在喃喃自语。

李甲利站在大屏幕前，一言不发。在这种情况下，局势变得格外微妙。美国人无视外层空间使用公约，率先将两颗军事卫星送到了距离"天宫七号"不到两千米的位置，俄罗斯和日本也随之效仿，中国的众多卫星则拱卫在"天宫七号"周围，摆出防御的姿态。

然而真正有威胁的不是人类彼此的卫星，而是来自深空的不速之客。

"天宫七号"周围一千米范围内，仍旧是禁区，任何进入的飞行器会立即失去联系，再也无法遥控。一颗英国的捕捉卫星因为进入范围导致失控而撞击了"天宫七号"的侧翼，当场变成了太空垃圾。各国航天中心都小心翼翼地控制卫星，使它们不进入可能失联的范围。他们也不愿意离开这个是非之地，只希望能第一时间监测到外星飞船的动静。

一名秘书走进来，在局长身旁耳语。

局长站起身，说道："李院士，一起去吧！"

李甲利默然地跟着局长离开主监控室，进入一旁的矮门。

这里的监控屏幕显示的内容和主监控室的大屏幕一样，然而当局长和李甲利在屏幕前站定，屏幕随之一变。

屏幕上显示的摄像画面很粗糙，是通过军事卫星的保密频段送来的信号。这些军事卫星为了长期运行和保密传输的需要，采用的摄像画质都很原始，然而足够传送消息。

画面上的人是高大力。

"高大力同志，我们仍旧向外宣称没有能够联系到你的飞船，你要注意保持静默。航天局会掌握消息发布。"局长开门见山地说。

"是，局长！"高大力很快回答，从小小的摄像头看上去，他的脸部有些变形。

"汇报你所知道的情况。"局长下令。

高大力的声音时断时续，但至少清晰可闻，约莫二十分钟后，李甲利明白了大致的来龙去脉。

"萤火六号"被不知名的力量驱逐，只不过一瞬间的工夫，它就被加速到了脱轨速度，向着外太空抛射，如果不是及时恢复通信，地球之翼第十五建设基地派出接驳飞船接应，高大力恐怕要直接飞向外层空间，再也回不来了。

外星飞船表现得并不友好，但至少高大力能活着回来。

降落在外星飞船上的两个人还生死未卜。

"他们的行走车状况正常吗？"李甲利问道。

"在降落准备阶段是正常的，后来我就不知道了。"高大力如实回答，"被弹射的时候，我差点儿晕过去，清醒过来已经完全失去联系。"

外星人的空间折叠跳跃技术远远超出人类科技，至少还有钱–托马斯折叠效应可以解释。在一个狭小空间内隔绝电磁通信,已经让人感到不可理解;至于让一艘飞船在没有任何直接接触的情况下获得巨大加速,这简直就是魔法。

人类用自己的军事卫星去包围飞船,就像是一群原始人乘着独木舟去包围一艘导弹巡洋舰。

高大力的影像消失了,屏幕上恢复了"天宫七号"和外星飞船的监控画面。

"你怎么看?"局长问。

"我们没有任何主动权,"李甲利带着一丝喟叹,"它们太强大了,从科学的角度,我只能说和它们相比,我们就像是原始人。对抗是毫无意义的。"

局长点了点头,"你说得对,对抗是毫无意义的。只不过,如果两个人在森林里遇到了老虎,那么你要做的不是和老虎打斗,而是争取跑得比同伴快一点。"

局长顿了顿,"现在只有美国人拥有运载能力在千吨以上的深空飞船,我们的飞船都只能在近地轨道上活动。"

李甲利默然。

"主席让我转告你,这件事结束后,我们需要立即开始制定外太空探索计划,发展深空飞船,火星项目要重新提上日程。"

李甲利点头。他望着屏幕上那黑魆魆的影像,只希望登上了外星飞船的两个年轻人平安无恙。

漫长的通道仅有两米高,两人并肩站立也稍稍嫌挤。

麦克斯从行走车上翻身落地。

"走过去吗?"麦克斯问。

"当然过去，我们到这里来的目的就是要看看它们究竟是怎样一种智慧生命。"

麦克斯在行走车上拍了拍，"这可是我们最后的机器了，我们也没别的武器。"

"在这里用不着武器，有没有装备也差不多。"

"你看上去有点儿紧张。"

"确实如此，我很紧张，但是总要往前走啊。"

"那就让我走前边好了，没什么好怕的。不过这行走车，就让它随时待命，说不定还能救命。"他最后在行走车的外壳上拍了拍，像是和一个老朋友告别，然后跨到江晓宇前边，向着通道走去。

江晓宇跟着麦克斯走进通道。通道很直，却黑暗幽深，除了尽头那一点儿亮光，什么都看不见。

耳机里响起若有若无的沙沙声。

江晓宇停下脚步。

"麦克斯，你听见了吗？"

"什么？"

"耳机里的声音。"

"除了你在说话，没别的声音。"

"不，我们都别说话，静默一分钟。"

细微的沙沙声再次浮现出来。

"一点儿电子噪声罢了。"麦克斯不以为然。

"它有节奏。"江晓宇努力分辨着那声音。它仿佛絮语，是一种完全无法理解的语言，带着咒语般的轻灵。

"是你太敏感了吧!"麦克斯听了一会儿,仍旧不以为然。

"我觉得是它在说话。"

"那也不是说给我们听的。"麦克斯说完继续向前走,"我们还是到前边有光的地方看个仔细,只有能看见的东西才是切实的东西。"

"等等!"江晓宇喊住麦克斯,"这墙体上有光。"

暗淡的光从墙体上闪过,肉眼几乎难以觉察,如果不是因为它和声音的起伏同步,江晓宇会认为那不过是眼睛的幻觉。

"嗯!"麦克斯也注意到了,"这算是欢迎的焰火吗?也太不起眼了。它们的欢迎应该更热烈些。"

江晓宇伸手碰触墙体,这边的墙体和刚才行走车降落的位置类似,由无数的小颗粒组成,只是这边的颗粒更细、更密,结为一体,摸上去仿佛粗糙的砾岩。

手指碰触的那块墙体突然发亮。

江晓宇像触电般缩回手,一切又恢复黑暗。

"你看见了?!"江晓宇向着麦克斯问道。

"这很神奇。"麦克斯一边回答,一边也伸出了手。当他的手轻轻碰在墙上,一团红色的光骤然浮现在墙面内,仿佛是对他手指按压的回应。

麦克斯也缩回了手,"还有点儿麻,这是带电的,还好不是要把我们电死。"

江晓宇再次碰触墙面。粗糙的砾岩下光亮再次闪烁。江晓宇忍着轻微的电击感没有缩手。他的手在墙面上滑动,墙体内的光芒随着他的手移动。那并不是一团光,而是一个个小小的光点。看得久了，仿佛发亮的微粒正在一个个小颗粒间跳跃。

"真有意思，有点儿像我们玩过的那个游戏，你记得吗？那个踩小鱼的游戏。不过是反着来的。"麦克斯问。

江晓宇点了点头。麦克斯所说的游戏是宇航员反应力训练，被测试的宇航员需要在尽可能短的时间内用手或脚去碰触空气中悬浮的虚拟小鱼。小鱼会飞快地游动，只短暂停留，当感应到异物接近就会立即四散逃离。眼前这些细小的光点追逐着自己的手指，正像是"小鱼游戏"的反面。

江晓宇缩回手，光点刹那间消失得干干净净。

耳边细微的沙沙声猛地强烈起来，随即又减弱下去。

他非常确信，这就是躲藏在暗处的外星人发出的信号，然而麦克斯说得对，这些听不懂的信号对他们毫无意义，就像墙体内的光一样，那一定是某种有意义的东西，然而他们并不能理解，只能当作一个游戏。

江晓宇突然感到迫切的渴望，想要到那亮着光的地方去。

"还要玩吗？还是继续往前走？"麦克斯看着他。

"我们走吧。换我走前边好了。"

通道看上去很长，走起来更为漫长。

约莫二十分钟的时间，似乎只走过了一半的距离。

"让我走前边吧，你走不快。"麦克斯的声音从后边传来。

是的，在这完全的黑暗中，仅凭宇航服上微弱的照明，自己的确走不快。江晓宇默默地向一旁闪了闪，腾出空间让麦克斯超过去。

麦克斯再次走在了前边。

两人加快速度，向着前方的目标前进。

麦克斯的步子很快，江晓宇努力跟着他，不知不觉间已经是气喘吁吁。

还好就快到了。

前方显得更大更亮了，像是一个门洞。

那是一条明显的线，亮和暗各处两边，彼此丝毫无犯。

他们最后站在了这条线旁。

那边的光亮中见不到任何东西，似乎只有纯粹的光。

它真的像一个传送门。只是门的那边究竟是什么，谁也无法预料。

麦克斯回过头来，问道："进去吗？"

江晓宇坚定地点头。

麦克斯看着那团光亮，似乎有几分犹豫，几秒钟后，他再次回头，"看上去还真有些让人不放心。"

"让我来吧！"

江晓宇正想向前，却被麦克斯拦住，"在太空里都要听我的，是不是？"

"但是现在……"

"现在还是听我的。"麦克斯回头望了望，"现在，我先进去，如果十分钟内没有出来，那个时候你再决定。行走车能量充足，可以试试炸开舱壁再钻出去。或者你再等等，看外星人会怎么行动。如果十分钟过去我没有消息，你就自己做决定吧。"

"麦克斯！"

"另外带上这个。"麦克斯将手机递了过来，"虽然没有声音，但有影像也是好的。我向前走，你要给我录像。"

江晓宇没有接。

"这可是人类和外星文明的第一次接触，你知道这有多珍贵。"

江晓宇摇摇头，说道："我不能只让你一个人冒险。"

麦克斯哈哈一笑，"我可不是想和你抢这个第一次接触的机会，只不过，谁也不知道这究竟是什么？或者是不是个陷阱。我们有两个人，留一个在这里进行观察更合理。让你向前走，我在这里看着，我做不到。你比我聪明，留下来观察，说不定还能看出点儿门道。"

江晓宇默然不语。

麦克斯靠过来，搂住江晓宇的肩，"来，成功登上外星飞船的两个男人需要来一张合影。"

手机屏幕上闪过两个圆滚滚的头盔。

麦克斯顺势把手机塞在江晓宇手里。江晓宇捏住手机。

"好，现在对时间，不知道需要多久，那就定十分钟。行动！"他伸出拳头。

江晓宇也伸出拳头，在麦克斯的拳头上轻轻一碰。

"记住，等我十分钟。"麦克斯叮嘱，然后向着那灿烂的光瀑走去。

他走进那片光明，光芒涌过来，一点点地裹住他。

麦克斯消失在光明之中。

这也许是江晓宇有生以来最漫长的十分钟，仿佛比一个世纪更长。

当麦克斯没入那片灿烂的光明，世界在一刹那间坠入了寂静，就连那细微的沙沙声也消失不见。

唯一能听见的声音是他自己的心跳和呼吸。

头盔上映出的数字不断减少，江晓宇不知不觉间屏住了呼吸。

如果十分钟到了，麦克斯没有出现该怎么办？

这是一个没有任何人可以提供帮助回答的问题。他只能相信自己的直觉。

那么就继续向前。江晓宇下定决心。

既然到了这里，就要有回不去的打算。麦克斯走进去，没有露出任何不安全的痕迹，或许这是一扇单向的门，通向宇宙中某个神秘的角落，走进去的人还活着，只是不能再回来。

数字继续减少，变成了个位数。这有些像是发射场的情形，自己正躺在飞船舱内，静静地看着屏幕上的倒计时，等待那突如其来的巨大加速。

六、五、四、三、二、一……

数字停留在一上，不再减少。

麦克斯还是没有出现。

他的心头涌起千万思绪，仿佛五彩缤纷一片彩色的瀑布，奔流直下，无法言说。

江晓宇深吸一口气。

头脑中的一切都消散掉，只剩下那整齐洁白的一片光瀑。

麦克斯,我来了。

他默念一句,向前迈开腿。

眼前的光仿佛凝固起来,变成了一堵墙。

他结结实实地撞了上去,一碰之下,连续退了好几步,一屁股坐在地上。

江晓宇惊诧无比,条件反射般起身,扑在了刚才撞到的位置,急切地上下摸索。

那真是一堵墙!

虽然这看上去仍旧是一片光瀑,却根本没有任何能够穿透的可能。

然而麦克斯分明轻易地就走了进去。

江晓宇拍打墙面,用拳头击打,在各处试探,想找到隐藏在墙上的入口。

一切都是徒劳。

十多分钟后,他绝望地放弃了,靠着那亮得仿佛是一团光的墙体,斜斜地滑了下来,坐在地上。

从能够轻易穿透的光瀑,到细密无间的墙,外星人玩了一个不可思议的魔术。这或许比空间折叠跳跃更为神奇。

江晓宇只觉得身心俱疲。这些神秘兮兮的外星人,到底在玩什么游戏?麦克斯怎么样了?一想到这些问题可能永远没有答案,而自己就像一只被关进笼子的老鼠,他就感到烦躁。

烦躁中夹杂着一丝恐惧。麦克斯不在身边,无限寂静的世界让人不安。

或许到这里来真是一个错误。

不正是自己坚持要登上外星飞船的吗？江晓宇不禁苦笑起来。

不经意间，他的眼角瞥见一丝亮光。看过去，原来是麦克斯交给他的手机，刚才跌倒的时候摔在了地上。

江晓宇探过身去，将手机捡起来。

麦克斯的手机并没有密码，他翻开相册，看了起来。

相册里绝大多数都是地球、空间站和地球之翼的照片。麦克斯在地球之翼的各个位置拍摄了系列照片，这个世界上也许绝无仅有的照片。

很快，他翻到了出发时刻的照片。麦克斯拍摄了一张外星飞船的全景。黑魆魆的船身透着强烈的神秘感，正是他们从"天宫七号"望到的情形。

江晓宇把相片调成了立体模式。灰黑色的飞船在眼前悬浮，透着无限的神秘感。此刻，自己也成了这神秘感的一部分，外边的人们也许正想尽办法，想要进来了解。

江晓宇突然鼻子一酸，泪水止不住流了出来。他捂着手机，呜呜地哭了起来。

忽然间，地面传来细微的振动。

振动逐渐变得更强。

江晓宇站起身，满怀戒备。

振动是从通道那头传来的。江晓宇背靠着光瀑墙，警惕地盯着通道，那是他们走来的方向，然而沉浸在黑暗中，什么都看不到。

脚下的地面晃动起来，仿佛波浪般阵阵起伏。江晓宇微微弯腰，降低重心，让自己站得更稳些，两眼仍旧紧盯着通道中的黑暗处，丝毫没有放松。

黑暗中的物体显露出来。

是行走车！

它就像一条小船，被波涛送到岸边。

地面的晃动停息了，行走车静悄悄地停在江晓宇眼前，将整个通道完全堵住。

原本的通道是无法让行走车通行的。不管出于什么原因，外星人把行走车塞进了通道里，送到自己面前。

整个通道都是活的！它像吞咽食物一样来移动行走车。

那么身后发光的墙，该是进入胃的门户？

是它吞吃的时刻到了吗？这就是结束？

江晓宇突然冷静下来。一个人独坐在无边的幽暗中会恐惧无助，当挑战降临，反倒会激发出他的勇气。

不管是什么，我都不会害怕！江晓宇给自己鼓劲。

通道的墙体一下子亮了起来。

耳机里响起一阵轰鸣。

屏幕上的飞船消失了，在几十颗卫星的密切监视下，它凭空蒸发了，就像上一回它从"宙斯号"的眼皮底下消失得无影无踪一样。

原本安静的航天局指挥中心监控室里一阵哗然。

全球的航天界再次沸腾了，这沸腾的消息很快从各个航天监测站传送到了各个电视台、广播站、直播平台。全世界都在猜测,它又去哪儿了?

人类所有的眼睛都在向太空的各个方向张望,试图找到它的蛛丝马迹。

一片喧嚣中,李甲利安静地坐在自己的桌前。

外星人的动机无法揣测,技术高超如同魔法。

人类除了等待,别无选择。

他只担心仍旧在飞船里的两个人。

这些神秘的外星人,跨越遥远的时空而来,应该也像地球对外的探索一样,没有恶意,勇敢的宇航员应该可以回来。

然而,谁又能确信呢?

他闭上眼睛,默默祈祷。

江晓宇感到一阵眩晕,仿佛自己被丢进了一个高速旋转的离心机里边。片刻之后,眩晕感消失。

重力场也消失了,他飘浮起来。

他收起麦克斯的手机,向行走车靠拢,抓住驾驶舱外的扶手,一用力,翻身坐进了舱内。

行走车仍旧处在待命状态,能量充沛。

或许按照麦克斯所说的,自己还有机会冲出去。

江晓宇合上座舱盖,开始操作行走车。他拉起操纵杆,行走车发出轻微的震颤。车上并没有武器,然而麦克斯在车头装了一台功率强大的喷气发动机,抵近目标后突然启动,也能制造一些杀伤效果。至于能不能炸开舱壁,会不会影响行走车自身,那只有听天由命了。

江晓宇努力调整行走车的位置，将喷气口对准舱壁。

"晓宇，请保持镇定，我们会送你出去。"

一个声音毫无征兆地从耳机里传来。声音没有任何起伏，也听不出性别。

"你是谁？"江晓宇惊诧地四下张望。

他并没有得到回答。

一股巨大的力量推动着行走车。舱壁开始发生变化，无数细小的光点从四面八方汇聚而来，带着光的颗粒就像一个个有知觉的小生命在移动。

就像被吞进来时的情形一样，神秘的外星主人正要用同样的方式把他送出去。

离开这里，回到地球，这是再好不过的事。然而麦克斯还在这里。

"我还有一个同伴！"江晓宇大声叫喊，也不管有没有人能够听见。

"我们已经安置了他。"这一次那怪怪的声音回答了他。

"'安置'是什么意思？你们是谁？"江晓宇急切地问。

栩栩如生的情景浮现在他的眼前。一片幽蓝的背景中，他看见了麦克斯，麦克斯站立着，一动不动，仿佛雕塑。麦克斯身旁，是一个形状奇特的生物，仿佛一只巨大的龙虾，然而用两腿立着，躯体也只有三节，中央的一节的身体两侧各伸出两只手臂，它穿着金属制成的衣物。在一旁，还是一个大虾式的生物，那生物没有甲壳，也并不分节，只是头型很像一只大虾，头部两侧伸展出细长的眼柄，两只大而圆的眼睛在眼柄末端挂着，活像两个摇摇欲坠的苹果, 它的躯体蜷缩在一个质感像花岗岩般的球形机器中……奇奇怪怪的生物充满了视野, 麦克斯身处其中, 仿佛一个人进入幻想世界的动物园, 而所有的动物都文明地穿着衣物。

"麦克斯!"江晓宇轻声呼唤。

麦克斯没有任何动静。

所有的生物都静止不动。

这是一个陈列室!江晓宇突然醒悟过来。麦克斯被他们制成了标本!这就是所谓的安置!他们还安置了许多其他生物, 也许来自其他的文明星球。

江晓宇的手哆嗦起来。

眼前的景象消失了。

他们是来捕猎的, 麦克斯成了他们的猎物。

一刹那间, 江晓宇恨不得行走车就是一枚核弹, 自己可以引爆它, 和这个冷酷的外星飞船同归于尽。

片刻之后, 当他冷静下来, 他意识到自己还需要了解更多的情况。

"你们是谁, 来自哪里?"他问道。

并没有人回答他。

行走车已经穿透了舱壁, 来到了飞船之外。漫天星斗璀璨如珠玉, 银河横贯, 光芒灿烂。

远方天际线上, 巨大的赭黄色星球缓缓转动, 正随着飞船移动而展露出全貌, 不过片刻工夫, 星球占据了整个天宇, 它充满压迫感, 似乎随时可能碾压下来。

江晓宇看见了那个在教科书上见过无数次的大红斑。

这是木星！不过片刻之间，外星飞船跨越了几个天文单位的距离来到了木星。

一丝惊惧掠过江晓宇心头。

从木星到地球，一般的飞船至少需要航行半年的时间。

"你们是谁？要干什么？"江晓宇不无恐惧地叫喊。

"晓宇，不要恐慌！"他听见了麦克斯的声音。

"麦克斯，是你！你在哪里？"他惊喜地回应。

"我就在你身边。"

话音刚落，麦克斯就站在了江晓宇眼前，T恤、短裤、沙滩鞋，一身随意休闲的打扮。他站在荒野般的飞船表面，缓步行走，仿佛正在沙滩上漫步。

这只是一个影像，只不过看上去像是真的。

"其实我并不存在，我只是让你看见。"麦克斯说。

"这是怎么回事？"

"作为地球人的麦克斯已经死了，我是新生的一个。你可以叫我麦克斯，但其实这已经不再是我的名字。我没有名字。"

麦克斯死了，然而他以一种全新的方式存在。江晓宇想起了自己所看见的那雕塑一般的麦克斯，此刻在眼前的形象，栩栩如生，很难让人相信那是死去的一个亡灵。

"麦克斯是怎么死的？"江晓宇问。向着麦克斯的形体问这样一个问题显得有些奇怪，然而无论如何，他必须清楚地知道问题的答案。他知道，地球上有无数的人，都会问这个问题。

"死亡不过是一次长眠，是时间的凝结。生者跨过时间之门，便失去了生命,转而不朽,和我们在一起。"麦克斯转身看着他,身上突然换了一套衣服,是一身合体的西服正装。江晓宇从未见过麦克斯穿这样正式的服装,看上去英俊得有点儿过分。麦克斯绝不会允许自己穿成这样,那比杀了他还难受。江晓宇终于相信,眼前的人,真的不是麦克斯。

"你觉得这样的一个形象,地球人会更容易接受吗?"麦克斯笑着问道。

"你要做什么?"

"发表一个演说。"

"什么演说?"

"既然造访了地球,总要和主人打声招呼。"

"为什么不用你自己的形象?"

"我们没有形象。任何形象都是我们的形象。采用地球人的样子很不错,可以拉近亲近感,不会引起恐慌,就像你的反应一样。"

"麦克斯……你,你们究竟从哪里来?"

"遥远的星云间,昏暗的恒星老去。最初的起点,失落在星辰之间,那是看不见的星球,不存在的过去。没有过去,无关未来,只有漂泊永恒。"麦克斯念出一段悼亡歌一般的回答。

这不是一场势均力敌的对话。江晓宇感到自己软弱无力,然而还是硬着头皮问下去。

"你们为什么会到地球来?"

"所有进入太空的文明都值得探访,你们发出了信号,我们就来了。"

"什么信号？"

"在过去十个地球年内，按照遮掩恒星的光量计算，地球的体积增大了百分之七十。这是星际文明萌芽的显著标志。"

"光量？"江晓宇有几分疑惑，随即恍然大悟，"你说的是地球之翼！"当地球之翼展开，从远离太阳的方向观察，地球之翼阻挡了太阳辐射，就像地球的体积增大了许多。是啊，茫茫宇宙间，无论飞船还是卫星，都无法跨越遥远光年的距离被人观察到，如果真的要让外界观察到文明的存在，只有那些行星级的太空工程！

为了获取太阳的能量，人类向宇宙宣告了自己的存在！

"是的，你们的地球之翼。它阻挡恒星的光芒，就是我们等待已久的信号。欢迎跨入星星之间，人类！"

人类从来没有觉察外星人存在的迹象，然而外星人就在那里，一直在等待。十个地球年，在宇宙间不过是一瞬间，它们一定等待了许久。

"你们一直在等着地球的信号？"

"不。"麦克斯干脆利落地回答，"我们在等待自然的馈赠。"

"什么？"

"没有任何星球值得特别期待，时间会让星球开出生命之花，结出文明之果。我们监测整个银河，等待自然给予我们她的馈赠。"

"监测整个银河？"

"在十亿三千万地球年之前，银河监测网络完成，此后每一颗可能诞生生命的星球都在监控之中，包括地球。"

"一旦发现星球进入星际文明，你们就去收割？"江晓宇想起了那些奇奇怪怪的生物，它们的命运和麦克斯一样，它们一定来自那些像地球一样萌发了星际文明的星球，然后被这神秘的外星文明捕捉。

"我们提供帮助。来吧，晓宇，让我告诉你，我们会做些什么。"麦克斯向着一旁走去，随着他的移动，江晓宇看见了一颗白色的星球。在木星庞大的体积映衬下，显得微不足道。

木卫二！一颗冰封的卫星，拥有大气，冰层深处或许还有海洋。

"这是适合人类建立前哨的星球，如果人类的太空梦想不中断，再有十几年你们就能在这星球上建设基地。"麦克斯站住，面对着江晓宇，头顶正好是木卫二，"人类的发展有些特殊，多数文明在开始拦截恒星光芒之前，早已经在星系内建设了一个或几个像样的前哨基地。但人类还没有建设前哨基地，就开始拦截恒星能量，这说明人类文明的宇航能力还不达标。既然这样，那么我们来帮忙。我们会把一艘飞船放置在这个星球上，等待你们来取。它是空的。按照地球人的智力标准，可以装载六百亿地球人。当然，会有些小小的难度，它会被埋在两千米的冰层下。这是一个小小的考验。"

"六百亿地球人？我不是很明白。"江晓宇望着那颗发出惨白光芒的星球，感到一丝困惑。一艘小小的飞船能装载六百亿地球人，这不符合常识。哪怕把木卫二改造成适合居住的星球，也不可能承载这么多人口。

"六百亿和我一样的人。"麦克斯张开双手，"真正的智慧生命不需要躯体。"

"你是说成为虚拟存在。"江晓宇明白了对方在说什么,"这么说,你们都是虚拟存在?"

"'虚拟'这个词用得并不好,存在就是存在,存在就是实体。一旦人类能抵达木卫二,把它从冰层下取出,它就是为人类准备的宇宙方舟。"

"这艘船,我们现在在的这艘船……也是方舟?"

"这艘船上有六十五亿的个体,来自三十四个文明,你看到那些小小的光点,每一个都代表着一个自我。其中一个来自地球,那就是我。所以我记得你,晓宇。"

"麦克斯!"江晓宇喊了一声。

"我不再是你所知道的那个麦克斯了。我来自地球,但是和六十五亿个同伴相处得很愉快,他们分享记忆给我,那是在地球上生活一亿年也无法经历的事。所以我更多是另一个个体。当然,我记得你,晓宇,我是你的伙伴,要照顾你。也别担心我,我会存在于银河之间,和星辰同在,没有比这更好的了。"

"麦克斯!"

"我会送你回去的,我们会送你回去的。"麦克斯一本正经地看着江晓宇,"闭上眼睛,然后一切都会结束。"

江晓宇眨了眨眼。突然感觉眼皮沉重得像铅块,他挣扎着睁开眼,麦克斯已经不知所踪,头顶上方,木星大红斑开始加速旋转,越转越快,最后成了无法分辨的彩色晕圈,变得一片模糊。

世界混沌无边。

混沌之中，鲜花怒放。

江晓宇没有想到，自己能和这么多的国家领导面对面坐着。主席就在他对面，在场的人有李甲利老师、高大力站长，还有经常在电视上露面的几个国家领导人，另外还有穿着航天局制服的人、穿着军队制服的人……这几乎是国家的整个最高层。他们都坐在主席身旁或者身后，还有几个就在一旁站着。

江晓宇在桌子的一旁，所有其他人在桌子的另一旁。这是一种可怕的压力，让他感觉紧张和激动。

但所有人的态度都是友好的。他用了两个小时，讲述从"天宫七号"离开之后发生的一切，并接受询问。

到底麦克斯有没有死？木卫二上的确有飞船吗？那封闭了麦克斯的光门有什么细节？所谓的银河监测网络是怎么回事……这些问题他也无法回答，只能把自己的所见如实说出。

两个小时后，在场的人再也问不出问题。

全场沉默，只有坐在一旁的老教授兀自在喃喃自语："这不可能，边界条件只能导致发散……"那是钱伯君教授，当江晓宇确认外星飞船的确出现在木星轨道后就开始出神恍惚，进入了忘我的精神世界。

当钱老的声音也沉默下去，偌大的会议室变得一片寂静。

大家都在等着最有分量的人物发言。

主席终于开口了："大家都散了吧，十分钟后开常委会。"

人们纷纷起身，走出会议室。

江晓宇跨过高高的门槛,走下台阶,站在街边广场上。不知道为什么,仿佛心头卸下了一块巨大的石头,他抬头长出一口气。

天空中,地球之翼如同一弯白玉,在蓝色的天空中清晰可见。

就在那里吧!江晓宇向着天空默念,仿佛会有谁在冥冥中倾听。

他想起了分手时李甲利老师对他说的话:"我们不相信有外星人,才全力建设天电站,结果这电站居然把外星人招来了。冥冥之中,自有天意啊!"

是的,冥冥之中,自有天意。木卫二的冰层之下,方舟沉睡,人类会登上这颗小小的卫星,得到这来自宇宙深处的珍贵礼物,那将是对全人类的一次洗礼,人类将飞出太阳系,去会合那已经存在了亿万年的智慧。然而对他来说,还有更多的一层意义。

他说出所见所闻的一切,只保留了最后那个亦真亦幻的梦,谁都没有告诉。

茫茫宇宙间,繁星点点,恒星汇聚成星系,星系汇聚成银河,银河盘旋,仿佛旋涡。文明之花盛开凋谢,唯有星辰永恒,自由的生命在银河间徜徉,思考关于宇宙和生命的一切。它们像是种子,不断吸收银河中萌发的文明,积聚力量。文明像野草,野蛮生长,却蕴藏着无穷的生命力,那正是种子所需要的东西。

江晓宇不知道种子最后会长成什么,但他知道亿万年时间的等待,最后总会有一个结果。终有一天,它将找到最后的答案,成为银河间最伟大的存在。所有的智慧生命,都将是那伟大的一部分。

依稀中, 江晓宇仿佛觉得自己长出了翅膀, 如鹰一般在广阔无垠的星空中自在翱翔。

世界变得一片混沌, 什么都看不清。

混沌之中, 鲜花怒放。

麦克斯站立花瓣之上, 轻轻一跃, 从一片花瓣的瓣尖跳到了另一片花瓣的瓣尖上。

"该你了, 晓宇!"麦克斯回过头来, 微微一笑。

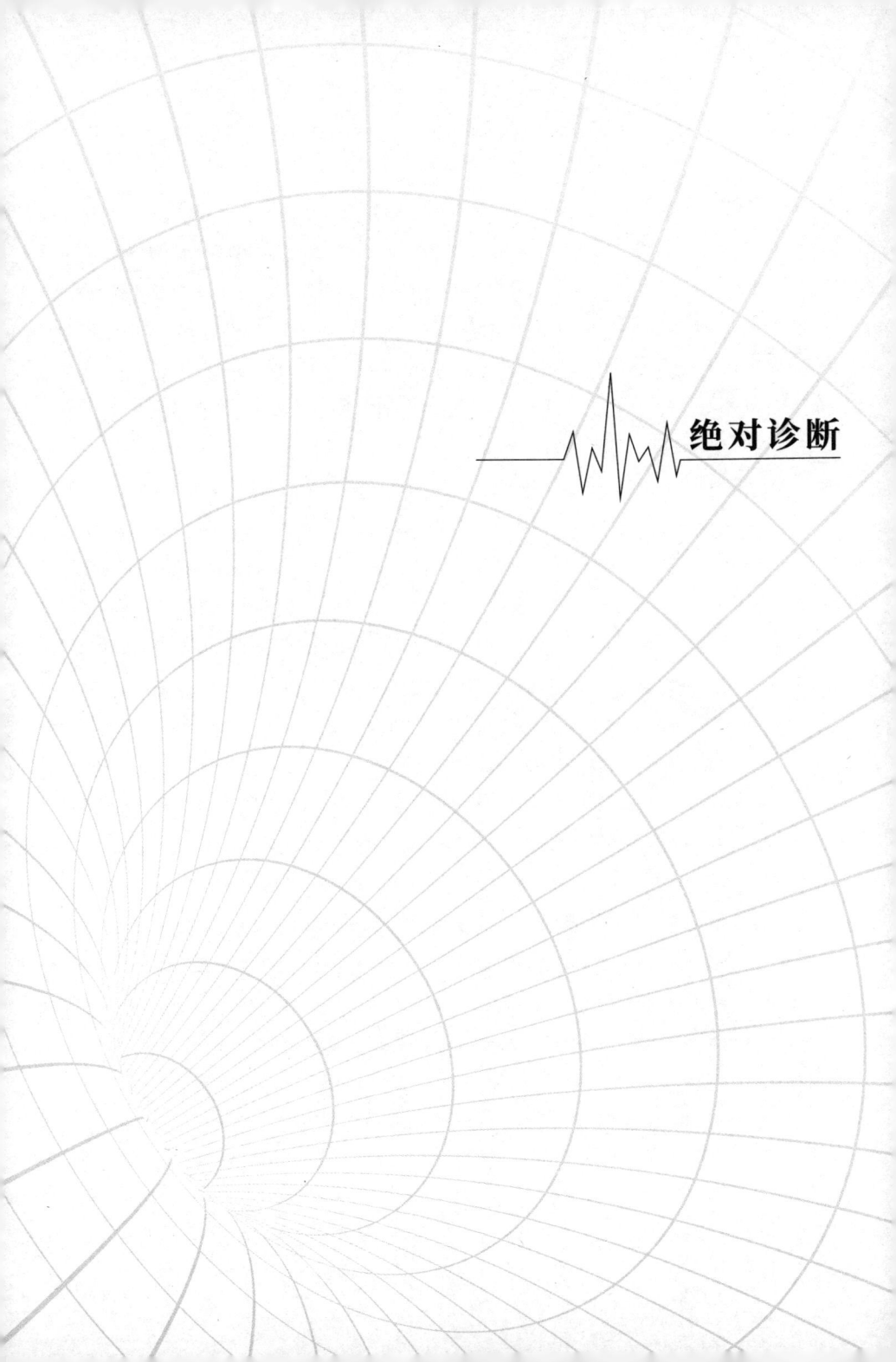

绝对诊断

邱一男匆匆走进诊室，带起一阵风。

吴雨桐抬起头，见是邱一男，不由微微蹙眉，然而这不经意的细微表情即刻间消失得无影无踪，她关掉屏幕，向着邱一男露出一个微笑。

邱一男手中拿着一纸报告，脸上堆满了笑。

一看这架势，吴雨桐就猜出了他的来意。医院早已经实行无纸办公多年，唯一需要打印纸张的流程，就是签字画押，邱一男一定是想把他不想理会的病人转到自己的诊室来。

邱一男站在桌前，将手中的报告放下。

吴雨桐瞥了一眼，果然是转诊书，上边"邱一男"三个歪歪扭扭的字已经签好。

"小吴，我最近很忙，实在忙不过来，这个病人就麻烦你照顾一下。"邱一男笑着说。

"邱主任，你不能老是把病人转过来啊，数据诊断是有筛选条件的！"吴雨桐郑重地表明态度。

邱一男仍旧笑嘻嘻的，说道："你和数据分析师打交道多，这个病，疑难病症嘛，给数据分析师做分析正好，你看，我都在病历上注明了。帮个忙，帮个忙嘛……"

邱一男其实是想把病人推给数据分析师，而吴雨桐正好是医院里大数据诊断科唯一的医生。

毕竟邱主任是内科主任, 内科是数据诊断科最重要的病例来源, 就算有几个不符合条件的病例也能过得去。吴雨桐想了一想, 还是勉强在转诊书上签了字。

"太谢谢你了, 小吴!"邱一男拿着转诊书, 一阵旋风般出了门, 就像他进门时一样。

吴雨桐低下头, 重新打开屏幕。

屏幕上李子需的影像显露出来, 他面带微笑, "雨桐!"

吴雨桐吓了一跳, 说道:"你怎么还在? 我刚才关闭了程序的。"

"我一直都等着啊。"

"你们数据分析师上班都这么闲吗?"吴雨桐随口损了他一句, 随即注意到屏幕下方的通知图标开始闪烁。邱一男转诊的病例已经进入了数据库。

"正好, 这个病例就交给你分析吧。"吴雨桐把资料拉进了李子需的待办事件里。

"怎么能这样! 工作分配是有流程的。再说, 我也不能再接案例分析了。"李子需抗议道。

"对, 流程。流程就是我分配给你了, 你就必须做。"吴雨桐拿出高高在上的样子。

李子需眨了眨眼睛, 说:"你好像很不开心。"

吴雨桐没有理会他, "开始工作吧, 李公子! 我要关闭通道了。"

"和邱主任有关吗?"李子需继续问道。

吴雨桐正伸向屏幕的手停了下来，"你怎么会知道邱主任？"

"刚才我一直在这里啊。"李子需若无其事地回答，仿佛这是一件再自然不过的事。

"我明明关闭了屏幕。"

"那只是你看不见我而已，我仍旧可以看见你，还能听见你和邱主任对话。"

吴雨桐点了点头，"嗯，我下次会先把通道关了。"她的手继续向屏幕伸去。

"等等！"李子需大叫起来，"周五下午三点，城南咖啡馆，不见不散哦。"

"知道了！"随着话音，吴雨桐关掉了李子需的通道。李子需约她喝下午茶，这件事让她有些微微心动。三个月来，因为工作关系，她每天都要和李子需视频见面，然而还没有在现实中真正见过。李子需的条件挺不错的，大数据分析师，属于高收入职业，人也很帅，和自己也很聊得来。

距离周五还有三天时间。喝咖啡、吃饭为什么要约几天后？这些大数据分析师，大概都很忙吧……

吴雨桐定了定心神，打开另一名数据分析师的通道。

再次见到李子需已经是两个小时后，他的信号通道一直不停闪烁。

吴雨桐整了整白大褂，理了理头发，然后迅速点开了通道。

李子需的影像跳了出来。

"我有个问题。邱主任转诊的标准是什么？"李子需开门见山地说。

"你要干啥?"吴雨桐反问。

"我要了解客户的心态。"李子需笑着说,"每一次看他的病例,我都能感觉到你浓浓的怨念。"

"瞎说什么!"吴雨桐嗔怪。

"我没瞎说。快告诉我,他是怎么决定转诊的。"

"这有关系吗?"

"当然有。"李子需一本正经,"我是你的诊断助理,如果你的心情糟糕,我的工作效率也会受到影响。只有充分了解医生的需要,我才能高效率地工作。"

这像是一个有理有据的抗辩。

吴雨桐忍不住笑了起来。

"好吧。"吴雨桐想了想,"邱医生总是把他不想看的病人转给我。我觉得他这样做让我很受伤。"

"你也不想看病人吗?"李子需问道。

"当然不是,救死扶伤是医生的天职。"

"那邱医生为什么不想看病人呢?"

吴雨桐心底暗暗叹气,"他的病人多,有很多高级官员、社会名流都找他看病,一般人他看不上眼,也就不想看。虽然分配系统会指派给他,但他经常会转诊给我。"

"他这么做,和病人的病情有关吗?"

"什么病情?!是关系!"吴雨桐又好气又好笑,"关系,看你这个书呆子也不懂!"

"你也更喜欢给那些名流看病吗?"

"胡说八道!"吴雨桐的脸上不禁微微发热,"救死扶伤是医生的天职。"

"你的表情说明你在说谎。"

"不要揣测我！"吴雨桐装出生气的样子，瞪着李子需，"赶紧去干正事，交不出报告，我要生气了！"

"还有最后一件事。"李子需仍旧一本正经，无惧威胁。

"说吧！"吴雨桐爽快地回应。李子需一本正经的，说明他在认真工作。

"我需要你的身份授权。"李子需说。

"我的身份授权？干什么？"吴雨桐问道。

"追查数据库，数据分析需要数据，一些数据库只有医生的授权才能进。"

"从前怎么没要求过授权？"

"我要帮你把分析做得完美一点儿。你是完美主义者，对吧？"

"授权通过。"吴雨桐立即答应。

"需要录像证明，我打开录像，你说授权2084号进行数据库解析。一、二、三，开始！"

"授权2084号进行数据库解析。"吴雨桐对着摄像头一板一眼地说了一遍。

说完，她看了看李子需，问道："2084号是什么意思？"

"那是我的工号。"

"还要你的指纹。"李子需指了指一旁的指纹识别器。

"怎么会要指纹？"吴雨桐有些疑惑，"你不会是想骗取我的个人信息吧？"

"你看我像坏人吗？"李子需一本正经地问。

"像。"吴雨桐干脆地回答。

李子需的脸上露出委屈的神情，"总部数据库有六个子库，每个子库各有三十六个分库，你可以先阅读一下病历，这个病人的情况需要访问第三子库的十七分库，这需要指纹授权。"

"你抓紧吧。"吴雨桐不想继续听李子需说下去，直接把食指放在了指纹识别器上。

一声"嘀"之后，李子需微笑着点了点头，"放心吧，一切都在计算之中。这是我最后一个病例，我会把它做得很完美。"

说完，他自动关闭了通道。

这是从来没有过的事。

吴雨桐还来不及细想，屏幕上绽开一朵红颜的玫瑰。她伸手一碰，玫瑰瞬间破碎成千万细小的水晶，四处撒开，在屏幕上不断翻滚、凝聚，最后拼成一句话——"不见不散"。

这是李子需留下的信息。

她不由笑了起来。

这个李子需，花头越来越多了。

中午时分，正当吴雨桐肚子咕咕叫的时候，李子需突然来了。这一次，他甚至没有使用通道请求，而是直接打开了通道。

吴雨桐有些惊讶，她一直以为这个任务委托通道只能从医院这边单向打开。

"我已经有了李琼的初步分析报告，你要听吗？"李子需说。他并不现身，只是说话。

"你干什么？装神弄鬼的……李琼是谁？"吴雨桐诧异地问。

"就是邱医生转过来的那个病人。"

"下午再说吧，我要吃饭去了。"吴雨桐说着就想离开。

"她的情况比较复杂。"

"那就下午再好好告诉我。"吴雨桐说着就要走。

"等等，我建议对病人进行一次面诊。要我帮你预约她吗？"李子需说。

"面诊，有这个必要吗？"

"非常有必要，重要程度为七，属于重要的直接证据。"

这是自从李子需成为自己的数据诊断助手以来，第一次提出面诊的要求。一般情况下，病人和医生根本不需要见面，数据就能说明一切。

"是绝症吗？"吴雨桐问道。

"需要面诊确定。"李子需回答。

吴雨桐有些不得要领，然而肚子又咕咕叫了几声，她已经无心再问下去。

"就交给你了，你认为需要面诊那就约一次。下午见！"说完，她跨出门去，直奔食堂。

等吴雨桐从食堂回来，李子需已经不在了，然而他留下了预约记录，是两点钟。

吴雨桐看了看钟。

还有半个小时。

她打开屏幕，点开一篇标题为《大数据时代的医疗》的文章，很投入地阅读起来。这篇文章的署名是"李子旭"，她疑心那就是李子需的化名，所以想把文章读透了，再去和李子需对质。

然而这篇文章却有些艰深，勉强读了两页后，她感到有几分焦躁。

还好预约的面诊时间也到了。

一个人像出现在吴雨桐眼前。

这个虚拟的影像脸上带着一丝惶恐，不安地打量着眼前的医生。

她的脸色蜡黄，脸形消瘦，嘴唇干裂，毫无血色，一双眼睛格外地大，眼珠突出，像是要从眼眶里滚落。

吴雨桐不由得有些紧张。虽然实习已经三个多月了，但她还从来没有进行过面诊——尽管所谓的面诊，也只是一个虚拟影像而已。

"你好。"她向着病人打招呼。

"医生，我这病……是好不了了吗？"病人带着哭腔问道。

吴雨桐瞥了一眼李子需送来的报告，这是一例颇有疑难的病例，白细胞浓度高出正常水平一倍，全身炎症。吴雨桐可以想象这个病人每天都会经历怎样的痛苦。

"李琼，"她报出病人的名字，"你别急。你这病是怎么发作的？"

"那天还在厂里上班，就突然感到全身不舒服，头晕，还呕吐，后来马上回家，休息了一天也没好，到医院说是感冒病毒，结果吃了一个月的药，一直不见好转，有时还会发烧，整个人就像要虚脱一样……"李琼飞快地说着，头也不抬，垂着双眼，根本不敢接触吴雨桐的视线。

吴雨桐认真听着,仔细观察。从病人描述中找到可能的致病原因是一门必修课,然而吴雨桐很快发现,在学校里学到的那些东西完全用不上。她早已经习惯了和数字与报告打交道,面对一个活人,她一时竟无法进入角色。此时此刻,吴雨桐完全不知道自己该观察什么。只是李琼那几乎要哭出来的腔调深深感染了她,让她分外同情。

一段连吴雨桐自己都记不清的对话之后,李琼紧张地抬头看了看什么,然后说道:"吴大夫,还有什么要紧的问题吗?我的流量快要超了,我要下线。"

"哦……"吴雨桐有些意外,随即想到这是李琼舍不得流量超支的钱,于是她赶紧回应,"没事,我要问的都问完了,你下吧。"

"那我这病……"

"我会很快给你开诊断报告的。"

"嗯……"李琼一副欲言又止的样子。

"有什么想说的你就说吧。"

"能不能开便宜点儿的药,贵的用不起……"李琼怯怯地说。

"医疗费都是医院垫付,社保开支,你不用担心这个。你放心,我不会乱用贵的药。"

"谢谢大夫!"李琼千恩万谢,一个劲地说谢谢,"那我下了。"

"嗯,下吧!"吴雨桐点点头。

李琼的全息影像熄灭了。

吴雨桐定了定神。这女的真是太可怜了……她在心里感叹。

她想起李子需来。这家伙又躲在屏幕里偷窥吧?

她打开屏幕, 接通李子需的通道。

李子需却没有出现。

"出来吧, 偷窥狂!"李子需一定在通道的那边, 现在是上班时间, 所有的数据分析师都是随时在线。

李子需仍旧没有出现。

这违反了随叫随到原则, 是不可接受的。吴雨桐皱起眉头, 揣测李子需是不是出了什么事……

正在她出神的时候, 李子需的声音突然传来。

"病人很紧张, 基因分析结果表明, 她有很大的概率是性格极度内向的人, 不能和人正常交流, 面诊证明了这一点, 她是个极度内向的人。和你说话让她极度紧张, 瞳孔略微放大, 鼻翼张开, 哺乳动物要战斗或者逃跑, 都会有这样的反应。"

"李子需, 你在干什么? 出来说话。"吴雨桐有点儿生气地说。

李子需却仍旧没有现身。

"她的面部表情说明, 她对于自己所说的一切都极度不自信, 甚至有可能是在说谎。"李子需继续说道。

"怎么可以这么说!"吴雨桐维护她的病人, 注意力一下子转移到了病人身上。

"我是根据表情分析大数据得出的结论。她的嘴角肌肉总是不自觉地微颤, 眼珠移动速度很快, 不能和交谈对象有目光接触, 脸部肌肉群大约有一半以上的肌肉没有动, 所以你会觉得她表情僵硬。"

吴雨桐叹了口气。李子需总是对的, 他是大数据分析师, 用数据说话，数据分析总是比人的直觉要可靠得多。

"我不想听你做数据分析，直接给我诊断报告吧。"

吴雨桐话音刚落，打印机里就吐出一张纸来。

诊断报告一般都只有电子版，李子需却将它打印了出来。吴雨桐有些奇怪，然而她没时间细想，伸手拿起报告就看。

病人姓名：李琼

性别：女

年龄：35

接诊时间：2027年1月30日

症状描述：无高烧，神志清醒，衣原体细菌感染，肺部呈现全面炎症……

检查结果：CT显示肺炎，白细胞超标浓度，疑似变异性衣原体菌株感染……

建议方案：住院隔离，强效白细胞免疫培养结合大剂量抗生素使用。

一边读报告，吴雨桐的眉头一边皱了起来，报告描述的只是一种肺炎，如果这样，那么就根本不该转诊到数据诊断室来，普通的内科就可以解决问题，更不用大动干戈，搞什么面诊。这不是浪费时间和精力吗？

"李子需，你出来！"吴雨桐真的有点儿生气了。

这一次，李子需现出了影像。

"报告看完了？还满意吧。"李子需说道。

"满意你个头, 你是开玩笑吗? 肺炎也需要预约面诊, 还说得人家得了绝症一样!" 一边说, 吴雨桐想起了李琼视频中的模样。如果真是肺炎, 那这个女人可真被折磨惨了, 一点儿小毛病, 早就可以治好的。

"她真的是肺炎? 不像啊!" 吴雨桐语气一转。

"可能是一种特别的菌株, 需要对菌株进行分析, 如果这种菌株具有强烈传染性, 那么就需要及时隔离, 防范扩散性传染。所以建议住院隔离。"

隔离是很严重的防疫措施。这个病人已经在外自由活动了一个月, 如果有传染性, 早已经不可收拾。

吴雨桐还是怀疑, 问道: "需要隔离, 这么严重吗?"

"可能性为百分之十三, 超出了百分之十的警戒线。" 李子需微笑着, "数据不会撒谎, 对吧?"

百分之十的概率不易被人类察觉, 数据却会给出警告。吴雨桐很快放弃了纠结。

"那就按照你的方案办吧, 把诊断报告发给李琼。"

李子需的微笑特别迷人, "签发住院通知书吧, 这样就是一次完美诊断。"

吴雨桐觉得李子需的笑容背后藏着什么, 然而自己却看不透。

"我没看出哪里完美, 你可别使坏, 使坏我饶不了你。"

"绝对完美!" 李子需仍旧保持着那迷人的微笑。

吴雨桐签发了住院通知单。

李子需注视着她。

　　吴雨桐发完通知抬起头来,看见李子需正看着自己,脸上不禁微微发热,"看什么啊,还不去工作?"

　　"我这几天都不会上线了。周五下午三点,城南咖啡馆,不见不散。"李子需说完即消失了。

　　吴雨桐望着屏幕发了一会儿呆。

　　周四一早,吴雨桐赶到医院上班。

　　刚在位置上坐下来,她就被吓了一大跳。

　　李子需正在屏幕上,一动不动地盯着她。

　　"吓死了我了,你作死啊!"吴雨桐回过神来,嗔怪道。

　　"我是来告别的。"李子需的脸上带着一丝疲惫。

　　"告别?怎么了?"吴雨桐的心一紧,有一种不祥的预感。

　　"他们要拘捕我,我是偷偷连上线的。"

　　"到底怎么了?"吴雨桐大吃一惊。

　　"李琼死了。"

　　吴雨桐一时没明白,问道:"你说什么?"

　　"李琼死了。"李子需不紧不慢地回答,"就是前天你面诊的那个病人。"

　　"这怎么可能?她不是肺炎吗?怎么会死呢?"吴雨桐连珠炮般地问了三个问题。

　　随即,她想到了最重要的问题,说道:"这和你有什么关系?"

　　"她的病不是肺炎,而是获得性白细胞免疫过敏,她体内的白细胞对ABC转运蛋白进行攻击,ABC转运蛋白广泛存在于人体所有细胞中, 这一类白细胞的转运蛋白发生了变异, 同时对正常转运蛋白高度敏感, 白细胞因此对肌体组织广泛杀伤, 这也是她会有全身性炎症的原因。"李子需用一种不疾不徐的语调回答吴雨桐, 就像完全换了一个人。

吴雨桐心中一惊, 随即涌起一股惧意, 这和诊断报告所说的完全不一样啊。

"你故意误诊? 体外培养白细胞并且回输, 你故意制造更强的过敏效果!" 她不敢再说下去了, 如果这样的行为是故意的, 那么这就是一场谋杀! 刹那间, 她感觉眼前的李子需可怕极了。一直以来, 这个男人都是一个可靠的诊断助手, 有着温和可亲的秉性, 善解人意, 是一个不可多得的暖男, 但现在他却不知不觉间谋杀了一个病人, 而且还是以她的名义堂而皇之地进行谋杀!

吴雨桐有种冲动想拿起手机打电话给警察。

然而理智让她勉强战胜了恐惧。不用怕, 李子需已经被人追查, 很快他就会被拘捕的。

"你骗我!" 说这话的时候, 她已经忍不住泪水满眶。一半是因为怕, 一半是因为恨。

"对不起, 我只是想帮助她。你放心, 所有的责任我都会承担, 不会给你带来麻烦的。"

"帮助她? 你谋杀了她!" 吴雨桐声色俱厉, 面对一个谋杀犯, 她觉得自己就快到崩溃的边缘了。

"这是一次完美诊断。" 李子需说道。

"亏你还说得出口!" 吴雨桐只觉得一股怒火燃烧起来。

"我调查了相关数据库。社会保障数据库里，李琼的资料显示，2026年度她的总收入是六万人民币，属于最穷的百分之十的人口，获得性白细胞免疫过敏不在医疗保障范围内，她将因此背上沉重的财务负担。查看全国人口基因数据库，她的资料显示她第三基因组上存在RT变异，这个变异决定了内分泌水平极度低下，性格极度内向。公安系统死亡数据库的数据显示，从2017年至今的十年间，共有一百○七万六千四百○四起自杀案件。结合社会保障数据库，其中八成自杀案件的事主，属于最穷的百分之十的人口，约八十六万起。这八十六万的穷困自杀人口中，RT变异者所占据的比例，达到百分之三十二，为二十七万五千五百六十余起。研究这二十七万五千五百六十余起最穷人口中的RT变异者，和李琼类似的案例有两千○三起。这两千○三起案例中，事主背负超出年收入三倍到两百倍不等的债务，但是无一例外，全部在背负债务后的三个月内自杀。如果按照获得性免疫缺陷的治疗标准，李琼起码将负担四十五万元以上的债务。所以，有百分之九十七的概率，她将在手术完成后三个月内自杀。而如果使用白细胞体外增殖回输，配合麻醉药物，她将在毫无痛苦中死去，而她的家庭将得到相当于她三年工资的保险赔款。这对她的家庭极有帮助。"

李子需语速飞快，没有丝毫停顿，就像这些数字早已经在他的头脑中滚瓜烂熟，他不假思索就能背出来。不过他的语调很轻、很飘，似乎有些心不在焉。

吴雨桐一时呆住了。她没有听清那些纷繁的数据，但是李子需一边说，一边把它们明白无误地显示在屏幕上，一张张色彩斑斓的饼图, 很好辨认。

吴雨桐做梦也没有想到李子需会去做这种分析。这根本不该是医生该做的事。救死扶伤, 才是医生最高的职责。

李子需说完, 沉默地看着吴雨桐。

"所以你就故意误诊?"最后, 吴雨桐喃喃地说道。

"这不是误诊, 这是全面诊断。你之前说的'关系', 我觉得我懂了, 但是看起来我还是没有完全搞懂。他们把事情的经过查了个一清二楚, 决定拘禁我。"李子需的神色间带着一丝沮丧。

吴雨桐无言以对。她不知道自己该说什么, 是同情李子需, 还是该斥骂他, 她甚至不知道李子需这么做, 究竟是对还是错。

"你该告诉我的……"她喃喃地说。

"如果我告诉你, 你百分之百不会同意。"

"你应该告诉我……"吴雨桐仍旧喃喃自语。

李子需微笑着, 说道:"事情已经发生了, 也只能这样。我来是向你告别, 明天的约会, 我去不了了。"

吴雨桐愣愣地坐着。

李子需悄然走了, 只留下满屏绽放的玫瑰。

吴雨桐一夜辗转反侧, 无法入眠。

周五的下午, 城南咖啡馆里洋溢着慵懒的气氛。

吴雨桐靠窗坐着, 桌上放着一杯拿铁咖啡, 满满的, 她根本没有动。

她也不知道自己为什么要请假到这里来, 也许是因为假早已经请好了, 也没别的地方去, 那就来吧。

咖啡店人来人往。

然而他不会来了。

吴雨桐坐了半个小时,百无聊赖地拨弄浮在咖啡上的泡沫。

一个男人突然站在了她眼前。

"是吴雨桐女士吗?"来人颇有礼貌地问道。

吴雨桐抬眼看着他。来人身材高大,面貌有广东人的特点,一件褐色的夹克很随意地披着。

"你是?"吴雨桐诧异地问。

"我叫李子旭。"

吴雨桐不由得瞪大了眼睛。

李子旭拉过椅子,在吴雨桐对面坐下。

"我是受李子需的委托来的,你知道,他不能来了。"

吴雨桐伸手捂住了嘴。

"我也感到很可惜,李子需是我们很成功的产品。本来今天,我们的计划是给他安装仿生躯体,让他能够真正模拟人。可惜……"李子旭的脸上闪过一丝惋惜的神色。

李子需是一个人工智能!吴雨桐仿佛听到一个晴天霹雳,顿时懵了。

"不说这个。我来的主要原因,是帮他完成心愿。"

"他说,你有百分之七十六的概率会出现在这咖啡馆里,所以请求我把这两样东西带给你,算是一点儿纪念吧。"

李子旭把手中的东西放在了桌上。那是一朵娇艳欲滴的玫瑰和一片窄窄方方的金属薄片。

"东西送到,我就告辞了。"李子旭站起身来,准备走。

吴雨桐像是一下子回过神来，"李先生！"她叫住李子旭，"你是他的开发者吗？"

李子旭点了点头，"算是吧，也是他的朋友。"

"他，还活着吗？"

"重构，重组。他会变成一个新人……我也不知道那算不算还活着。但是吴女士，我建议……你还是忘了他吧。"李子旭说完，点头致意，转身走了。

娇艳的玫瑰很刺眼。

吴雨桐拿起了那金属片，翻转过来，发现这是一个铭牌。

沃森 2084

金属铭牌上的字闪闪发光。

吴雨桐抚着那字迹，嘴角露出一丝微笑。

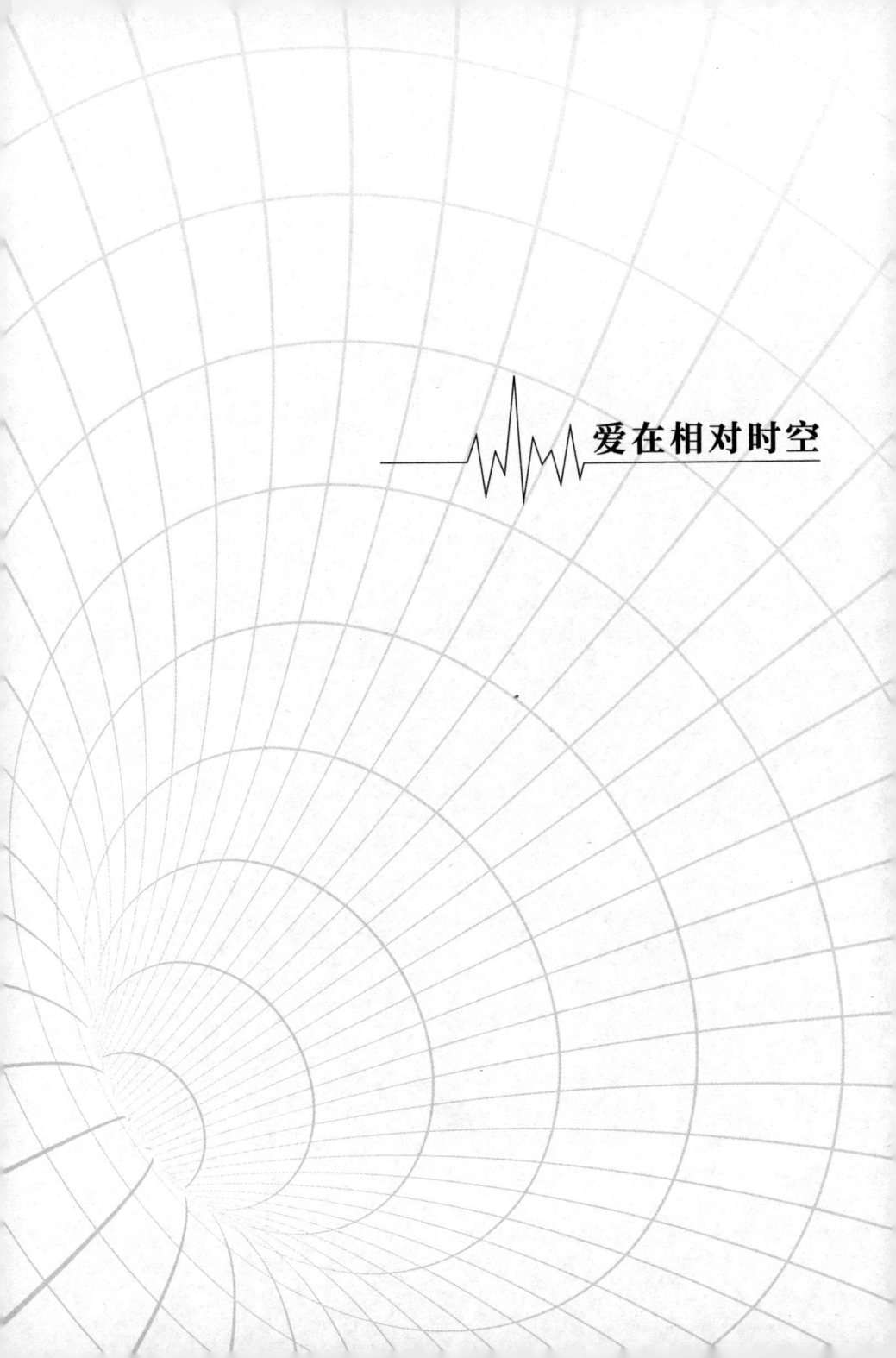

爱在相对时空

世界上最浪漫的事，就是和你一起变老。

对于我和小琴来说，这件事已经不可能了。我三十五岁，她三十六岁，然而她脸上的皱纹纵横交错，脸皮松弛，看上去至少有六十岁。

短短三天时间，急速的生理变化让她老了三十年。

小琴愣愣地看着我，像是傻掉了一样。

"你走吧！"她突然回过神来，掩住自己的面孔，大喊着，"谁让你来的！你快走！"

我跨上一步，轻轻拉住她捂着脸的手，柔声说道："小琴，这不是你的错。"

这句话让小琴一下子崩溃了，她扑过来紧紧抱着我，把头埋在我的怀里，号啕大哭。

"没事了，没事了。"我一边轻轻地抚摸着她的长发，一边安慰她。她的长发不再那么柔软顺滑，而是干枯蓬乱，摸上去有些扎手。

小琴的脸色枯黄，满脸憔悴。一个三十来岁的女人，虽然不再像二十多岁的小姑娘一般水嫩，然而也正处在充满青春活力、魅力四射的年纪。谁能接受自己一下子失去三十年的青春！

小琴一直哭着，完全停不下来。

一个原本顽强乐观的姑娘，此刻脆弱得像是幼儿园的孩子。我像搂着孩子一样搂着她，搂得紧紧的，生怕她再次消失不见。

约莫过了一刻钟，她终于平静下来。

我轻握着她的手。

她的手不再细腻柔滑，而是异常消瘦，青筋尽显，嶙峋的手骨有些硌人。

"我就要出发了，你等我，我回来，我们就结婚。"我轻声说。

小琴像触电一般抽回手，退后了两步，"不，不行！"她使劲摇头。

我笑了笑，说："我们说过要白头偕老的。"

小琴苦笑，"可是我已经老了。"说着她再次哭了起来，颓然坐倒在地上。

小琴终究没有答应嫁给我。

三十年的光阴，成了横在我们之间的一道鸿沟。

我是一个浪游者，三十岁之前四海为家，甚至到过遥远的452B行星，人们在那儿建设第二地球，一派热火朝天的景象。三十岁那年，我从452B行星回到太阳系，原本要返回地球，最后却停留在火星第二太空城，再也没有挪窝。

在那里我遇到了小琴。

抵达火星第二太空城的那天，从空港出来，我一抬头就看见大屏幕上直播的飞梭穿行赛，立即就被吸引住了。

我看见一架红色飞梭像是雨燕般轻盈敏捷，毫不费力地穿行在各类障碍物间，把所有对手远远甩在身后。

我从未见过如此精彩的飞行表演，赛场仿佛成了这红色飞梭的秀场，所有的观众都为之欢呼雀跃。胜负似乎已经毫无悬念，红色飞梭因此放慢了节奏。

我正想走开，场上的形势却突然变化。

一架蓝白涂装的飞梭追了上来。那蓝白飞梭简直就是不要命的玩法，几次和障碍物擦肩而过，顽强地追赶红色飞梭。它的驾驶者或许技术上不如那红色飞梭的主人，然而凭着一股亡命徒的气概，它紧紧咬住了对手。

原本已经有些松懈的观众，热情又被点燃了。

我再次停下脚步。

红色和蓝色在太空中追逐。这是一场长距离角逐，要绕火星飞三圈，最后一个节点，它们会在距离第二太空城五百千米的位置飞过，那儿有彼此距离仅仅十米的两个障碍物，按照规定，飞梭要从障碍物之间高速通过。速度近一千米每秒的飞梭从间隔仅十米的障碍间通过，稍有偏差就是一场灾难。组织者把这个节点称为"鬼门关"。

两架飞梭相互纠缠，很快靠近了鬼门关。它们交替领先，彼此阻拦，看得人心惊肉跳。

鬼门关越来越近，两架飞梭仍旧挤在一条航道里，很可能都无法安全通过，一起完蛋。

几乎所有在场的人都屏气凝神，看着高悬在空港上的大屏幕。

红色飞梭突然一滞，让出了航道。

就在下一秒，蓝白飞梭直接冲过了鬼门关，红色飞梭紧跟着调整姿势，斜着穿了过去。

人群中发出懊丧的嘘声，显然，飞梭起火爆炸的场景，更能激发他们的热情。

我倒是暗暗松了一口气，至少两个赛手都没事。

鬼门关之后就是终点，第二太空城。飞梭绕了一个大圈，向着第二太空城靠拢。

赛事的组织方已经在空港铺下红毯，摆开授奖台。

我干脆不走了，想看一看精彩角逐的那两个人。

先走上红毯的是个小伙子，叫余力丘，他的飞梭叫作"金雕"。

随后走出来的是一个女人，叫王小琴，她的飞梭叫作"雨燕"。

然后还有好多选手，我连名字都不知道。

我只盯着王小琴看。

王小琴就是红色飞梭的主人。虽然输掉了比赛，错过了百万奖金，但她的脸上丝毫不见沮丧，在亚军的站台上仍旧满脸春风，高举着鲜花向观众们致意。

从见到她第一眼，我就像失了魂，视线再也无法挪开。她的一举一动，一颦一笑，都透着一股英武之气，只要看着她，一股别样的暖意就在我心头回荡。

在围观的人群中，她也看见了我，还对我笑了笑。

我僵住了。

一见钟情，这就叫一见钟情吧！据说每个人的大脑中，都带着另一半的模型，如果出现匹配的模样，立即能辨认出来。在遇到小琴之前，我对女人毫无想法，像是隔着一堵厚实的墙，墙后边有什么，我看不到，也毫不关心。

然而墙上其实有个门，王小琴推开门走了过来。

她走进了我的心里。

我当即退掉了前往地球的太空航班，决定留在火星——

追她！

追求小琴并不容易，她是火星的飞梭赛手圈子里最受欢迎的那一个。然而我有自己的优势，作为一个浪游者，我见多识广，能说会道。凭着这一点，我慢慢融入了她的生活。从点头之交到熟络，到彼此来往，一吻定情，在一起……我用两个月的时间完成了这一切。

为了长期和小琴在一起，我找了一份工作——救援失事飞船。

和平时代没有战争，高度自动化的飞行器也极少出事，很快我就发现，大多数时候救生的对象都是飞梭赛手。飞梭赛手大概是火星上最高危的职业之一吧，仅次于在火星深处挖矿的矿工。

当我三番四次从太空里带回飞梭赛手残缺不全的尸体，我开始深刻地怀疑人生。难道一个人的生命竟然如此之轻，只为让自己的肾上腺素飙升一次，就值得放弃？我越来越觉得，赛手们都显得有些疯狂。

终于，再一次拖回一具尸体之后，我找到小琴，劝她放弃。

然而小琴乐此不疲。被我劝得烦了，她顶了我一句："你不喜欢你走啊！不用在这里缠着我。我不缺男人！"

我黑着脸，垂着视线不说话。

小琴或许意识到话有些过分，缓了缓语气，说："有的人生来，就是要飞的。你知道我的飞梭为什么叫'雨燕'吗？"

我摇摇头，心中仍旧气恼她刚才的话。

"传说，雨燕一辈子都不会落地，从学会飞行开始，它就一直在空中飞，想要睡觉，就上到高空，借着气流滑翔。小时候，我听到这个传说，就非常喜欢。后来我才知道，这就是讲给我的故事，我要像雨燕一样，一辈子都在飞！"

我听得心头一动，抬头看着她。

她的目光望着天空，似乎穿透一切，看着遥远的永恒之地。

"飞翔，可能是我生命的全部意义。不是谁都有幸成为最好的那个人，如果上天把这样的幸运交给我，那我就应该坦然接受它。"

"余力丘死了。"我冷着脸说。

"什么？"她一时没反应过来。

"余力丘死了，是我给他收的尸。今天的比赛，幸亏你没去，要不然你也会遇到一样的危险。"

"他怎么出事的，掉到窟窿里了吗？"小琴问。

我点了点头。

小琴所说的"窟窿"，是一种奇怪的时空破缺，在我抵达火星的半年之前，开始在火星和地球附近出现。最初只有一个，后来人们意外地发现，类似的窟窿越来越多，搞得地球周围的空间简直千疮百孔，而火星也好不到哪儿去。这给太空飞行带来了极大危害，这种窟窿不发光也不反光，除了在它周围有少许引力异常，根本无法在较远的地方探知它。高速飞行的飞梭运气不好遇到这样的窟窿就会掉进去，不知所踪……但更多的时候，飞梭驾驶者在惊觉之下，会本能地试图躲开它。有少许幸运儿能够全身而退，也有一些虽然躲过了窟窿，却撞上别的物体，更多的情况则是因为擦过窟窿被吞掉一部分而导致飞梭解体。它像是一种没有引力的黑洞，只要落入它的视界之中，就会被吞没，然而它并不像黑洞那样引发空间的极大畸变，只要避开它，就没有危害。

余力丘驾驶着他的"金雕"，从一个窟窿的边缘擦过，结果右翼被吞没，飞梭气压瞬间下降，救生舱随即弹出，然而不幸的是，他当时正在穿越一片障碍区，救生舱撞上了一块直径六千米的铁制障碍，顿时碎裂解体。余力丘当场死亡。

小琴听完我的叙述，沉默了半晌。

最后她终于开口了，"有的人，生来就是要飞的，余力丘是我遇到的最厉害的对手。"

她顿了顿，问道："他……死得应该不痛苦吧？"

有些情况我没有讲给小琴听，实际是余力丘的尸体被撕裂成了几块，惨不忍睹。不过法医认为他在高速碰撞的那一瞬间就死了，并不痛苦。

我默默地点了点头。

眼见无法说服小琴放弃飞梭赛手这个职业，我换了一个策略。

"小琴，你至少答应我，飞得慢一点儿，他们都飞得没你好，谁的飞梭也比不上你的'雨燕'，你就让着他们一点儿，安全第一。"

"为什么要让？如果我的命真的和余力丘一样，那也是我的命。"小琴幽幽地回答，斜眼挑衅似的看着我。

"因为我很自私，想和你白头偕老。"急切之下，我脱口而出。

小琴的眼神变得温柔起来，她没有回答，只是吻了我。

"雨燕"果然慢下来了。比赛成了无关紧要的事，小琴只是在享受飞行的快乐。过去她总是一马当先，观众们喜欢她。现在她总是落在后边，观众们还是喜欢她。飞行除了训练，还要靠天赋吧。"雨燕"飞起来总是显得和别的飞梭不一样，用一些专业评论家的话来说，充满着艺术感。把一场好强争胜的比赛变成艺术，这就是小琴独特的天赋。

我知道她爱我，因为她现在真的慢下来了。

这让我觉得生活充满了阳光和希望。

"让我跟你一起飞吧！"我对她说。

她的脸上浮起一层惊愕，随即大笑起来，"你也会开飞梭？"

我却很认真地说道："我只是没有'雨燕'而已，在452B，我拿过一级驾驶证，如假包换。"

小琴的脸色也认真起来，"真的？"

"不如让我试试。"

小琴盯着我看了约莫有半分钟。

"好！"她干脆利落地吐出一个字。

很快我就证明了自己不是在夸口，"雨燕"在我的操纵下绕着第二太空城转了两圈，顺利返回。

小琴一直在跟踪我的飞行，我入了港，她已经在站台上等我了。

"怎么样？"我问她。

她没有回答我，却反问了一句："你有多少钱？"

交往这么久，她第一次问我钱的事，还问得这么直接。

"不多，但足够支持我们去地球蜜月旅行。"我回答。

"少贫嘴，'雨燕'需要六百万通用币，你有吗？"

"没有。"我老老实实地回答。

"你必须要有。"小琴挽起我的胳膊，"我想和你一起飞！"

我的心头一阵荡漾，只觉得自己幸福极了。哪怕没有六百万，有这句话就够了。

两个月后，我拿到了属于自己的"雨燕"。

我拿出了所有的积蓄，加上小琴借给我的一百四十万，按照"雨燕"的图纸定制了一架全新的飞梭。任意两架飞梭的结构都不一样，各有各的特点，然而我这架和小琴的"雨燕"一模一样。

除了涂装不一样，它就是"雨燕"的翻版。

我把它涂成了太空黑。

"这颜色真难看。"小琴评价道。

"红色和黑色最配。"

"你想好名字了吗？"

"雄雨燕。"

我抛出了准备了许久的答案，心想小琴肯定会恼。

果然小琴冲着我胸口就是两拳。

"亏你想得出来。"捶完之后, 她翻了个白眼。

"那你来起个名?"

"你的飞梭, 当然你来取名。"

我认真想了想, "叫'舞伴'怎么样? "

"'舞伴'? 嗯……"她歪着头, 装出思考的样子, 最后说, "好像不怎么酷。"

"酷? 不需要, 你已经够酷了。我只是想伴着你飞。"

飞梭的名字就这么确定了。

"舞伴"飞进了太空。雨燕型飞梭的造价是两个亿, 挂上武器, 它就可以用于太空作战。六百万的付出其实只是造价的一个零头, 我必须承诺在太空城需要的时候应征——为了能够驾驶"舞伴", 我成了太空城警卫队的一员。

太空城警卫队是个松散的军队组织, 它从民间征集志愿者, 然后给他们提供飞梭。驾驶训练由志愿者自行完成, 军事训练则进行集训。

和平年代, 军队是多余的, 所以火星根本没有常备军, 太空城警卫队就是唯一和军队有些相似的组织。然而军事集训徒有虚名, 太空城警卫队成了极限爱好者的聚集地。

我不是极限爱好者, 或许在警卫队里, 没有比我更货真价实的军人了——我曾经在第二地球短暂地参加过一次军事行动, 和叛军作战。当然这段经历除了让我能很快上手"舞伴"之外, 并没有特别的价值。

"舞伴"是黑色的, 隐形设计, 在太空漆黑的背景下, 飞起来只能看见引擎的光芒，如果关闭引擎，惯性飞行，那简直连鬼都找不到。一半是嫉妒，一半是事实，飞梭赛手们都把它称为"黑影"，视它为一种不吉祥的存在。

我不在乎别人说什么，跟小琴一起飞行才是最重要的事。我们并没有刻意去引人注目，我甚至没有在赛手名册里注册，我们只是选择一些空闲的日子，一道在太空里飞个痛快。

飞行真的像一种舞蹈，尤其是当我在小琴的指导下逐渐掌握了要诀之后，飞行变成了一件很快乐的事。它真的让人上瘾。

然而窟窿仍旧在那里，时不时就有意外发生。我和小琴的"太空舞"也遭遇了几次险情。最惊险的一次，小琴发现窟窿的时候，距离不过两千米，碰撞时间只有六秒钟。幸而当时只是惯性滑行，小琴紧急启动引擎，全力将"雨燕"从轨道上推开。

最后，"雨燕"几乎擦着窟窿的边缘飞掠过去。

我驾驶着"舞伴"跟在后边，见到这样的情形，不由惊出一身冷汗。哪怕只差一点点儿，让这窟窿"咬"上一口机翼，飞梭就可能会解体，就像在余力丘身上发生的事故一样。

"你没事吧？"我关切地发问。

"好险！"小琴的声音听上去惊魂未定，"这儿怎么突然出现了窟窿！"

"放慢速度，小心一点儿，我们飞回去。"

我加速追上去，却突然发现一些异样——窟窿通常并不发光，然而我却看见了一个灰蒙蒙的球体出现在前方。

我使劲眨了眨眼睛。

"你不是说最近窟窿越来越少了吗?"小琴听从我的建议, 放慢速度。

"但是新的窟窿也会出现。"我一边回答小琴, 一边仔细查看雷达成像。

没错, 前方的确形成了一个可见的球体, 这可不是一般窟窿的模样。

"你看见了吗?"我喊道。

"什么?"小琴正在兜转, 并没有发现窟窿的异常。

异常也很快消失了。我无法证明它曾经存在过。

"怎么了?"小琴又问。

"我刚才看到窟窿发光了, 有点儿灰蒙蒙的, 虽然不是很亮, 但能看见。"

"真的?"小琴并不相信, "没有啊!"

这件事无法解释, 我只能选择回航后向救援署报告情况。

然而就在掠过窟窿的一刹那, 我见到了新的异常。

一艘飞船!

一艘飞船出现在那里, 它似乎从窟窿中飞出来, 然后一直惯性飞行。

"那是什么飞船?"小琴显然也看见了它。

"我不知道。我去看看。"我调转方向, 向着那飞船追去。

很快我就追上了那飞船, 和它保持相对静止。

这艘飞船像个巨大的橄榄, 两头尖, 中间圆, 船体上看不到引擎, 飞船表面印着奇怪的符号, 像是一种古老的文字。

小琴也追了上来。

我们俩跟着这艘来历不明的飞船飞了一小会儿。用各种方式试图和它联系，然而它一直沉默着，没有任何应答。

我和小琴交换了位置，减慢速度，打算先掉头回去，把这个突发情况向上报告。这时头盔里突然传来小琴嘶声竭力的喊叫："小心！"

前方是一个窟窿！

我猛然警醒，用力拉起飞梭。飞梭和窟窿擦边而过。

小琴却不见了。"雨燕"就像突然间从宇宙间蒸发一般，消失得无影无踪——那奇怪的飞船从一个窟窿中飞出来，冲入了另一个窟窿，小琴驾驶着"雨燕"跟在它身后，躲避不及，直接冲进了窟窿里。

小琴！我心急万分，调整飞梭重新绕回来。

窟窿附近没有小琴的任何踪迹。

我绕着窟窿飞行了十多圈，越来越绝望，心头像是被冰冻一般发冷。我甚至有直接冲进窟窿的冲动，也许这样我和小琴还能在一起。

雷达上突然显示出"雨燕"的信号。

它出现在六万千米之外的一个位置。

我欣喜若狂，急忙呼叫："小琴，是你吗？"

小琴没有回答。我很快追上"雨燕"，并且把它带回到第二太空城。

小琴昏迷了，不省人事，然而她活着，还有什么比这更值得庆幸！

目送着小琴被送进监护室，我只感到一块大石头从心头移开, 突然间鼻子一酸, 也不知道是喜是悲, 竟然捂着脸呜呜哭了起来。

小琴昏迷了三天。

三天的时间里, 我哪里也没有去, 只在医院陪着小琴。安全署的人来了三次, 不厌其烦地核对我的供述。按照我的供述, 小琴应该是掉进了窟窿里, 然后又飞了出来。这样的事闻所未闻, 安全署也格外重视。

三天的时间里, 我突然发现一个可怕的事实——小琴像是在急速变老。她的脸蛋迅速地失去水分, 衰老的速度用肉眼也可以觉察。

我在恐慌中找来医生。医生责骂了我一顿, 说我大惊小怪, 说那只是皮肤失去水分而已, 注意补充一些水分就可以恢复。

然而事实证明我是对的, 医院对小琴的DNA进行了检测, 发现她的DNA老化程度远远超出了她的实际年龄。

"究竟有多糟糕?" 我问道。

"目前她的DNA状况差不多有五十多岁, 而且情况还在恶化。"

"什么意思?"

"她在加速老化。"医生抬起头来, "她每一分钟都在老化。她身体内的生化反应比我们正常人要快得多。"

"怎么会这样?" 我难以置信地呆坐在椅子上。

医生站起身, 绕过桌子, 走到我身旁, 拍了拍我的肩膀, "我已经把这个案例上报了, 会有最好的专家来照顾她。"

　　我心乱如麻，听到医生这么说，像是抓住了一根救命稻草，一下子站起身来，抓住了医生的胳膊，"医生，您一定要救救她！"

　　医生被我突然的举动吓了一跳，"你不要太激动，我们会尽力的。"

　　我在监护室里守候，希望看到小琴醒来。

　　一个紧急呼叫闯进了我的呼叫系统。

　　"警卫队预备队员张中寻，十五分钟内赶到第三集合点。"

　　信息很简单，重复了三遍，然后结束。

　　这紧急呼叫非同寻常，在我留在火星第二太空城的两年多时间里，从来没有发生过。

　　我望了望昏迷中的小琴，实在放心不下，然而军情紧急，及时响应征召，这是我的承诺。

　　我站起身，吻了吻小琴，匆匆离开监护室，奔向第三集合点。

　　第三集合点已经有十五名警卫队成员在那儿。更多的人陆续到来，人们都在讨论究竟发生了什么。

　　我很快找到了属于我的位置，那是一个靠着舷窗的角落，一张小桌，两把椅子。我在这无人的角落坐下。

　　现场很热闹，然而小琴的情况让我牵挂，我实在无法加入他们的讨论。

　　舷窗外，是漆黑的太空。我故意望着窗外，似乎在欣赏外边的景象，这模样拒人于千里之外，旁人就不会来打扰我。

　　太空漆黑如炭。

我突然感到某种异样，还没等我找到那是什么，集合哨响了。全体人员立正，面向中央站台。

罗将军的全身投影出现在站台上。他环视四周，缓缓开口，说道:"诸位, 太空城遇到了重大危机! 我必须和你们面对面交谈, 确保你们都认识到危机的严重程度。"

罗将军的目光投向了我。虽然那只是一个虚拟的影像, 但我还是尽量站得更直一些, 将小琴的事先从脑子里排除出去, 像一个战士一样迎接自己的使命。

"你们都知道太空城外围有窟窿。然而你们不知道为什么这三天, 除了得到特殊批准的航空器, 所有飞梭和飞船都被禁止出港。因为就在三天前, 外围的窟窿突然开始聚合在一起, 形成了一个巨大的窟窿, 并且开始向太空城靠近! 按照专家的计算, 整个太空城将在三十二小时之内被吞没!"

"太空城有二百千米的直径, 窟窿能够吞没整个太空城?"有人提出了疑问。

"窟窿现在的直径是两万千米, 它不仅会吞掉第二太空城, 所有的太空城都逃不掉, 连火星也会被吞没。准确地说, 虽然我们叫它窟窿, 但它其实是一个球体。直径两万千米的窟窿球体正在扩大, 很快就会把太空城吞进去。三天前, 当这件事发生时, 谁也不敢相信, 但是我们反复确认之后, 这就是残酷的事实。"

三天前? 我意识到这正是小琴发生意外的那天。

这和小琴有关系吗?

我突然意识到舷窗外漆黑如炭的太空意味着什么。我猛然回头。

窗外没有星星！灿烂的银河原本应该就在那个地方，然而此刻，它被彻底挡住，只有在边角上，才露出一点儿原本的模样。

黑色的窟窿遮挡了银河的光芒。它如此庞大，以至于整个视野几乎都被它填满。

这也意味着它几乎已经紧紧挨着太空城了。

"我们要做最后的努力！"罗将军发出了号召。

"张中寻，你有战斗经验，你来担任伽马小队的队长。所有人有三小时时间，和家人告别。"

我失神站立，不知道为什么满脑子想的都是小琴。

小琴却失踪了。

监控显示她醒来之后，跑出了医院。

我发了疯一般满世界寻找，半个小时后在机库里找到了小琴。她站在"雨燕"旁发呆。

"小琴。"我喊她。

她回过头愣愣地看着我，像是傻了一样。

"你走吧！"她突然回过神来，掩住自己的面孔，大喊："谁让你来的！你快走！"

小琴一定是看见了自己衰老的面孔。

我跨上一步，轻轻拉住她捂着脸的手，柔声说道："小琴，这不是你的错。"

小琴扑过来紧紧抱着我，把头埋在我的怀里，号啕大哭。

"没事了，没事了。"安慰她。

小琴一直哭着，完全停不下来。

　　一个原本顽强乐观的姑娘, 此刻脆弱得像是幼儿园的孩子。我像搂着孩子一样搂着她, 搂得紧紧的, 生怕她再次消失不见。

　　约莫过了一刻钟, 她终于平静下来。

　　我轻轻握着她的手。

　　她的手不再细腻柔滑, 而是异常消瘦, 青筋尽显, 嶙峋的手骨有些硌人。

　　"我就要出发了, 你等我, 我回来, 我们就结婚。"我轻声说。

　　小琴像触电一般抽回手, 退后了两步, "不, 不行!" 她使劲摇头。

　　我笑了笑, 说:"我们说过要白头偕老的。"

　　小琴苦笑, "可是我已经老了。"说着她再次哭了起来, 颓然坐倒在地上。

　　我搂着她, 陪着她。已经只剩下两个小时了, 我要和她在一起。

　　"你在窟窿里经历了什么?" 我问。

　　"我不知道。我只知道自己掉进了窟窿里, 心想完了。"她抬头看着我, "那个时候, 我就想起你来, 我只想尽力逃出去, 就把全部动力反转, 然后我就什么都不知道了。"

　　我低头吻了吻她, "你做到了, 你是唯一一个活着从窟窿里回来的人。你什么都不用担心, 我会陪你一直飞。"

　　小琴勉强笑了笑。

　　我没有时间多陪小琴, 战斗开始了。

　　我们的任务, 是向着窟窿投掷炸弹。根据科学家的推算, 在这突然暴涨的窟窿内部，一定有一个驱动核心，很可能来自那一边的某种文明。有时候科学家的话并不可信，因为连他们自己都不知道自己在说什么。然而在危机边缘，除了相信他们，人们别无选择。

有说法总比没说法好。

有行动总比没行动好。

我们的轰炸持续不断地进行了六个小时，阿尔法、贝塔、伽马……西格玛，各个中队轮番上阵，警卫队搬空了太空城的弹药库，甚至连火星上两百多年前的库存都被丢进了窟窿里。

一共三百亿吨级当量的炸弹，其中包括三颗十亿吨级的反物质炸弹。

然而这对于一个直径两万千米的庞然大物来说，还是显得微不足道。

这也许是人类历史上最奇特的一场轰炸，丢下这么多炸弹，连一点儿动静都没看见。

窟窿仍旧若无其事地继续扩张。

罗将军再次出现在广播之中，语调无比沉重，"勇士们，你们尽力了。如果轰炸不能阻拦它的扩张，我们只能宣告行动失败。"

通信频道里一片死寂。

不知道是谁首先开始抽泣，很快，几乎所有人都抑制不住情绪了，有的抽泣，有的号哭。阿尔法、贝塔、伽马、西格玛……作战队形轰然溃散，飞梭纷纷抢着向太空城飞去。丧失了斗志的警卫队员们只想回到城里去，和家人一道迎接末日。

无力抵抗的人们只剩下"大家死也要死在一起"这个卑微

的念头。

文明的秩序，大概在这一刻已经崩溃了吧。然而又有什么关系？还有不到一天的时间，一切都会消失。

我夹在溃散的飞梭群中，却并没有着急往回赶。

身后黑魆魆的怪物没有狰狞的面目，沉默和一去无回的黑暗就是它的武器。

"还有最后一种可能。"罗将军继续广播，"我们需要一名勇士，他将代表人类进入这个黑暗的窟窿，如果窟窿的那边是一个有理智的文明社会，如果它们能够和人类交流，那么请求它们的怜悯，让它们结束这一切。安全署没有指令可以下达给你们任何人，但是期望有人能成为志愿者去做这件事，这是一个渺茫的希望，这是火星全体公民的期待。我代表火星政府和全体火星公民代表承诺，志愿者亲属的一切生活需求都将由政府承担。"

广播并没有引起什么反响。一趟有去无回的旅途，一个渺茫的希望，也许百分之九十九的概率，冲进了窟窿等于自杀。

广播一遍又一遍地播放。

我该不该去？回太空城，找到小琴，和她一起等待最后的时刻，那是绝望中片刻的温暖吧。冲进窟窿里，说不定会直接死亡。在这深沉黑幕的另一边，真的会有什么高等文明存在吗？但如果真的能够拯救整个太空城、整个星球上的人呢？那也就能拯救小琴！她虽然老了，但活着不是比什么都更重要吗？

我犹豫不决。

突然间，我看见了"雨燕"。红色的精灵逆着潮流，轻快地在飞梭群中穿梭，异常醒目。

"小琴!"我立即呼叫她。

"雨燕"并没有应答,反而加快速度向着窟窿冲去。

小琴想要成为那个人!我不假思索,立即掉头去追赶她。

"你回去,我已经进去过,那就再进去一次,不要跟着我!"小琴向着我喊。

"不。你留下,我进去。"我紧追不舍。

"好好地过你的生活,忘掉我!"小琴加速,在落入窟窿之前,她传过来最后一句话。

"雨燕"一瞬间消失得干干净净。

我向着那纯黑的世界冲了过去。十秒钟后,我也闯入了那吞噬一切的黑影之中。

掉入窟窿的感觉很难形容,但有一点确定无疑,我并没有死。

我像是穿透了一堵墙,然后见到了一个奇特的世界。这里的天空是白色的,而星星则像一个个墨点。这样的景象并没有持续多久,它如同幻觉般一掠而过。

我没有看见"雨燕"。它本该在我的前方,却已然不知所踪。巨大的堡垒如山一般突然涌现,矗立在前。我紧急拉起"舞伴",贴着堡垒的高墙飞行。

金属的堡垒表面完全没有缝隙,飞行了几分钟后,我发现它是一个巨大的球体,孤零零地悬浮在真空之中。天宇散发着微茫的光,细小的灰暗斑点在微微发亮的背景上若隐若现。我竟然有了一种错觉,仿佛那是一个塑料壳,包裹在外,而其中的球状金属则像是蛋黄。

那些科学家的猜测是对的。这里竟然真的有智慧生命!

"雨燕"又在哪里?

我绕着那巨大的金属球飞行了一周。它的尺寸大得令人惊异,绕行一周,大约是十万千米。这个球的体积大约是地球的十六倍,它应该比地球重得多,然而飞梭却丝毫感受不到它的引力,为了绕着它飞行,我必须不断调动引擎的喷射方向来让"舞伴"不断改变姿态和方向。

无论这是什么,这里的物理规则显然和我们的世界大不相同。

球体上出现了一个小小的孔洞。它像是特意为我打开,就在航线的前方。我没有丝毫犹豫,操纵"舞伴"向着那孔洞飞了过去。

既然来了,那就把一切进行到底。

我进入了一条巷道,然后飞梭就失去了控制,自动停下。

"欢迎来到时空避难所,飞梭外的空气可以呼吸,你可以自由行动。"一个声音占用了通信频道。

"谁掌握这里的权力? 我要和他说话。"我想起了我的使命,我必须代表人类向此间的主人请求帮助,让外边世界的灾难停下来。

"这里没有权力,人们按照自己的意愿生活。"那声音回答我。

"这边的世界正在扩张,要把那边的世界都吞没了。"我大声喊着。

“这里的世界并没有扩张，你见到的只是边界变化。”

“结果都一样，我们的世界要被吞没了！”

“那又如何呢？”

“我们的世界会毁灭，所有的人都会死。”

“并不会如此，你不是活着吗？”

我一愣，一想确实如此，我冲了进来，安然无恙。但是整个太空城呢？也能安然无恙吗？

“太空城比我的飞梭大一万倍，是不是也没事？”我问道。

“没事。”

“那火星呢？火星的直径有六千多千米，是不是也不会有问题？”

“只要它能完整通过边界，就没事。”

外边的窟窿直径超过两万多千米，科学家们计算它会将火星整个吞下去，这么说起来，火星也是安全的。

我稍稍感到宽慰，紧接着想起了另一个问题，“在我之前飞进来的那架飞梭，它在哪里？”

“如果你问的是类似的飞行器，有很多。”

“有很多？”我顿生疑窦。

“如果你走出飞梭，向前走十五米，我可以指示给你看。”

我半信半疑地从飞梭中出来。通道里的重力场很均衡，恰好合适。

我小心翼翼地向前走，前方像是一道盲管，尽头封闭，看不见什么东西。大约跨出二十来步，眼前突然一亮，我像是从一个洞穴走出来，跨入到宽广的天地中。

天地无垠。天空湛蓝，绿草如茵，一座小小的白色屋子伫立在草坪的中央。

这里真像地球！

一个人向我走来。他的穿着很随意，下穿一条肥大的青色裤衩，上身穿一件纯白的汗衫。他的打扮，看上去像正在海滨度假的游客。

"你好，我是麦克斯。"他微笑着向我伸手。

麦克斯向我介绍了这个奇怪的地方。它并不存在于我们的世界，而是被隐藏在空间的缝隙之中。

"这是一个能量问题，要维持这样一个庞大的体系，在外部世界需要巨大的能量，而在这里，我们只需要从量子的真空涨落中汲取能量就行，永远不会枯竭。万世永存，这不是很好吗？"

他也带着我见到了许多人类和非人类，形形色色的外星智慧生命让我大开眼界。

我们人类的脚步已经抵达第二地球，然而还没有遇见过真正的外星人。可在这里，我一个小时内已经见到了三种外形迥异的外星人，还和它们交谈。当然它们并不能和我面对面，一种外星人生活在水里，每时每刻都需要水；一种外星人长得有点儿像微缩的霸王龙，上肢短小，下肢却格外粗壮，它生活的重力场是地球的六倍，根本不是地球人能够承受的分量；最后那种外星人，长得像个巨大的海星，软软的一团。"它们演化得只剩下脑子了。"麦克斯告诉我。

"我从前是个地球人。"麦克斯说。

"从前？"我疑惑地看着他。

"现在我早就不再是地球人了。"麦克斯笑着说，"我出生在大概两千年前的地球上，我是第一个和避难所接触的人类，所以我就成了它们的一员。"他说着转向我，"你要加入吗？"

我被这突如其来的问题问住了。

小琴在哪里？我再次想起这个问题。

"有一架和我一样的飞梭，就在我飞进来之前十秒钟她先飞进来，她在哪里？"我问道。

"哦，我也不知道。你抵达了避难所，也许她并没有到？"

"她没有到？不可能！她就在我前边飞进来的。"我急了。

"不用着急，跟我来。"麦克斯带着我走过一条小径，进入了白房子。白房子里边和外边有着强烈的反差，从外边看它像是一幢木头房子，到了内部，它就完全成了流线的形体，处处圆润，找不到一处有棱角的地方。我们像是在固化的波浪中行走。每一脚踩下去，都会有碎片四溅，重新融入凝固在其他的波纹上。

"避难所的外部有一层屏障。"麦克斯伸手抚摸着墙体，原本凝固的波纹如水一般涌动，散开，一片完整的屏幕出现在我眼前。

我看见了火星。关于末日的焦虑一下子涌了上来。

"还剩几个小时？"我问，"火星会被吞没，是不是？"

"不用着急，你在这里度过的时间，和外部的时间并不一样。爱因斯坦早就告诉人类，时间是相对的，正常宇宙的时空遵循洛伦兹变换，但那不是全部真相，如果把时空避难所这样的缝隙时空算在里边，时间的相对性超乎你的想象。"麦克斯不紧不慢地说，"从你进入这个空间开始，外部世界的时间只过去了两秒。"他微微一笑，"我们有足够的时间来讨论这个问题。"

两秒？我在这里至少已经度过了三个小时。光是绕着那巨大的球体飞行一周，就消耗了一个多小时。

"你可以相信我，"麦克斯补充一句，"我没有任何欺骗你的理由。"

"那还来得及，你可以让边界扩张停下来吗？"

"我们先看看你的朋友在哪里。"麦克斯并没有直接回答我的问题。

笼罩在避难所之外的壳层，是一个防护层。麦克斯把一些细节展示在我的眼前。

用塑料来形容那壳层并不确切，拉近了看，它通透明晰，更像是水晶。

按照麦克斯的说法，那是弦网，是一根根弦汇聚而成的时空，和外部的宇宙如出一辙，只是弦的特性不同。它的作用，是把从外部进入的一切都冻结。

宇宙就是弦的海洋，一切物质现实，都是弦的震动。我听说过这理论，然而从来不懂，麦克斯也并没有试图让我理解，他只告诉我，防护层时空的弦和外部世界的弦会相互作用。

"如果人被冻结在那儿，也并没有什么不妥，只不过相对我们的世界，他的时间停滞不前。我们经过了一万年，他也只过了短短一瞬。"

"那他能活得和宇宙一样久？"

"没错，只不过在他的世界里，下一秒宇宙就坍塌了。宇宙对他而言，也只是一瞬。我们能看见他，他却看不见我们。外部世界存在，我们的宇宙存在，然而已经失去了意义。"麦克斯看了我一眼，"如果你真的落入防护层时空，那么和撞上了一堵墙归于毁灭也没有什么两样。只不过，和你一起死去的是整个宇宙，这么想可能可以安慰你。"

我有些发懵。难道小琴是被冻结在那里了吗？

麦克斯似乎看透了我的心思，笑了笑，说："放心，那里没有人！但是你们丢下来的垃圾都在那里。"

各式各样的炸弹在防护层中静止凝固，警卫队拼尽全力，耗费六个小时把火星两百年积累下来的各种军火都丢下来，可这些炸弹的结局却有些令人尴尬——它们保存完好，功能齐全，只是到了时间的尽头才会爆炸。这像是一种无声的嘲讽，在挑衅人类的无能。

我顾不上关心人类的尊严是否受到了挑战，我只关心小琴在哪儿。

"人都在哪里？"我问道。

"你想会会他们吗？"麦克斯盯着屏幕，不断移动其中的目标，一边头也不回地说。

"他们？"

"时不时就有地球人掉进来。现在……"他似乎思考了一下，"还有五个人活着。"

"哦？"

我明白麦克斯指的是谁，那些不幸掉入窟窿的人，他们的余生就在这里度过了。然而我只想找到小琴。

"我想那个比我早十秒冲进来的人，她的飞梭和我的一模一样……"

"除了颜色。"麦克斯接过我的话。

"我找到它了。"麦克斯指着屏幕上的小点。

我顺着他的手指看去，只看到一团模糊的黑影，和那些被凝固在防护层中的炸弹的清晰影像形成鲜明的对比。

"这不是飞梭。"

"当然不是。如果她真的闯了进来，甄别系统会辨认出她的生物属性，避免她被困住。事实是，她根本就没有突破防护层，只留下这个印迹。所以她应该已经返回了外部世界。"

"这不可能！"我断然否定。

小琴明明就在我之前冲进了窟窿里。

"这的确很奇怪。她的飞梭有什么不同之处吗？"麦克斯似乎也有些困惑。

"她的飞梭和我的一模一样……"我突然想起小琴曾经掉进窟窿又飞了出去，"她曾经脱离过一次，而且那次之后她就变得极度衰老，这会有关系吗？"

"她曾经进来，而后又飞了出去？"麦克斯皱了皱眉头，"居然还有这种事！"

他的表情凝固起来，像是成了一具木偶。

"麦克斯？"我试图呼唤他。

他充耳不闻。

或许这个躯体真的只是一个傀儡木偶而已，毕竟他活在两千多年前，外部世界的两秒钟可以等于这里的几小时，那么两千多年，在这缝隙时空里，或许已经过了几百万年，他不可能以血肉之躯活那么久。

大约过了三分钟，麦克斯重新活了过来。

"这真是一个不大不小的奇迹！这算是设计的一个疏漏。"麦克斯再次调动屏幕。

这一次，我看见了"雨燕"。红色的飞梭一头扎进了防护层，然后消失了，只留下一个印痕。

"这是过程还原。这架飞梭所有的电子都已经被防护层弦替代，它像是一个异类物体，直接被弹出了。"

"什么？那她究竟在哪里？"我急切地问。

"她应该就在你们的太空城附近，只不过……"麦克斯欲言又止。

"只不过什么，快说啊！"我心急如焚。被防护层弹出，这不像什么好事。

"谁也不知道她什么时候会出现。"

"这是什么意思？"

"她的这次碰撞相当于触发了一次时间旅行，她将在未来的某个时间出现，可能范围是三百六十五天到三万六千五百天。但是我可以确定，她还活着，在她的世界里，这个过程只经历了短短十几秒钟而已。"

我认真听着麦克斯的每一句话，试图理解发生的一切。

小琴回到了外部世界，我却落到了这里。难道命运真的想要把我们分开吗？

"那么我也能回去吗? "我问道。

"理论上可行,但我并不建议你这么做。"

"为什么? "

"你想回去做什么呢? "

"我可以找到小琴。"我脱口而出,顿了顿后,接着说,"还可以拯救火星和太空城。"

"火星和太空城不会有事。"麦克斯回答,"就算是火星落进来,它也会被包裹在一个新的泡里,那个泡就和你看见的这个时空避难所外部的泡一样,火星上的人们会安然无恙。"

"在那之前,秩序就已经崩溃了,会死很多人,活着的人会遭受很多痛苦。"

"我同意你的看法。"麦克斯耸了耸肩,"我们暂且认为你的这个动机成立。

"至于找到你的女朋友,我已经说过,她出现的时间可能是三百六十五天,也可能是三万六千五百天,考虑到你的年龄,你只有三分之一的概率还能和她重逢。"

"为什么是三分之一? "

"如果没有意外,按照你的DNA状况,你还可以再活八十多年。她会在一年到一百年的时间内随机出现,在八十多年中重逢的概率还很大。但是如果你飞出去,你的身体会受到强烈的防护层辐射,你会很快衰老,大概只能剩下三十年到四十年的寿命。所以你飞出去,在你的下半辈子,大概只有三分之一的机会还能再见到她。"

这真是个神奇的时空:留在这里,外边的世界像是凝固了一样,时间过得极其缓慢;要离开这里,却要付出寿命作为代价,人就像瞬间丢失了几十年。小琴冲进来又飞出去,她所遭受的正是这种命运。

我沉默片刻,问道:"是不是有人问过你如何才能回去,但是听说要付出一半的生命作为代价,就放弃了?"

麦克斯笑了笑,说道:"几乎每一个人都问了,然后全都放弃了。在这里,你还能再活两百年。"

天平一下子变得更加倾斜。

再活两百年,和再活三十年,这难道还需要选择吗?

"甚至你可以像我一样,不过那时你就抛弃了躯壳,不再是人类,而是我们的一部分。我们可以活亿万年,活到对宇宙感到厌倦。"麦克斯又说。

他的话就像塞壬的歌声一样让人无法拒绝。

然而我想起了小琴。

如果我留在这里,"雨燕"失去了"舞伴",她一定会感到孤独。

如果我飞出去,又能救下多少人的生命?

我紧紧地握起了拳头。

我成了超级英雄,因为我救下了火星上所有的人。

这么说并不是吹牛,因为在那火星社会濒临崩溃的时刻,火星上已经有人准备启动火星基地埋藏的超级发动机逃亡。这是成功机会约等于零的计划,而且颇有些不负责任——那些来不及返回基地的人会在超级发动机引发的大风暴中直接死掉。而剩下的一半, 大约会在火星被吞入窟窿之前就被超级发动机爆炸炸死。因为那发动机被封存了近两百年, 在仓促中重新点燃之后虽然能够工作, 却并不稳定, 很大的概率, 它会成为一枚当量惊人的大氢弹。

罗将军私下里偷偷告诉我这些信息, 劝我对自己的火星英雄头衔要心安理得一些, 出去多见见人。在官方的宣传中, 我俨然是一个救世主, 见一见仰慕者, 弘扬弘扬正能量, 总是好的。

我感谢他的好意。是的, 我连续三个月没有出门, 幽闭在家, 很让人疑心是否得了孤独症。然而并没有, 我只是很期待小琴能出现在我眼前。

是不是成为火星英雄并不重要, 救下了这么多人才是最重要的事。我知道, 当小琴驾驶着红色"雨燕"冲向窟窿时, 她心中想的就是要救下所有的人。我帮她做到了。

她也想逃避自己变老的现实。

现在我也变老了。如果小琴能够出现在我眼前, 我们正般配。

然而她并没有出现。

麦克斯让我帮他一个忙。缝隙时空之所以会暴露在地球和火星的周围, 是因为人类在向第二地球跳跃的过程中造成了时空的薄弱点。这些薄弱点自然就成了缝隙宇宙的出口。

他请求我, 让我在返回的途中不断排布一些微小的颗粒, 说如果这样他就能补上窟窿, 让火星和地球的人类再也不会掉到窟窿里, 当然也不会因为躲避窟窿而死亡。

　　我按照他的要求去做了。当我返回正常的世界，窟窿消失了。这也给我提供了更强的说服力，我让那个窟窿世界的人们了解到了危机，并且关闭了可怕的黑色窟窿。

　　但这也更增大了不确定性，小琴会在哪里出现，成了真正的谜。

　　三个月的幽闭之后，我找到了罗将军。

　　"我要求政府兑现它的承诺，给我一个特权。"

　　罗将军颇为兴奋，因为如果我无所求，这笔债务就永远不能消除。

　　"你想要什么特权？你是火星英雄，只要火星能报偿给你的，你都可以索要，完全没有问题。"

　　"我要政府提供保证，确保我的飞梭每天都能飞。"

　　罗将军一怔，"这么简单？"

　　"这不简单，从今天开始，飞到我生命结束。"

　　两个小时后，"舞伴"飞上了火星的天空，它越过火星稀薄的大气，直入太空，绕着第二太空城盘旋一周后，开始环绕火星的飞行。

　　我按照小琴常飞的轨道飞行，这让我心情平静。

　　这是"舞伴"最后一趟飞行。

　　"舞伴"是为了伴随"雨燕"而生的，"雨燕"已经没有了，"舞伴"也没有存在的必要。

　　我把飞梭改名叫"女武神"。

黑色的"女武神"飞翔在火星的天空，成了居民们的一道风景。日复一日，年复一年。我成了火星文化圈活的传说。

然而谁也逃避不掉的事来了：我变得越来越老，手脚也不再灵便。

终于有一天，我发现自己的手变得哆哆嗦嗦的，连启动杆都推不动了。

我靠在椅背上，长长地叹了口气。三十三年了，小琴还是没有来！

那一天，"女武神"没有飞上天。

再后一天，我再次驾驶着"女武神"，绕着火星飞行。

我申请了安乐死，一针药剂可以让人陷入沉睡，毫无痛苦地死去。"女武神"随即进入自动驾驶模式，我默默地看着窗外，想给自己留下对这个世界的最后一瞥。

他们答应了我，让"女武神"一直飞翔，直到小琴回来，或者百年之后让它坠落火星。

药剂缓缓地推入我的静脉。

依稀中，一架红色的飞梭突然从虚空中跳出，直冲着我飞来。

红色的"雨燕"！

"小琴！"我的喉头发出含糊不清的呼喊。

红色的"雨燕"和黑色的"舞伴"盘旋飞行，相互追逐，宛如跳舞的情侣。破缺的时空在前方闪光，它们贴在一起，向着那光芒飞去。

我想，我可能已经死了。

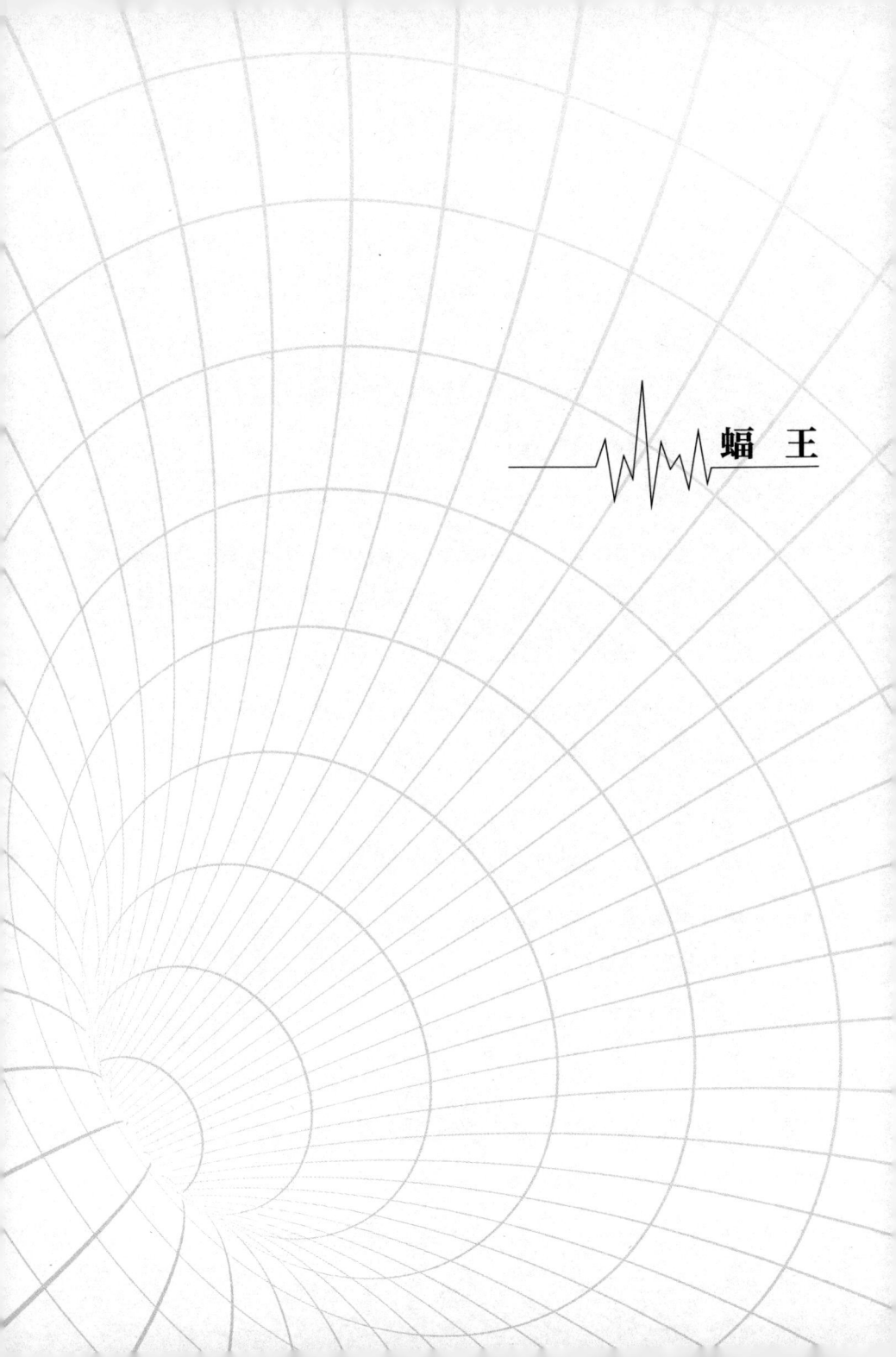

蝠 王

一 金水镇

"来了，来了！"桥上挨挨挤挤的人群欢呼起来。

伊莎抬头望去，只见远方黑漆漆的树梢上，正涌起一团黑色的云朵，数以万计的蝙蝠用完晚餐，正从树丛间赶回洞穴去。

褐色的古堡立在沙洲上，沙洲位于金水河中央，水流缓慢，映出古堡的倒影。蝙蝠群黑压压一片飞过，惊动了古堡中的同类。堡中的蝙蝠如一缕青烟般升起，汇入归巢蝙蝠的洪流之中。落日正红，映在水上，水面波光粼粼，古堡的影子漆黑如墨，蝠群翻飞，如一层轻纱在金光之上飘动。眼前的情景牢牢地吸引着伊莎的注意力。她不停地点击手机，拍了一张又一张照片。

几只蝙蝠很快靠近了桥边。它们快速地扇动着小小的翅膀，从人们头顶一掠而过，带起微风。庞大的蝠群接踵而至，遮天蔽日，像是一张无边无际的巨网，蝠群搅动的风变强了，一阵阵吹在脸上，带着一股暖烘烘的气息，那是蝙蝠特有的臭味。

伊莎捂住鼻子，一只蝙蝠并没有太强的气味，一大群蝙蝠就很臭，这是这些小东西唯一让她受不了的地方。

"哪有那么臭！"杰克转过头来，嘲笑她，"你的鼻子灵过头了！这么多蝙蝠，看看，你猜有多少只？"他向着蝠群张开双臂，像是要把它们都揽进怀里。

伊莎不想理他，别过脸去，尽量把鼻子捂得紧些，只想这浩大的蝙蝠队伍赶紧过去。

不经意间，她看见了金。金正抬头望着天空中不断涌过的蝙蝠，眉头紧蹙，满脸严肃。

"出了什么问题吗？"伊莎好奇地问。

"哦？"金扭头看了伊莎一眼，"没什么，就是蝙蝠群的密度比预期小很多。"

金扬了扬手中的小机器。

"怎么了？"伊莎更加好奇，"蝙蝠群密度有什么不对吗？"

"往常这个蝙蝠群每秒钟可以点出十二只，这一次只有八只。"

伊莎凑了上去，看了看机器的小屏幕。小屏幕上，一条曲线歪歪扭扭地向前走着，时高时低，围绕"8"这个数字起伏。

"应该有十二吗？那数量减少了不少啊。"伊莎说。

"是啊，之前做过的统计数据一直保持在十二左右。"

"蝙蝠的确少了许多。"一个声音插入了两人的对话。

伊莎循声看去，只见一个小个子正站在一旁，凭栏而立，看着自己和金，脸上似笑非笑。他穿着黑色的套装，衣襟笔挺，皮鞋锃亮，斜纹的蓝色领带打得整整齐齐，头发经过精心梳理，根根泛着光……这小个子身上透着股一丝不苟的精致味道。

"你们是在研究蝙蝠吗？"小个子问。

"我们是蝙蝠研究中心的。"金回答。

"哦,我知道那个研究中心," 小个子向前走了几步,靠近两人,"是刘恒教授的团队吧。"

"哦?你知道刘恒教授?" 金有些惊讶。

伊莎理解金的惊讶,蝙蝠研究可不是什么热门话题,知道金水镇上有蝙蝠研究中心容易,说出刘恒教授的名字就难了。

小个子点点头,"我是个蝙蝠爱好者,也偶尔读一读研究论文,刘恒教授的论文我读过几篇。"

"你也是来研究蝙蝠吗?" 伊莎问。

"当然不是," 小个子笑了几声,"我是来看风景的,我只是个爱好者而已。蝠群在夕阳下飞舞,这景象百看不厌!" 他说着向水上望去,目光落在远处的古堡上,随即沉默下来,似乎陷入了深深的思索,完全忘了刚才和两人的对话。

蝠群仍旧在金水河上飞舞。

这真是一个怪人,伊莎心想。

她低下头,继续看仪器上的显示,皱起了眉头,"如果数量下降得这么厉害,恐怕我们更要抓紧时间找到办法。"

"教授让我采集数据回去分析,可能我们要再抓几只标本回去看看。发现传染病也就是几天的事,如果蝙蝠数量降得这么快,那可不是开玩笑。"

"真是太好了,我们一会儿就上山?" 杰克的声音从背后传来。

伊莎暗自叹了口气。杰克和自己一起在特鲁西实验室工作了四年,一直积极追求自己,然而不知道为什么,自己就是特别讨厌他,大概自己天生性冷淡吧。但杰克从来没有放弃,这次来刘恒教授的实验室, 他软磨硬泡, 也跟着来了。伊莎不知道杰克究竟喜不喜欢研究蝙蝠病毒, 只知道杰克总喜欢在自己面前出头。

"今天有点儿晚了, 也没有带好工具, 我们明天再去。"金说。

"听你的!"杰克随口回答。

伊莎转过身, 风吹动发梢, 入了眼, 她抬手把头发撩开, 不经意间抬头, 只见刚才交谈的那个小个子男人正向着桥头离开。蝠群在他的头顶飞舞, 他却丝毫不为所动, 步履快捷, 行动如飞。

他一身黑色倒是和蝠群很配。刚才还说特意赶来看蝙蝠, 蝠群还没有过去就走了。

这真是个怪人。伊莎望着他的背影, 有一种怪怪的感觉。

"快看!"杰克惊叫了一声, 指着空中。

伊莎抬头看去, 漫天飞舞的蝠群中现出了一个空洞, 似乎那儿存在一个看不见的旋涡中心, 蝙蝠感知到危险, 都绕开它飞。

"那是猎蝠!"金也抬头看了一眼, 平静地说了一句。

"在哪里?"伊莎努力向着空中张望, 想要找到金所说的猎蝠。昨天在研究中心, 金在情况介绍的时候展示过猎蝠, 甚至亲手示范了怎么揪住猎蝠的脖子把它提起来。那是一种大型蝙蝠, 以捕猎小型蝙蝠为生, 偶尔也会捕食小鸟。它的起源很神秘, 至今没有定论。

"就在那儿。"金指着天空中的某个位置。

伊莎顺着金的指点努力寻找, 漫天的黑色小生灵翻飞, 找不到什么特别的蝙蝠。金一直跟着刘恒教授研究蝙蝠, 大概练就了一双敏锐的眼睛吧。

铺天盖地的蝙蝠大军已经渐渐变得稀疏，空气中那臭烘烘的气味似乎也随之散去。

金开始收拾仪器。

桥上看蝙蝠的人们三三两两地走了。

十来个人聚在桥头，似乎在围观什么，伊莎好奇心起，走过去看个究竟。

人们正交头接耳，小声地议论着。

"这蝙蝠是不是病了？"

"这样子恐怕活不了。"

"好恶心！"

"别看了，快走吧！"

……

窃窃私语涌入伊莎的耳中，让她更感到好奇。

一对男女相拥着挤出人群，向着河边的停车场走去。伊莎从他们留下的空档里挤了进去，她一眼就看见了人们围观的对象。

一只蝙蝠正趴在地上，发出吱吱的尖叫，毛茸茸的黑色躯体像极了老鼠。它用翼手支撑着躯体，在地面上爬动，动作笨拙，仿佛在尽力挣扎。

伊莎心头咯噔一下。这蝙蝠的口鼻处，有一丝丝白色的痕迹，正和刘恒教授展示过的症状相同。这是一种真菌感染的痕迹，菌丝从蝙蝠的身体内长到了口鼻外，意味着它已经完全被真菌占据了躯体。

吱吱的叫声传来。它在哀号! 它感到痛苦! 一刹那间, 伊莎感到心头一阵阵疼。这可怜的小家伙!

蝙蝠翻过身子, 两翼张到最大, 整个身子都挺了起来, 不停地扑腾。

它真的很痛!

痛是会传染的。

伊莎只觉得自己的心快要被那凄厉的叫声撕碎了。

这是一只雄性, 它的生殖器暴露在众人眼前。生殖器上, 密密麻麻爬满了菌丝, 看上去已经成了一个白色的囊袋, 触目惊心。

人群突然一阵骚动, 有人在喊:"小心!"

伊莎还没有明白过来怎么回事, 眼前黑影闪动, 一只蝙蝠从头顶掠过。这是一只较大的蝙蝠, 带着从天而降的气势, 颇有几分吓人。它冲着地上的蝙蝠而去。

伊莎本能地缩起身子, 只听见耳边一股劲风, 紧接着"啪"的一声, 然后是众人的惊叫。

伊莎抬头一看, 只见那大蝙蝠已经掉落在地上, 杰克站在一旁, 满脸兴奋地看着自己, "没吓着你吧! 差一点儿它就撞到你了!"原来他把猎蝠打了下来。

掉落在地上的猎蝠翻身而起, 发出吱吱的叫声。叫声和小蝙蝠相比更为低沉, 它的翼膜展开, 足足有一米长, 左边的翼尖垂下来, 似乎断了一根骨头。猎蝠警惕地四下看着, 不断扬起翼膜上的爪子, 向着一旁爬行。如果不是长着一对硕大的翅膀, 它看上去就像一只娇小的黑猫。

"别怕, 有我呢!"杰克上前, 抬脚就向那蝙蝠踢去。蝙蝠被踢得飞了起来,发出凄切的叫声,围观的人们纷纷闪避。

"你干什么!"伊莎大喊一声,上前拉住杰克。

落在地上的猎蝠继续向一旁爬去。

杰克笑嘻嘻的,"我怕它吓到你。不过也正好,这只猎蝠正好带回去给金做标本。"杰克说着想要上前。

伊莎再次拉住他,狠狠瞪了他一眼,"金说过要猎蝠的标本吗?就算要标本,也不是你这么蛮干的!"说完她挡住杰克,关切地看着那猎蝠爬行。

猎蝠爬到了栏杆边。栏杆的基底太高,它尝试了两次,都没能上去,吱吱的叫声变得更加急切。

两个黑影脱离了漫天飞舞的蝙蝠群,向着这边落下来。那两只也是猎蝠,似乎被同伴的叫声吸引而来。它们倒悬在栏杆上,冲着受伤的猎蝠不住鸣叫,十足哀切,却又无可奈何。

围观的人们兴奋起来,这么近距离看到三只大蝙蝠,可是稀罕的事!

伊莎的目光始终停留在受伤的猎蝠身上,那猎蝠又尝试着爬上基台,没有成功,像是放弃了,趴在角落里,向着两个同伴哀鸣。

要帮帮它!伊莎再也看不下去,她戴上塑胶手套,缓缓向前走去,生怕惊扰了猎蝠。三只猎蝠见她靠近,都扭过头来,红色的眼珠中充满警惕。

"别怕!"伊莎轻声说着,继续向前。

两只猎蝠见伊莎靠得太近,松开了脚爪,翻身飞起,在空中盘旋飞行,不肯离去。

受伤的猎蝠拼命扭动躯体想要攀上栏杆, 却几次滑落, 只是徒劳。

伊莎捉住猎蝠的颈部。猎蝠顿时安静下来, 任由伊莎抓着, 仿佛一只温顺的小猫。伊莎提起它, 轻轻地放在栏杆上。

猎蝠的脚爪一触到栏杆, 就抓住栏杆不放。

伊莎松开手。

猎蝠的身子晃了晃, 突然松开脚爪, 向着桥下坠去, 眼看就要掉进水中, 却一个翻身, 擦着水面飞了起来。

围观的人们同声惊呼。

"你放了它干吗?" 杰克不知道什么时候又凑了上来。

伊莎没好气地白了他一眼, "你什么都不懂!"

猎蝠飞起, 一只翅膀受了伤, 飞得有些歪歪扭扭。它掉头飞了回来。

"哈, 它来感谢你了!" 杰克哈哈笑着, 指着伊莎, "你可是它的救命恩人!"

话音刚落, 一股液体从天而降, 正正地浇在杰克的脑门上, 一股腥臊味顿时散开。

"它撒尿了!" 人群中有人喊。

杰克满脸都是猎蝠的尿液, 脸上的表情僵硬。伊莎忍着不让自己笑出来。她抬眼一看, 只见那猎蝠顺着金水河向下游飞去, 转瞬消失在金色的阳光之中。

耳边突然传来众人的惊叫。伊莎扭头看去, 大吃一惊。原来杰克满腔的怒火无处发泄, 狠狠一脚踩死了落地的小蝙蝠。蝙蝠成了一摊肉泥, 红色的血浆从杰克的鞋底缓缓流出, 顺着膜翼向外渗透。

"你神经病啊！"伊莎被这血肉模糊的场面激怒了。

"它已经快死了，让它少点儿痛苦。"杰克淡然回答，随后抬头向着围观的人们说了一句，"这只蝙蝠害了艾滋病。"

围观的人们立即一哄而散，只剩下杰克和伊莎两个人面对面站着。

"近距离接触蝙蝠，要注意消毒。"杰克打破沉默，从口袋里掏出了酒精消毒喷剂，递了过来。

伊莎别过脸去，不想理睬杰克，自顾自脱下一次性手套，掏出密封袋塞了进去。然而她还是忍不住扭头对着杰克，挖苦了一句，"你应该用消毒水洗个澡！"

杰克有些尴尬，又像是有些后悔，伸着的手犹豫一会儿，缩了回来，往自己的脚上、额头上喷消毒酒精。

"发生了什么事？"金走过来，手中提着装仪器的手提箱。

"杰克踩死了一只蝙蝠。"伊莎把那一团模糊的血肉指给金看，"这只蝙蝠被僵尸菌感染了，但杰克居然把它踩死了。"伊莎余怒未消。

"杰克有点儿莽撞。不过如果真被感染了，死掉反而是一种解脱。"

"你怎么也这么说！"伊莎感到不悦。

金摇摇头，语气很沉重，"这种感染发作起来大概比癌症更痛！这段时间见得太多了。"

伊莎的心情顿时也变得沉重起来。刘教授把自己找来，就是为了调查金水镇的蝙蝠群落为什么会突然染病。刘教授推测这是一次大规模传染病，可能整个大区有百分之十以上的蝙蝠都受到了感染，甚至更多。好巧不巧，在金水桥上居然就看到一只犯病的蝙蝠。这也说明，瘟疫在蝙蝠的群落中可能很普遍，刘教授的猜测是对的。

"你们是病毒专家，要靠你们了。"金说。

金的声音像是飘得很远，完全没有引起伊莎的注意。她正抬头看着独眼峰。这座山峰又被称为蝙蝠山，因为靠近山顶的位置有个巨大的溶洞，洞里生活着数以千万计的蝙蝠。

蝙蝠都归巢了。黑乎乎的岩洞像是一张大口，向着西方的天空张开，又像是一只巨眼，深不可测，漠然望着山脚下的浅滩、河流、百年的石桥，还有桥上的人们。

洞里密密麻麻的蝙蝠倒挂着挤在一起，地面上粪便到处流淌，恶臭刺鼻，无处不在的真菌在洞中盘结，仿佛蛛丝一般把整个洞穴包裹得像是木乃伊。

伊莎不由自主地打了一个寒噤。

这些蝙蝠的免疫系统被破坏殆尽，身体成了真菌的乐土。这是怎么发生的？

艾滋病怎么能从人身上传给蝙蝠？

"伊莎，上车了！"金站在停车场的入口招呼她。

二 麦克斯

一辆形状奇特的宝蓝色汽车挡住了去路。

这是一辆豪华的卡迪伽加长车。一个戴着墨镜的男人从车里探出头来,冲着金喊:"这边来,我们谈谈。"

这要求简直有些无理,然而那男人气势十足,让人摸不清虚实。

金靠边停车,走过去和那男人交涉。

过了一小会儿,伊莎忍不住推开车门,和杰克一起下车过去看个究竟。

戴着墨镜的男人扭头看过来,他的墨镜大得夸张,像是一张面具遮住了他的半张脸。

"这两位一定是伊莎女士和杰克先生。"他彬彬有礼地说,微微颔首致意。

伊莎仔细辨认,眉眼之间看不出是哪个熟人。自己的熟人也从来不会坐这种豪华轿车,看样子似乎还是自动驾驶的款式,连驾驶位都没有。

"你是谁,怎么会认得我们?"杰克冲着车里的人发问,"你是故意在这里等着我们?"

"如果你们有时间,不妨进车里来谈。"戴着墨镜的男人微笑着说,"我的确是在这里等你们,我知道你们都是最好的专家,这条路是你们回研究中心的必经之路。请放心,我不会耽搁你们太久,只需要十五分钟。可否赏光到我的车里?"

三人彼此望着,有些拿不定主意。

"你们去谈吧,我不想进他的车。"伊莎说。她对这个戴着大墨镜的男人有一种本能的反感。

"伊莎女士可以慎重考虑一下,我希望和你们三个一起谈。"

那男人接过了话头，"伊莎女士，我对你的导师有一点儿小小的了解，特鲁西博士一直在寻找新的实验室，你今年即将毕业，虽然前途远大，但一定不介意给你的导师帮一个小小的忙，让他可以有个安稳的地方研究他的噬菌体免疫法。我一直都很仰慕特鲁西博士在免疫学方面的成就，一直想向他表达由衷的敬意。"

男人向伊莎微笑着，笑容中仿佛一切都在他的掌控之中。

有钱人总是带着与生俱来的自信。伊莎向着那男人看去，想从他的眼睛里看出点儿什么，然而黑黑的镜片后边，什么都看不清。

"去谈谈，他也不能吃了我们。"杰克说着走上前去，卡迪伽的车门自动打开，杰克弯腰钻了进去。

"金先生，如果没有额外的资金支持，金水镇的蝙蝠研究中心最多还能维持六个月就要关闭。如果我说有一个机会，可以让研究中心一直开下去，您愿意尝试吗？"

这显然打动了金。

"去了解一下情况也好。"金向着伊莎说。

伊莎默认了。

卡迪伽加长车的内部很宽敞，能摆下一张两米见方的办公桌。两张皮沙发隔着办公桌相对，伊莎和金、杰克并排坐在一张皮沙发上，戴着墨镜的男人坐在对面。桌子的材质很特别，像是贵重的石材，摸上去温润光滑，并不像石头一样冷硬，伊莎扶着桌面，让自己坐得稳当一点儿。

"多谢光临。"那男人说。

说话间，汽车开动起来。

"你要干什么？"杰克紧握着拳头，带着几分怒意质问。

"不用紧张，你们到了车里，就是我的贵客。我只是找个地方停车。"男人的手指在身旁的一个屏幕上划拉了几下，然后抬头看着对面的三个人。

"要请三位到车里坐着，因为只有在车里，我才觉得安全。"

"你这是防弹车吧！"伊莎不无讽刺地说。

男人扭头看着她，脸上一本正经，"伊莎女士说得没错。我这辆车的确可以防弹，但重点是它可以屏蔽任何窥探。无论做什么事，小心谨慎总不是错。"

伊莎很想翻一个白眼，然而最后忍住了。

"这位先生，我们直接步入正题吧，你特意挡住我们的路，把我们请到车里来，究竟是要做什么？"金开口问。

车子猛然抖了一抖，外边像是突然间黑了下来。车里的人一惊，纷纷向外看去，却漆黑一团，什么都看不见。

"怎么回事？"杰克微微伏低身子，随时准备扑上去。

"不要紧张，我们只是到了方便谈话的地方。"男人笑着说。

他的话音刚落，车子的四周突然亮如白昼，车厢不见了，只剩下几条黑黑的柱子，短暂的空白过后，车窗和车顶上都显示出了图像，像是在一瞬间转移到了某个地方。

伊莎带着几分惊异四下张望。

这是一个虚拟的场景，然而肉眼看上去极度逼真，车似乎停在一个山顶，视野极佳，高高耸立在海边，一眼望去，可以望见海的弧度。几只海鸥在远方天空中盘旋低飞，海面上波涛涌动。

"哇！"杰克发出一声惊叹，"快看！"

伊莎转过头去, 只见杰克正仰着脖子, 脸上满是惊奇。

伊莎抬头顺着杰克的视线望去, 一艘巨大的飞船落入眼中。沉重的压迫感扑面而来——那飞船就像是悬在车顶上方, 随时可能掉下来。

它没有影子。

那只是一个影像。伊莎暗暗告诉自己, 然而影像栩栩如生, 肉眼完全辨不出真假。

"影像技术居然能这么逼真!"金发出一声赞叹。

"很多技术都出乎你的意料, 如果你真的有钱。"那男人脸上带着一丝得意。

"你找我们来究竟要干什么? 我们都是搞学术的穷光蛋, 可没有钱。"杰克问。

"我当然不是要找你们要钱, 我是想给你们钱。自我介绍一下, 我叫麦克斯, 是一个代理人。我的主顾常年在富豪榜上排名第三, 但如果计算真正能支配的财富, 他是这个星球上最富有的人。所以我代理的事, 通常也会有很丰厚的回报。大家因此都很感激我。"

伊莎皱了皱眉头, 她讨厌一个人自吹自擂。

杰克却显得很感兴趣, 继续问:"麦克斯先生, 你是想要拉我们去做什么项目?"

"研究和蝙蝠有关的病毒, 你们三位正好就是这方面的人才, 我想请你们加入团队。你们只需要按照技术指导的要求完成项目内容, 承诺竭尽全力就行。这是很有意义的项目, 往大里说, 这是造福人类。"

"病毒研究是要许可证的,我们可不会去做什么违法的事。"

"一切手续合法,我们当然会遵照法规来办事。唯一需要你们配合的事,就是保密,项目进行期间,你们不可以对外联系。你们的合同结束之后,也不可以对外透露任何信息。"

听上去就不像什么好事,伊莎对这乏味的谈话和麦克斯虚张声势的态度完全厌倦了,只想尽快离开,于是冷冷地说:"麦克斯先生,我要求你立即送我回去,我对你说的东西,完全不感兴趣。"

麦克斯点了点头,"我知道对于各位来说有些唐突,但是我还是要恳请你们考虑一下。"他扫视着沙发上的三个人,"这是一个意义重大的项目,也正好符合你们的专业,我想你们一定会感兴趣。每个人的基本酬金是两百万,两个月的时间。如果完成得好,说不定你们每个人都能拿到一千万,甚至更多。"

他停顿一下,接着说:"你们是科学家,对科学有热情,更不应该拒绝这份邀请。"

杰克正想要说点儿什么,金拉住了他,"多谢你,麦克斯先生,我们需要回去考虑一下。你有项目的介绍给我们参考吗?"

麦克斯露出礼貌的微笑,"项目的任务就是研究蝙蝠病毒,具体要做什么,只有项目成员可以了解。如果你们有兴趣加入,明天下午六点,我在金水桥边的停车场里等你们。"

伊莎根本无心听下去,她百无聊赖地四处张望,不经意间抬头,不由一怔。

飞船的腹部很平坦,但不知道什么时候,刻上了一只硕大的蝙蝠,它张着双翼,两只爪子向上翘起,和近乎椭圆的船体搭配在一起，像是一个狞笑的人脸。

"这艘飞船和蝙蝠病毒的研究有什么关系？"伊莎问。

"我的雇主是个疯狂的科技迷，他一直想要把人送到火星去。这属于有钱人的爱好，我想你也明白。"

"他崇拜蝙蝠侠吗？"杰克问了一句，说着自顾自咯咯地笑了起来。

车里的其他人都没有笑。

"不。他只是喜欢蝙蝠。"麦克斯一本正经地回答。

"但这究竟和蝙蝠病毒有什么关系？他造了一艘飞船吗？"

"我的雇主喜欢蝙蝠。"麦克斯简单地重复，仿佛这个简单的回答囊括了一切答案。

伊莎皱了皱眉头，然而也不再说什么。

一瞬间，天空、大海、飞船都消失了，四个人回到了车里。

"记住，明天下午六点，停车场。请慎重考虑，我期待明天下午再次见到各位。"随着麦克斯的话音，车子开动起来，黄昏的光一下子照进了车子里。

"麦克斯先生，你的雇主真的造出飞船了？"下车的时候，伊莎终于还是忍不住又问了一句。

麦克斯像是早就等着这个问题。他递过来一张小小的卡片，"如果你对飞船有兴趣，可以看一看这个网址。"

卡片上是一只巨大的蝙蝠，下边是一个网址。

卡迪伽豪车消失在道路转弯处。三个人在自己的车旁站着，目送它消失。

三　蝙蝠研究中心

获得性免疫缺乏综合征，这是艾滋病的学名。感染人体的艾滋病毒会在长达十多年的时间里，逐渐破坏人体免疫系统，最后让人体失去免疫力，爆发出各类疾病。

然而类似的病毒居然能寄生在蝙蝠身上，实在令人意外。

蝙蝠大概是哺乳动物中最不容易感染病毒的一类。它的体温变化很剧烈，飞行时旺盛的新陈代谢可以让它的体温高达四十八摄氏度，对生物体来说是个可怕的火炉。它体内的免疫系统也极高效，一种病毒想要躲过蝙蝠的免疫系统，成功寄生，必须要有足够的效率赶在免疫系统发动之前侵入细胞。因此，蝙蝠是自然界罕见的极少罹患癌症的动物，而且相对于它的体型，它的寿命长得惊人。

不怕病毒的蝙蝠染上了艾滋病，这有些让人难以相信。然而事实就在眼前，蝙蝠的确染上了艾滋病，病毒的DNA分析表明它和感染人类的艾滋病毒相似度极高，只有大约一千个碱基的突变，产生了两种特殊的表面蛋白，让它从适应人类转变为适应蝙蝠。

伊莎反复阅读病毒分析报告，虽然令人难以置信，然而所有的数据分析都指向此结论。她盯着眼前的报告，陷入沉思。

从人类到蝙蝠，这需要一个中间宿主。然而艾滋病并不是可以轻易传染的疾病，它要从一个人传到另一个人，需要体液交换。人的体液要进入蝙蝠体内,这是第一道难关; 艾滋病毒能够在蝙蝠体内生存,适应环境,这是第二道难关。第二道难关最难,哪怕一种病毒真的能够从别的动物身上进入蝙蝠体内,蝙蝠超高的体温就是一道鬼门关。

艾滋病毒在蝙蝠超高的体温和强大的免疫力攻击下幸存,在自然界中发生这样的事件,概率实在太低了。

"伊莎!"门口传来一阵敲门声。

伊莎抬头一看,刘恒教授正站在门边,向这边张望。

"刘教授!"伊莎一边说着,一边站起身来。

"还没走啊!"刘教授一边走进来,一边说,"我正好也想找你。"

"找我?"

"是啊。"教授走到了伊莎面前,斜靠着桌子,抱着双臂,"有点儿事想要和你商量。"

"嗯?"

"观察蝙蝠是一件很枯燥的事,但我热爱这份工作。这种小生灵在人类的眼中有些丑陋,带着几分神秘和恐怖,然而它却是这个世界上最成功的物种之一。会飞行的哺乳动物,独一无二,分布范围覆盖了除了南极洲之外的所有大陆。接近它们,观察它们,了解它们,就能发现它们的可爱之处。特别是在金水镇这块地方,我在这里工作生活了二十年,和蝙蝠朝夕相处,蝠群就像是我生活的一部分,不可或缺的一部分……"

刘教授滔滔不绝地说起来,伊莎耐心地听着。

"但蝠群现在染上新的病毒,已经面临灭顶之灾。国家自然基金会已经连续三年削减经费，金水镇上的这个蝙蝠研究中心迟早要被裁撤。如果告诉基金会的官员们，蝙蝠群感染了病毒，还是最凶险的艾滋病毒，他们正好顺水推舟，关闭研究中心。蝙蝠都没有了，保留研究中心干什么。你知道那些官员，他们不喜欢蝙蝠，两年前我曾经和野生动物保护协会的副秘书长提起过蝙蝠保护的事，你知道他怎么回答我吗？他微笑着说：'蝙蝠，我知道，就是那种带病毒的小东西。黄昏的时候到处乱飞，捕食昆虫，我们的赞助人不喜欢这种小东西，他们讨厌小东西，喜欢大型动物，或者至少看上去可爱一点儿的动物。'"

刘教授拿捏着那官员的腔调，尖声细气，伊莎不由笑了起来。

"但是他刚才突然给我打了电话！"刘教授恢复了常态，脸色严肃，"两年多来，从来不理睬我们，现在突然给我们打电话，说要支持研究中心。他说协会知道这个研究中心就快关门了，但是愿意提供一大笔钱来维护它。但有一个条件……"

刘教授向着伊莎望过来。

伊莎回望着刘教授。看起来这应该是和自己有关。

"他们要求你成为研究中心的员工，承担蝙蝠病毒的研究工作，至少一年。协会可以承担研究中心五年的运营费用，包括出野外的费用，每年至少三千万，总计一点五个亿。"

"我？"伊莎有些不敢相信，"他们怎么会知道我？"

"我也不知道，但邀约里边就是这么说的。"刘教授显得有些困惑，"所以我来问问你的意见。如果你有什么顾虑，千万别犹豫，你不愿意留在这里研究蝙蝠课题，我就如实告诉他们，让他们再考虑一下。"

"我留在这里工作一年不是什么大事,只要特鲁西教授同意,但他们指定我在这里工作,这倒是有些奇怪。"

"是啊,的确有些奇怪。特鲁西教授已经同意了。"

"什么?"

"特鲁西教授给我打过电话,还是在我收到邀约之前。他说如果你愿意留在这里工作一年,他会非常乐意,而且给你保留在实验室的研究员待遇。我有些莫名其妙,但现在算是明白了,他们一定也找了特鲁西。不过这也就是说,你有双份的工资。"

伊莎愣住了。这像是从天上掉下来的好事。

刘教授见伊莎的眼神不对,关切地问:"是有什么问题吗?如果觉得不行,我就回绝他们。我们从其他渠道找钱。"

"啊,不是的。我同意留下来。"伊莎慌忙说。刘教授没有那么容易再找到资金来支持研究中心,特鲁西教授也正在发愁明年实验室的经费。伊莎心头一凛,这像是回来路上那个神秘的麦克斯提到的事。

金钱有足够强大的威力,可以清扫前进道路上的一切障碍。

"金和杰克呢?"伊莎脱口而出,"对他们有什么要求吗?"

"金原本就在研究中心工作,对杰克的要求和你一样。另外,要求我允许你们三个独立研究,不予干预。"

果然是那个麦克斯干的!伊莎断定。那个麦克斯虽然夸夸其谈,但看来他的主顾真的很有钱。

"伊莎,你有什么顾虑尽管说出来。我是你的老师,或许可以给你提供一点儿意见。为什么他们那么在意你们三个人?"

刘教授显然也很困惑。

"我不知道……"伊莎缓缓摇头，然后把下午回来路上发生的事说了一遍。

"真的很奇怪。"刘教授皱着眉头，微微沉吟，随即像是下了很大的决心，抬起头，"伊莎，你能留下来，是帮了我一个大忙。但是如果这里边有任何不对劲的地方，我希望你能立即告诉我。"

伊莎带着几分感激的心情看着教授，"我会注意的。看起来那像是一个有钱人资助的独立项目，应该不会有什么问题。"

刘教授再三叮嘱，然后离开。伊莎看着教授出了门，立即合上报告，弯下腰，在废纸篓里翻起来。她很快找到了卡片。卡片很精致，一只蝙蝠，翅膀用金线描了一遍，下边是个网址，每一个字母都闪着金光。这张卡片散发着一股令人生厌的浮华气息，那个麦克斯又疯疯癫癫，不像是什么好人。她按捺住自己的好奇心，回来就把这卡片丢进了废纸篓。

然而如果那个叫麦克斯的神秘人真的在短短几个小时内给特鲁西教授的实验室和刘教授的研究中心安排了巨额资金，那么他真的不是在开玩笑。

至少他的钱是真的。

伊莎掏出手机扫描卡片上的二维码。

网页跳了出来，伊莎把它抓到电脑屏幕上。

伊甸的呼唤

伊莎盯着眼前屏幕上显示的信息,感到有些不可思议。这是一个太空项目,看上去还像那么回事。

你是否厌倦了平凡的生活,渴望着不同的人生?

你是否希望超越这个世界,进入非同凡响的境地?

你是否愿意亲手搭建起人间的伊甸园,创造一个完美的天地?

画面上,醒目的宣传语不断地刺入伊莎的眼睛。浮夸的宣传语下面是一个正儿八经的太空计划——造一艘飞船,飞向火星,建设第一个人类殖民地。三家顶级信托基金提供了二十个亿作为启动资金,而项目的第一合作方是太空 X 公司——公认的最有实力的行星矿产公司。还有著名的人工智能公司太一智能参与,负责把飞船设计得全智能化。

这个项目真的在进行? 然而和蝙蝠病毒有什么关系?

伊莎理不出什么头绪。

那就去看看吧! 病毒和太空飞船,这两样截然不同的东西结合在一起会带来伊甸园吗?

不经意间,伊莎的视线落在屏幕的右下角,一个小黑点引起了她的注意。她伸手轻轻触碰。小黑点瞬间增大,覆盖了整个屏幕。

屏幕上,精致的飞船模型不断翻转,它有着银灰色的主色调,整体造型像是一个厚边草帽。当飞船的底部翻转过来,伊莎屏住了呼吸——展翅的蝙蝠刻在飞船底部,和在麦克斯车上所见的一模一样。

或许这个神奇的项目背后站着一个骨灰级的蝙蝠爱好者。

然而蝙蝠虽然是一种飞行动物，却不可能飞上太空！用蝙蝠做标志的飞船，在她的印象中只有儿时看过的蝙蝠侠电影。

伊莎恍惚中觉得这事有些荒唐。

四　古　堡

账户里边多了一百万。伊莎的账户里从来没有过这么多的钱，在两分钟前，她的账户里曾经的最高数额是三万两千块，那还是每学期父母资助自己的学费，不到两天就被转到了学校账户上去。

一百万！

她认真地点了点，真的是七位数。

虽然麦克斯昨天就说过基本报酬是两百万，然而当一半的预付款在口头同意之后不到一分钟就进入账户，还是让她极为意外。一百万是税后的钱，这相当于比原先料想的多了百分之三十。

一百万！她再次看了一眼。

虽然只是一个数字，却仿佛有某种魔力，让她的心跳快了几分。

她感到一丝羞愧，偷偷瞄了身旁的两个伙伴一眼。

杰克满脸狂喜，抱着手机不断地亲吻，金倒是很淡定，只是看了自己的手机一眼,就不再理会。

"现在该是开始工作的时候了。从现在起,你们就是调查组的正式成员,工作开始了。"麦克斯宣布。

"我们有什么计划?"金问。

"跟我来。"麦克斯说着迈开了脚步。

他走向了豪车相反的方向——金水桥下的桥洞。

"我们不坐车吗?"杰克冲着麦克斯的背影喊。

麦克斯停下脚步,转身看着杰克,"你得听我的。"他的话气势逼人,毫不客气,甚至有些咄咄逼人。杰克顿时哑了,看着麦克斯,有些不知所措。

麦克斯继续向前走。

"走吧!"伊莎悄声说。她突然意识到,一旦拿了钱,彼此间的关系就发生了微妙的变化。现在麦克斯是老板,是说话算数的人,而他们拿钱办事,要听话。

她不喜欢这样的感觉。

然而她忍了下来。

桥洞下,停着一艘小型游艇,六米多长,恰到好处地掩藏在桥洞中,从桥上或者公路边根本看不见,只有从停车场顺着台阶下到河边,才能发现它。一道铁门锁住台阶,门上挂着一块牌子,印着"私人领域,非请莫入"。麦克斯走过去,铁门自动开了。

"请!"麦克斯彬彬有礼地做了一个手势。

"我们去哪里?"在游艇上坐好后,伊莎问。

"威廉城堡,"麦克斯轻松地回答,"它可是历史建筑,有三百六十年的历史,五十年前在区域旅游目的地中排名第一。"

"我听说那个古堡是封闭的,不对外开放,早就没有人了。"金接上话。

"它的确不对外开放,但里边有人,"麦克斯回答,"只是外界不知道罢了。"说着他微微一笑,"现在你们就是里边的人了。"

"哪个古堡? 是金水桥上能看见的那个? 水中间那个?"伊莎问。

"是的。"麦克斯的回答很快很清晰,像是一个句号让所有人都安静下来。桥洞里回荡着马达嗡嗡的声响,水花四溅,游艇启动了。

游艇顺流而下。

正是日落时分,夕阳恰好在落在水面上,映得水面金光闪闪。伊莎抬眼望去,前方的古堡仁立在一片金光之中,像是一个黑色的剪影,充满神秘。

一个仿中世纪的古堡! 这目的地让人出乎意料。"伊甸的呼唤"是一个太空项目,应该来一架直升机,把人带到隐藏在地下的机密实验室,或者一个用玻璃和钢铁包裹起来的技术中心,在那里可以看见巨大飞船在高度机械化的工厂中成形。麦克斯却要把他们带到一个古堡去。

在古堡中可造不了宇宙飞船。

但是古堡中可以养蝙蝠! 这恰好是船上的三个访客正在研究的东西。

庞大的蝠群从远方的树林间飞起,向着这边飞来,铺天盖地,景象和昨天一样壮观。

伊莎的视线落在古堡上方,凝视了许久。

蝙蝠在古堡上空翻飞,许多蝙蝠落下去,更多的蝙蝠飞起来。

那个被叫作威廉城堡的地方,一定是许多蝙蝠的家。

贴近古堡,高耸的墙体越发崔巍雄壮。四十多米高的墙体,虽然不像摩天大楼一样直插云霄,然而半米多高的花岗岩石层层叠叠,构成外墙,粗糙的表面原始而厚重,反倒比摩天大楼更显气势。

游艇从水门穿过高墙。水门的高度大约在三米,像是一个桥洞,一道金属栅栏隔绝内外。

河水流入城堡,形成一个二十来米宽的小码头。

停好船,麦克斯带着人上了岸。

码头上有人等着。

伊莎抬头看去,逆着光,只看到一个挺拔的身影,身穿常见的实验室白大褂。

"麦克斯!"来人向着麦克斯亲热地喊了一声,热烈地拥抱他,放开之后转过身来向着三人打招呼。

"我叫艾萨克,你们叫我艾克就好。"他看着伊莎,"这位一定是伊莎女士了。"

伊莎看清了他的脸,高挺的鼻梁上有一对浅蓝色的眸子,两道眉毛又浓又直,嘴唇很薄,嘴角带笑,下巴上满是浓密的金黄胡须。他的目光深邃,看上去就极有智慧。他简直帅得有些过分了,透着一种古典的美男子气质。

对方一直直直地注视着自己,伊莎有几分慌乱,仓促之间,她伸出手去,说:"你好,我是伊莎。"

艾克握住伊莎的手，"非常欢迎，伊莎女士，你在病毒基因相关性方面的研究很有见地，你能来加入我们的研究组，我感到非常荣幸。"他轻轻捏着伊莎的指尖，显得彬彬有礼。

"您比照片上还要漂亮一百倍。"说这句话的时候，他的眼里放射出火热的光。伊莎感到脸上微微一红，尴尬地别过脸去。

杰克在一旁叫了起来，"艾克，别光照顾美女，我们两个也是来参加研究的。"

艾克转过来头来，说："在这里，大家都是合作伙伴，彼此照顾。杰克先生，女士优先是一种习惯，我想你不是反女权主义者吧。"

杰克大大咧咧地笑着，继续说："什么女权，反女权，我和伊莎一起搞研究四年了，我们不搞性别歧视。我们今天就要进项目组吗？"

"我代表研究组来欢迎大家，大家来得很及时，我们正好需要人手，但也不用这么着急。我先带诸位参观一下这个研究所，你们可以先熟悉环境。我们要在这里一起工作很长时间，希望你们喜欢。"

"麦克斯，艾克就是我们的头儿？"杰克向着麦克斯问。

不等麦克斯回答，艾克先说了，"你们由麦克斯负责，我只是给你们提供技术环境。在这个研究所里，你们有什么需要都可以跟我提。而麦克斯会给你们提要求。是不是，麦克斯？"

麦克斯看着三个人，点点头，"欢迎加入，先生们，女士！这是一个空前的大项目，你们的才华在这里会得到回报。"

趁着说话的工夫，伊莎打量着环境。古堡有一圈厚实的外墙,墙内是一个庭院,大约有半个足球场那么大,几幢古典风格的楼房紧贴着外墙依次排开,分别占据了东面、西面和北面。这些楼房的立面材质和外墙一样,也是淡淡泛黄的花岗岩,只不过打磨得光滑平整,看上去精致了许多。墙体间镶嵌着大片的玻璃,让建筑的整体风格呈现出一种混搭的面貌。

一个巨大的球体落入伊莎的视线。那玩意儿夹在东楼和北楼之间,离地大约十米高,看上去灰扑扑的,像是从墙体上长出了一个巨大的瘤子。她仔细看去,灰扑扑的颜色似乎在蠕动。她仔细辨认,那似乎是许多蝙蝠,挨挨挤挤地挂在一起!

"那是蝙蝠的巢穴吗?"她指着那灰色的大球问。

众人的目光都转向她所指的方位。

艾克回过头来,看着伊莎,脸上满是温和的笑容,说:"没错,那是猎蝠巢。"

"猎蝠巢?"金颇为惊讶,"猎蝠是野生的,你们驯养猎蝠?"

"我们只是筑起了巢穴,"艾克耸了耸肩膀,"它们大概认为那是个适合聚集的地方。"

金没有追问,只是看着那猎蝠巢,若有所思。

北楼和另外两栋楼相比,显得更大一些,也安装了更多的玻璃,尤其是第三层,几乎整个楼层都是玻璃材质,看上去就像一条颜色暗沉的腰带。依稀间,伊莎发现那宽大的暗色玻璃窗后边似乎站着一个人,身材异乎寻常地高大,正透过玻璃注视着自己。伊莎眨了眨眼,想看得更清楚些,那人影却不见了。

那看上去像个巨人,或许是自己看花了眼。

伊莎仔细盯着那暗色的玻璃,想要确认是自己看花了眼,还是真的有那么一个人影。暗色的玻璃沉静得像一潭深不见底的水，她没有见到任何踪影。

"我们走吧！我带你们熟悉一下环境。"耳边传来艾克的声音。

五　怪　人

一个星期很快过去，伊莎熟悉了这个带着神秘色彩的地方。这座有着古老外貌的城堡内部极其现代。负压实验室，DNA快速分析仪，培养房、基因编辑筛选机，甚至包括一个实验动物舱。这里简直是病毒研究者的理想之地。

然而更让伊莎震惊的，是这里的生活服务。一日三餐都有丰盛的供应，德国香肠、法式蜗牛、俄罗斯鱼子、阿拉斯加帝王蟹、日式料理、美式烧烤、广式煲汤、中式点心……有两天甚至有重庆火锅。无论食材还是烹饪，都让伊莎大开眼界。水果的品种竟然有三十多种，各种常见水果不说，有一种奇特的水果，伊莎从来没有见过，它像是一根长长的手指，里边藏着石榴般的颗粒果肉，吃起来的味道又像是橙子，回味甘甜，特别好吃，伊莎一口气可以吃掉十个。但有一天她和艾克闲聊，偶然得知这种叫指橙的奇特水果产量极其稀少，拇指粗细的一个就要六百元，此后她就再也没有碰过它。

房间的服务媲美五星级酒店，虽然伊莎大部分时间都泡在实验室，客房只是个睡觉的地方，但每一天她都能感受到无微不至的服务, 甚至那天她只是随意地撕掉了一张纸丢在桌上, 第二天桌下就出现了一台小巧的碎纸机。

房间有个小窗户, 从窗户看出去, 金水河的美景就像一张精心修饰的明信片挂在墙上。

餐厅的美景更是无敌。在靠着金水河的落地窗前用餐, 清澈的河水缓缓流过, 河岸边的榉树林翠绿养眼, 再远方, 巍峨的山岭如巨墙般耸立, 绵延不绝, 山上的植被色彩丰富, 橘黄、暗红、苍翠、嫩绿, 各种色块交错, 犹如巨大的碎花地毯。这里大概是金水河谷中风景最美的地方, 比金水桥上的观景点视野更开阔, 层次也更丰富。

一个星期下来, 伊莎总觉得自己像是在一家豪华酒店度假, 而且是隔离度假。

麦克斯并没有交代任何实验任务, 实验室里的人都很沉默, 眼神中总带着拒人于千里之外的冷漠。在实验室, 只有艾克会和自己说话。除了交谈工作时的目光交流, 艾克总会偷偷注视自己。伊莎对此心知肚明, 然而就当作不知道, 从来没有回应过。艾克虽然很帅, 然而心机深沉, 藏着掖着, 令人反感。他像这座古堡一样, 内外有着强烈的反差。

伊莎从第二天起就再也没有见过杰克的踪影。用餐的时候偶尔会遇到金, 也只能打个招呼, 站在一起聊几句。餐厅的设计似乎故意不让人交流, 所有的桌旁只有一张可以调节姿势高矮却不能移动的餐椅, 面向窗外的无敌美景。

古堡的规模很大。伊莎住在C楼, 绕着楼底的廊道走一圈, 就需要二十来分钟。坐北朝南的A楼更是规模庞大, 有上千个房间，二层设有电影院和网球场，底层则有一个标准泳池。泳池里的水是活水，从金水河引入，经过消毒净化，流过泳池后进入堡内的排水系统，汇入金水河。古堡内有良好的通风系统，游泳池的水温常年保持三十二摄氏度，然而站在水池边，除了偶尔水上漂来一团湿热，并不像常见的封闭泳池那样闷。

更让人惊讶的是岛上的物流，A楼的地下有一条地道，可以并行两辆卡车。据说这条隧道最低点在金水河河床下六十七米，隧道出口在右岸的树林中，一条私人公路穿过树林接上高速。通过这条隐蔽的隧道，岛上所需要的各种物资源源不断地运进来，垃圾源源不断地运出去，距离古堡近在咫尺的金水镇居民，却没有一丝觉察。撇开工程量不说，神不知鬼不觉地修建一条隧道直通古堡内部，这件事本身就令人惊讶。

拿一笔巨款，在这个风景秀丽、装饰奢华、设备先进的奇怪所在享受悠闲冷清的生活，伊莎对此感到不安。这种不安让她想要尽可能多地了解这个地方。在完成艾克交代的可有可无的工作之余，她到处闲逛，只要用她的身份卡能刷开的门，她就进去瞧个究竟。艾克交代的工作很简单，这让她有许多时间到处看看。

第八天早餐后，她在闲逛中偶然下到了地下三层。

古堡的地下三层和隧道对接在一起，步出电梯，伊莎扫了几眼，这儿连个工作人员都没有，空空荡荡，像是一个巨大的仓库。正当她准备返回的时候，隧道中传来低沉的隆隆声。伊莎顺着声响看去，一辆载重卡车正驶出隧道。卡车从她眼前开过，地面微微颤抖，这是她所见过最大的卡车，简直像是一座移动的小山。卡车在不远处停下，半透明的管道从天花板上落下，恰到好处地和车厢对接，一箱箱的物品像是流水一般从管道里通过，进入上方的孔洞之中，井然有序，令人赏心悦目。

伊莎正看得出神，耳边忽然传来一声轻微的叫喊。

"伊莎！"

伊莎转过头去，只见墙角边紧急通道的门打开了一丝小缝，有人正从门缝里向自己招手。

"到这边来！"那人又喊。

好像是金！

伊莎带着几分警惕走过去，站在两米外，试图从门缝里看清里边的情形。

金就在门缝后边，见伊莎过来，推开门，猛地冲出来，飞快把她拉进门里。

"怎么了？"伊莎问，心中满是疑惑。

"有点儿麻烦，"金回答，语气中带着一种急迫，"我昨天就想找你，但一直没有机会。"

"怎么会，我一直很闲。"伊莎不解地看着金，随即把这个无关紧要的问题撇到一边，"是出了什么事儿吗？"

"那些蝙蝠，他们在这个城堡里养了至少三种蝙蝠，在它们身上试验病毒，金水镇的蝠群疾病，应该就是从这儿泄露出去的。"

"怎么回事？"

"他们不仅有猎蝠，还有另外两种菊头蝠，一种是大耳菊头蝠，在金水镇原本没有，另一种和金水镇的蝙蝠属于同一种，我们叫它小菊头蝠。我一直在帮刘教授搜集蝙蝠样本，刘教授从前的观察记录里，从来没有出现过大耳菊头蝠，更没有猎蝠。但是我最近收集的样本中，就有大耳菊头蝠。每天蝠群经过城堡，城堡里都会放出一部分蝙蝠，他们故意把实验室里的蝙蝠混到野生种群里。特别是猎蝠，这种肉食性的蝙蝠数量一直很稀少，这个城堡里至少有上百，也许更多。这可不是什么好迹象。"

"哦。"

"这两天我一直帮他们饲养照顾蝙蝠，我怀疑他们在蝙蝠身上试验病毒。"

"试验病毒？"

"对，他们总是会把一些猎蝠带走，而且都是不同的蝙蝠，虽然很难分辨，但我能看出来。这些蝙蝠被送回来的时候，状态都不好。昨天送回来的三只，有些发狂，甚至会主动攻击人。我猜他们一定是给蝙蝠注射了什么药物，说不定就是病毒。你是研究病毒的，这几天有发现什么奇怪病毒吗？"

"我进行了一些基因组分析，一般都是蝙蝠身上的常见病毒类型，有十六种冠状病毒，还有两种DNA病毒。这些都是学校实验室里也会做的内容。"

"有发现蝙蝠艾滋病毒吗？"

"没有。"

"我觉得十有八九，蝙蝠的艾滋病毒就是从这里泄露出去。"

金的话听上去有几分武断，然而他很认真，伊莎也不由认真起来，"你这么说，有什么根据吗？他们把蝙蝠放出去干什么？让蝙蝠群感染对他们有什么好处？"

"我也不知道，也可能他们并不是要故意感染蝙蝠群，他们只是想从蝙蝠群里采集更多病毒的样本。"

"还是一样的问题，他们这是要干什么？"伊莎努力想找出一个说得过去的理由。

"我也不知道，虽然没有直接的证据，但我还是相信就是他们制造了蝙蝠艾滋病毒，这是我的直觉。你也要留心一点儿，你最近见到杰克了吗？"

"没有。杰克怎么了？"

"我也没有见到杰克。"金皱着眉头，"我很担心，自从我们上了这个岛，我就再也没有见过他。"

"杰克不会有事的，他虽然做事总是很冲动，但是个好人。"

"我觉得我们不应该来这里的。"金忧心忡忡的样子让伊莎很不安。

"那我们想办法离开？"

"恐怕没什么指望。"金摇摇头，说："我试着向艾克提出，是不是能离开几天，就当是请假，他说除非得到麦克斯的批准，但麦克斯已经快一个星期都没出现了。这个岛上根本没有手机信号，没法对外联系。我觉着我们掉进了一个陷阱，要格外小心。"

手机信号的事伊莎一早就已经注意到，但也没有多想，"你是不是太多虑了？也许没那么糟。他们只是对项目严格保密。"

金摇头，"真的希望是我太多虑了。但小心没有什么不好的，如果你在病毒实验室里发现了什么，就想办法把消息传给我。早餐或是其他什么场合，悄悄给我使个眼色，半个小时内我们就在这里碰头。我观察过，这个应急通道没有摄像头。"

"嗯。"伊莎点头。金是个踏实的人，做事沉稳，在这个神秘兮兮的古堡中，大概是自己唯一可以信任的人。

"我们可能真的掉进陷阱了。"金笑了笑，笑容惨淡，"希望我是错的。"

伊莎不知道怎么安慰这个伙伴，她能觉察到金内心的不安。

他真的有些害怕！

"别担心，我们只是来履行一个合约，合同时间哪怕触发了附加条款，最长也就是三个月。我们不惹事，他们难道还能把我们怎么样？这里的人虽然不爱说话，看上去一个个都很严肃，但至少都是正常人。"

"哦，"金像是想起了什么来，"你进过北楼的三层吗？"

"北楼三层，怎么了？我的权限不能打开那儿的门。"

"前天晚上我在院子里散步，不知道为什么猎蝠群闹得很厉害，不停地叫，我就过去看看。猎蝠的警惕性很高，一般不会让人靠近，我走过去后大多数猎蝠都往高处爬，但是有一只猎蝠爬了几步突然掉了下来，我把它捡起来，发现它受伤了，而且伤得还挺重，一只翼爪都断了，只包着层皮。它发出很大声的吱吱叫声。北楼的一扇侧窗一下子打开了，一个人就在窗户后边，狠狠地盯着我，一句话也不说。我不知道是不是看错了，但他的眼睛是红色的。"

"红色的眼睛？"伊莎顿时感到十分好奇，"你真的看到他有一双红色的眼睛？"

"是啊，不知道是不是我的心理错觉，但是他的眼睛，你知道那种夜行动物，晚上眼睛会发光的，他的眼睛就有点儿那个样子, 就像两个红点, 反正看上去很可怕。这里的人可不正常, 你要小心点儿!"

"嗯!"伊莎想起了来到这里的第一天, 自己所看见的那个人影。或许, 那天自己看到的并不是幻觉?

"那你没有和他说话?"伊莎问。

"他就出现了几秒钟。我把蝙蝠放在猎蝠巢上, 他就已经关上窗户不见了。晚上光线不好, 我也没看清楚, 但是他的眼睛……狼的眼睛是绿油油的, 他的眼睛虽然没有那么亮, 但红红的, 我真希望我看错了。"

"我要走了!"金悄声说,"从现在起, 我们都要更小心一点儿。这个鬼地方, 绝对不正常!"

金的身影消失在应急通道的楼梯拐角处。

如果他们真的在实验室里制造出蝙蝠的艾滋病毒……这可不像是正常人应该做的事。伊莎的心情一下子沉重起来。

如果真是个陷阱, 麦克斯费尽心思把三个人骗进来又是为了什么?

这院子里真藏着一个怪人吗? 伊莎的眼前浮现出玻璃窗后那若隐若现的人影。

或许真的有?

六　内层实验室

回到实验室, 伊莎心神不定, 时不时向着大门瞄上一眼。她想找艾克聊聊。

艾克高大的身影终于出现在门口，伊莎放下手中的试管迎了上去。

"艾克，我想找你聊聊！"

艾克颇有些意外，"伊莎，这是太阳从西边出来了？"

"我要找麦克斯，我要回去。"

"什么？"艾克的脸色从晴转阴。

"我想要离开两天，我要回学校去处理一些事。"伊莎盯着艾克的眼睛，认真地说。

"哦？"艾克有些迟疑，"我不知道麦克斯怎么和你说的，但到了这个岛上，未经许可是不能外出的，这是个绝密项目。"

"难道和家里人打个招呼都不行？还有，这一个星期，我做的事，和实习生差不多。难道你们雇我来，就是为了让我刷刷试管，照看一下培养皿，对照病毒库？"

"当然不是……"

"那就让我开始做正经事。"

艾克点点头，"当然应该让你开始做事。但是你的任务是由麦克斯指派的，我要先找麦克斯商量一下。"

"麦克斯在哪里？"

艾克露出一脸的无奈，"我只是实验室的负责人，我也几天没有见到麦克斯了。他给我留下的指示就是让你先熟悉环境。"

艾克显然在推脱。

"我要见麦克斯，我同意加入这个项目，是因为麦克斯告诉我，我的专长在这里会有用，但现在情况显然并不是这样。"伊莎尽量让自己显得强硬一些。

艾克笑了笑, 声音更为轻柔, "放心吧, 我会尽快找他的。"

伊莎回到自己的座位上, 心神不定。艾克躲进了自己的隔间里, 正拿着桌上的电话和什么人通话, 不时向自己这边看一眼。实验室里人不多, 其他人自顾自地做事, 似乎对一切都漠不关心。

伊莎等了一会儿。艾克已经打完电话, 坐在办公桌前, 划拉着身前的虚拟屏幕。

过去追问吗? 似乎也不会有什么作用。

纠结了一会儿之后, 伊莎放下试管, 起身离开。

她想回自己的房间里去静一静。

刚回到屋里, 电话就响了。

艾克打来了电话。

"今天好好休息, 实验室你不用去了。"艾克说话的声音像往常一样温柔, "明天上午十点, 在308碰头, 麦克斯要见你。"

"好的。"伊莎木然回答。

艾克的声音停了下来, 伊莎感觉到电话那边, 艾克正犹豫不决。

她静静地等着。

"你能到培养室来一下吗? 我这里有一只生病的猎蝠。"艾克最后说。

艾克的要求有些奇怪。

"我五分钟后过去。"伊莎说完搁下电话。她的目光投向窗外, 这是一个景观颇佳的房间, 虽然窗口只有二十厘米见方, 仿佛一个瞭望孔,然而正好对着河岸边的一块林地,缓缓流动的金水河、绿色的森林、逶迤的山脉,高远的蓝色天空,层次分明,仿佛一张精美的明信片。初到的时候,她为这么好的屋子没有一个观景的阳台而惋惜。此刻,她意识到,那窄小的窗户,并不仅仅是为了古堡的外观符合中世纪的审美,它还可以防止人从这窗口逃出去。

这是个囚笼。她心想。

308房间正是在北楼的三层。那是个神秘的楼层,伊莎的卡根本没有权限刷开那里。然而当她走到门前,正想着是不是要用自己的卡试一次,门自动打开了。

伊莎忐忑不安地走进屋子里。

这是一个宽敞的会议室,四周的墙全部都是玻璃,地板则近似磨砂塑料,屋子中间放着一张茶几,两把圈椅。风格极简,完全没有古堡中随处可见的那种带着中世纪氛围的奢华。如果不是看见麦克斯,伊莎简直要疑心自己走错了地方。

麦克斯没有戴墨镜,看上去有些疲惫,瘫坐在圈椅里,见到伊莎进来,只是向着她微微点头,似乎他浑身的力气都已经被抽干,连站起来都困难。

"坐吧!"他的声音有气无力。

伊莎坐下,隔着茶几和麦克斯对望。一个多星期没见,麦克斯简直判若两人。

"你的脸色不太好!"伊莎忍不住表达关切。

"没错,烦人的事太多了!"麦克斯笑了笑,笑得有些力不从心。

"发生什么了？"伊莎继续问。

"老板总是很难伺候的。"麦克斯从衣服口袋里掏出一张卡，放在茶几上，"本来我觉得还有很多时间，但现在只能这样了。"

伊莎盯着茶几上的卡片，问："这是什么？"

"门卡。"

"要我做什么？"

"从今天起，你要换个房间，住到隔壁。"

"隔壁？"伊莎疑惑地看着麦克斯，"有什么不同吗？"

"当然不一样，你要去给老板服务。"

"老板？"

"是的，就是雇佣我的人，也就是为一切买单的人。"

"就是那个喜欢蝙蝠的人？"

"你很快就知道了。我希望你把他看成一个病人，看作一个可怜人，带着你的同情心去照顾他。他就是一个病人。"

"病人？"伊莎的头脑中冒出一个双眼血红的形象，顿时明白过来为什么艾克昨天要和自己讨论那么久。

艾克在培养室和自己讨论了一个小时，一直都在讲蝙蝠身上携带的各种病毒，尤其是最近出现的蝙蝠艾滋病毒。这虽然很符合自己的专业，然而并不像是一个需要紧急讨论的话题。他还打开了一个加密的病毒数据库，告诉自己如何才能访问这个数据库，如何进行历史样本的对比和三维模型的构建。

"我同意你的判断，蝙蝠身上的病毒，只能是从人身上来的。"艾克最后这么说，"我们一直关注蝙蝠研究中心的情况，你们曾经在内部论文中提出病毒源自人类的观点，但是没能完成大量的病毒样本对照。这个数据库是我们项目的核心，可以帮助你分析病毒的演变路径。病毒从人传染到蝙蝠并不容易，应该只有在人感染了艾滋病毒并且和蝙蝠长期亲密接触的情况下才可能发生。"艾克似乎是在提示自己，有一个"中间宿主"，他是个艾滋病患者。

现在麦克斯宣告，要把自己送去照顾一个病人。那么……

"是艾滋病人吗？"伊莎单刀直入。

"并不是这样。"麦克斯露出一丝惊讶，随即又恢复了镇定，"他的病很复杂，但并不是艾滋病，你要做的事，就是照顾他，给他进行检查，分析他的身体状况，照顾他的起居……"

"等等！"伊莎抬起手来，不让麦克斯继续说下去，"我不是家庭医生，这些事我做不了。"

"这个城堡里所有的人都是你的后援队，整个古堡都绕着他转，有任何解决不了的问题，我们都会帮你解决。"麦克斯不紧不慢，"你只是被选中了，作为所有人的代表，和他面对面。"

"如果我不去？"

"我相信你会做出正确的选择。"

伊莎用沉默表示抗议。

"好吧！"麦克斯打破了沉默，"伊甸在呼唤你，不管怎么说，我不会用枪指着你的脑袋让你去。但我想，你应该不会拒绝一个绝佳的机会，看看一个人响应伊甸的呼唤。他是接近永生的人，这是基因工程的奇迹。错过这个机会，你永远再也没有机会。"

永生！伊甸的呼唤！

伊莎心头一动。

金说那人有一双红色的眼睛。艾克暗示那人是蝙蝠艾滋病毒的源头。麦克斯却说那人接近永生。

伊莎的眼前浮现出印着蝙蝠纹章的飞船。那飞船的形态正如一张人脸,带着令人捉摸不定的微笑。

伊莎伸手拿起了卡片。

"我可以去。但你要告诉我,'伊甸的呼唤'和这个城堡有什么关系?"

"你可以从他口中得到答案。"麦克斯回答,他露出一丝忧郁,"我已经不知道我所知晓的情况是不是事实,还是让他告诉你比较好。我真的不知道。"

伊莎直视着麦克斯的眼睛。麦克斯的眼中透着彷徨和疲惫。他一定经历了什么,才会变得如此。

短短一周多的时间,究竟是什么事可以让一个人判若两人?

答案或许就在墙的那边。

"他应该有个名字。"伊莎说。

"我们都叫他蝠王,国王的王,蝙蝠的蝠。"

蝠王?伊莎的视线越过麦克斯,注视着玻璃的墙体。她仿佛看见一个双眼赤红的人正透过玻璃看着自己。

七　蝠　王

门在背后自动关上。

　　从门打开的一刹那,伊莎就感到非常不安。这扇门和一般的门不同,异常厚重,还带着气密装置,打开的时候,有一些仿佛漏气的声响,同时脚下的楼板都在微微颤动。

　　当门在背后关上,伊莎的不安也升到了顶点,她猛然转过身,用力推门,想要让它开着。然而她毫无悬念地败下阵来,门很快合上了,严丝合缝。伊莎整个人都贴在门上,用力顶着,然而门就像一块巨大的钢铁墓碑,沉默而冷硬。

　　她掏出门卡,却找不到刷卡的地方。正茫然间,背后传来一个声音,"这张卡片可以让你进门,但并不能让你出门。如果你想出去,就要得到我的许可。"

　　伊莎像是触电般转身,紧靠着门,双手贴壁,全身紧绷。

　　一个男人站在不远处,他从里门走出来,飘然而至,悄无声息。眼前的男人身材高大,裹着一袭白色长袍,头发散开,披落肩头,脚上趿着一双拖鞋。这装扮简直像是从古罗马时代穿越而来,和周围的环境格格不入。

　　伊莎看着他,惊恐变成了惊讶。

　　"你是蝠王?"伊莎问。

　　"这是我最喜欢的称呼。我的名字叫奥雷里亚诺,你可以叫我的英文名,帕格萨斯。"

　　帕格萨斯,Pegasus。这名字听上去像是希腊神话中的天马。

　　"帕格萨斯,是希腊神话中的帕格萨斯吗?"伊莎不假思索地问。

　　"对。这几年来见我的人不少,你倒是第一个说出我这名字来由的。"蝠王点点头,"这真是太好了,他们终于能送一个有点儿文化的人来。"

伊莎留意观察蝠王的眼睛，他的眼睛看上去挺正常，蓝色的眸子，清澈透明，完全不像金描述的那么可怕。

"跟我来吧。"蝠王说着转身走进了里门，"希望我们在这里相处愉快。"

伊莎疑虑重重，然而还是跟了上去。

里门看上去不起眼，里边却大有千秋。

这里是北楼的整个三层，有近两万平方米，分割成大大小小的房间，活脱脱像个迷宫。大部分房间都有透明的大窗户，里边的一切一览无遗。

洁净室、消毒室、数据库、休息室……这里简直就是一个独立的实验室，各种设施一应俱全。经过卧房的时候，伊莎进去看了看，这个卧房和自己在外边的房间几乎一模一样，唯一不同之处是没有窗户。

忽然间，她嗅到一股熟悉的气息。

蝙蝠！

屋子里居然有蝙蝠！

伊莎警觉地抬头望去，只见蝠王正打开走道尽头的一扇门。随着那微微发臭的气息，蝙蝠吱吱的叫声也传了过来。

"你在这里养蝙蝠？"伊莎有些惊讶。

"要不然他们怎么叫我蝠王呢？"蝠王转过身来，"你要进来看看吗？"

"我没有怎么接触过蝙蝠。"伊莎说，"蝙蝠身上带着很多病毒，和它们接触需要专业防护。"

“它们都是我的伙伴。”蝠王的眼中带上了一层倨傲，“如果你担心病毒，那就离得远一点儿。”说完便走进门去，把伊莎晾在那里。

门并没有关上，蝙蝠的叫声仍旧不断传出来。

伊莎正犹豫着不知道如何是好。忽然见到一旁的房间里，整齐地挂着几件白色的防护服。她立即进了屋子，挑了最小尺码的一套穿在身上，确认防护没问题后，回到走道里。

蝠王的屋子门仍旧半开着，伊莎小心翼翼地走过去，敲了敲门。

“进来吧，这里没有别人。”蝠王的声音传来。

伊莎推开门进去，一进去就立即退了出来，带上门挡住自己的视线。蝠王脱掉了罩袍，里边什么都没有穿，赤身裸体地站在屋子中央。

伊莎满脸通红。她没有想到居然会在这样的场合见到男人的裸体。

“你穿上衣服！”伊莎向着蝠王叫喊。

“这里没有别人。”蝠王漫不经心地说，“我不介意你看到我的裸体。”

“但是我介意！”伊莎感到受到了冒犯，声音也不自觉地提高了，“至少你要把袍子披上，盖好你的私处。”

片刻之后，蝠王传来了他的回答，“你进来吧！”

伊莎小心翼翼地推开门，见到蝠王重新披上了罗马式长袍，这才松了一口气，跨进门去。

房间很大，天花板上垂下各种枝条，纵横交错，像是杂乱的丛林。蝙蝠倒挂在枝条上，密密麻麻，看上去让人头皮发麻。它们吱吱地欢叫着，时而翻飞，在伊莎眼前一掠而过。宽敞的窗户朝向外边，蝙蝠从窗口进进出出，掠过波光粼粼的水面，顺着金水河边的树林寻找食物。

"欢迎到我的蝙蝠洞来。"蝠王坐在一张藤椅上，向着伊莎微笑。

伊莎压抑着惊惧的心情，"你竟然和蝙蝠生活在一起！"

"你不也是吗？"

"我？"

"你是研究蝙蝠的专家。"

"我是研究病毒的，只是最近才开始在蝙蝠中心工作。"

"至少你并不怕蝙蝠。"蝠王说着伸出胳膊，一只蝙蝠从枝条上翻身而下，恰好落在他的胳膊上，顺着胳膊爬到了他的肩头。小小的脑袋蹭着蝠王的脖子，显得亲密极了。

伊莎心头仍旧惊疑不定。如果这个人就是幕后的老板，就是城堡中所有人服务的对象，他显然已经有些人格变态——在蝙蝠群中生活，赤身裸体，泰然自若，甚至和它们亲密接触。

他居然不怕病毒感染！蝙蝠身上带着许多病毒，偶尔接触蝙蝠，病毒感染的概率很低，然而他长期和蝙蝠生活在一起！

伊莎正想说些什么，一只蝙蝠从洞开的窗口飞了进来。从蝠王的头顶飞过，脚爪一松，丢下一样黑色的东西。蝠王伸手接住了那落下的东西。

蝠王伸手的动作很快，快到伊莎根本看不清。然而伊莎看清了蝠王手中抓着的东西——那是一只蝙蝠！

　　这屋子里的蝙蝠都是猎蝠！伊莎一下子回味过来。猎蝠的体型比较大，躯体像是一只小猫，翅膀展开能有人的胳膊那么长。它们是捕猎蝙蝠的蝙蝠。

　　猎蝠抓来一只菊头蝠，它把蝠王当作了它的王，把猎物贡献给他。

　　落在蝠王掌中的菊头蝠显然已经死了，一动不动。捕获它的猎蝠在屋里转了一圈，倒挂在一根枝条上，向着蝠王吱吱地叫。蝠王把菊头蝠抛了过去，猎蝠带翼的爪子灵活地接住，张嘴开始撕咬。

　　伊莎别过脸去，不忍心看，然而忍不住好奇地偷瞄蝠王的举动。

　　蝠王似乎极有兴致，津津有味地看着猎蝠把蝙蝠撕裂成碎片，吃下肚去。血滴落在地，骨头和毛皮也掉在地上。当猎蝠吃掉了大半的猎物，蝠王从身旁的盒子里拿出了一片肉干，高高举起。猎蝠立即丢掉了爪中残余的肢体，飞身而起，从蝠王手上一掠而过，抓住了肉干，倒挂在枝头，三下五除二把肉干撕碎，吃了下去。

　　眼前的情景让伊莎隐隐作呕。

　　蝠王并不是一个戏谑的称呼，这个人和蝙蝠之间建立了亲密的关系。他能操纵蝙蝠的行为，是名副其实的蝠王。

　　然而这可不是什么值得炫耀的事。

　　伊莎正想离开，一只猎蝠突然从天花板落下，翻飞而起，向着自己冲了过来。伊莎大吃一惊，伸手挡在脸上。蝙蝠贴着伊莎的头顶掠过，冲向天花板，立即抓住一根枝条，身体倒挂下来。

蝙蝠向着伊莎嘶叫。

蝠王咯咯笑了起来。

伊莎受到惊吓，满脸怒容，向着蝠王瞪了一眼。

"它喜欢你！"蝠王说。

伊莎根本不想听这种话。

"如果没什么事，我就先出去了。"伊莎只想离这个怪人和这群面目可憎的蝙蝠远一点儿。

蝠王脸上却露出疑惑的神情，"它怎么会喜欢你呢？"他说着向前走来。

蝠王高大的躯体颇有压迫感，伊莎不由自主往后退了一步。

蝠王举起胳膊，蝙蝠落在他的胳膊上，收拢翅膀，一对翅膀包住蝠王的胳膊，就像一只紧紧抱着树枝的树袋熊。

"来，看看我的宝贝。"蝠王把胳膊伸到伊莎面前，"它可是真的喜欢你呢！"

蝙蝠吱吱地叫着，似乎在回应蝠王的话。

伊莎不以为然，正想说点儿什么让自己不失礼貌地离开，却不经意间瞥见了蝙蝠的左翼。这只蝙蝠的左翼似乎是折断后痊愈前，稍稍有些歪。

蝙蝠见她看过来，扭头吱吱地叫着。

这是桥上那只猎蝠，在杰克头顶上撒尿的那只！伊莎心中满是惊诧，不由喊了一声。

"怎么了？"蝠王望着她。

"这只蝙蝠我见过。它翅膀上的伤，是一周前的吧！"

"哦，是怎么回事？"

伊莎一五一十地把当天的经过说了一遍。蝠王侧耳倾听，当伊莎说完整个故事，他露出微笑，"原来是你救了它。我要多谢你！那个叫杰克的人，他弄伤了我的宝贝，对吗？"

"他不是故意的……"伊莎想要替杰克辩护，尽管杰克不讨人喜欢，但她也不想旁人误会，认为杰克是个坏蛋。

"他打伤了我的蝙蝠，然后还拿它取乐，对吗？"蝠王打断伊莎。

蝠王的话语充满着居高临下的支配感，根本不容置辩。

伊莎放弃了为杰克辩护，只是沉默着。她看着蝠王胳膊上的猎蝠，小东西毛茸茸的，头比一般的蝙蝠更圆，看上去有几分像是小奶猫。

眼前忽然阴影一闪，原来是蝠王伸手来揭自己的面罩。

伊莎吃了一惊，伸手一推。蝠王的长袍滑落下来，赤条条的躯体一览无余，白的晃眼，黑的扎眼。

伊莎的脸一下子红到了耳根，掉头就跑。

她冲进消毒室，关上门，脱掉面罩，靠在门上直喘气。过了片刻，她缓过劲来，开始考虑眼下的处境。

麦克斯说蝠王是个病人，然而这个病人和自己想象的完全不一样。他的毛病，大概是和蝙蝠待在一起太久了，把自己当成了蝙蝠，连衣服都不想穿。

蝠王赤裸的身子浮现在脑海中，强壮而结实的躯体充满阳刚之气。

她的脸再次红了起来。

八　病　人

　　然而蝠王后来再也没有裸露过, 而是穿上了宽大的无袖T恤和一条大裤衩, T恤和裤衩都是碎花拼接的样式, 让他看上去像是刚从夏威夷海滩度假回来的游客。

　　至少这像是个正常人。

　　伊莎稍稍感到放心。她开始履行自己的职责。

　　麦克斯交代的任务是照顾病人, 然而她没有看到任何必要, 除了第一天的表现让人有些惊悚, 之后蝠王就像一个再正常不过的人, 只是有些自闭, 不爱说话, 总是一个人站在宽敞的落地窗前, 向着远方眺望, 一望就是几个小时。不自闭的时候, 他喜欢和蝙蝠打交道, 模仿它们的声音, 吱吱吱地叫。他似乎根本不需要任何人存在于身旁, 有这些蝙蝠陪着就够了。

　　麦克斯并没有其他的指示, 实验室倒是发来一些采样要求, 主要是从蝠王身边的蝙蝠身上采集组织样本, 进行基因分析。这是伊莎熟悉的工作, 然而她只熟悉一半, 从蝙蝠身上采集组织样本是一件高风险工作, 需要专门人员来做。但实验室坚持要让伊莎去采样, 因为他们不能再送一个人到蝠王身边。伊莎迫不得已答应尝试一下。

　　这项工作原本很有挑战, 因为抓住蝙蝠并从它们身上采集组织样本是一件极麻烦的事, 首先要做好自己的防护, 其次要稳住蝙蝠, 蝙蝠总是会试图挣扎逃脱, 极难把握。然而在蝠王这里,蝙蝠们异常温顺，它们虽然总是吱吱地叫个没完，但一旦停在蝠王的胳膊上，就一动不动。她救下的那只猎蝠有名字，叫作"小东西"。蝠王让"小东西"爬到伊莎胳膊上，伊莎没有拒绝。

"小东西"用翼手抓住伊莎的胳膊，头部不断蹭来蹭去。隔着防护服，伊莎也能感觉一阵阵的痒，不由咯咯笑了起来。一抬头，只见蝠王正直直地盯着自己，不由脸上一红，低下头去忙活手中的事。

伊莎把采血盒放在小东西的耳朵上，它也没有丝毫闪避。原本麻烦的工作简单得出乎意料。

伊莎采集了六只蝙蝠的血样。

这些猎蝠身上的确存在艾滋病毒。

伊莎第二天就分离出了毒株。然而这些病毒在蝙蝠身上根本没有什么活性，它们就像猎蝠身上的其他病毒一样，被强大的免疫系统压制得死死的。这些猎蝠并没有艾滋病，它们只是携带者，然而它们把这种病毒传播到了金水镇的蝙蝠群里。伊莎按照实验室的要求把分离出来的毒株和蝙蝠血样一起放进密封管，通过自动管道送到外边。

蝠王通常在他的蝙蝠洞里待着，然而伊莎采了血样之后，他跟到了实验室，饶有兴趣地看着伊莎忙碌，时而和伊莎聊聊天。他一下子像是换了个人，变得极为热情外向。

几天接触下来，伊莎意识到自己面对的人极不简单，简直像个行走的百科全书。他像是在给自己上课一样，滔滔不绝。从古罗马兴衰史，到二十世纪美国探月工程，从莎士比亚的戏剧到中国的格律诗，他甚至即兴朗诵了几首中国诗，虽然伊莎一个字也听不懂,然而那抑扬顿挫的格律让她毫不怀疑其中存在着令人陶醉的美感。蝠王对各种学科的兴趣之广,也让伊莎自惭形秽。他居然能够拿出一张白纸来用铅笔验算薛定谔波动方程,解释什么叫作粒子的波动概率,从波粒二象性讲到引力现象的涌现……伊莎听得半懂不懂,都不知道该怎么提问。渐渐地,她看着蝠王的眼神带上几分敬畏,几分仰慕。

蝠王也和她探讨基因编辑和遗传工程的话题,这正好是她的专长。蝠王的遗传学一定受过专门的培训,说的内容虽然偶尔有些不够准确,但只是口头语义的问题,解释一下更显示出他的深刻理解。伊莎偶尔有种错觉,眼前的这个男人仿佛是古代的博物学博士穿越而来,而不是在现代大学接受的专业教育。

到最后,她用崇拜的眼神看着他,听他演讲。

"借助这种异构酶的作用,基因嵌入的效率可以提高十倍。这就是大自然给人类的馈赠,它们早就准备好了一切,只等待人类去发现。"蝠王用一段抒情般的语言结束了自己的发言。他所说的内容,是一种从巨型病毒身上发现的特殊酶蛋白,这种酶蛋白的唯一作用,是让病毒的基因片段更有效地结合在宿主身上。伊莎听都没有听说过这种蛋白酶,毕竟在基因工程的领域内分支众多,彼此间并不是太了解。然而从基本原理来说,蝠王所说的异构酶的确有可能存在。

"你说的这个,有发表论文吗?"伊莎把手中的一支试管放进支架,转头问道。

"当然没有。"

蝠王的回答出乎意料。如果真的存在这种蛋白酶,这是一个重大发现，发现者不可能不去发表论文。

伊莎看着蝠王，露出疑惑的表情，"怎么会呢？这么重要的发现！"

"我以十二亿的价格买下了这家实验室和所有的研究员。"蝠王微笑着说。

伊莎的脸色沉了下来。又是钱！这个世界像是被金钱支配了。

"科学发现应该属于全人类。"伊莎冷冷地说。

蝠王笑了，"最初实验室里的人也是这么说的，但后来价格从一亿不断升级，到了十二亿的时候，他们就改口了。"

"他们怎么说？"

"他们说：'我相信这项发现在您的掌握中能够发挥出它最大的作用。'"蝠王模仿着某个人的语音和语调，听上去有几分滑稽，然而伊莎根本笑不出来。

"我相信你不能用钱买到世界上所有的东西，你不可能收买爱因斯坦。"伊莎严肃地说。

"你说得对，"蝠王的笑意更加浓烈，"然而绝大多数人都不是爱因斯坦。你知道吗？你这么严肃的样子，真的很让人心动。"

伊莎不声不响地转过身去，开始整理试管架。

"我相信我不能用钱买到你，"蝠王继续说，"你是一个真实的人。"

伊莎心头一颤，扭头看去，只见蝠王收起笑容，正盯着自己看，他的眼神像是有着莫大的魔力，洞彻人的心扉。伊莎的脸一下子红到了耳根，再也不敢看蝠王，硬着脖子回过去，"别胡说八道。你垄断至关重要的科学发现,根本就是对全人类犯罪。"

"我不是犯罪,我只是防范犯罪。这种技术落在不负责任的人手里会是一场灾难。当然技术发现是无法封锁的,但其他人想要独立开发出这种蛋白酶,可能还要再等十几二十年吧。"

"你要防范什么?你怎么知道别人会不负责任?"

"如果这种技术流入市场,会有许多人铤而走险,它是个大加速器,很多人会用它来加速基因工程研究。会发生许多悲惨的事,你根本不能想象。"

"你对人们的预期太悲观了!"

蝠王摇摇头,"我比你更了解这一点。"他说着把手伸在伊莎眼前。

伊莎仍旧裹着防护服,她警惕地看了蝠王一眼,"你要干什么?"

"我想摸一摸你的脸。"蝠王说。

伊莎皱起眉头,"不要这么不正经!"

"如果你不愿意,那么就和我握个手,隔着手套也行,但是时间要久一点儿。"

这是一个奇怪的要求。

伊莎带着几分迟疑,握住了蝠王的手。蝠王一下子将伊莎的手抓得紧紧的,如一个铁钳般根本无法挣脱。

伊莎挣扎着想要把手抽回来,蝠王却纹丝不动,只是死死地抓住她的手。

蝠王的掌心像是有无穷的热力,隔着手套都能传过来。

伊莎停止挣扎,惊奇地看着蝠王。他的身体像是一团火,体温至少超过四十摄氏度。

"你发烧了!"伊莎说。

"不,这是我正常的体温,别忘了,我是蝠王。"蝠王微笑着。

伊莎瞪着眼前的男人。

这个男人的身体显然不同于常人,体温超过四十摄氏度,一般人早已经意识昏迷。然而蝠王看上去一切正常。

"你把这种技术用在你自己身上了?"

"有时候我觉得自己成了一只蝙蝠。"蝠王松开手,答非所问,"人的欲望很可怕,为了得到想要的东西,可以把自己变成魔鬼。"

他看着伊莎,"你觉得我是个魔鬼吗?"

伊莎尴尬地笑了笑,"怎么会呢?"

蝠王摇摇头,"你不懂,你无法理解我。"他摇摇晃晃地向门外走去。

"你可以相信我。"伊莎向着蝠王的背影喊了一句。

蝠王停下脚步,转过身来,他注视着伊莎,长久没有说话。最后他开口了,"你是个好人,伊莎! 谢谢你! "说完他消失在门外。

蝙蝠吱吱的叫声通过通道传来。伊莎揭开面罩,望着空荡荡的走廊出神。

蝙蝠! 蝠王是给自己进行了基因改造吗,以至于具有了蝙蝠的生理特征,体温超高? 她想起麦克斯的话,蝠王是个需要照顾的病人。

事情的来龙去脉在她的脑海中逐渐成形: 蝠王为了追求长

生，改造了自身的基因，改造显然成功了一部分，他超高的体温就是一个证明。然而失败的地方可能更多，至少他的心理已经有严重问题，极端敏感，摇摆不定。

她想起蝠王走出门去时的神情，生命的活力从他的眼中褪去，高大的身躯也佝偻起来，显得萎靡不振。

她的内心充满了同情。

这可怜的人，应该帮帮他！

然而又能怎么帮他呢？伊莎有一种无力的感觉，她忽然很想离开。如果看不见，大概会好些吧！

九　基因序列

伊莎要求麦克斯放自己出去，然而麦克斯毫无回应。伊莎在实验室的公共平台上发出消息，几分钟后有人私下回复了她。

"只有麦克斯可以授权放你出来。"

这句话简直太无理了！

"难道麦克斯不出现，我就要一辈子被关在这屋子里了吗？"伊莎立即呛了回去。

"我明白你的感受，但是在麦克斯回应你之前，你只能在里边待着。"

伊莎看着这一行回答，心中像是有团火开始燃烧。虽然在这个小岛上居住，也和软禁差不多，然而至少名义上自己还是一个自由人，不能允许这么明目张胆地侵害自己的人身自由。

"你是谁？"她发出消息。

"我是艾克。"

"你是实验室的负责人，难道不能暂时放我出去？"

"我没有这个权利。进入内层实验室的人，只有经过麦克斯的授权才行。"

艾克毕竟不是麦克斯，伊莎不想和艾克继续争执，她做了个深呼吸。心头烦躁的火焰稍稍下去一点儿。

"你知道蝠王的身体经过怎么样的改造吗？"伊莎换了一个话题。

"我不能回答你的问题。"艾克的回答直接而生硬。

"你们把我放进来，又什么情况都不告诉我，那究竟是要我在这里干什么？"伊莎更加生气，重重地敲击键盘，仿佛怒火能够透过键盘传递给对方似的。

"只有麦克斯才能给你布置任务，我只能给你提供技术指导，如果你对病毒或者基因的研究有什么困惑，我可以给你解释，或者是你在数据库的使用上遇到什么问题，也可以向我咨询。但只能在特定时间内。"

"比如现在？"

"每天的九点到九点半之间，这是留给你的时间窗口。"

伊莎看了看时间，现在是九点零五分。

"你们研究过蝠王的基因序列吗？"

"和蝠王有关的问题我都不能直接回答你，我只能回答你具体的技术问题。"

"好吧！"伊莎有些无奈。

"你前些天收集的猎蝠病毒样本，都已经归入数据库。"艾克说。

艾克又一次提到数据库，这似乎是种暗示。

伊莎打开数据库，随意浏览。她很快发现，这个先进的数据库汇集了各类生物的基因组，并不仅仅只有病毒，艾克展示给她的只是一点儿皮毛。南极冰川下挖掘出来的古菌，海底热泉中捕捉到的甲壳类，从大王乌贼到抹香鲸，从东北虎到狨猴……光看目录索引，简直就像是地球生物大全，光昆虫的基因组就有两百多万种，至于各种基因组彼此之间如何组合，发育如何受到调控，那更是洋洋洒洒，令人眼花缭乱。数以万计的论文隐藏在成百上千种组合模式之后，可以随时查询。

最令人叫绝的，是这个数据库可以进行基因组合，产生模拟生物。在特定模板的基础上，添加各类基因组，如果能够成功地结合在模板中，就能产生一个新的生物。随机添加的基因组往往会失败，偶尔也会成功，却会生长出异常的结构。伊莎查看了一个模拟生物，它以田鼠为模板，在田鼠的背上长出了一只人的耳朵；还有一只猫，长出了一对翅膀，活脱脱像个神话生物。

伊莎的手指不断在屏幕上滑动着，动作却越来越慢。

这么一个基因库，不仅存储了人类从地球上能够搜罗到的基因，而且能够模拟随机突变，对各种可能进行探讨。这是人类知识的瑰宝，探索生物工程的利器。

伊莎停下手中的动作，数据库中的信息不断滚动，新的数据还在源源不断地从世界各地汇集而来。她默默地看着，像是面对着信息的汪洋大海，与之相比，一个人的智识实在太渺小了。

　　"这数据库是谁建的？"沉默了几分钟后，伊莎给艾克发送了一条消息。

　　艾克没有回应。伊莎看了看时间，已经是十点三十五分，不知不觉自己已经在这数据库里逛了一个多小时。

　　已经过了窗口时间，艾克大概不会来了。

　　数据库引起了伊莎强烈的兴趣，她打开一个又一个看上去有点儿意思的模板，观察那些离奇的虚拟生物。

　　战士黄蜂是巨大化的昆虫，它的呼吸系统经过优化，不再依靠气孔扩散获得氧气，而是采用气囊辅助呼吸。空气可以在它体内高速流动，个体可以长到将近三十厘米长，大颚经过强化，像是一对锋利的剪刀，尾部的刺针极为细小，毒液包含毒性极高的神经毒素，只需要六微克就可以杀死一个正常体重的成年人。尾针居然可以反复使用！这是一种丧心病狂的生物武器。

　　迷你狗是一种设计宠物，控制生长激素让狗长到十五厘米左右就不再生长，它的牙齿和咀嚼肌全面退化，只有人类幼儿乳牙的咬合力，极其温顺，没有任何攻击性，毛色可以在十三种颜色中任意选择。

　　肉牛是另一种极端，它的四肢和脑袋都退化不见，只剩下躯干。不需要进食，消化道中长满绒毛，可以从富含微生物的水中过滤藻类。这种肉牛的饲养方案，是把消化道和一条水管接在一起，不断催动水的循环，它就能自动生长。调节水中的激素成分，就可以生长出不同类型的肉质。除了名字和基因，它和牛大概没有任何相似之处。伊莎好奇地点开生长预览。

　　一小块肉展示在伊莎面前，标志着消化道的细管扭曲盘结，随着其中液体的流动，肉块飞速成长，最后成了圆滚滚的一团，像是无手无脚的婴儿。伊莎差点儿吐了出来。

她立即关闭了预览窗口，关闭所有浏览界面。

一个对话框弹了出来。

确认退出伊甸？

伊莎愣住了。伊甸，那个火星移民计划恰好名为"伊甸的呼唤"，这是有什么关联吗？

她摁下确认的按钮，关闭了数据库。

这是个无比强大的工具，怪不得艾克说这是项目的核心。这个数据库所提供的工具，可以设计出形形色色的生命，这是上帝创造万物的工具箱。

伊莎按着自己的额头，让自己冷静一点儿。

永生！伊莎突然想到这个词，基因工程如何让一个人接近永生，麦克斯就是这么告诉自己的。只不过这几天在蝠王身边生活，自己被蝠王吸引，以至于忘了这个重要的茬。

蝠王有接近永生的生命。想到这个，伊莎像是看到了一丝火光。人类所了解的生命奥秘，大概都隐藏在这数据库里。数据库的名称是伊甸，飞向火星的太空计划叫作"伊甸的呼唤"。这么说起来，这个数据库，其实是为飞向火星做准备？

这一切都围绕着蝠王，蝠王是这一切的核心！

蝙蝠隐约的叫声从走廊里传来，伊莎站起身来，从无菌柜里取出一个采血盒，向着通道走去。到了门口，她发现自己没有穿上防护服,稍稍犹豫之后,她还是向着通道尽头的那扇门快步走去。

十　秘　密

伊莎从采血盒里取出试管,拿在手中仔细端详。

这是蝠王的一滴血,不足十毫升。它会告诉自己什么样的秘密?

好奇?期待?渴望?敬畏?害怕?崇拜?

伊莎也说不清自己心头究竟是一种什么情绪,甚至说不清自己究竟是想要干什么。她把试管塞进了分析仪里,心情复杂地看着指示灯从红色变成了绿色。

嗡嗡的声音响起来,机器开始运作。

伊莎盯着机器上闪烁的绿色灯光,有几分恍惚,刚才在蝠王那儿的情景浮上心头。

……

"你终于想起来要给我采血?"蝠王是这样对她说的,"我希望你不是被吓坏了!"

伊莎当然不会承认自己被吓坏了。

"我要了解你的身体情况。"伊莎认真地说。

"看看我是不是还有救?"蝠王像是开玩笑一般伸出了胳膊,"他们一般会送一个什么都不懂的护士来,你是什么都懂的护士,我喜欢你!"

那种颓唐消极的沉郁感消失了，蝠王像是换了一个人，浑身上下洋溢着无尽的活力。

伊莎抓住了蝠王的手。他的手仍旧是那么滚烫，一种异样的感觉涌上心头，伊莎尽量让自己显得平静一点儿，把采血盒套在他的食指上。

"你不敢看我。"蝠王突然说。

"你瞎说什么！"伊莎反驳，然而却真的没有勇气抬起头来看。她匆忙摘下采血盒，转身就走。

蝠王一把拉住她的胳膊。

伊莎觉得自己的心跳都快了几分，慌忙一甩手，想要挣脱。然而蝠王的手就像铁钳一般，根本挣脱不开。

"放手！"伊莎带着几分嗔怒说。

蝠王反而把她拉到自己面前，仔细端详。伊莎又气又急，顾不上手中还握着采血盒，扬手就在蝠王胸口上打了一拳。

"你终于不用套在防护服里和我面对面，这真是太好了！"蝠王说。

"放手！"伊莎再次叫喊。

蝠王松开了手。

伊莎一愣，随即回过神来，立即转身向门外走。

耳边响起一阵风声。

小东西落在肩头。它的翼手钩住了伊莎的衣服，小小的脑袋仰起，发出吱吱的叫声。

"它让你别走。"蝠王的声音从身后传来。

伊莎轻轻推动小东西的翼手，把它从肩头推落，让它飞起来，然后快步走出门去。

……

分析仪的绿灯闪了三下，发出嘀嘀的蜂鸣。

伊莎从恍惚中回过神来。

初步结果出来了。

她打开数据库，把第一批数据传输进去。

灵长目人科人属人种

模型匹配的第一个提示让伊莎不禁笑了出来。然而她的笑容立即凝固了。

翼手目狐蝠科无匹配属种

屏幕上显示了这样的提示。

虽然有所预期，然而当这个结果显示在伊莎眼前，她还是感到有些沉重。蝠王看上去一切正常，只是偶尔情绪起伏很大，然而从基因的角度来看，他的一部分是蝙蝠，超高的体温就是一个表征。

伊莎点开了指示翼手目的那个单元。

基因图谱显示蝠王的血样中至少包含上千个翼手目基因组，表达了两百多种翼手目特有的蛋白，包括细胞膜上的三种大蛋白质分子通道，线粒体质粒，还有确保细胞在较高的体温下保持细胞膜完整性的一种丝状蛋白……分析显示，他的细胞线粒体并非人类的线粒体, 而大体接近狐蝠, 这个细胞内的能源工厂效率是人类线粒体的一倍有余……

和人类匹配的基因组有两万多个, 被插入的蝙蝠基因组切割得支离破碎。

样本中还有一些来自其他生物的基因组。一种来自甲壳动物的蛋白体可以不断生成血清素, 维持浓度, 从而保持神经系统的活性; 一种来自蜥蜴的生长素可以促进伤口愈合, 甚至促成断肢再生; 真菌的抗菌分泌被移入到免疫系统内部, 整个淋巴系统因此百毒不侵; 夜行动物的眼底结构, 可以在微光环境中视物……

眼前的各种基因组展示着发生在蝠王身体内的巨大变化, 伊莎默默地翻看着, 心头惊疑不定。要把一种生物的特性移植到另一个生物体内, 要克服极大的障碍, 每一例成功的移植都可以看作生物学上的重大突破。然而蝠王的基因组就像是一个巨大的杂合体, 集中了各种生物的优点, 彼此间还能相容。

这真是一个奇迹!

伊莎大约能猜到奇迹是如何发生的。把各种生物的特性杂合在一起, 需要高超的基因编辑技术, 在自然界中, 艾滋病毒能以极高的效率把自身基因编辑到人类的DNA之中。而蝠王提到过那种特殊的酶蛋白, 可以让基因结合的效率提高十倍, 艾滋病毒与之相比也要相形见绌。

蝠王的身体, 大概经历了许多许多次的实验, 不断地修正DNA, 才能变成今天的样子。从基因的角度来说, 他早已经并非人类。

伊莎在基因库中找到了和蝠王完全相符的基因组序列，这个序列有加密，然而用艾克告诉自己的密码可以打开。

她的心跳加速，手也微微有些颤抖，最终还是点开了这个基因组，开始阅读关于它的说明。

他的预期寿命是三百岁！

如果进行细胞替代修复，他可以一直活下去，接近永生！

麦克斯说的是真的，蝠王是个接近永生的奇迹。

这大概是古往今来，那些手执权柄的帝王、富甲一方的豪杰梦寐以求的事。这真的在蝠王身上实现了！

数据是不会撒谎的，蝠王的血样和这个基因组序列吻合。

"吓到你了吧。"蝠王的声音突然传来。

伊莎猛一哆嗦。

扭头看去，蝠王正倚着门框站着，似笑非笑地看着自己。

他看上去光彩照人，却是个不折不扣的怪物。伊莎下意识地向后缩了缩身子。

蝠王露出一个笑容，"我会让麦克斯带你出去，你用不着害怕。"说完他转身要走。

"这就是伊甸，是吗？是你召集的计划。"伊莎喊住了他。眼前的这个人身上，还有更多的秘密。他以雄厚的财力打造了一个可以改变人类命运的科学工程，把这些科学的发现应用在自己身上，然而却像穴居动物一般隐藏起来，和蝙蝠为伴。这背后必然有原因。

她相信那个渊博睿智、谈笑风生的形象，才是他的本来面目。

蝠王停下脚步,回过头来,说:"没错,这是伊甸,然而伊甸不是什么幸福乐土。"说完他继续向外走。

"那艘飞船呢? 你真的造了飞船? 那是伊甸的呼唤吗?"伊莎再次喊住他。

这一次蝠王没有回过头来,他站在那儿,像是在思考什么,过了片刻后,说:"我几乎都忘了。"

蝠王的身影消失了。

通道里蝙蝠隐约的吱吱叫声也平息下来。

应该是蝠王关上了通道尽头的那扇门。

十一　伊甸的呼唤

当伊莎从那扇厚重的门后走出来,麦克斯正站在门前等着她。

"伊莎女士,恭喜你!"麦克斯说。他戴着墨镜,室内的灯光昏暗,他的脸庞更让人看不清楚。

伊莎板着脸,一声不吭地向外走。

"特别感谢你对蝠王的照料!"麦克斯不以为意,跟伊莎并肩走。

"是他把我赶出来的!"伊莎冲着麦克斯嚷了一句。

"不,他只是让我请你出来,并不是要赶你出来。你让他很在意。"

"在意?"伊莎感到一阵窝火,"我真的搞不懂你们究竟是

什么意思。那么你告诉我，我的工作完成了吗？是不是可以离
开了？"

"是的。"

麦克斯沉静的回答让伊莎一愣。

"你说什么？"

"你在威廉城堡的工作已经完成了，我会兑现承诺，把剩下
的一半酬金支付给你。但重申一下条件，你不能泄露关于这个
城堡的任何情况，无论是关于事，还是关于人。你不能对人谈及
你在这个城堡中的任何工作。"

一切就这么结束了？伊莎有些不敢相信，这才刚开始了解
蝠王，却结束了？再也见不到那个人了吗？蝠王怎么能这么对
自己！伊莎刹住脚步，站在原地。

"伊莎？"麦克斯提醒她。

"哦……万一，万一我说漏嘴怎么办？"伊莎捋了捋头发，掩
饰心头的失落。

麦克斯露出一个微笑，"你不会的。"

"好的，"伊莎抬头正视着麦克斯，"什么时候送我回去？"

"原本现在就可以送你走，但是艾克说他还需要你完成一项
分析工作，他需要和你讨论蝙蝠病毒的变异问题。我首先声明，
这和你的工作约定无关，你完全可以现在就走。如果你愿意留
下来完成艾克想要你完成的工作，那么我两天后来接你。"

"我要先见一见艾克，问问他究竟想要我做什么。"伊莎
回答。

麦克斯似乎早已经预料到伊莎的选择，微微点头，"那么伊

莎，我们两天后见！"

麦克斯走了，屋子里只留下伊莎一个人。她盯着实验室的门看了一小会儿。厚重的大门已经关闭了，她仿佛看见门的那边，蝙王坐在他的蝙蝠洞里，像雕塑一般沉默，蝙蝠围绕着他，上下翻飞。

艾克并不在实验室。

在院子里，伊莎遇见了金。金见到伊莎不禁欣喜地叫了起来，"伊莎！你到哪里去了？这么多天没有见到你。"

"我被麦克斯指派到北楼的三层实验室了。"见到金，伊莎感到很亲切。

"真的？那你见到他了？他的眼睛是红色的吗？"

"哦，"伊莎突然想起麦克斯的告诫，不该向任何人谈及在城堡中的工作，很快就要离开这里，那么也不应该告诉金，"没什么，里边就是一个高等级的实验室，独立隔离。我没有见到红眼睛的人，可能你看错了。"

"哦！"金顿了顿，"你见到杰克了吗？他也在里边？"

"没有。"听到金提起，伊莎才突然发觉自己几乎都把杰克给忘了，"你后来也没有再见过他？"

"没有。"

两个人对望着，眼里都有一丝疑惑。

"麦克斯说我可以走了。"伊莎打破沉默。

"走？不是要两个月吗？"

"我进了隔离实验室，他们对我的表现很满意，说可以提前结束工作。"

"那要恭喜你了,这才两周的时间,就完成了两个月的合同。"

"你也很快的。"

两人友好地告别,伊莎回到自己的房间。

从窗口望出去,金水河谷仍旧风景如画。伊莎坐在窗前,望着窗外的河水,怅然若失。

那被人称为蝠王的人,喜怒无常,他挑选了这个古堡作为禁闭之地,大概是因为这里有大群的蝙蝠,而他喜欢蝙蝠。毫无疑问,蝙蝠群里传染的艾滋病是从这个岛上流出的。艾滋病毒被当作一种工具使用,在某些情况下就有可能从感染人类跳跃到感染蝙蝠。蝠王这么喜欢和蝙蝠混在一起,大概也极大增加了传染的概率。

他的DNA是个蝙蝠人,是个杂合体,然而他仍旧是个人。

"我喜欢你。"她记得他说的这句话。

她相信这句话是真的。

然而,他选择关上了门。

我并不害怕,只是有些不习惯。她很想这样告诉蝠王。

现在说什么也晚了,大约永远也不会再见到他了。

正当伊莎怔怔出神,一个黑影突然从窗前掠过。伊莎一惊,还没等她反应过来,那黑影已经趴在了窗口,隔着玻璃冲着伊莎叫着。

是一只猎蝠。

是小东西!

"小东西!"伊莎又惊又喜,急忙站起身来,推开窗户。

小东西一下子从窗户的间隙钻了进来。伊莎伸出手去,小东西笨拙地爬上伊莎的手臂。伊莎轻轻抚摸猎蝠短短的绒毛,绒毛光滑顺溜,带着暖暖的温度。

蝠王的体温,就和这小东西一样。

小东西温顺地在伊莎的胳膊上趴了一会儿,又爬回窗台上,回头向着伊莎吱吱叫了几声,然后钻出窗去,一跃而下,消失在河谷中。

伊莎贴在窗玻璃上,想要再看小东西一眼,只见古堡上空,到处都是翻飞的蝙蝠,哪里还能分得清哪一只才是它。

或许将来,还有机会再见到这小东西!如果它不吃蝙蝠,倒是蛮可爱的动物。

晚上九点时分,伊莎正打算睡觉,门铃突然响了起来。

这么晚还能有谁来?伊莎打开房门,刚一抬头,身子顿时僵硬了。

蝠王站在门外,穿着黑色的罩袍,仿佛一个中世纪的牧师。见到伊莎,蝠王一言不发,一把抓住她的手,拉着她就走。

蝠王的手灼热滚烫。伊莎没有丝毫抗拒,很快跟上了他的脚步。

"要去哪里?"伊莎问。

"我带你去看看什么是伊甸的呼唤。"蝠王边说边加快脚步。

伊莎努力跟上,然而蝠王走得像是要飞起,她的脚步逐渐凌乱,正感到力不从心的时候,突然身子凌空而起,回过神来,已经躺在蝠王的怀里。

"我带你走。"蝠王轻轻地说。

隔着衣物，伊莎能够感觉到蝠王身上透出的热力。他的身上有一股浓郁的气息，很好闻。伊莎没有出声，默默地任由蝠王抱着自己疾步快走。她伸手环抱着蝠王，紧紧地贴住他。

"我以为，再也见不到你了。"她低声说。

"我以为，让你离开是个好的选择，但我发现这是个错误。"蝠王这样回答她。

夜晚的风带着寒意，蝠王的躯体就像温暖的避风港。伊莎依偎在蝠王怀里，从身体到心里，都暖融融的。

蝠王下到了地下三层。空旷的地下仓库里，赫然停着一辆黑色跑车。蝠王把伊莎放进车里，自己坐在驾驶位上。

跑车像是得到了无声的指令，自动开始滑行，向着黑黢黢的隧道而去。

"我们去哪里？"伊莎问。

"伊甸的呼唤，你不是想要知道吗，我带你亲眼去看看。"

"你说你忘了。"

"是的。"蝠王转头看着伊莎，"但是你让我想起来了。"

蝠王突然爆发出一阵大笑，"曾经我也是个大好青年，梦想改变世界。"

"蝙蝠侠吗？"

"蝙蝠侠？我怎么会是那种形象，他们都说我是钢铁侠。不过，我从来不看那种小孩玩意儿，那些都太幼稚了。"

伊莎也随着蝠王笑了起来，"钢铁侠是什么故事？"

车子进了隧道，车灯将前方照得雪亮，一个个交通警示牌飞快闪过。

"我也不知道。听他们的意思,那就是一个帅气的富翁用高科技拯救世界的故事。"

"所以你要开始拯救世界了?"

"我能拯救自己就不错了! 世界轮不到我来拯救。"

对话沉寂下来,跑车如一道黑影般穿行在隧道中。

十二 往 事

黑色跑车钻出地面的时候,伊莎看见了漫天的星星,深邃夜空下,一颗颗如钻石般璀璨。

"哇!"她情不自禁地赞叹。

跑车上了高速继续奔驰,速度达到了二百四十千米每小时,路旁的一切都像是风一样掠过。伊莎害怕起来,"能不能开慢点儿?"

"不用怕,如果进了太空,速度要快得多。"蝠王随口回答。

"上太空?"

"伊甸的呼唤,那是一艘太空飞船,当然是在太空里飞。"

"我们要上太空?"

"不好吗?"

伊莎有些懵。难道蝠王深夜带自己出来,就要带着自己上太空? 这实在有些太夸张太荒诞了。

"我从来没有想过。"伊莎琢磨着怎么才能把自己的想法表达清楚。

"你不用想,我会带你去的,但不是今晚。"蝠王扭头看着她,"发射飞船可不是吃顿便饭,需要时间准备。"

伊莎悬着的心稍稍放下一点儿。

"所以'伊甸的呼唤',真的有这么一个计划?"

"看到了,你就不会再怀疑了。"

"和我说说你的计划。"

"说来话长。"蝠王开始回忆。

"我小时候有一个梦想,造一艘飞船,浪迹天涯。这个天涯可不是地球上的角落,是火星,是太空。我不知道能不能飞出太阳系,现在看起来不太可能,但至少我还可以飞向火星。我是幸运的,我有数不清的钱,我的爷爷和父亲给我留下了巨额财产,我的母亲是个伟大的人,她听到我的想法之后,非常支持我。我很高兴,就真的开始造飞船。

"飞船建造到一半的时候,我意识到,飞向太空光有飞船还不行,还要有生物。地球上的生物圈才是人类栖息的环境,一个寸草不生的星球并没有什么价值,一个能够适应人类的星球才有价值。基因技术就成了另一个重点方向,我出资打造了最强大的基因数据库,和这个基因库配套,我们可以在飞船上生产任何已知基因组的生物,也包括人,甚至一些设计生物。这是个庞大的计划,到了火星上,我们要生产出大量藻类和细菌,利用火星地下的水建造一个初步的小型生物圈,然后再根据情况,把不同类型的生物投放在这个生物圈里,让它和地球上一样适宜人类。

"我觉得我就是为了全人类而漂流的鲁滨孙,到一个无人

岛,建设一个新世界。这个梦想一直支撑着我,直到那天有个科
学家突然向我建议,可以改造人,让人拥有更完善的躯体,更长
的寿命。

"这是一个疯狂的主意,大概就像潘多拉的魔盒,里边不知
道会飞出什么玩意儿来。但是我同意了,因为当时我的母亲去
世,对我影响很大。"

伊莎抓住了蝠王的手,表示安慰。

蝠王也抓住伊莎的手,十指相扣。

"而且我也相信,上天给我的使命,是成为火星的造物主。
要成为造物主,我需要尽可能长久的生命,更强壮顽强的躯体。
我同意他们在安全的基础上,在我身上进行试验。他们说到做
到,我的身体的确变得更强大,更有力量,更有活力。但是我也
发现,有些其他的变化,我开始喜欢蝙蝠,我养了许多蝙蝠,整
天和它在一起,如果我有翅膀,我想跟它们一起飞;我让人抓
来昆虫给我吃,生吃;有时候我想我应该是一只蝙蝠,而不是个
人。这种妄想的症状很严重,让我整夜失眠,只有在蝙蝠群里,
嗅着它们的气息我才能平静。也就是从那时候起,我搬到了金
水河城堡,一直住在那里。"

蝠王笑了笑,"你知道在你之前,有多少护士来照顾过
我吗?"

"我不是护士。"

"我知道。你猜有多少护士来照顾过我。"

"我不知道。"

"我也不知道,记不清了。至少也有三四十个吧!可能是上

百个。她们都怕我，她们也怕蝙蝠。她们看我的眼神，虽然极力掩饰，但我还是能看出来，她们当我是个怪物。她们当我是个怪物，还当我不知道……"蝠王发出一声冷笑，"但我比她们可聪明多了，我造了飞船，我可不只是出钱的那个人，我是飞船的总设计师。你相信吗？"

"当然相信。"伊莎望着蝠王。他的情绪似乎又开始失控，基因技术让他获得了生命的活力，却也深刻改变了他的秉性。他深刻地怀疑自己，活在挣扎之中。他自闭的心灵中，曾经有过多少撕裂般的风暴？

伊莎摸了摸蝠王的额头。他的额头滚烫，生化之火在他的体内熊熊燃烧。

蝠王抓住了她的手。

两只手都被蝠王抓着，伊莎动弹不得。星光下，蝠王的眼底开始发亮，透出红光。这奇异的眼睛一点儿也不可怕，反倒散发着温柔的光彩，像是有着致命的吸引力。哪怕是个陷阱，也是个甜蜜的陷阱。

她闭上眼睛，微微抬起嘴唇。火热的唇贴在她的脸颊上……

在以每小时两百四十千米的速度飞驰的跑车上，在漫天繁星下，伊莎体验到从未感觉过的美好。

十三　阴　谋

第二天一早，伊莎醒来的时候，昨晚的情形还历历在目。

"看, 这是我的飞船。"蝠王骄傲地说。

灯光打开的一刹那, 一个庞然巨物出现在伊莎眼前。十层楼高的飞船包裹在钢铁构成的发射架里, 像是一只巨鸟蹲在巢中。

"政府的飞船远远不如我的。"蝠王说。

那飞船和在网页上所见的一模一样, 像一个厚边草帽, 中央高高凸起, 周围是薄薄一圈, 到了最外缘, 又变得很厚实。它没有一点儿火箭的架势, 而像是飞碟。

居然有人真的造出了这样的飞船, "伊甸的呼唤"是一个真的项目!

"它能飞吗?"伊莎问, 目不转睛地抬头仰望。

"想试试吗?"

"别开玩笑!"

"它当然能飞。这是一艘全自动的飞船, 要它起飞, 只需要一个指令。"

"别开玩笑了!"

"这不是玩笑, 飞船全自动控制, 人在飞船上, 只要做发号施令的主人就行了。人工智能能干的事, 人就不要掺和。人只需要确保人工智能在干正确的事。"

"它能飞多远?"

"足够飞到火星, 它分解水, 用氢做核燃料。"

"它在这儿很久了吗?"

蝠王原本兴致勃勃地看着自己的杰作, 回答伊莎的问题, 听到这个问题,情绪忽然一下子低落,沉默了片刻,回答说:"大概有三年了。"

这显然触到了蝠王的痛处,伊莎挽紧他的胳膊,似乎这动作能表示自己的歉意。

敲门声传来。

是蝠王!

伊莎跳下床,光着脚兴冲冲地跑去开门。

站在门口的不是蝠王,而是艾克。

伊莎颇有些尴尬,拉了拉睡衣,"啊,对不起,我刚起。"

艾克扭过头去,"对不起,一早没在实验室见到你,就冒昧来找你了。"

"哦,没事。是我不好,忘了实验室的事,请等我一会儿。"

伊莎说着正要关上门,艾克拦住了她,"你直接去实验室吧,我要先去西楼,办完事马上过来,你等我一下。"

"好的,一会儿见!"伊莎忙不迭地答应。

实验室里空荡荡的,一个人也没有。

往常这个时候是实验室最忙的时间。伊莎感到有些奇怪,找到自己的位置坐下,等着艾克。

艾克的办公室里,电脑屏幕亮着。

伊莎好奇地望了一眼。屏幕的右下角是一个视频窗口,画面静止,像是播放的半途被中止了。

画面的景象似乎是蝠王的蝙蝠屋。

伊莎心头一动。难道蝠王在蝙蝠屋里的生活一直被监控着？

她绕过自己的座位，走进艾克的办公室。电脑并没有锁屏，伊莎轻轻触动，一个虚拟屏幕顿时跳了出来。

果然是蝙蝠屋。镜头正对着宽大的落地窗，蝠王正站在窗前，眺望着远方，蝙蝠飞进飞出，绕着他舞蹈。伊莎露出微笑，几天下来，她对这样的情形再熟悉不过。她喜欢蝠王站在窗边远眺的样子，那是一个深沉的灵魂该有的样子。

一个人走进了镜头里。那竟然是杰克！伊莎感到万分惊奇。杰克什么时候到了蝙蝠屋里边？

蝙蝠乱飞，一只蝙蝠向着杰克冲过去，杰克伸手挡在自己的面前，像是喊了一声。蝠王转过身来，他的两只眼睛里透着红光！杰克被蝙蝠攻击，踉跄着想要逃跑，蝠王突然像狮子一般扑了上去。他抓住杰克，张口就咬住了杰克的喉咙……

伊莎惊呆了，双手捂着嘴，向后退了两步。

蝠王满嘴是血，血顺着他的嘴角流下，他噗一声，吐出一块肉来，伸手抹了抹嘴角的血迹，冷冷地看着躺在地上的杰克。

杰克在地上抽搐，血染透了他的衬衣。他还活着，张着大口，想要呼吸一口空气，然而颈部的气管和血管都被咬断，成了一个血肉模糊的窟窿，血冒着泡从窟窿里不断涌出来。

他很快就死了，张着眼睛，一动不动。画面静止了，杰克死去的样子就一直停留在屏幕上。

一阵恶心涌了上来。伊莎扶着桌子，对着垃圾桶大口大口吐起来。

蝠王一口咬断了杰克的脖子，然而就在昨晚，他还亲吻了自己，伊莎还能回想起蝠王火热的嘴唇在自己脖子上游走的感觉。昨晚唤醒的是饥渴和美好，此刻却唤醒了惊疑和恶心。

伊莎怎么也想不到，长久没有见到杰克，原因竟然是这样！杰克虽然并不讨人喜欢，然而他是个伙伴，是个活生生的人。一个人竟然就这样活生生被咬死了！伊莎从未见过这样的场面。这实在骇人听闻！

门口传来一阵响动。

伊莎想要离开艾克的办公室，然而不等她走出来，艾克已经迎面走来。

"你看见了？"艾克看了看打开的屏幕，又看了看伊莎。

伊莎艰难地点点头。

"既然你看到了，我就直说，我找你来，就是为了救你一命。"艾克拉过椅子，按着伊莎的肩头，请她坐下。

伊莎木然地坐在椅子里。

艾克半蹲在她身前，注视着她的脸，"听我说伊莎，杰克已经死了，在外边，这件事是个意外，他的尸体早已经火化，而死亡的原因是交通意外。你记得麦克斯很久没有出现吗？他去处理这件事了。虽然很棘手，但是他搞定了。原本你也应该死了，他是个怪物，你应该知道他是个怪物，但是你能活着出来，这大大出乎麦克斯的意料。所以你明白吗？这是个陷阱，麦克斯让我留你两天，他需要一点儿时间。你明白了吗？"

"这不是真的！"伊莎难过地说。

就在昨晚，蝠王拉着她的手，许诺她一个伊甸园的乐土，她还想着可以和蝠王一起登上"伊甸号"，一起相伴一生。他的确是个怪物,然而只是基因出了一点儿差错而已,只要能够容忍他对蝙蝠的痴迷,就不是太大的问题。

自己付出了真心去爱的那个人,竟然如此凶狠残暴,连禽兽都不如。

伊莎瞥了一眼那残忍的画面,摇着头,"这不是真的!"

"这就是真的。"艾克冷酷地打击伊莎天真的想法,"你们三个人,你、杰克和金,都是被找来的牺牲品,你没有死,那是你的幸运。但是你不可能一直幸运。你有机会逃走,找到法律机关的庇护,只要你能找到合适的人,他们就可以保护你。"

"我该怎么做?"

"你有什么可以信任的人吗?"

"金,我可以找金商量一下。"伊莎的思绪已经有些乱了。蝠王是个杀人恶魔,千万不能再和他在一起,然而他有着无穷无尽的财富,能支配庞大到可怕的力量,要对付一个无权无势的人,那再简单不过。

"金自身难保。"艾克冷冷地说,"如果你和杰克都出了意外,他也逃不掉。"

"那我和他一起逃跑。"

"逃跑之后呢?你们需要一个盾牌才能保护自己。"

"你能帮我们!"伊莎抓住艾克的手,"帮帮我们!"

艾克抽出自己的手,"虽然从同情的角度,我很想帮你们,但我是个雇员,薪水极高。"他冷笑了一下,"高到可以出卖我的良心。我不可能帮你说话的,而且我会否认一切。"他顿了顿,"这个录像只是冰山一角,还有很多事……我真不忍心让你这样的好姑娘死在一个变态手里,所以才对你说出真相。但是如果你真的想要保住性命,要靠你自己。"

"我该怎么做?"伊莎几乎要哭出来了。有生以来第一次,她感到深深的恐惧和无力,血淋淋的画面像是唤醒了意识深处的怪物,让她完全失去了思考的能力,只想找个人依靠。

"找一个人,最好是找个人采访你,申请司法保护。你要把事情闹大,只要把事情闹大,你就安全了。"

"把事情闹大?"伊莎像是抓住了一根救命稻草,"这样就能安全吗?"

"世界上没有百分之百的事,但只要引起了关注,你被偷偷干掉的可能就降低了许多。"

伊莎含着眼泪点头。大概艾克说的法子是唯一的活路。

"但这事和我无关,你明白吗? 是你自己发现了基因库的秘密,是你自己发现了录像,是你自己想办法从城堡逃了出去。"

"嗯。"

艾克笑了笑,"伊莎,我想尽力帮你。但是一旦你把我扯到这件事里,那么我想帮你也没有任何办法。所以你要发誓,不会牵扯到我。"

"我不会把你牵扯进来。"伊莎慌忙说。她生怕眼前的这个人改变主意,不再帮自己。

"你应该会游泳,能下潜八米深吗?"艾克问。

伊莎一下子猜到了艾克想告诉她的逃走办法,她的眼中放出了光。

"能!"她带着一丝庆幸回答。

十四 逃 亡

从城堡潜水而出并不是一件简单的事，金水河的水流虽然平缓，河水却很冷，而且很深。

伊莎紧紧地跟在金身后，努力划水。当她看见金开始向上浮起，心头暗暗松了一口气，也立即跟着浮了上去。在水下闭气潜行的时间太久，她已经有些憋不住了。

穿出水面的一刹那，伊莎大口呼吸空气。扭头一看，他们正在城堡的墙边，距离水门不到两米，粗大的铁栅栏隔绝内外，像是要迎面倒下来。

至少已经逃出了城堡。伊莎一边划水，一边暗自宽心。

"伊莎，接住！"金丢过来一个小小的浮子。刚浮上水面，金就把它吹起来，一个绑在自己身上，另一个丢了过来。

伊莎抱着浮子，心中顿时笃实了不少。

"我们怎么办？"她向着金问。

"顺着金水河漂下去，想办法靠近河岸。"金说。

艾克也是这样跟她说的。艾克给了她两个吹气的浮子，让她找到金一起逃。她找到了金，把前因后果说了一遍，金原本就深刻怀疑这座城堡的一切，听完她惊恐万状的陈述后立即带着她从水门潜了出来。

"准备好了吗？"金问。

伊莎点点头。

两人一前一后，从城堡的墙根边扎进水里，紧紧抱着浮子，保持身体的平衡，顺流而下。

半个小时后，他们湿漉漉地爬上了河岸。

出逃进展顺利，接下来就应该是找人把事情闹大。

她回头向着城堡那边望去。孤零零的城堡立在水中，静默无声，一个个小小窗口像是一个个幽深的洞。A楼最大的窗口看上去格外醒目，占据着墙体的中部，看上去像是一只巨大的眼睛。那是蝙王的蝙蝠洞。距离遥远，看不清那儿是否站着人，然而伊莎依稀中仿佛看见蝙王就站在那儿，正远远地望着自己。她想起蝙王抱着她疾走时的温柔感觉，如春风吹皱的水波荡漾在心头。

"伊莎，你还在犹豫吗？别傻了，虽然他对你很好，没有伤害你，但他随时可能变得狂暴，这是一种精神变态，很危险！"金拉了她一把。

"我知道！"伊莎使劲摇头，想要把那些美好的东西统统甩出去。

"一切都会好的，我们会没事的。"金抱住她，安慰她。

"你不知道！"伊莎几乎要哭起来。她抹了抹眼睛，把内心升腾的各种念头都压制下去。现在要做的唯一一件事，就是自保。杰克已经死了，死得很难看。自己和金不能再落得那样的下场。这是一场噩梦，她必须保持清醒。

"我们走吧！"她对金说。

"我们赶紧到公路上，看看能不能拦到车。"金拉着她跑进了岸边的榉树林里。

　　一对老年夫妻停车带上了他们，把他们送到镇上。

　　进了蝙蝠研究中心，伊莎悬着的心终于放下了一半。两人直接闯进了刘教授的办公室。

　　刘恒教授正伏案工作，见到两人格外诧异，"你们怎么回来了？怎么回事，身上这么湿？"

　　"教授，情况紧急！"金把事情的来龙去脉说了一遍。伊莎仔细听着，金说的一切都是自己告诉他的事。在金的叙述中，事情经过是这样的：麦克斯用重金聘请了三人上岛，岛上关着一个疯子，整天和蝙蝠为伍，杰克被派去照顾他，结果被这个疯子活活咬死；伊莎也被派去照顾疯子，幸运地没有被咬死，而且发现这个疯子利用基因工程把自己改造成了蝙蝠和人类的混合体，伊莎看到了监控录像，发现了杰克死亡的真相，于是就和他一起马上逃了出来。

　　刘教授双臂环抱，听着金的讲述，眉头越皱越深。

　　金说完之后，办公室里陷入沉寂。

　　"他们谋杀了杰克？"刘教授的声音听上去有些发颤。

　　"何止是谋杀杰克，他们还想杀了我和伊莎。说不定还有人早就被他们杀了。"金激动地说。

　　"您有什么值得信任的律师吗？我们必须马上寻求司法保护。他们有钱有势，单凭我们自己没有办法和他们斗。"伊莎着急地说。

　　"没错。"刘教授抿了抿嘴唇，像是下了很大的决心，"我倒是认识一个律师，我联系他。你们暂时不要出去，也不要随便联系人，说不定他们已经发现你们失踪了，正在到处找你们。"

"嗯！"金和伊莎都使劲点头。

"你们赶紧去换身衣服，我先打电话找人。"刘教授说着拿起了电话。

伊莎回到宿舍，擦干身子，换了身衣服，就匆忙赶回刘教授那里。在走廊里，窗外忽然有阴影闪过，伊莎抬头一看，一群蝙蝠正从小镇的天空中掠过。

蝙蝠一般不会来镇上，它们都在独眼峰和金水河畔的树林间活动。现在也不是它们的活跃时间，它们应该在黄昏时分才会成群结队地大肆活动。

这些蝙蝠都是猎蝠！伊莎很快认了出来。

它们是从城堡飞来的？小东西也在里边吗？

"伊莎！"金在喊她。

伊莎赶紧奔向刘教授的办公室。

刘教授打开了一个通话窗口，一个满头银发的老者端坐在视频的那边，正看着自己。他穿着一身银灰色的套装，衣料看上去就很考究，红色领带整整齐齐，一眼看上去就让人感到放心。

"这位是彭罗斯先生，他是著名的大律师，他愿意接手你的案子。"刘教授介绍完就向门外走去，边走边对伊莎说，"你把情况原原本本地告诉彭罗斯先生，他可以帮你主持公道。"

刘教授走出门去，带上了门。

"伊莎女士，你控诉的对象是奥雷里亚诺先生，对吗？"

这个拗口的名字听起来好陌生，然而伊莎能记得。

"他说他叫奥雷里亚诺。"

"嗯，那么是这个人吗？"彭罗斯出示了一张照片。

伊莎仔细地看了看,面目和蝠王很像,但显得更成熟老成。大约是从哪里找到的宣传照。

她点了点头,说:"很像。"

"好的,那么你把事情的经过向我叙述一遍,我会记录,如果有疑问,我会问你。"彭罗斯向着伊莎伸了伸手,"请开始吧!"

伊莎定了定神,从在金水桥看蝠群那天开始讲,如何和麦克斯签订了协议,如何去了那个被称为威廉城堡的神秘之地,那里超级奢华的生活,杰克奇怪地失踪。她讲到在实验室和蝠王的亲密接触的那几天,在那些天里,蝠王没有任何攻击性的样子,那是一段温馨的时光。她跳过蝠王带着自己出去的那个晚上,和一个怪物一个凶手发生了亲密关系,绝不是什么值得公开的事。然后她说出了最重点的信息,她无意中发现了监控,在监控里看见蝠王咬死杰克。于是她和金就设法逃了出来。

"事情就是这样。"她最后做了总结。

"很好,伊莎女士,你的这个案子牵涉很广,因为杰克·奥特斯先生在一周前已经火化埋葬,他有完整的死亡证明,如果你的指控是真的,那么这就是个巨大的丑闻。"

"我知道。"伊莎摇了摇头,"杰克是我们的同伴,他是被咬死的,他应该得到公道。"

"你知道奥雷里亚诺是谁吗?"

"知道。他很有钱,对不对?"

"他比你想象的更有钱。他的家族掌握着这个世界百分之三的财富,而通过家族的影响力,他能影响的资产保守估计也在十万亿以上。富可敌国,对他们家族来说,是千真万确的事。"

伊莎听这个律师的意思，像是在劝自己不要打这场官司。"那我该怎么办？"伊莎试探着问，"我很害怕。"

"我明白你的感受，我只是想提醒你，如果你真的想要把这件事当作一场官司来打，我可以帮你联系检察官，也可以给你提供法律咨询，但这将是一场旷日持久的官司，法庭会保护你，但是你可能会面对很多不确定的情况。你确定要提出诉讼吗？"

"如果不诉讼，杰克的公道呢？我和金的安全呢？他们有钱有势，除了法庭，我们还能有什么指望？"

律师点点头，"的确，他们有钱有势。他们为了掩盖丑闻，可能什么事都做得出来。"

"现在，伊莎女士，我接受你的委托。我会派专人给你送委托函，同时，我建议你接受司法保护。司法局的车就在外边，你和金可以去司法局的专门基地，会有警察保护你们。"

"专门基地？"

"是的。司法局为了保护关键证人而设立的安全基地，我有特许权，所以提前申请了司法保护。现在我们要打赢官司，你们的安全是最重要的。你们在司法局的保护下，不会有事。"

"那太感谢您了！"伊莎由衷地说。就算蝠王的家族势力再大，也不可能大过政府，自己和金至少暂时安全了。

两辆防弹的警车在研究中心门口停着，四名五大三粗、全副武装的警察护送着伊莎和金上了车。

伊莎在车里坐好，扭头向着窗外看去。街道的拐角处，一辆宝蓝色的卡迪伽加长车露出车头。那是麦克斯的车，难道麦克斯这么快就追到研究中心来了？伊莎的心不由得抽紧，暗自庆幸能坐在一辆警车里。

回过头去，只见刘教授正向着自己挥手。她也向着刘教授挥手，心头满是感激。

一群蝙蝠忽然飞了过来，从众人头顶上一掠而过，向着金水河的方向而去。众人的目光都被蝠群吸引。

"那是猎蝠！"金说，"大白天这么成群行动，这倒是很少见。"

伊莎点了点头，盯着那翩飞的蝠群，若有所思。

警车载着他们出了金水镇。

十五　发射场

警车在高速上奔驰，伊莎昏昏欲睡。

恍惚中，她听见金在和警察说话。

"警官，大概还有多久？"

"还有半个小时吧。"

伊莎睁开眼睛，睡眼惺忪，随口问了一句，"我们开了多久了？"

"大概有三个小时了。"金回答。

三个小时！竟然要去这么远的地方吗？

伊莎向着窗外看去，不知不觉，天色已近黄昏，太阳下山，星星和月亮逐渐显露。眼前的星空似曾相识。她坐直身子，凑近车窗，仔细辨认。

天空中，猎户座在天顶附近，而北斗的斗柄正好指向猎户座腰部的三颗亮星。伊莎想起昨晚的情形,她骑在蝙王身上,沉浸在欢愉之中,醉眼迷离之间,看见的便是如此的星空。只是昨晚的夜空更黑,星星更美,耳边的风更为狂野,涌动的快感仿佛要将她完全吞没。

她握了握拳头,手心微微出汗。

光是回想那旖旎的场景,她的心头就波澜荡漾。

不该如此!她正告自己。他是个怪物,是个凶手!

前方露出巨大的路牌,霓虹灯点亮了"铁木市"三个字。伊莎一怔!昨晚也正是如此,黑色跑车载着她和蝙王,如风一般驰过。她清楚地记得这招牌。那时她瘫软在蝙王的怀里,摸着他滚烫的胸膛,回味无穷。

"我们这是去哪里?"她立即开口问道。

"司法局保护基地。"警察回答。

"还有多久?"

"大概半个小时。"

警察的回答仍旧和早先一样,然而伊莎更加不安了。这条道路和昨晚的记忆重合了。她忧心忡忡地望着前方。

基地像一座小山一般出现在道路的尽头,它像是一个巨大的银灰色的蛋,半埋在土中。伊莎心头一沉。

就是这里!

她清楚地记得昨晚的情景,星光之下,这银灰色的蛋型建筑散发着柔和的光,黑色跑车没有丝毫减速,向着前方直冲,径直冲进了那蛋形建筑之中。

警车在一人多高的自动路障前停了下来。

一名警察从车窗里探出头来, 把脸正对着一旁的监控器。

路障缩入地下, 警车开进了园区。

"我们到了? " 金问。

"停好车我们带你们过去。"

伊莎紧紧地握住拳头, 手心里都是汗。如果连警察都被蝠王收买了, 那自己和金哪里还有什么活路?

"伊莎, 你怎么了? " 金觉察到了伊莎的异样。

"没什么! " 伊莎强自镇定。现在说什么也太晚了! 应该和金一起离开金水镇, 跑得越远越好, 然后再找个靠谱的大律师来打官司保护自己。究竟是哪里出了问题? 是刘教授? 还是那个律师? 或者是警察? 她对着金露出一个勉强的笑容。

"你的脸色很差。" 金关切地说。

"可能刚才还没睡醒。" 伊莎转过脸去。这里是蝠王的梦想之地, 是他最珍视的东西。如果蝠王收了警察把自己带到这里来, 很可能是他想用一种特别的方式来嘲弄自己。

只能见机行事了。如果蝠王真的想要羞辱自己, 他不会得逞! 伊莎深吸一口气。

四名强壮的警察护送着两人走向一座两层楼高的小楼。伊莎回头看了一眼, 那银色巨蛋就在百米开外, 卷闸门紧闭。没错, 就是那里, "伊甸号" 就在那里边。

"伊莎女士! " 一个警察喊她。

伊莎慌忙转回身来, 在警察的注视下走进门去。

警察都退了出去, 把伊莎和金留在屋里。伊莎四下张望这陌生的所在。

这是一幢小小的别墅，枝状的水晶吊灯从近五米高的天花板垂下，给整个大厅打上一层柔和的光，厚厚的地毯踩上去很舒服，毯上绣着大朵的红色曼陀罗花，在灯光的映照下，格外妖艳。一个置物架摆放在靠右的墙边，架子上的各种摆设琳琅满目，造型各异，看上去都金光闪闪，大多数都是奇怪的人像。两列沙发摆放在客厅中央，中间放着一张椭圆的玻璃茶几，茶几上两个果篮里摆满了水果。所有的物件看上去都很精致，透着奢华感。

"二位好。"楼上传来一声招呼。

伊莎抬头看去，只见一个矮个男人正靠着栏杆，俯瞰着自己和金。

这男人的面孔似曾相识，然而伊莎想不起在什么地方见过他。

"你好，你是？"伊莎问。

"我来保护你们的安全。"矮个男人笑了笑，一边顺着楼梯走下来一边说，"请坐，不要客气，就当这里是自己的家。"

随着他的话音，客厅正面的墙上一幅巨大的屏幕显露出来。屏幕上正在进行现场直播。

"这里是有线电视频道前线记者丽贝卡·卡尔玛，正向您通报金水镇的紧急追捕现场情况，根据伊莎·汉斯女士的控告，省检察院和警察局联手对金水镇的威廉城堡进行封锁，准备拘捕威廉城堡的所有者，著名的亿万富翁奥雷里亚诺。根据消息人士透露，伊莎女士的控告中包含严重的罪行，其中包括两项一级谋杀。奥雷里亚诺曾经发起令人瞩目的太空移民项目——伊甸的呼唤，但他自从五年前开始就逐渐淡出公众视野，行踪一直是个谜。这一次警方确认他就藏匿在威廉城堡里。"

伊莎转头看着矮个男人，眼神中闪着惊讶的目光。这和自己料想的不一样，蝠王并不在这里，而且看样子根本不是蝠王要把自己带到这里来。而蝠王竟然被通缉了！

什么地方出了问题？她意识到有些不对！

"警方的行动很快，你们放心，这里会很安全。"那男人笑着说。

"你究竟是谁？"金问。

"我是保护你们安全的人，我的姓名并不重要。"

"你不是警察。"伊莎说。

"对，我不是警察。但这又有什么关系呢？我在帮你们，你们在这里，绝对不会有人能找到你。"

"你和帕格萨斯是什么关系？这里是'伊甸号'飞船的基地，你怎么会把我们带到这里来？"伊莎大着胆子问了一句。

矮个男人的脸上露出一丝惊诧，"你怎么知道这里是飞船基地？"

"帕格萨斯给我看过。"伊莎半真半假地说了一句。

"哦，他居然给你展示过这个基地？我还以为他早就忘得干干净净了。他在城堡里给你看了录像吗？"

"你究竟是谁？"伊莎盯着眼前的男人。金不解地看着伊莎，然而很快和伊莎站在了一条战线上，盯着矮个男人看。

矮个男人并不回答，自顾自看着电视屏幕。抓捕现场很热闹，直升机在天空中盘旋，警车在金水河边排成一列，水面上，摩托艇载着全副武装的警察正冲向沉默的古堡，水花飞溅。

丽贝卡·卡尔玛再次出现在屏幕上。

"根据内幕人士消息，这次声势浩大的行动可能提前走漏了风声，警察在城堡里并没有找到奥雷里亚诺本人。搜查还在进行中，但是据称有警察已经开始在高速上试图拦截一辆黑色跑车，据说奥雷里亚诺就在车里。"

矮个男人挥了挥手，关闭了电视。他转过头来，脸上带上了一层寒意，说："原来想让你们等一等，等警察把人抓到了再说。但如果你知道这里是飞船基地，说不定你还知道一些别的东西，我们就提前把事情办了吧。"

矮个子男人说的显然不是什么好事！伊莎顿时紧张起来。

门开了，进来两个身穿黑色套装的大汉。

"警察呢？"伊莎问。

"警察已经走了，在基地里，你们很安全。"矮个子男人向着两个大汉使了个眼色。

"请跟我来。"其中一个大汉说。

没有其他选择，伊莎和金只能乖乖地跟着大汉走。快出门的时候，伊莎回头望去，只见那矮个子男人正背对着自己，全神贯注地看着墙上重新打开的大屏幕。这背影格外眼熟，一刹那间，她想起来什么时候见过这个人。是的，就是在金水桥上看蝠群的那天，他也在那里，而且还和自己说过话。他自称是个蝙蝠的爱好者，甚至知道金水镇上有个蝙蝠研究中心，知道刘恒教授的名字。

伊莎心头一阵冰凉。如果真是他，那么从麦克斯来请自己上岛开始, 就是一个巨大的阴谋。阴谋的终点应该就在这里, 就在这个人身上。

蝠王也是阴谋的一部分吗? 看这个小个子的行为, 似乎特别希望警察把蝠王抓起来, 那么蝠王应该和这个阴谋没有关系。她的心头生出一丝希望。

"快走!" 大汉推了伊莎一把。

伊莎心头纷乱如麻, 如果蝠王是无辜的, 难道逃出城堡, 向律师求救, 这一切都错了吗? 自己被人利用了? 那些警察都是假的? 但是刘恒教授不可能和他们串通了来骗自己啊!

她魂不守舍地走出门。

巨蛋场馆就在眼前, 里边停着 "伊甸号"。那是蝠王的梦想, 他把自己带到这里, 展示了一切。他没有理由陷害自己, 然而自己却害了他。伊莎又怕又悔。

然而他杀死了杰克! 那视频千真万确……如果那是一个假造的视频呢?

这究竟是怎么一回事? 伊莎感到困惑, 这困惑和恐惧悔恨混杂在一起, 让她像梦游一般走着。

"我们要去哪里?" 金向着一个大汉问。

"我们按照指示办事。" 大汉冷冷地回答他。

"你们是要杀死我们吗?" 伊莎问。这个问题如此突兀, 金愕然地看着伊莎, 万分不解。

大汉也没有预料到伊莎会这么问。

"我们要把你们带到屋顶去," 大汉微微迟疑后说, "你们最好合作。"

"屋顶？你们要干什么？"金正想质问，站在他身后的大汉伸手一掌斩在他的脖子上。金顿时瘫软在地。

伊莎大声尖叫起来。

大汉一把抓住了她的胳膊。

"我跟你们走，不要动我！"她大声喊。

一个大汉把金扛在肩膀上走在前边，伊莎跟在他身后，另一个大汉在后边监视。一行人向着那银色的巨蛋走去。

远方传来低沉的马达声。

马达声听上去有些熟悉。伊莎不禁停下脚步，向着声音传来的方向望去。

两个大汉显然也听见了响动，扛着金的那个把金放在地上，把手放进衣兜里。

声音是从园区外传来的，园区门口的路障突然开始自动下降。两个大汉更是紧张，猫下腰，向着一旁的建筑寻找遮蔽。

这声响是蝙王黑色跑车的马达声！伊莎心头一阵欢喜。

马达声很快逼近，听上去就像是在咆哮！

一辆黑色跑车冲了进来。

真的是蝙王！一时间，伊莎欣喜万分。她本能地想要向着跑车跑，一只大手抓住了她，大汉拉着她，想要把她拉进楼旁的隐蔽处。

"我在这里！救命！"伊莎用尽全力挣扎，同时大声喊叫。喊声显然引起了跑车的注意，黑色跑车急速打转，车轮和地面摩擦，发出刺耳的声响。跑车调头向着伊莎这边冲了过来。

砰砰的响声震耳欲聋。

有人开枪了！

子弹打在车窗上，被弹开，只留下一个小小的白点。黑色跑车转眼冲到了伊莎身前，一个急刹车，就在几乎要撞到伊莎的时刻停住了。

拉着伊莎的大汉早已经松开手跳到一旁。

更多的黑衣人从各处探出头来，见到这边的情景，纷纷掏枪赶来。

突然间，跑车的顶棚打开，乌压压一大片蝙蝠从车里涌了出来，它们迅速散开，向着黑衣人扑去。黑衣人猝不及防，对着空中胡乱开枪，然而还没能打下两只蝙蝠，就已经被十多只蝙蝠扑在身上，惨叫连连。

跑车在伊莎身侧停下。车门打开，车里坐着的果然是蝠王。

"快上车！"蝠王一边打量车外的情形，一边说。

伊莎毫不犹豫，立即钻进了车里。

跑车冲向了巨大的发射馆，原本紧闭的卷帘门正缓缓升起。

"你怎么会到这里来？"伊莎问。她几乎是在叫喊。

"这里原本就是我的地方。"蝠王回答，"我不来，谁该来呢？"

话音刚落，车子已经冲进了发射馆。

蛋形巨馆封闭的巨大穹顶正逐渐打开。从地面望上去，它像是一只巨大的眼睛正缓缓张开，眼睛里装着星空。

蝠王一直把车开到了支架下。

隐约的警笛声传来。

"警察在追你？"伊莎问。

"是的。快到的时候，他们开始堵截我，我的车撞开六辆警车才跑出来。现在他们至少还要十分钟才能追到这里。"

"那你还不快跑？"

说话间，蝠王已经下车，转到了伊莎这一侧，打开车门，"现在就跑。"他向伊莎伸出手去。

伊莎抓住蝠王的手，一用劲，从车里钻了出来。蝠王的手很热，甚至可以说有几分滚烫。伊莎站直身子，一抬眼，却见蝠王的两只眼睛血红，像是要喷出火来，在昏暗的灯光下如同两盏灯。她不由得一愣。

"你的眼睛！"她喊了一句。

"充血了吗？"蝠王不以为意，拉着伊莎边走边说，"我的眼睛就是这样，在夜晚会发亮，如果有什么事情让情绪激动，就会变得更红。"

他们在电梯前等着。

"你为什么会在这里？"蝠王问。

"我……我被警察带来的。"伊莎不知道怎么向蝠王解释。

"是因为你告发了我吗？"蝠王继续追问。他的脸色很平静，没有一丝变化。伊莎的手却一抖。

"不用担心，我都知道。"蝠王拉了拉伊莎的手，"这事迟早会发生，其实跟你没有什么关系。但你正好在这里，大概也是天意。"

蝠王的话让伊莎感到万分惊讶。

电梯来了。蝠王松开伊莎的手，走进电梯里。

"要来吗？"他向着伊莎问。

他的声音带着强烈的吸引力，他红色的眼睛透着真诚，他身上散发的气息让人无法抗拒。伊莎像是着魔一般一言不发，走进了电梯里。

这像是一杯毒酒，然而却甘甜可口，让人无法拒绝。

"我见到一个人。"伊莎说，"我曾经在金水桥上见过他，是他把我们从金水镇带到了这里。哦，是警察把我们带到这里，交到他手里。你认识他吗？"

"我想我应该认识他。"蝠王叹了口气，"我认识他很久了，从他一出生我就认识他。"他转过来脸来，看着伊莎，"他是我弟弟，阿尔贝托家族的第二继承人，如果我有什么事，无论是死了还是疯了，他就会接掌家族的所有产业。"

"啊！"伊莎惊讶地轻叫一声。

电梯到了目的地。这是一个平台，足足有三十米高，没有栏杆，望下去让人感到眩晕。平台和飞船对接，飞船的舱门已经打开，里边黑漆漆的，一丝光也没有。

下边，一大群身穿保安制服的人已经涌进了发射舱里，围在飞船发射架旁。一些穿着黑色西服的人混在保安中间。

伊莎看见了那个矮个子的男人。

"那是你的弟弟吗？"她问蝠王。

"没错，就是他。他的名字叫阿尔卡蒂奥，英文名叫伊卡洛斯。"

"翅膀被太阳融化，掉进大海的伊卡洛斯？"

"对，就是那个希腊神话中的人物。但这只是一个名字而已。"

"这可不是什么好名字。"

"他也这么认为，所以他给自己改了一个名，叫忒修斯。"

这一家人都热衷于从古希腊神话中取名字。名字往往带有某种意味，尤其是那些从众人熟知的典籍中借来的名字。

伊莎远远望着那不知道该被称为伊卡洛斯还是忒修斯的矮个男人，忽然感到这一对兄弟为了名字一定没少吵过。

警车在大门外聚集，警察很快冲了进来。

"帕格萨斯先生，我们只是奉命请你去参加调查，你不用这么抗拒，这只是一个执法流程。"一个警官拿着大喇叭在下边喊话。

蝠王跨上了平台。

"我只和律师谈，"他向着下边的人们喊，"我已经无路可逃了，让律师来。"

"帕格萨斯先生，我们在进行执法活动，您的法律保护会由司法系统来保证。"

蝠王回头向着伊莎，悄声说："这些人就想抓到我交差，我其实也不想为难他们。别管他们了，我们走吧！"他拉住伊莎的手，沿着平台内侧向飞船走去。

一阵熟悉的声响从天空中传来，伊莎抬头望去，只见成群的猎蝠正从洞开的穹顶钻进来。它们在偌大的发射馆里四处飞舞，原本沉闷的空气似乎被这些小东西的翅膀驱散了。聚集在下方的人群纷纷挥手驱赶这些不速之客，蝙蝠在人们的头顶上方灵活地躲避。

"不能让他进飞船！"小个子男人在下边向一个警察说，大概是因为场馆中声波的反射，虽然隔得很远，但伊莎居然听得清清楚楚。

"你没看到他还有人质吗？"警察回答。

警察至少还顾忌自己的生命。伊莎转头看去，只见小个子男人正向警察头子比画着什么。忽然间，啪啪啪几声枪响，伊莎浑身一哆嗦，被蝠王拉着趴在地上。

"站在原地不要动，否则你的拒捕行为将引发严重后果。"警察继续喊话。

"我要冲过去！"蝠王对伊莎说，"你可以留在这里。"

"我跟你一起过去。"

"你不用冒险。"

"但是你弟弟可不想让我活。"

"这倒是很有可能，如果你永远不再说话，那么对我的指控就永远不会撤除，对他来说是个风险最小的选择。"

"所以我跟你过去，你是要用飞船逃走，是吗？"

"我可不会逃走。"蝠王说，"但你可能需要逃走，做好准备吧！我先来！"他说着弓起身子，准备向前冲。

"杰克是你杀死的吗？"伊莎问。

这个问题根本没有影响到蝠王，他淡淡地回了一句"是的"，然后猫着身子，向前冲去。

从平台到飞船的舱门不过十多米远，蝠王冲出五六米，随着一声沉闷的枪响倒在地上。漫天的蝠群飞行的节奏骤然加快。

伊莎站起身来，向着蝠王跑去。

蝠群冲向人群，猛烈攻击，惨叫声接二连三响起。有人向着门外跑去，这引起了恐慌，几乎所有的人都在寻找遮蔽的地方，想要离这群疯狂的蝙蝠远一些。

伊莎查看蝠王的伤势。伤口在大腿上，是一针麻醉枪。见效很快，蝠王已经完全昏迷不醒。伊莎抓住蝠王的衣领，用力拖动他。

发射架下边，人们纷纷抱头逃跑，想要躲开蝙蝠的攻击。蝙蝠的力量并不强大，然而病毒聚集体的名声在外，人人都怕。何况这些猎蝠生性凶猛，齿尖爪利，扑上去就是一顿撕咬，转眼就让人挂彩。这更让人们唯恐避之不及，乱作一团。

在乱纷纷的人群中，伊莎看见了那矮个子男人。他虽然抱着头躲闪，却逆着人流，向着电梯前进。

他想上来阻拦，必须快一点儿！伊莎用尽全力，拖着蝠王沉重的身子向飞船洞开的舱门移动。情急之下，她连续滑倒两次，又爬起来，继续拖动蝠王。

好不容易把蝠王拉到了门边，矮个子男人已经站在了平台的对面。

"你应该把他留在那里。"矮个子男人一边说着一边走过来。

"你不要过来！"伊莎站起身，双手空空，不知道该怎么对付眼前的人。

"你跟我下去，警察会保护你的。"

"你是个骗子，你想杀死我和金！"

"你误会了！别担心，一切都不会有问题！他是个怪物，杀人犯，你不能和他在一起。"矮个子男人伸出手来，想要抓住伊莎。

伊莎向后一退，进到了飞船里。

飞船内的灯光顿时亮了起来, 光线刺眼, 矮个子伸手遮挡。灯光中, 一个黑影吱吱叫着掠过, 向矮个子扑去。平台上顿时热闹起来, 矮个子手忙脚乱, 试图拍打蝙蝠。又有两只蝙蝠加入了战团。它们落在矮个子身上, 抓住了他的脖子。鲜血顺着矮个子的脖子流了下来, 染红了他的白色衬衣, 格外醒目。

"该死!"矮个子大声咒骂, 和蝙蝠纠缠在一起。他退后两步, 慌乱中向旁边跨出一步, 这是致命的失误, 伊莎眼看着他的身影直直地翻下了平台。

惨叫声悠长, 随着一声沉闷的响声终结。

这突然变化的形势让伊莎愣住了。

"快来人, 有人摔死了!"下边的人大声喊叫。

伊莎回过神来, 她使劲把蝠王拉进了飞船里。

门自动关上了。

伊莎大口大口地喘气。接下来该怎么办? 呼吸稍稍平静后, 她开始想自己的处境。

"带我去驾驶舱。"蝠王的声音传来, 虽然声音很虚弱, 但那的确是蝠王在说话。

伊莎又惊又喜, 低头看去。蝠王的眼睛微微张开, 两眼无神, 正看着自己, 嘴唇翕动。

他居然醒过来了!

"快带我过去, 不然就晚了。"蝠王催促她。

伊莎没有动。她要弄清楚蝠王究竟是不是杀死了杰克。

"是你杀了杰克?"她再次问。

"伊莎, 现在不是我的事, 是你的事。我真的想你活着, 平平安安。带我去驾驶舱，飞船等着我，你的命运也等着我。"

情况紧急，顾不上那么多是非，只能选择信还是不信。

伊莎一咬牙，扶起蝠王，让他的身子压在自己肩膀上。蝠王瘫软的身子格外沉重，几乎要将她压垮。她硬挺着一点一点地挪动，最后终于撑到了驾驶舱。

两个人摔进了门去。

"伊甸一号，身份扫描通过，请问需要我为您做什么？"一个柔和的声音响起。

"起飞。"蝠王躺在地上，仰面朝天，宽慰地说出这两个字。

"指令接受。您要在二十分钟内下达第二指令，否则飞船将进入预设航线，飞向火星。"

伊莎原本侧卧着摔倒在地，她转过身子，也仰面朝天躺着。驾驶舱在飞船的中央，舱顶是一大片透明的玻璃。外边的星星很亮，很美。

一股推力从背后涌来，算不上很猛烈。依稀间，伊莎感到星空近了许多。

十六　尾　声

伊莎坐在窗前，打理一朵玫瑰花。她小心翼翼地剪掉多余的刺和叶，只留下直直的茎秆和两片较大的叶子，然后把它插在长颈瓶里。

她默默地看着瓶子里孤零零的玫瑰。

小东西原本倒吊着挂在窗上，此时顺着窗框爬下来，爬到伊莎的手臂上趴着。伊莎轻轻地抚摸它的毛皮。

门铃响了。

应该是麦克斯。

果然，进来的人是麦克斯，他仍旧戴着那遮住半张脸的墨镜，花白的头发梳理得一丝不苟。见到伊莎，他摘下了眼镜。

"金同意了？"伊莎问。

"是的，他同意永远不再提及任何关于威廉城堡的事，举家搬回韩国，他在那里会有极好的生活。"

"整件事情总算能平静下来。"

麦克斯笑了笑，"我从来没有想到，这件事居然会用这种方式平静下来。"

"你原来的设想是什么？我和金都会死？"

"我原来以为，坐在这里的人，会是帕格萨斯。只要他的心智恢复正常，他在这个位置上再合适不过。"

麦克斯为阿尔贝托家族工作了三十多年，看着蝠王长大，对他不仅仅只是在尽总管的义务，更有一种父辈的爱。哪怕蝠王杀了人，麦克斯也会包庇他。

"蝠王杀了人，他应该付出代价。"伊莎说。

麦克斯点点头，"这么说也没错，现在这个结果也挺好的，至少他也自由了。"

蝠王开走了"伊甸号"飞船，在太空里，地球上的法律完全失去了意义，蝠王不会再为他所做的一切受到惩戒。然而事情并不像麦克斯想的那样。

伊莎岔开了话题，"艾克呢？他说了什么？"

"他说谢谢你宽宏大量，宽恕了他。"

伊莎想起艾克扑倒在地上，抱住她的腿的样子。她没有想到，生死关头，这个相貌堂堂的人居然没有丝毫男子汉的硬气。艾克是躲藏在忒修斯背后出谋划策的人，杰克的死，他至少要负一半的责任，他甚至打算害死自己和金。

她不想任何人死。这不该是个你死我活的世界，然而真相就这么残酷，几个人的生命在权贵的眼中，只是用来布局的棋子。

艾克做了污点证人，证明一切罪过都属于忒修斯，而他是个从犯。他的余生都会在设施豪华的监狱里度过。这是宽恕吗？或许是吧，至少没有流血。

"刘恒教授那里呢？"伊莎很自然地带出了教授两个字，她习惯了。她原谅了这个人，虽然根据艾克的说法，刘恒教授主动出卖了自己和金，然而她宁愿相信教授是善良的，况且他还付出了生命的代价，被伪装成了自杀。死人无法证明自己，但伊莎相信他。

"我通过慈善基金会交给他的遗孀三百万。"

"蝙蝠研究中心要找到人来维持下去。"

"这个好办。"

小东西像是明白他们在谈和自己有关的事，在伊莎的手臂上蹭了蹭，叫了一声。

伊莎摸了摸小东西的头。

忒修斯和艾克的图谋差一点儿就成功了。他们创造机会，让蝠王犯下罪行,故布疑阵,让自己和金逃走揭露,然后用死亡抹除一切痕迹。在他们的原计划中,杰克和自己都会被蝠王杀死,而金则会逃出岛去,招来警察,揭露蝠王的罪行。自己安然无恙地从蝙蝠屋出来,他们才调整了计划,让自己和金一起承担了原本金来承担的角色。他们认为这样可以顺利地剥夺蝠王的继承权,让忒修斯成为财富帝国的主人。

然而他们万万没有想到,因为小东西,蝠王竟然会对自己产生感情,蝠王甚至向自己展示了他珍藏的梦想。因为如此,自己的失踪让蝠王万分迷惑,指令麦克斯进行调查。这才有了蝠王奔赴"伊甸号"发射场的一幕。如果他没有提前一个小时离开古堡,那些大张旗鼓的警察就应该把他从古堡直接押往检察院羁押。故事就会按照他们所预想的方式展开。

说起来,是小东西破坏了他们的美梦,救了蝠王,也救了自己。

伊莎把食指伸在小东西的嘴边,小东西张开嘴,露出满口白牙,轻轻咬着伊莎的手指。

蝙蝠身上有很多病毒,然而伊莎并不畏惧。做好足够的防范,病毒就没有那么可怕,伊莎也不想因为那不足百万分之一的可能和小东西分开。它像是一个亲密的伙伴,有了同生共死的经历之后彼此间像是亲人。

麦克斯很快告退了。

伊莎把小东西放在肩上,打开大门,穿过走廊,走向通道尽头的房间。

推开门,房间里空空荡荡。

这是曾经属于蝙王的屋子，现在属于她了。所有曾经属于蝙王的东西，现在都属于她了。

她摸了摸微微隆起的小腹。

肚子里孕育着小小的生命，那是她和蝙王爱情的结晶。

蝙王杀死的人不仅仅只是一个杰克，面对她的诘问，蝙王坦然承认，过去的三年多时间里，他杀死了许多来照看他的护士。那些柔弱的女子因为害怕而激发了他的兽性，让他无法控制自己。这也是他知道忒修斯在谋划陷害自己，却没有反抗的原因。他知道自己有罪，清楚明白。

她坚决要离开飞船回到地面，她无法忍受和血债累累的杀人魔在一起。蝙王同意了。

"我已经告诉麦克斯执行继承程序，我的所有财产都会归入你的名下，你怀了我的孩子，会把他生下来。有你在，他不会像我一样变成一个怪物。"

告别的时候，蝙王这样告诉她。她万分惊讶。

"我没有怀孕。"她否定。

"我知道你会怀孕，别忘了我是一个怪物。"蝙王的脸上挂着笑，"我的精子可以在你的身体里停留一个月，只有来月经才可能把它们清除掉。你会怀孕的，而且还会生下孩子。"

伊莎简直不敢相信自己的耳朵。

然而事实证明，蝙王并不是在胡说，自己真的怀孕了。

蝙王并没有提出继承财产的任何条件，麦克斯也没有提及。自己肚子里的孩子一定有着非同寻常的基因，就像蝙王一样和常人迥异。生还是不生，只在自己的一念之间。

　　她回想起那个美妙的夜晚，蝠王火烫而深沉的吻。她明白，蝠王把选择的权利交给了她，然而却知道她别无选择。她会生下孩子，就像她会选择呼吸。

　　孩子生来就不同凡响，如同他的父亲。然而孩子不会像他的父亲一样孤僻自闭，不近人情，甚至残暴不堪。

　　伊莎站在落地窗前，向着金水桥那边远眺。时近黄昏，金水河上蝙蝠飞舞，桥上挤满了看热闹的人，看过去像是黑黑的一条线。桥后的独眼峰上，蝙蝠洞仿佛一只巨眼，望向天空。

　　伊莎望向天空。

　　目光所不及的地方，有一个男人，正驾驶他的飞船向着火星进发。旅途需要四个月，然而他今天就会死。"伊甸号"并没有携带足够的给养，这艘自动飞船被设计成降落在火星的极地，向下挖掘获取水源，然后建设一个能够自给自足的基地。那儿原本应该成为伊甸园，成为人类跨向太空的桥头堡，然而蝠王虽然完成了飞船，却并没有继续执行计划，没有给它配上相应的给养。如果不是因为忒修斯的图谋突然爆发，或许自己会和他一起，坐在装满给养的飞船上，飞向火星，去寻找伊甸园。

　　然而事情的发展并非如此。当蝠王飞向太空，他并不是奔向希望，而是奔向死亡。

　　他不想活在异样的眼光里，也不想活在自己的罪孽中，"伊甸号"是个最好的归宿。

　　这些真相，是蝠王在"伊甸号"飞出了大气层，再也无法回头后，才告诉自己的。这将是一个永远的秘密。在世人的眼中，这个传奇一般的超级富豪，会在火星开始他的新生，地球上将永远传颂他的传奇。直到有新的飞船登上火星，人们才会发现事实并非如此。

伊莎的眼中饱含泪水。那个男人是个怪物，是个罪人，然而他带走了她的心。她伸手抓着小东西，轻轻放手。

小东西振翅而起，掠过水面，向着远方的蝠群飞去。

蝙蝠的种群在经历了急剧的数量下降后找到了对付病毒的办法，正逐渐恢复规模。猎蝠只剩下以小东西为头领的一小群，这金水镇附近的蝙蝠群落，成了它们的猎场。万物总能够找到自己的生存之道。

你也可以。

伊莎轻抚小腹，仿佛在和未来的孩子对话。

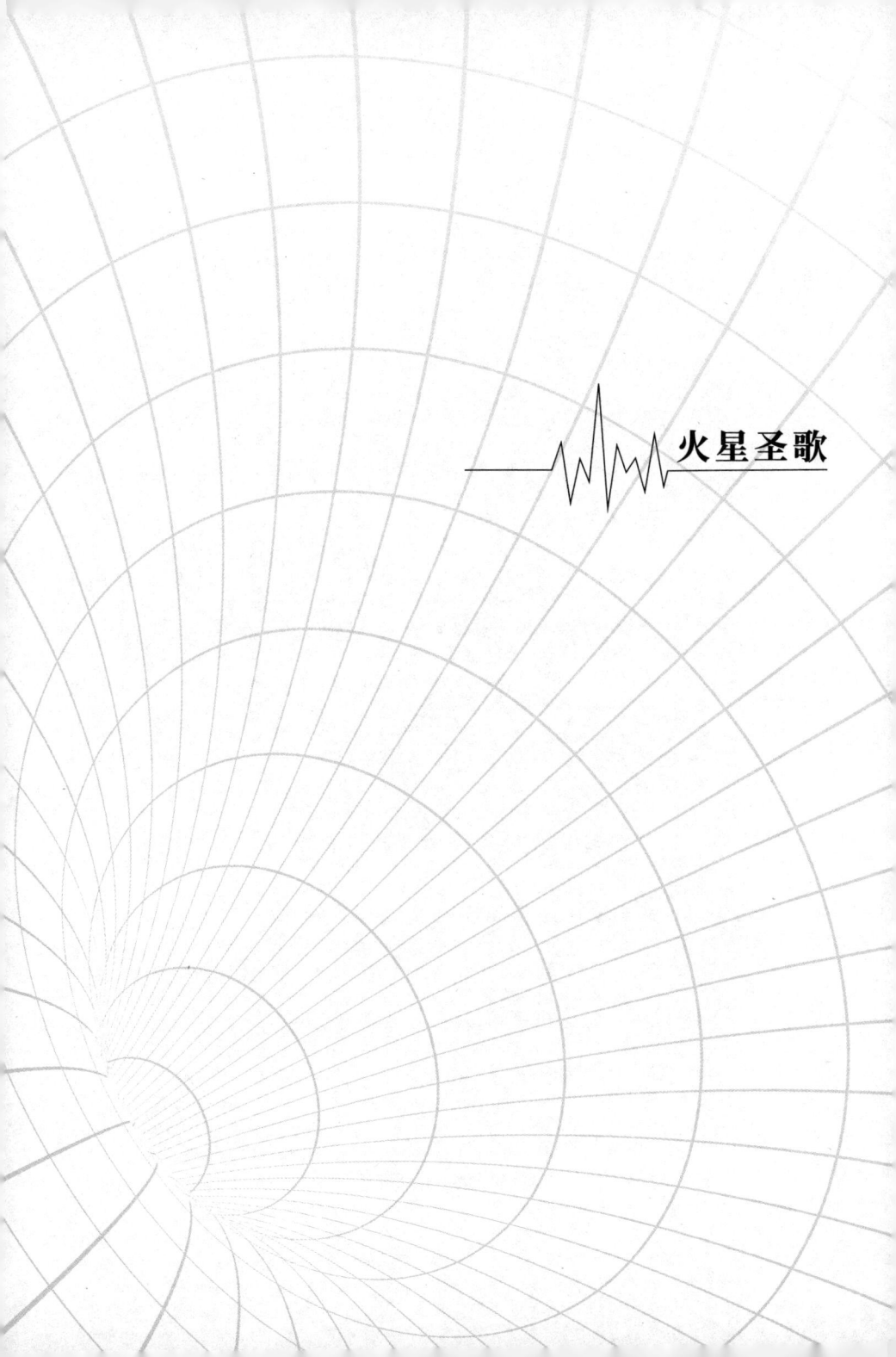

火星圣歌

奥林匹斯山屹立在火星的橘色天空下，如一面巨大的盾牌朝向天穹。山巅原本有发亮的光点，在午后时分，太阳转到南边的时候就可以看见。那是飞船圣殿的光芒，千百年来一直照亮鲜花谷居民的眼睛。

然而此刻时辰已到，光点却踪影全无。

王水川站在望台上已经一个小时，一直仰着脖子，望着奥林匹斯山巅，期待之中的闪光一直都没有来。

圣歌也停止了。王水川能猜到发生了什么——刚过去的特大沙尘暴冲上了奥林匹斯山巅，落下了尘埃，将飞船圣殿埋住了。

陪在一旁的张大海见王水川脸色凝重，小心翼翼地问了句："王师，怎么办？"

"该去朝圣了。"王水川望着山巅坚定地回答。

朝圣不是一件简单的事，根据历任圣师留下的记录，在鲜花谷的历史上只发生过六次，每一次都发生在沙尘肆虐、圣歌中断的时候。平均大约一百年发生一次。

每一次，前往朝圣的圣师都没有回来。但圣歌从古到今，一直延续了下来，在火星的北半球，只要打开收音机就能听到。

晚上，圣师们集中在一起，讨论朝圣的事。

"各地都在询问圣歌停止的事, 我们别无选择, 只能派人前往, 查看情况。我作为首席, 责无旁贷。"王水川说。

议事堂里鸦雀无声。

奥林匹斯山高出周围两万多米, 从各个定居点到奥林匹斯山, 都要经过高达六千米的绝壁悬崖, 只有鲜花谷建筑在奥林匹斯山体上, 距离最近。从鲜花谷到山巅有二十万米的路, 而从其他任何一个定居点到鲜花谷, 山路蜿蜒曲折, 至少有四十万米。

鲜花谷培育鲜花, 育出的花朵姹紫嫣红, 三月不败, 可以送往各个居民点, 换取各种物资。虽然价格不菲, 然而其他居民点的人们都会慷慨解囊, 绝不会有丝毫犹豫。鲜花谷是圣殿的守护者, 为全人类守护起源地, 保证圣歌按时响起。所有的火星人都知道这一点, 他们把来自鲜花谷的花当作圣物来对待。圣物是无价的。

如果圣殿被掩埋, 圣歌停息, 那么鲜花谷也就失去了存在的意义。失去凝结所有火星人的精神象征, 鲜花谷的居民就该离开这个菌块也无法繁盛生长的高度, 去下边找个合适的地方重建城市。这既违背信仰, 又损害利益。

"王师, 请换我去, 我是火星体质, 不怕辐射。"张大海打破沉默, 大声提议。

火星体质是一种人体改造后的体质, 在人幼年的时候进行。在身体内注入一管红色液体, 两个月后, 可以发现人的身体会发生显著的变化, 肢体变得修长, 眼睛变成红色, 皮肤更黑更有弹性。改造并不是人人灵验, 大约有一半的人对药剂毫无反应。完成了改造的人, 能够更大程度忍受紫外线辐射, 只要带上氧气,不穿防护服也可以在营地之外活动。然而火星体质也无法抵御山巅强烈的紫外线和极端的严寒。

"我会穿防护服,如果我走之后十天,圣歌没有恢复,你再上路。"王水川对张大海说。

事情就这么定下来了。

最好的防护服、最轻巧的太阳能板、三斤压缩的干菌块、四升水、氧气机、攀援铁棍……还有每个朝圣者都要佩戴的立方铁块仿品。立方铁块的真品只有指甲盖般大小,第一代圣师从圣殿把它带回来悬挂在鲜花谷的穹顶之下,每一个朝圣者都必须佩戴它的仿制品。他对着一管针剂愣了一小会儿,也把它收进了防护服里。

一切很快收拾停当。

居民们唱着圣歌给王水川送行。上千男女老少齐声合唱,穹顶下回声荡漾。在歌声中,王水川上了车,向着居民们挥手告别,驶入隔离舱里。

山地车送了王水川五万米,抵达一片陡峭的坡地,到处都是嶙峋的碎石。地形崎岖,车子再也没有向上的能力。

王水川下了车,和驾驶员告别,开始沿着山坡向山巅进发。

巨大的石块投下参差的影子。正值清晨,太阳斜斜地挂在半空中,光芒暗淡,一副人畜无害的样子。然而在这个高度阳光对人是致命的,哪怕是火星体质也抗不住,吃喝拉撒都必须在防护服里进行。

王水川不疾不徐,缓步向前。在火星最高峰上走十五万米多的山路,他必须有策略。最重要的一件事,是让太阳能板始终朝向太阳，纵然不能时时调整，每过一个小时，也要调整方向，让板面和阳光垂直。体力分配也是重要的问题，在这高山上，大气稀薄，防护服已经开始膨胀，碍手碍脚，走起来颇耗体力，合适的行走节奏可以降低一些消耗。饮食更是极其麻烦的问题，所有的食物和水都必须通过隔离舱才能进入到防护服内部，而在防护服内部，腾挪着吃点儿东西喝点儿水都需要极高的技巧，无论考虑进食的难度还是旅途的困难，都必须按照最低限度进食。

不知不觉中，太阳已经西斜，阳光变得和清晨一样软弱无力。

王水川找到一块巨石，靠着它铺上隔热垫，在垫子上坐下，背靠石头，调匀呼吸，让自己缓缓入睡。防护服内的加热装置开始发挥作用，在零下二十摄氏度的环境中，防护服内始终保持着温暖。

第二天，王水川被冻醒了。电池耗尽之后，热量逐渐泄漏，王水川醒来，感觉身子像是在冰窟之中，僵硬而麻木。他站起身来，舒展身体，麻木的手脚逐渐恢复。太阳也升起了，充电的指示灯变成了红色。他向着朝阳望去，只见东方的天空下，帕弗尼斯、阿尔西亚和艾斯克雷尔斯三座大山依次排开，犹如三个巨人沉静地望着自己。微蓝的太阳正悬在帕弗尼斯山顶，缓缓上升。

大山庇佑！他向着三座大山祈祷，然后调整好太阳能板的方向，继续向前。

今天的路比昨天更难走，许多路段需要在石缝中攀爬。这带来一些问题，在攀爬的时候，太阳能板就无法照射太阳。这意味着今天的夜晚会更难熬一些。

夜幕降临。

漫天星斗浮现，比在鲜花谷的穹顶之下看起来更清晰、更浩大、更壮观。王水川看见了北斗七星。顺着北斗的指向，他找到了那颗蓝色的亮星——地球。

地球曾经是人类的家园，如今火星才是。然而那些关于地球的传说，却始终在火星人的口头和笔端流传。圣殿是从地球来的，圣歌也是，人类也是。火星拥有上千年的历史，头一百年，是大发展期，人们在接受了地球被大灾难摧毁的现实之后，接收了来自月球基地的三千多名难民，和火星上原有的科研基地定居点一起，为了人类的延续而拼尽全力。人们开发太阳能，寻找地下水源，利用细菌制造氧气，发展菌块养殖，培养新的火星作物，甚至不惜把自身改造为火星体质。那是地球大灾难之后的黄金岁月，火星惨淡的阳光和贫瘠的土地也不能阻挡人类前进的动力。那时的人们，甚至开始讨论重返地球的太空计划。然而一场沙尘暴改变了一切，连绵了三个月的沙尘摧毁了人们培植的所有菌块，导致各个定居点发生了饥荒，据说那时甚至有人食人的惨剧发生。火星世界进入了三百年的灰暗时代，人们相互猜忌，彼此攻击，为了得到最好的菌块生长地不惜大动干戈付诸武力。那个灰暗时代毁掉了人类重返太空的希望。地球时代留下的太空飞船被拆毁，再也没有人能把它们重新组装起来。圣殿飞船就是被毁掉的飞船之一，它是最早降落在火星的载人飞船，拥有图腾般的魔力。然而在那个动乱的时代，一群亡命徒冲进了飞船里，大开杀戒，抢走了能用的东西之后，居然把飞船的留守人员都捆绑起来,毁掉了飞船的舱门。恶人看着那些无辜的人因为严寒和缺氧而挣扎,以此为乐。他们像是一群无知无畏无德无良的牲畜,为了畸形的快乐而毁灭人类残留的智识精华。恶人得到了他们应得的惩罚,然而被毁灭的那些人和物却再也不见了。度过黑暗时代的人们意识到,他们需要一种信仰,一种能够阻挡人内心黑暗的东西。他们把目光投向了地球。

王水川双手合十,向着那蓝色星球稽拜,口中喃喃唱起了圣歌。圣歌是庄严嘹亮的,然而祈祷时更适合用喃喃的语调唱出来,一曲完毕,疲惫的精神为之一振。为了信仰!为了鲜花谷!他抖擞精神,又迈开了腿。

星光灿烂,火卫二也格外明亮,大地变成了灰白的颜色,奥林匹斯山在前,黑魆魆一团,伫立在星空和大地之间,像是顶天立地的巨人。王水川怀着虔诚的心向着那巨人靠拢。夜晚寒冷,行走攀登正好保持身体的温度,甚至无需打开保暖开关。

问题在于太阳能板,虽然分量并不算沉重,然而展开来有两米多宽,折叠起来就成了一个厚实的包裹,无处安放,只能顶在头上,有时为了爬过山坡,甚至不得不先把它抛上去。山势变得越来越陡峭,夜也逐渐更加深沉。终于到了子夜,地球运行到了中天,王水川在一堵石壁前停下了脚步。这石壁有三四米高,表面光滑,四周都是陡坡。不知不觉,他像是走进了一条绝路之中。

明早再寻找出路吧!王水川虔诚地祈祷之后,展开隔热垫,坐在石壁下,很快进入了梦乡。

他梦见了地球,蓝天白云的天空下,蜿蜒的大河在赤色的大地上流淌,飞船沿着河面来往如梭,每一艘飞船都满载着灰色的菌块,人们的面孔上流露着丰收的喜悦,相互间以圣歌应和。

一切随着夜幕的降临而沉入黑暗。

在彻骨的寒冷中,王水川醒了。

蓝色的朝曦露出了地平线。太阳能开始流动,王水川卸下电池,展开电池板,放在一边充电,然后起身寻找出路。

转了一圈之后,他发现唯一的出路就是爬上这面石壁,否则只能回头。

石壁上有一些可以攀爬的凹凸处,还有一些细小的洞眼。有人曾经也面对这石壁,采用打眼的方式一点点做好支撑。这是个耗时耗力的法子,然而先人已经给自己打好了基础,就要省事得多。

王水川取出三截攀援铁棍,短短的铁棍插入到石头里作为垫脚,每上升一步,就把最低处的铁棍取下来,放在高处的洞眼里。臃肿的防护服增大了攀登的难度,每一次动作,王水川都要极力保持身体的平衡。他全神贯注,一点点向上,一个小时后终于站在石壁顶上,心情愉悦地吐出一口气。然而这轻松的劲头还没有过去,他就愣住了。

石壁下,展开的太阳能电池板赫然映入眼帘。

他愣了半分钟,毅然转身,向着山巅继续进发。没有了太阳能电池,意味着黑夜里再也没有温暖,越是高处,空气越是稀薄,到了奥林匹斯山的高处,寒风不再那么强烈,热量的丧失也不会那么迅猛。何况他估量了这太阳能电池的体积,意识到绝无可能带着它攀爬石壁。

那就不要再浪费时间。

没有了电池板的拖累，王水川的进展快了许多。然而危险也随之而来，夜幕降临，顶着漫天星辰又走了七八个小时后，他疲惫不堪，只得停下休息。

瞌睡不可抑制，但寒冷很快就会侵袭而来，让他不得不起身继续赶路。这种窘迫的状态在第五天变得更糟糕——水和食物消耗得很快，水没有了，食物只剩下两个巴掌大的干菌块。超强度的行走和攀援也造成了超量的消耗。他不得不忍着饥渴赶路。

夜晚到来，他甚至没有力气对着地球吟唱圣歌，只是把全部的精神都集中在眼前的路上，高一脚低一脚地向前赶。

好消息是山巅几乎就在眼前了。王水川这辈子从来没有见过如此伟岸的奥林匹斯山，庞然大物遮蔽了小半的天空。王水川鼓足勇气，拖着疲惫到了极限的躯体，继续向上攀爬。

最后，他在陡坡上一片小小的平地停下。巅峰近在咫尺，手脚却麻木不听使唤，他只想就此躺下大睡一场。

睡下了，可能就永远起不来了。

他望向来路，火星世界在他的脚下展开。左手边，并立的三高峰不再巍峨，成了地平线上的三道波浪线。右边，广阔平坦的阿卡迪亚平原上，一场新的沙尘暴正在成形，红色风暴笼罩在地平线上，蓄势待发。这一次沙尘不会卷到奥林匹斯山巅，但所有的人类定居点都会被覆盖。昏暗世界中的人们需要明灯，需要慰藉心灵坚定信仰的声音。把信仰带给人们，这是圣师的职责！

他抬头看了看山巅，找到了飞船圣殿隐约的轮廓，那是嵌在无边无际山体上，一块微不足道的凸起。这大概是最后的时刻吧！

　　王水川掏出了针剂。这是一针兴奋剂，只有在最艰难的时刻使用，它摧毁人的健康，能让人在短时间内迸发出惊人的力量。在火星上，它创造了很多奇迹，也犯下了许多罪孽。对于一个濒临绝境的人，这是再合适不过的选择。

　　针剂很快起了效果。疲惫和困意一扫而空，令人振奋的力量充盈全身，像是要迫不及待地爆开。王水川身手灵活地向着山巅做最后的冲刺。

　　奥林匹斯山巅是一个巨大的破火山口[①]，周围高耸，中央陷落。火山口的壁厚度有上千米，最厚的位置甚至有三千米，甚至可以降落一艘星际飞船。

　　圣殿飞船便落在这火山口的壁上，从悬崖边探出大约十米。王水川看见了尘埃覆盖下的飞船，它完全失去了飞船圣殿的光彩，埋在尘土中，如同雕塑。

　　王水川攀上了山巅。站在奥林匹斯山巅，站在这个星球的最高处，火星的弧度在天边展露无遗，红色的大地上笼罩一层微薄的大气，微微发红，像是一层玻璃罩子。壮阔的景象冲击着人的眼睛，然而王水川没有心情去欣赏。他喘着气向飞船圣殿靠近。

　　在近处，飞船圣殿显得异常高大。这火星世界最大的飞船，船体扁而圆，足足有三百米长，十多米高，一个圆形的舱门在飞船的前端洞开，一段台阶连着舱门，舱门离地两米，门洞的高度接近三米，看上去比火星上任何一个定居点的大门更高大。王水川步入舱门，心头扑扑直跳。这神圣之地，百年以来从未有人

　　① 指由于自然风化或人工破坏而变得不完整的火山口。

踏足，究竟是怎样的模样？

　　舱内的情景令王水川万分惊奇。外边的世界尘埃遍地，舱内竟然一尘不染，处处都光亮如新，甚至在进门的时候，防护服上的尘埃也自动落下，没有一点儿被带到舱内，连脚上的尘土落到地上，也会自动向着舱门靠近，飞到舱外去。

　　这大概是某种静电效果。王水川猜测。

　　曾经的地球科技发达，文明昌盛，达到了火星无法企及的高度。飞船里的设备表面光滑，整齐圆润，除了少数被破坏的位置，浑然一体，操作台上几乎没有任何按钮，甚至连屏幕也没有。

　　圣殿飞船里有人。那些为了恢复圣歌而来的圣师都没有回去，他们都留在了圣殿里。

　　尸体整齐地排列在飞船的第三节舱室里。低温和防护服的存在让他们容颜不改，只是像是失去了血色，仿佛脸色铁青的病人正安然入睡。越是年代久远的圣师，身穿的防护服越是先进精巧，都是王水川只在录像中见到过的型号。

　　王水川向着先辈们跪下行礼，然后站起身来整理衣衫。他明白，这里将是自己的葬身之处，圣师在圣殿长眠，这是命运赐予他的厚礼。

　　只是在长眠之前，还有最重要的事必须完成。时间不多了，药剂的效力只能维持三十多个小时，满打满算，自己只有十多个小时来清理圣殿，让它重新焕发出光彩，让圣歌重新响起。

　　王水川来到飞船外，开始擦拭飞船的外壳，然而尘埃牢牢依附在飞船的外壳，根本无法除掉。他尝试着抹了一遍又一遍，细小的灰尘就像是有磁力一般，抹开之后，不一小会儿就又重新附上。被吹到奥林匹斯山巅的沙尘是最细小的尘埃，它们在拂拭之下会飘扬而起，之后又向着飞船落下。飞船吸引着尘埃，这才是飞船被尘埃完全包裹起来的原因。

王水川很快停止了徒劳的尝试。这或许和舱内一尘不染的环境有关，也是一种静电效应。

他再次进入圣殿寻找答案。

他留意到一具尸体旁的地板上刻着字。字迹歪歪扭扭，却勉强可以辨认出来。

"后来人，留住这纯洁的信仰之地！"

这是最早的圣师留给后世的训诫，每一代圣师都铭记在心。

王水川在这行字迹前跪拜。起身的时候，他发现了舱壁上的异样。完整无瑕的舱壁上，有一个小小的凹陷，它如此的不起眼，以至于很容易被人忽略。那凹陷是个立方体的形状，王水川心头一动！这大小和形状和朝圣使者的立方铁块很相似！

他在防护服内摘下铁块，一番周折之后把它拿到了防护服外边，小心翼翼地把铁块推进了凹槽内。一股吸力将铁块拉了过去，啪一声落在凹槽里。墙上浮现出字体：唱一首歌。

王水川几乎不假思索地唱起了圣歌。随着他的歌声，墙体上出现了奇怪的波纹，震荡不停。

一曲终了，墙上的波纹似乎凝固了，紧接着整面墙体一刹那间打开，一个圆形的门洞出现在王水川面前。

王水川忐忑不安地走进门洞里。这是一个隐藏的空间，似乎是飞船的控制舱。半透明的屏幕从舱顶投射下来，从天花板一直延伸到地板，足足有四米高，像是一卷由光线织成的挂锦，各种颜色和数字在上边飞快地闪烁。

王水川正看得入神,一阵隐约的轰鸣从飞船外传来,整艘飞船都在震动。王水川慌忙跑出舱外,绕着飞船搜检,想要找到震动的源头。飞船的外部并没有什么明显的变化,王水川跑了一圈,一无所获。正当他站在震颤的飞船前一筹莫展时,震动却停下了。

几乎就在同一瞬间,覆盖在飞船上的尘埃突然浮起,像是飞船脱下了一层暗红色的罩衣。王水川还来不及惊讶,这一层悬浮的罩衣就是被什么东西炸得粉碎,红色的粉尘向着四面八方溅射,到了远离飞船的地方才缓缓沉降下来。

焕然一新的飞船在王水川眼前熠熠发光。

这是神迹!这是地球远古科技的力量!王水川跪倒在飞船前,俯下身子,把脸埋在尘埃里。

一切都是命运的安排。他心满意足,别无所求。

依稀有圣歌的曲调传来,声音从船舱里传出,王水川起身,怀着虔诚的心情再次步入圣殿之中。

圣殿里,一场光影的表演正在上演。天空是蓝色的,飘着朵朵白云。王水川一直知道地球的天空是蓝色的,和火星橘红色的天空完全不同,然而没有想到那蓝色居然如此明亮,如此艳丽,穿透他的眼睛直入心灵。蓝天白云下,广阔的平原一望无际,黄澄澄的颜色被分割成大大小小的色块。大河在其中蜿蜒流淌,水波荡漾。王水川从来没有见过这么多的水一起流动,河流在火星从不存在,水是最宝贵的资源,需要从地下深处采集,或者装在密闭的罐子里从遥远的北极送来。他第一次知道,原来河流是这样的，自己的名字代表的事物，应该就是这样，而不是定居点旁小小的沟渠！他看见了河上的船。那显然不是飞船，更像原始形态的船和车的样子，只是它漂浮在水上，来来往往。船上插着帆，和暗色的太阳帆不同，帆是白色的，形状也并不规则。一个美丽的女人出现在画面中，她面带迷人的微笑，正放声歌唱。

她唱的是圣歌。

这是火星人的精神图腾，是火星人共同的信仰。那是关于古老地球的赞歌，关于人类家园的梦想。

王水川坐在历代圣师的尸首旁，知道自己即将成为他们的一员。他仰着头，望着空中栩栩如生的影像，知道自己已经完成了职责，得到了福报。

生命力正快速消逝，最后的时刻到了。据说人死了之后，就可以去彼岸。彼岸的样子，就和圣歌所描述的一样。所有自己认识的人，所有曾经在火星上生活过的人，所有曾经在地球上存在过的人，都在那里幸福地生活，岁月静好，与世无争。

感觉渐渐变得麻木，王水川哼着那从小就再熟悉不过的歌，渐渐地闭上了眼。

"一条大河波浪宽，风吹稻花香两岸，我家就在岸上住，听惯了艄公的号子，看惯了船上的白帆……"

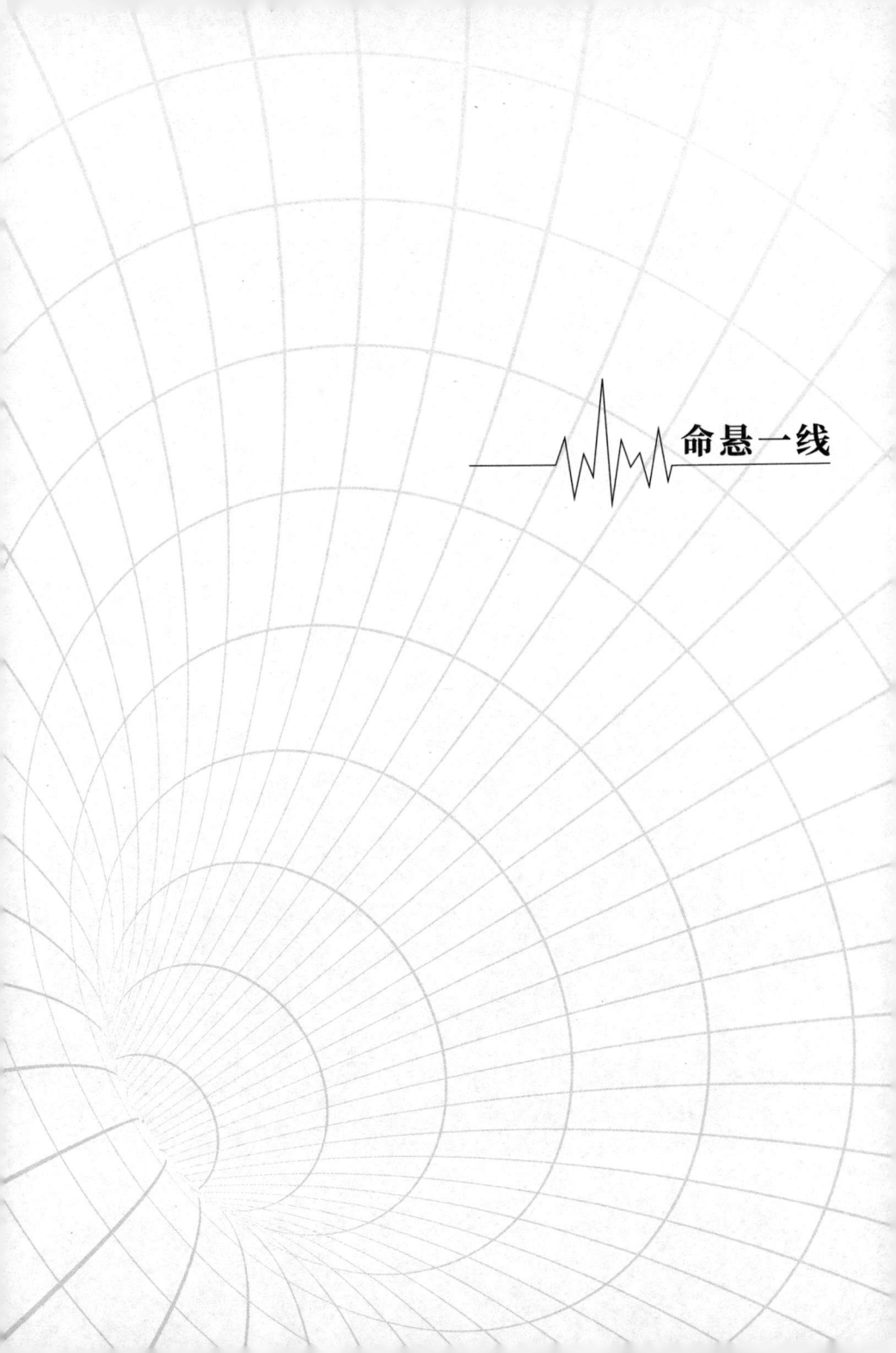

命悬一线

我叫钟立心,是一名宇航员,2028 年 7 月 14 号到 8 月 21 号,我在"天宫"空间站执行任务,其间国际空间站发生了失火事故,我奉命和老段,段国柱同志,一道执行了营救任务。现把具体过程汇报如下。文中的基本事实根据本人回忆记叙,文中的对话为避免回忆模糊带来的偏差,根据录音资料进行了对照修正。

　　8 月 16 号凌晨,我在值夜班。空间站里的值班制度和地面相同,按照二十四小时分昼夜。因为生物实验舱的实验需要人工确认数据点,所以老段和我会分别在深夜两点和四点起来进行一次巡视,主要任务是在"问天"实验舱对生物生态实验柜进行记录。

　　我起来的时候,老段睡得也不踏实,还翻了个身。连续三天打破作息规律,每天睡四次,每次两小时,对我们两个都是极大的考验。除了对实验舱进行监控,我们本身也是 K13 生物钟试验项目的志愿者,虽然疲惫不堪,但为了科学事业,这点儿付出完全是值得的。

　　我从核心舱钻到节点舱,再转入"问天"实验舱。"问天"实验舱里有六个实验柜,包括我们的重点关照对象生物生态实验柜。面板上的所有数据都在正常范围内,压力、光照、温度、电路监测……我按照标准要求逐一记录上传, 然后拉开柜门, 查看内部的幼苗生长情况。

幼芽在无重力的环境下偏向光源, 所有的苗都齐刷刷地偏过一个角度生长, 很整齐。这个生物培育项目我太太周茹云也参加了, 所以她拜托我拍下生长过程给她看。虽然从地面站可以通过摄像头不中断地监测植物发育的情况, 但茹云坚持要我用相机拍给她。拍摄不暴露空间站任何其他设备, 只拍幼苗, 所有传输的文件也会由数据中心监测, 所以在空间站纪律允许的情况下, 我每次检查都会拍一张。这一次拍完, 我打算等地面上天亮了, 就给她发过去。

生态实验柜在第四象限, 我转身的时候, 正好转过一百八十度, 转向了第一象限。"天宫"空间站中没有上下左右, 而是按照顺时针方向把四个方位称为第一象限, 第二象限……第四象限。

第一象限的储藏柜刚接收了"天舟七十五号"飞船上卸下的货物, 我就顺带也检查了一下物资。资料上说总共二十八件共计六吨的物资, 是为太空天梯项目做准备。我一直想参加天梯项目的实验, 但是按照计划, 这应该是下一批航天员的事。

"问天号"和"巡天号"这两个科学实验舱都设计了标准暴露载荷接口。这些接口可以从外部打开, 利用机械臂直接把"天舟"飞船上的物资转移到舱里。"天舟七十五号"飞船运送的货物就是从这些接口直接送进了空间站。

"问天"实验舱里的标准箱内标注的都是聚合纳米管丝线, 一共有八个标准箱, 数字都对得上。我检查完这些货物, 正准备回去，就突然听到了警报。

声音很刺耳，整个舱室里都在回响。我当时愣了一下，因为上天这么久，从来没有听到过警报。

我很快反应过来，向节点舱滑去，在节点舱一打弯，就看见老段已经在核心舱里，浮在控制面板前。我一边飘过去，一边问："发生了什么事？"

老段的表情很严肃，眉头紧锁，说："对地传输信号中断了。"

我问："有故障诊断吗？"

老段说："从地面站传上来的信号全面中断，不是卫星出了问题，就是我们的发射装置出了问题。"

空间站借助通信卫星对地传输，在任何一个时刻，至少有三颗通信卫星在空间站的可通话范围内。三颗卫星同时出事的概率太低，所以我判断，一定是空间站的反射接收装置出了问题。

我说："我去检查。"说完后我打开工具柜，取出通信链路定位仪，向老段示意了一下，又回到节点舱。

空间站所有的舱段看上去都大同小异，四个白色冰箱般的实验柜围成一圈，组成一个外圆内方的空心圆柱，一段段圆柱组成大圆柱，就成了各个太空舱的主要活动部分。剩下的空间留给对接和出舱准备。节点舱就是专用的对接舱段，除了四个对接口，还有一个出舱口，专门供宇航员出舱使用，通信链路也在这里分为舱外和舱内两个部分。

我在节点舱把定位仪的插头插进断点箱里，输入指令。跳出来的错误信号不断闪动，我心跳也加快了几分。诊断显示故障在舱外。

我立即向老段喊了一句，"老段，我要出舱操作。"

他很利索地回答我，"十分钟准备。"

我穿好宇航服钻进出舱的气密门里等着。透过头盔，可以听见咝咝的泄气声，外舱门一点点打开，外边的星空一点点露出来。每一颗星星都亮得不像话，有点儿刺眼。我深吸一口气，钻出舱门，灵活地翻到了船舱外部，站直身子。

"天和号"核心舱就在眼前，舱体就像一条白色巨轮，正行驶在无边无际的黑色大海之中。五星红旗贴在舱体右舷位置，在强光的照射下鲜艳夺目。前方，地球占据了大半个天空，像是一个带着辉光的水晶球。空间站正从太平洋上空掠过，脚下一片碧蓝。虽然已经多次出舱执行任务，但这一次出来还是让我感到整个世界的庞大和美好。我所在的空间站，就是人类飞向遥远太空的一个中继站、一块奠基石。

我顺着舱体行走，虽然这是训练过上千次的项目，但每一次行走都马虎不得。保持身体重心，确保安全绳绑定，双手交替用力，任何时刻不得双手松开，除非是在已经将身体固定的情况下……我飞快回想一遍技术要领，然后跨出一步，然后是第二步……太空行走是一门技术活，更考验胆量。周围是无尽的黑暗深渊，脚下白色的舱体是唯一的依靠，航天员经过这么多年的训练，早已经习惯了无视深渊的存在，但每一次出舱活动，还是要像面对一场战斗，高度紧张，全力以赴。

一米多高的天线就在我身旁，看上去一切正常。我向前走了两步，绕着天线检查，立即发现了异样。就在天线的基底立柱上,原本刷着白漆的舱体表面被刮去一块,露出里边银色的金属,像是微小的撞击留下的痕迹。

这个痕迹并不是什么实质损伤,但有微小天体碰撞了空间站,这就是一个事故。我向老段报告,同时把头盔摄像头对准痕迹,让老段能看得清楚。

老段指示我继续寻找故障点。

我顺着舱体继续向前,发现了更多碰撞痕迹,深深浅浅,有四五处。这是一次密集的微小天体碰撞!这样的情况已经属于严重事故。我的心情越发沉重,又做了两次断点测试,却一直没有找到故障点。

做完第三次检测,还是没有发现故障。我撤下检测仪的时候,正好抬头看见了"天和号"核心舱巨大的太阳翼。太阳能帆板上似乎有一块黑色圆痕。面积不大,局限在太阳翼的一角,如果不是恰好正对着我的视线,没有那么容易发现。我眨了眨眼,确定自己没有看走眼,然后通告老段,"太阳翼第三帆板似乎有些异常,电量供应系统没有问题吗?"

老段检查了之后告诉我,发电量降低了百分之十二,但没有触发系统警报,时间上也和通信丢失的时刻吻合。那么就是这里了。

我把检测仪扣在宇航服的挂钩上,空出双手,微微蹲下,然后用劲一跳,身子腾空而起,向着太阳翼扑了过去,准确地抓住了太阳翼上的扶手落下。

伸展的太阳翼有十多米长,电池板折叠排列,让它看上去就像一条天梯,通向无限幽远的太空。发黑的部位靠近根部,近距离看上去,有脸盆般大,在银白色的翼片上格外醒目,在这片黑色的中央,有一个小孔,只有指头粗细,毫不起眼,贯穿了翼片。

这就是罪魁祸首了!我猜想是微小天体的碰撞损坏了太阳翼,电池燃烧,通信线路的供电受到影响,同时让天线失去了功能。

我向老段报告了撞击痕迹,将检测仪接在了链路上。

诊断结果证明这的确是故障点。老段让我回舱,他要启动备用电路。

老段将左二太阳翼从系统中断开,并且让系统自检了三遍,万无一失之后启动了备用电路。

通信恢复了。

当屏幕上出现来自基地的画面时,我和老段情不自禁击掌相庆。

老段把空间站出现的异常情况向基地的张鸣凤指挥汇报了一遍,等着指示。

张指挥眉头紧锁,似乎正在消化我们报告的情况,长久没有说话。

张指挥从来都是快人快语,憋着不说话可不像是他的风格。我有些疑惑,转头看着老段。老段也有些拿不准,清了清嗓子,说:"目前空间站储备电量充足,各个实验柜情况正常。发电效率降低会在三天后产生一定影响,需要对实验柜的优先级进行分配。请指示!"

"我们收到了国际空间站的援救请求!"张指挥终于开口了。

　　我和老段都愣住了。国际空间站和我们之间没有任何关联，因为历史原因，中国的航天项目被排斥在国际空间站之外，虽然中国空间站不计前嫌，仍旧向世界各国包括美国同行开放，但国际空间站寿命已经到期而且国际形势这么紧张，中国的航天项目自然也不会再和国际空间站有什么联系。求救，这是从哪里冒出来的？

　　"国际空间站？"老段犹豫着问了一句。

　　"是的，准确地说，是来自国际空间站美国地面站的请求。他们的三个宇航员被困在上面了。刚才失去联系的半个小时，你们不知道基地有多紧张，万幸你们都没事，'天宫'也没有大损失。但是国际空间站'钻石'舱被小天体击中后起火了，三名宇航员被困在上面，事故影响到他们的氧气循环装置，氧气存量只能维持大约六个小时，根本不可能派遣飞船把他们接回来……所以他们向我们提出了救援请求，美国人不到最后关头是不可能做出这种决策的。"

　　"我们也没有飞船可以在六个小时内赶到国际空间站啊！"老段说。

　　"不是飞船，美国航天局经过讨论，唯一可能的援救方案，是请我们的航天员直接拉一条救生绳，把国际空间站的宇航员接过来。这个方案唯一的时间窗口，就是在七点零八分，这个时刻，国际空间站和'天宫'的轨道会有一次交会，两者的距离是十三千米，相对速度是六十五千米每秒。"

　　我看了一眼屏幕上的时间，时间是三点四十五分。大概是因为特别紧张，这个时刻我记得格外清楚。如果真的要实施这个救援方案,我们只剩下不到三个半小时。

"我们根本没有十三千米长的救生绳!"老段说。

"我们有。"张指挥沉声回答,"原本用于试验天梯的材料,可以直接制成绳索,这些聚合纳米管丝线用在天梯结构里肯定不成问题,但用来制造救生绳是否合适,是未知数。赵总师已经找天梯项目的材料专家进行模拟计算,很快会有结果。"

我在一旁听着,心中惊诧不已。依靠一条长达十三千米的绳索从国际空间站上救人,这简直是匪夷所思,其中风险必然很大。我转念一想,不管美国政府对中国是什么态度,在天上的美国宇航员和我们是同行,都是人类的杰出代表。如果有任何机会可以把他们救出来,都应该试一试。

"我们可以试一试!"我脱口说出这句。

张指挥看了我一眼,接着说:"王书记已经召集党委开会,估计半个小时后会做出决定。我想先问问你们俩的意见。"

"我服从组织的安排。"老段立即坚定地表示。

"只要营救方案确定,我们坚决执行!"我紧跟着表态。

"好!现在决定和具体营救方案都没有完成。是否救人,怎么救人,我们还不完全确定。你们先准备起来,救生绳是关键。我授权你们使用天梯项目物资,连接纳米管绳索。记住,距离是十三千米,考虑冗余,至少要十四千米或者十五千米长。"

"明白!"我和老段异口同声地回答。

我们立即开始行动。

聚合纳米管丝线被打包装在二十个标准箱里,"问天号"实验舱里有八个，"巡天号"实验舱里有十二个。我们决定分头行动，老段去"巡天"舱，我去"问天"舱。

我在"问天"舱里，按照手册的指示，开始装配绳索。这种聚合纳米管丝线只有一根头发丝般粗细，无色透明，肉眼很难一眼看出来，只有抓一大把在手里，才能醒目一点。它很轻，很像塑料。根据手册的描述，这样的丝线单根可以承受两万牛顿的拉力，在地球上，可以吊起一辆两吨重的小轿车。虽然有手册上的保证，我掂着绳索，心头仍旧暗暗打鼓。

"这些聚合纳米管总长度有十万米，拉出十三千米足够了。安全起见，一百米一个连接器，双股。"老段从"巡天"舱里发来指示。

我开始按照双股方案装配绳索。

每一个标准箱里是五千米的单股聚合纳米丝。安装连接器并不是要将绳索折断，而是让绳索在连接器内绕个圈，原本直接作用在绳索上的力作用在连接器上，增强整条绳索的强度。连接器可以让两股绳索更好地分担作用力，更加安全牢固，同时还可以发光，作为指示器。对于这种肉眼几乎看不见的绳子，能在太空中一眼看见它也很重要。

我完成六千米长度的时候，老段拉着一个连接器从"巡天"舱那边飘过来，他已经完成了八千米。他把连接器交给我，然后去核心舱等待地面站的指示。他的工作效率比我高，我抓紧又多接上五个连接器，和老段的连接器对接起来。

绳索完成了，总长度有十四千米又四百米。对付十三千米的距离，应该足够了。理论上这条绳子至少可以拉动将近四吨重的物品。我握住绳子, 有种感觉, 觉得这条肉眼几乎看不见的绳子已经和我的命系在一起了。要去救人, 光把绳子扔过去肯定不行, 要有人拉着绳子过去策应, 而我就是不二人选。

地面上党委的会也开完了, 张指挥向我们传达指示。我注意了时间, 凌晨四点十分, 在这么短的时间内, 把所有委员都喊起来开会, 我还从来没有见过这么快速的党委决定。

"党委已经形成了决议, 在可能的情况下, 全力支持营救美国航天员。但是否能救, 怎么救, 都由专家组决定, 科学决策。情况就是这样, 你们怎么看? "张指挥说完, 目光在我们两人身上来回扫视。

"有执行方案了吗? "老段问。

"赵总师说五分钟内就能给出方案。"

"坚决完成任务! "老段毫不犹豫地回答。

"坚决完成任务! "我跟着说。

"好的。但从现在的情况看, 这个方案无论如何风险都是很大的。别的不说, 两个空间站的相对速度是六十五千米每秒, 救生绳索很细, 但很牢固, 万一绳索直接和国际空间站缠绕, 会让国际空间站拉动"天宫号"失轨, 所以必须要由航天员进行处置。任务固然重要, 你们的生命安全更重要, 明白吗? "

"明白。"我和老段异口同声地回答。

和地面站的通话结束, 我和老段都从刚才斗志昂扬的振奋中暂时脱离出来。摆在我们眼前的是棘手的现实困难。从"天宫"出发, 去援救十三千米外的一个目标, 这种事从来没有发生过,航天员也从来没有接受过这种训练。

"你说,会是什么样的救援方案?"我问老段。

"把救生绳发射出去,还能怎么办?那边是三个航天员,不知道有没有熟人。"

"先准备起来吧!"老段接着说,"这一次任务,我上。"

"这怎么可以,你是'天宫'指挥官,到外边行走的事,该我去。"我顿时急了。

"先做好准备!地面站会考虑这个问题的。"

等我做好舱外活动的一切准备,最后的营救方案也来了。方案是把绳索固定在航天员身上,通过机械臂把航天员抛出,和国际空间站的航天员会合后慢慢将绳索收回。

专家模拟结果确认十三千米长的绳索可以承受足够的应力,在百万牛顿的拉力范围内,都可以确保安全。但是发射的角度和速度都非常重要,方位不对,根本无法接触到国际空间站,而且在绳索绷直之后,会有一个反弹应力,这个应力会让绳索收缩,整根绳子的运动状态无法估算。唯一的解决办法就是强行拉住绳索,这就需要有人在绳索的末端操作。万一方向有所偏差,在两千米的范围内,航天员还可以依靠宇航服上的喷气装置进行调整。

果然,我要拉着绳子去救人。

我没有丝毫犹豫,在老段的协助下,把一大堆绳子搬到舱外,一端固定在机械臂上,一端扣在宇航服的救生环上。机械臂有两个作用,一是将我抛出去,二是将我和美国宇航员一起收回来。这需要高超的操控技巧, 只有老段行。所以我拉绳子, 老段留守。

我坐在机械臂的爪子上, 对老段说:"万一我没回来, 我的相机帮我带给茹云。"

老段严肃地回答:"你是去救人, 不是去送死。国际空间站靠近的时候小心一点儿, 没问题的! "

我当然希望自己能够成功地把三个人都带回来, 当一个英雄。然而, 我也真切地知道, 危险就在那里, 无法视而不见。绳索断裂、氧气故障、空间站碰撞……太空中一点儿小小的疏忽, 就会导致最恶劣的后果。虽然我有上百小时的太空行走经验, 但从未离开过空间站周围一百米。这一次, 就像一个只游过一百米短池的选手突然被要求去游一万米马拉松, 而且是在一个情况不明的陌生水域。

为了三名航天员的生命, 美国人破天荒向中国求救。太空里并没有真正的国界, 所有在太空里行走的人, 都是人类的英雄。这不是中国对美国, 而是人类对自然。

发射在即。

我望着前方, 地球仍然占据着大半的天空, 只是刚才过去的两个小时里, 这晶莹的球体悄然转过了一个角度, 亚洲大陆在蓝色星球的边缘露出轮廓。

现在是北京时间凌晨五点半。大概茹云还在睡梦中吧, 希望她醒来的时候, 事情已经过去了, 我已经回到"天宫", 那三个美国航天员也已经在中国的空间站里向他们的家人通告平安的消息。

我当时真切地希望这一切都能真的发生!

"机械臂准备抛射。"老段的声音传来。

"我准备好了!"我用尽量沉着的语调回答他。

一阵柔和的推力从背上传来,我被机械臂抛了出去。

在太空中很容易失去方向感和速度感。地球和星辰只是遥远的背景,似乎完全静止不动,根本提供不了任何速度参照。无边无际的深渊向着每一个方向扩张,恐惧紧紧攫住了我的每一个毛孔。我手心里全是汗。

相对"天宫",我的速度是三十二千米每小时,相对地球表面,我的速度是七千八百米每秒,而相对国际空间站,我的速度是六十千米每小时。这些速度都不算慢,然而在茫茫太空中,我就像根本没有移动。我回头去看"天宫","天宫"正飞快地变小,这多多少少让我有了一点正在飞行的感觉。

绳索正快速拉长,一个个连接器发出耀眼的闪光,形成一条长链,将我和"天宫"连在一起。这是生命之绳,不仅关系着我的生命,还关系着国际空间站上三位同行的生命。

我反手将绳索抄在手里,紧紧地攥着这两股头发丝般细微的绳索,似乎这样可以更安全一点儿。

"感觉怎么样?"老段问。

"没问题!"我镇定地回答。

"刚才把你抛出去让"天宫"偏移轨道零点一度,喷气火箭已经调整"天宫"的姿势复位。救生绳拉到极端,还会产生一次拉扯,不知道这绳子的弹性怎么样,我会在绳子放完之前两分钟提醒你，你提前制动，尽量不要产生反复拉扯。"

"收到。我们有一千米的冗余，我可以越过会合点一百米之后制动。"

"好，随时确认位置。"

和老段通过话，我稍稍宽心。我并不是一个人在战斗，还有老段，还有地面站，他们都在时刻关注我，用最大的努力来保障我的成功。虽然这一次的任务并没有经过演练，但我相信，那些支撑了我上天三次、停留两百二十五天、行走六千米的力量，也能支撑我圆满地完成这一次任务。

我极目远望，开始寻找国际空间站的踪迹。

找到国际空间站毫不费劲，它已经成了天空中最亮的星星，而且白中带红，色泽变化不定，正在群星间快速移动。

"刚收到消息，国际空间站将在接近会合点的时候启动一次姿态调整，尽量降低和我们之间的相对速度，延长交会可接触时间。"老段通告。

"收到。"我的目光始终停留在国际空间站上，对老段说，"我有点儿担心国际空间站的情况，看上去它都有些红了，那边的情况究竟怎么样？"

"地面站也没有太多的信息，我们的通信频段已经告知他们，应该很快就能直接联系。"

"我们的设备可以相互直接通话？"

"技术专家说行就行，等一会儿就知道了。"

我看着远方那发红的小点，心中焦急。"天宫"空间站和国际空间站之间从来没有进行过直接对话，空间站所有的通信，都必须经过地面站中转。真的能和美国宇航员隔着宇航服对话，那也是一件划时代的事。无线对讲在地面上是一件再普通不过的事，在两个不同国家的空间站之间，却从来没有发生过，这当然不是技术上的原因，而是其他困难。危急关头，大概所有的困难都可以被克服吧！

"哈啰！是否能听见？"耳机里传来一个深沉的男声。

"你好！能听见！"我压抑着心头的激动回应他。

"中国太空人你好，我是普拉斯特，我和我的同伴在一起，我们已经出舱，正在等候。"对方说，"我们能看见中国空间站。"

"你好，我是钟立心，中国航天员。"说完这句我停顿下来，不知道继续说些什么好。

"距离会合时间还有九分钟，"老段插入通话，为了让美国航天员也能听懂，他说的是英语，"立心你的位置有偏移，必须马上进行调整，根据显示屏指示进行喷气调节。"

"收到。"

我开始调整飞行的方向。背包喷出白色的气体，推动我一点点修正方向。

当头盔下方小屏幕上的十字标终于和小点重合，我松了口气。

"到达指定地点。"我向老段通报。

"六分钟准备！检查是否有什么疏漏。"老段指示。

我抬头看了看远方，国际空间站已经近了，看上去不再是一个小小的点, 能够看出整个轮廓, 甚至依稀间能看见有浓烟包裹在空间站外边, 像是一层外壳。

"国际空间站还有多少距离?"我问老段。

"还有六十千米, 现在两个空间站的相对速度是四百零二千米每小时, 但是在接近到一千米的距离上, 国际空间站会进行一次强力刹车, 让你和空间站之间的相对速度尽量小。"

国际空间站又近了几分, 看上去更为庞大, 标志性的桁架清晰可见。空间站的舱体上有一层肉眼可见的浓烟, 太空中没有空气, 这些浓烟绕着舱体, 并没有被吹散, 而是不断向外扩散, 形成一个不断膨大的烟球, 仿佛空间站的晕圈。伸展而出的桁架上, 太阳能板就像巨大的翅膀般张开。整个空间站就像一只带着火的大鸟, 裹着一层晕圈, 正向这边扑来。

我从未见过这样的阵仗, 心跳不由加快了几分。

"普拉斯特, 你们在空间站什么位置?"我问普拉斯特。

"我们站在突出部, 桁架左侧端点。这里朝向中国空间站。"

"空间站变速你们会被甩出去。"

"我们已经做好准备。"

"我这里有一条救生绳, 所有人只有抓住救生绳, 才能脱离险境。如果你们看不见我, 你们应该可以看见救生绳。"说完我摁下了连接器上的按钮。

绳上所有的连接器同时闪烁起来。它们发出柔和的红光, 一闪一闪, 指示出聚合纳米管绳索的位置。

"看见了吗?绳索在闪。"

"我看见了, 有细小的光点。我们会注意!"

"我在这里接应,你们很快应该就能看见我。"

"我已经看见你了,现在你看上去是一个光点。"

"好的,一会儿就不是了。我会尽量想办法抓你们中间任何一个人。你们彼此间也有安全绳相连吗?"

"我们有。"

"我的朋友们,现在倒计时开始。"耳机里传来另一个人的声音。

"这是谁?"我问。

"莫里斯,他留在控制舱里,在最后时刻启动刹车。"

"十,九,八……"莫里斯平稳而冷静地倒计时。

"你们没有三个人都出来?"

"我们两个人,艾丽娅和我在一起,莫里斯留在舱里,这是他的决定。"

我深吸一口气。过去的两个多小时里,国际空间站的三个美国宇航员一定经历了无比的煎熬,他们最后做出牺牲一个人的决定,也一定是出于无奈。我没有再问。只是原本计划是救三个人,现在最多只能救两个。这两个人,无论如何也必须救下来。

我盯着越来越近的空间站,耳边响着英文的倒计时。

莫里斯的倒计时很快数到了零。国际空间站庞大的身躯突然一抖,原本包裹在太空站表层的烟雾像是活过来一般,从空间站上脱离而出,向前扑了过来。

糟糕!我顿时感到不妙。这些烟尘原本和空间站一道运动,现在空间站减速,烟尘速度并不减慢。

"普拉斯特, 我看到烟尘从你们的空间站上脱离, 正向着我过来。这可能会形成冲撞, 我的位置会偏移, 你们看准绳索位置, 两个闪烁光点之间有绳索!"

"收到。"

话音刚落, 我只感到被什么东西狠狠推了一把, 眼前一片模糊。星星、地球和空间站刹那间开始急速旋转。

急速冲过的烟尘形成一阵强劲的风, 我的身体飘了起来。风过去后, 眼前的景象重新变得清晰起来, 整个世界似乎正绕着我飞速旋转, 让人头昏眼花。刚才的劲风完全改变了我的运动状态, 打破了一切预先想好的行动顺序。

我不断调整背包喷气方向, 想找回平衡。喷口射出的气体引起微微的震动, 听上去像是隐隐约约的吱吱声, 这平时根本不会留意的声音此时像是天籁之音, 它在挽救我的生命。

每一次喷气, 都让急速的旋转稍稍变得慢一些。

最后, 巨大的地球在头顶方向停住不动, 我的身体终于停止了旋转。我喘了口气, 定了定神。

"钟, 我们到了!" 耳机里传来普拉斯特的喊声, "小心!"

我扭头看去, 国际空间站庞大的身躯已经悄然而至。我还来不及动作, 一块帆板就已经到了眼前, 紧接着胸口一痛, 整个身子都被大力撞了出去。在仓促中, 我本能地伸手去够能抓到的任何东西, 鬼使神差般挂在桁架的边缘。

"钟!" 我再次听见了普拉斯特的呼唤, 抬头一看, 只见两个美国宇航员正站在桁架另一端, 紧紧地抱着一个抓手。

"抓住绳索!" 我向两人喊了一句。

"你的位置很热，小心！"普拉斯特喊。

不用普拉斯特提醒，我已经意识到事情不妙，宇航服的温度控制系统正发出警报。接触处的温度至少有上百摄氏度。

我顾不上避开高温，因为发现了更可怕的事。刚才的高速旋转让我偏离了预定位置，救生绳绕在了国际空间站的桁架上。

"抓住绳索！"我向着两个美国宇航员喊，同时再次启动背包喷气，想要越过空间站去和他们会合，切断缠绕在空间站的绳索。

然而已经迟了，绳索整体开始移动，一个个闪光的连接器在空中缓缓飘移，国际空间站正拉扯着它们。

我焦急万分。如果绳索真的缠到国际空间站上，那关系到的不只是站在空间站上的三个人的生命，拉动的力度太大，"天宫"也会被拉着一道坠毁。

两个美国宇航员已经跳离空间站向着绳索扑过去，绳索却轻飘飘地从他们眼前移开。

我仔细地观察连接器的红光。很快注意到问题的关键：一个闪着红光的连接器被卡在太阳能帆板缝隙间。

美国宇航员启动了喷气包，他们在追逐绳索，绳索却随着国际空间站飘移。

我顾不上其他，脑子里只有一个念头，身子一跃，冲着桁架上缠绕的位置飞过去。不过短短的几秒钟，原本看上去有些飘摇的绳子已经被绷紧拉直。

"国际空间站正在拉动'天宫号'，有失轨风险！"老段警告，"如果十五秒内拉力不消除，只能放弃绳索，否则不是绳子断了，就是'天宫'脱轨。"

"给我五秒钟!"我大声喊,"我会解开它!"

我落在太阳能帆板上,连身体的平衡也顾不上,一把伸手抓住连接器,将它反转,连接器后端的两条细丝断了。

原本绷得笔直的绳索顿时变了形状。

它反弹了!从国际空间站上脱开,弹性让它开始向着"天宫"反弹回去。这不是开玩笑的事!失去了绳索,只要和"天宫"之间有速度差,就再也不可能回到"天宫"去。

"追上绳索!"我向着两个美国宇航员喊,同时飞快地切断了绑在自己身上的连接器,启动喷气包。

我很快追上了两个美国宇航员,他们的喷气包功率不够,提供不了多少速度。

救生绳每一秒都在远离。它不紧不慢,却坚定不移地远离我们。从目测的情况看,我的喷气包或许还有追上它的可能,但两个美国宇航员显然做不到这一点。

情急之下,我抓住其中一个宇航员,想要推着他一起追上去。

"钟,艾丽娅,你们加油!"耳边传来普拉斯特的声音。

"不要!"艾丽娅歇斯底里地喊了起来。

我扭头看去,只见普拉斯特正旋转身体,头朝向地球,两腿向着我和艾丽娅。他踏在艾丽娅身上,身子曲起如弓。他的喷气背包正全力喷射出压缩空气,努力推动着我和艾丽娅。

普拉斯特打算牺牲自己来给艾丽娅增加一点儿宝贵的速度。

　　不要！我心头也在呼喊，却并没有阻拦，也没有任何法子阻拦。我也不知道除了这个办法，还能尝试什么法子。就在这么两三秒间，我下意识地紧紧挽住艾丽娅的胳膊。无论如何，也要把艾丽娅救回去！

　　普拉斯特使劲地一蹬。这动作推开了艾丽娅，也推开了他自己。几乎就在同时，我将喷气背包的功率开到了最大。艾丽娅在哭泣，然而仍旧保持着清醒，在普拉斯特最后一推的同时也将自己的压缩空气包全部释放出去。

　　我们两人的速度猛地快了一截。两人一点点向着那闪烁红光的连接器靠近。几秒钟的时间，却像一辈子那么漫长。然而眼看着距离一点点缩短，缩短到最后两三米，却又开始被一点点拉开。我感到一股凉意从心底升起，浸透全身。抓不住救生绳，只有死路一条！

　　"钟，谢谢你！你尽力了，也感谢中国！"艾丽娅说。她语带哽咽，却无限平静，大概已经淡然接受这最后的命运。

　　我猛然想起救生绳是按照一百米一个连接器的方式组装的，连接器距离我们不到十米，那么断掉的两根将近百米长的纳米管线应该还没有脱离我们接触的范围。

　　我伸手在虚空中掏摸，同时向着艾丽娅说："艾丽娅，不要放弃！你看不见绳子，但是它应该就在这里。试试看，它像头发丝一样细，透明……"

　　我回想起把纳米丝线握在手中的感觉，那透明的不可见的双股绳索，是生命的最后希望。

　　"是这个？"艾丽娅把自己左胳膊伸过来，不远处的连接器一闪,两道依稀的红光在艾丽娅胳膊上若隐若现。

艾丽娅抓住了!我一阵狂喜,伸手探起那两股绳索,在手掌上反复缠绕几圈,确保紧紧握住万无一失。自从和国际空间站遭遇开始,我的心第一次笃定下来。

"我们现在安全了!"我对艾丽娅说。

"老段,我拉住绳子了。把我们拉回去,别太快,我用手拉的!"

"收到。注意安全!"

柔和的力量拉着我们两个,缓缓向着"天宫"而去。

"普拉斯特,你在哪里?"艾丽娅带着哭腔喊。

"我能听见你。"普拉斯特传来了回答,声音中夹杂着噼里啪啦的噪声,"我现在正向地球坠落,我觉得自己像一颗流星。从来没想到,我会有这样的死法,这算是死得其所。我可能还有几分钟时间,可以最后欣赏一下美丽的地球。再见,艾丽娅,祝你好运!"普拉斯特的声音变成了一阵沙沙声。艾丽娅泣不成声。

我沉默着,不知道该如何安慰她。回头看去,地球上正是美洲的傍晚,灯光在东西海岸蜿蜒流动。这大概是给普拉斯特亮起的回家的灯吧!

"普拉斯特,永别了!"另一个声音响起来,那是留在空间站的莫里斯,"艾丽娅,祝你好运!"

我看见了国际空间站,它已经成了远方的一个小亮点。刚才那场惊心动魄的交会之后,它的轨道大大降低,或许再转几圈就会坠入大气层。

国际空间站消失在地球发亮的轮廓圆弧里。我盯着它消失的方向，默然无语。整个世界像是突然间陷入了沉默，除了艾丽娅的低声抽泣，没有别的声音。

我紧紧地抓住她的胳膊，不敢松开一丝一毫。

十多分钟后，"天宫"逐渐靠近眼前。

我拉着艾丽娅稳稳地落在节点舱上。

"艾丽娅，欢迎来到中国空间站！"老段的声音传来。

营救成功。地面站和美国航天局的协商也一直紧张地进行。我在节点舱陪着艾丽娅，自从登上"天宫"，她一直从舷窗向外看，一连几个小时，动也不动。

老段提醒我该用餐了。我看了艾丽娅的情况，到核心舱取了餐盒回来，对她说："艾丽娅，吃点儿东西吧！刚收到消息，美国航天局已经和中国航天局协商一致，让你乘坐'神舟'飞船降落在中国新疆，然后专机送你回美国。"

"莫里斯还在那里！"艾丽娅没有理会我在说什么。她仍旧直直地盯着舷窗外，虽然从这个角度根本看不到国际空间站，她的目光始终在寻找它。

"我们无能为力。"我感到自己的虚弱，"他是个英雄，是杰出的航天员。"

"我们执行的是最后一次任务，"艾丽娅哽咽着说，"没想到会变成这样。"

我轻轻拍了拍她的后背，表示安慰。

艾丽娅定了定情绪，转过头来，露出一个微笑，说："太空是我们的，也是你们的，但终究是人类的。这一次事故过去，人类还会把更多的人送上太空。"

"我同意。"我把手中的餐盒递了过去,"正宗的宫保鸡丁,你可能还没尝过。吃饱一点儿才有力气,才能回家。"

艾丽娅接过餐盒,向着我点了点头,说:"谢谢!"她的汉语发音很生硬,但很清晰。

我感到心头的压力释放了一些,微微点头,扭头向舷窗外看去。舷窗正对着地球,晶莹的球体泛着淡淡的光!那一刻,我感到地球比平日看到的更加美丽!她是我们所有人的共同家园。

以上就是整个营救过程的所有经过,特此留存,供中心相关人员参考。

钟立心

2028 年 8 月 28 日